James Church est le pseudonyme d'un ancien agent des services de renseignement de l'Ouest.

DU MÊME AUTEUR

Quand la lune disparaît
Seuil, 2010

James Church

UN MORT
À L'HÔTEL KORYO

ROMAN

Traduit de l'anglais (États-Unis)
par Vincent Delezoide

Éditions du Seuil

TEXTE INTÉGRAL

TITRE ORIGINAL
A Corpse in the Koryo
ÉDITEUR ORIGINAL
Thomas Dunne Books, an imprint of St. Martin's Press, New York

ISBN original : 978-0-312-35208-0

ISBN 978-2-7578-1782-7
(ISBN 978-2-02-093386-5, 1re publication)

Les noms, les lieux, même les montagnes changent. Mais les gens restent. Tous sont réels. L'intrigue n'est qu'une histoire, libre à chacun de la lire. Ce livre, lui, est dédié aux gens de Corée du Nord, et plus particulièrement à la petite fille qui pleure dans le champ.

Remerciements

Ce n'est pas si long, trente ans, et pourtant sur une telle période, on croise beaucoup de monde. Certains nous sont formellement présentés au moyen d'une carte de visite. D'autres sont assis sur le siège voisin, sur un vol interminable au-dessus du Pacifique. D'autres encore nous effleurent de l'épaule dans la rue, nous font signe depuis le bord d'une route de terre, ou nous promènent dans un ensemble de temples. Beaucoup ont passé un nombre incalculable d'heures à m'expliquer patiemment la Corée et les Coréens et, ce faisant, m'ont transmis leur amour pour ce pays, sa beauté de tous les instants et son chant intérieur si clair, bien que parfois mélancolique. Je leur voue une profonde gratitude et ne peux que m'excuser si j'ai été un mauvais élève. Le cœur aura toujours beaucoup à apprendre. Le processus de transformation des idées en livre exige aussi bien des encouragements et force bons conseils, sans compter un agent dévoué (Bob Mecoy) et un relecteur avisé (Pete Wolverton.)

PREMIÈRE PARTIE

À l'aube, les collines émergent de la brume,
Une rangée, puis une autre,
Et au-delà, la solitude
Infinie comme les sommets lointains.
O Sung Hui (1327-1358)

Pas un bruit hormis celui du vent, et dans la maigre pénombre d'avant l'aube, rien à voir, hormis l'autoroute en ruine coupant à travers la campagne déserte. Tracée bien droite sur une carte trente ans plus tôt, droite il avait fallu la construire. Les ingénieurs auraient préféré contourner les collines basses qui, étrangement isolées, semblent dériver tels des navires sur la plaine. La faire droite, rigoureusement droite, littéralement droite, voulait dire ouvrir une douzaine de tunnels à la dynamite. Ce qui pour les troupes du génie signifiait une année supplémentaire d'un travail aussi dangereux qu'inutile, mais personne ne songeait sérieusement à dévier de cette ligne qui, telle la Vérité, montrait sur la carte la voie de la capitale à la frontière du Sud, tracée par une Main que nul n'aurait osé mettre en doute. Hélas, à leur grand regret, les ingénieurs n'avaient pas pu araser complètement les contours rebelles du terrain : par endroits la route tournait. Pour cette faute, le général en charge des travaux, un homme morose d'une loyauté à toute épreuve, avait eu droit à l'enfer. Congédié dans l'après-midi, le soir même il était en route pour les montagnes du Nord, relégué à la tête d'une ferme dont la terre était si pauvre que l'herbe y poussait à peine. Finalement, on l'avait laissé rentrer à la capitale, où jusqu'à sa retraite il œuvra à la planification de nouveaux tracés – tous parfaitement rectilignes, et dont aucun ne fut jamais réalisé. Les cartographes avaient retenu la leçon. Sur toutes les cartes, l'Autoroute de la Réunification s'affiche droite et vraie, et c'est ainsi que le peuple en est venu à se la représenter. Personne ou presque ne l'empruntant jamais, rares sont ceux qui connaissent la réalité.

Mes ordres ne me disaient pas où regarder, seulement de guetter une voiture. Ni couleur, ni signalement, juste « une voiture ». La routine. Comme dit le poète, point n'avais-je besoin d'en savoir plus.

Et franchement, je n'en avais aucune envie. À ce stade, s'il venait effectivement une voiture, je pensais qu'elle arriverait à toute vitesse par le sud. Pourquoi une voiture arriverait-elle de cette direction constituait un problème intéressant, mais n'excitait pas ma curiosité. Ce n'était pas mes affaires, et ce que je ne cherchais pas à savoir ne pouvait pas me nuire.

On m'avait dit de prendre une photo ; c'était tout ce que j'avais à faire. Je regardai à travers le viseur pour faire le point et reposai l'appareil dans l'herbe. Mon poste d'observation ne posait pas problème – angle correct, distance adaptée à l'objectif, lumière suffisante étant donné que le soleil ne se lèverait pas avant une demi-heure. Je savais que la route sortait d'un court tunnel à un kilomètre de là. L'écho du moteur contre les parois de roche me donnerait le temps de me préparer avant que le véhicule jaillisse dans mon champ de vision. Le conducteur roulait sûrement sans lumière ; il serait fatigué de sonder l'obscurité à travers son pare-brise et de lutter pour rester au milieu de la route, sur le mince ruban de macadam praticable qui subsistait. Il ne chercherait pas à voir si quelqu'un l'attendait quelque part sur une colline avec un appareil photo.

Mais dans l'immédiat, rien qui bouge. Pas un paysan pour marcher le long de la route, ni même une brise pour agiter les champs de blé blanchis par l'excès de soleil et le manque de pluie. La seule chose à faire était d'attendre en regardant les collines émerger une à une de la brume silencieuse.

– « Situation ? »

Le volume était réglé au minimum, mais le son de la radio fit voler en éclats le calme ambiant. Je consultai ma montre. Toutes les trente secondes dorénavant, la radio crachoterait : « Situation ? », « Situation ? », « Situation ? », sauf si je l'éteignais.

La voix s'éleva de nouveau, puis s'étrangla dans ses propres interférences. Je ne touchai pas aux cadrans. Une meilleure réception ne m'aurait donné que plus de bruit. De toute façon, aucune réponse n'était nécessaire. Il ne se passait rien et j'étais déjà convaincu que rien ne se produirait. Si la voiture n'était pas encore apparue, elle ne viendrait plus.

Je me redressai pour contempler la troisième rangée de collines qui prenait forme, sombre traînée d'encre se détachant à l'ouest sur l'horizon encore obscur. Son contour n'était pas pierreux ou rugueux, mais lisse comme la silhouette d'une femme allongée sur le côté. Plus loin en suivant la route, de la fumée s'élevait en volutes vers les premiers rayons du matin. Sûrement celle du village dont dépendaient les champs en contrebas. Je reportai mon attention sur la route et fléchis les genoux deux ou trois fois pour éviter que mes jambes ne s'engourdissent. Derrière moi, une pierre dévala la colline. Une fraction de seconde plus tard, j'entendis le cri d'un oiseau, puis le bruit de ses ailes battant l'herbe lorsqu'il prit son envol. Ce genre de surveillance me rendait toujours un peu nerveux. J'avais besoin de thé.

La radio se réveilla dans un crépitement.

– Au cas où tu l'aurais oublié, tu es censé appuyer sur le bouton. Combien de fois faudra-t-il te le répéter ? Un coup pour affirmatif, deux coups pour négatif. (Un bref silence, et je sus que Pak se radoucissait.) Bon. C'est raté, tu peux rentrer.

– Garde-moi du thé, dis-je à voix basse dans le micro bien qu'il n'y eût pas âme qui vive alentour.

– Impossible. La bouilloire n'est plus là. La rouge. Elle a disparu.

Rien qu'à sa voix, je sentis l'ombre d'un sourire naître sur ses lèvres.

– Disparue d'un commissariat ? Et comment va-t-on faire chauffer de l'eau sans bouilloire ?

J'aurais dû emporter ma flasque. Un trait de vodka m'aurait aidé à tuer le temps, surtout s'il fallait que je me passe de mon thé matinal. Le bureau n'était pas équipé en Thermos. Au ministère, ils en avaient quelques-unes, mais refusaient de les prêter au plus froid de l'hiver, et encore moins un matin d'août comme celui-ci. Peu leur importait qu'il faille escalader une colline dans le noir pour se mettre en position et rester assis dans l'herbe humide jusqu'au lever du soleil. Leur réponse était toujours la même : « Vous voulez du thé, inspecteur ? Et pourquoi pas du gruau de riz et des pickles pendant que vous y êtes ? » L'officier en charge du ravitaillement occupait son poste depuis des lustres. Sa voix : contenue, presque maniérée. Malheureusement, ses comptes étaient impeccablement tenus. Nous avions bien essayé plusieurs fois, mais aucun de nous n'avait jamais réussi à le prendre en train d'accepter un pot-de-vin. Aucune chance de s'en débarrasser.

La voix de Pak, soudain étrangement solennelle, m'indiqua qu'il y avait quelqu'un d'autre dans le bureau et qu'on écoutait notre conversation :

– Arrêtez donc de vous plaindre. Et éteignez votre radio. S'il faut qu'on remplace la pile…

J'entendis un moteur. Et interrompis Pak :

– Elle arrive, dis-je en ne prenant plus la peine de chuchoter. À toute vitesse, en plein milieu de la route.

Je saisis mon appareil photo, cadrai la grosse Mercedes, appuyai sur le bouton de l'obturateur. Ni clic ni ronronnement, pas de photo. Klaxon qui beugle, la berline noire me dépassa en trombe. Un instant plus tôt elle volait à ma rencontre et voilà qu'elle s'éloignait déjà, les fleurs sauvages bleu pâle du bas-côté couchées dans son sillage.

Je la regardai disparaître au sommet de la côte et, de dégoût, jetai mon appareil par terre. La pile était morte. De toute façon, une photo même parfaite n'aurait servi à rien. La voiture n'avait pas de plaques.

2

La pendule accrochée au mur près de la fenêtre indiquait quatorze heures quarante ; elle se trompait. C'était le crépuscule. À cette époque de l'année, au cœur de l'hiver, le soleil se couchait tôt, mais jamais à ce point, même pas ici. Un oubli, certainement. Si l'appartement ne servait pas souvent, la pendule avait dû s'arrêter. De l'autre côté de la pièce se trouvait un lampadaire dont le pied moulé imitait un bambou. Le bas de l'abat-jour était agrémenté d'une frange verte ; par l'ouverture du haut, l'ampoule éclairait assez loin.

L'homme assis sur le canapé avait fermé les yeux et levé le menton, comme s'il prenait un bain de soleil à la plage.

– Pas très éclairant, tout ça, dit-il. D'accord, le tableau est plutôt joli avec les petites fleurs bleues. Dommage que je ne sois pas venu pour entendre un récit de voyage.

Son russe était emprunté, à peine compréhensible. Ses sourcils roux deux traits de feu sur un visage blanc comme neige. Il était grand et fort, et chauve comme un moine. À le regarder, on ne pouvait s'empêcher de penser qu'il y avait eu erreur à l'assemblage. Il n'aurait pas pu se fondre dans une foule. Dans n'importe quelle ville.

– Vous m'avez demandé de vous raconter une journée type, repris-je. Je viens de le faire. Ensuite, vous me demanderez quel modèle de téléphone nous utilisons. Je ne vous le dirai pas. Vous voudrez savoir de quelle couleur est l'intérieur d'une voiture de service. Ça non plus, je ne vous le dirai pas. Croyez-moi, la nuit promet d'être longue ; mais peut-être aurez-vous appris quelques mots de russe avant qu'elle ne s'achève.

– Comme tu veux, dit-il en anglais.

– Vous n'êtes pas américain, pas avec un accent pareil.

– Irlandais.

– Qu'est-ce que les Irlandais peuvent bien vouloir à un Nord-Coréen ?

Il fit lentement rouler sa tête sur ses épaules pour étirer les muscles de son cou.

– Vous savez, dit-il, il paraît que les Irlandais et les Coréens se ressemblent.

Je reniflai.

– Ne rêvez pas. L'un de nous deux ne peut qu'en être insulté. (Je me tournai à nouveau vers la pendule.) Laissez-moi deviner… Vous travaillez pour les services secrets britanniques. Qu'espèrent-ils de moi ?

– Personne n'espère quoi que ce soit, en tout cas pas de vous, mon cher. Nous ne sommes même pas sûrs de savoir qui vous êtes. Vous pourriez vous retrouver le nez dans la Vlatva que cela ne me toucherait pas plus que ça. Au cas où vous l'auriez oublié, c'est vous qui avez organisé cette rencontre. Et vous êtes là. D'où ma question : qu'est-ce que vous voulez ?

– Je n'ai rien organisé. J'ai seulement passé un coup de fil à un ami.

– Peut-être votre ami nous a-t-il contactés.

– Je ne crois pas, non. Je pense plutôt que vous espionnez des conversations qui ne vous regardent pas.

– Vous êtes ici. Nous sommes ici. Mathématiquement, c'est peut-être improbable. Deux corps suivant des vecteurs distincts et qui se retrouvent au même endroit, au même moment.

– Moi, je parlerais de collision.

– À vous de savoir, non ?

– Vous savez quoi ? Votre problème, c'est que vous êtes persuadé de tenir enfin un Nord-Coréen, un vrai, en chair et en os, là, sur le gril. Mais vous ne savez pas pourquoi. Je suis sûr que vous vous dites : peut-être

que ce type va passer de notre côté, et avec lui les secrets de sa couronne.

L'Irlandais m'examina très ostensiblement, comme si j'étais un meuble de brocante. Et dit enfin :

– Non, je ne crois pas que vous sachiez grand-chose. Sinon, on vous aurait déjà fait sortir par-derrière et monter en voiture. J'étais peut-être curieux lorsque vous êtes entré. À présent, je le suis moins.

– Qu'est-ce que vous voulez ?

– Comme je vous l'ai dit, nous n'attendons rien de vous. Rien du tout.

– Alors, je vous souhaite le bonsoir.

J'esquissai un mouvement vers la porte.

– Quelqu'un nous a dit que vous saviez des choses. Sur quelqu'un. C'est le cas ?

Je faillis partir sur-le-champ. Peut-être aurais-je mieux fait. Mais je me retournai vers l'Irlandais :

– Pourquoi ai-je toujours l'impression que vous écoutez des conversations qui ne vous concernent en rien ?

– Je vais vous dire comment cela va se passer. Chaque fois que je vous pose une question et que vous changez de sujet, je gagne un point, d'accord ? Si vous y répondez, c'est vous qui le gagnez. Pour l'instant, vous avez pris du retard. Vous voulez revenir dans la partie ? Réessayons. Savez-vous quelque chose sur quelqu'un ?

Je gardai le silence.

L'Irlandais se mordit l'intérieur de la lèvre de manière à peine visible, mais je le vis. Tu viens de perdre un point, pensai-je, que tu le saches ou non.

– Autre chose (son russe était si mauvais que je commençais à m'impatienter) : tout silence sera considéré comme un outrage à l'arbitre. Faites attention, il se

peut que la prochaine fois soit la fois de trop. Essayons autrement. Vous avez dit que vous saviez tout sur Kang.

– Vous vous intéressez à Kang ?

– Me prenez pas pour un con.

– Il est mort.

Plus beaucoup de bruit tout à coup, sinon ceux d'un bus vrombissant au loin et d'une sonnette de vélo toute proche.

– Vraiment ? (Il choisit soigneusement ses mots.) Ce n'est pas ce que nous avons entendu dire. Nous croyons savoir qu'il se trouve ici, à Prague.

– C'est peu probable. La dernière fois que je l'ai vu, il était affalé contre un arbre, le regard vide, et avait un petit trou juste là.

Je m'approchai et posai un doigt entre les deux sourcils roux.

Il leva les yeux comme pour me mettre au défi de l'y laisser. Je hochai la tête, mais ne bronchai pas. Finalement, ce fut lui qui recula légèrement.

– Pourquoi devrions-nous vous croire ?

– Peut-être que vous ne devriez pas. Peut-être que tout cela ne vous intéresse pas vraiment. (Je fis un pas vers la sortie.) Peut-être que vous perdez votre temps.

– Je m'appelle Molloy. Mais vous pouvez m'appeler Richie. (Il sortit un paquet de cigarettes.) Vous en voulez une ?

– Non, merci.

Je reculai jusqu'à la porte et m'arrêtai sur le seuil, l'air de m'ennuyer.

– Un petit verre, alors… Vodka ?

– Non.

– Ben merde, je suis tombé sur une nonne. (Il montra du doigt une cafetière en fer-blanc posée sur la table ronde au centre de la pièce.) Prenez-en une tasse. La

discussion ressemblera peut-être un peu moins à une bataille. Pour devenir disons… presque cordiale.

– Dites-moi ce que vous voulez, sinon je m'en vais. Si tout cela n'aboutit pas à un échange productif, j'ai mieux à faire.

– Comme quoi ?

– Comme de trouver quelque chose à manger et aller me coucher.

– Pourquoi faut-il que vous soyez toujours aussi revêches, vous autres ?

– « Revêches » ? répétai-je. Il me semble avoir déjà entendu ça quelque part. Vous voudrez bien accepter mes plus sincères excuses, n'est-ce pas ? C'est sûrement un défaut d'éducation. Ou de civilité, peut-être. Oui, ça doit être ça : notre civilisation n'est peut-être pas assez évoluée. C'est vous, les gens civilisés. De toute évidence, nous devrions prendre exemple sur vous.

Il hocha la tête de droite à gauche comme si son cou allait mieux, mais que maintenant c'étaient ses épaules qui lui faisaient mal.

– Allez-y, filez si vous voulez. Ça m'est égal.

– Une fois que je serai parti, vous comptez sortir par l'avant ou l'arrière de l'immeuble ? La sortie sur la rue est surveillée. Nous avons toujours soupçonné les vôtres, sans vraiment en être certains. Maintenant nous sommes fixés.

Sa tête ne bougeait plus. Manifestement, il ne se doutait pas que j'observais l'immeuble depuis plusieurs jours. Surveillance standard, prévue par le manuel de formation du ministère. J'avais pu assister au défilé des techniciens venus préparer la rencontre. Je décidai de le pousser un peu.

– Nous avons la liste de toutes les plaques d'immatriculation de toutes les voitures que vous et vos amis possédez dans cette ville. Et quand vous changez de plaques, comme cela vous arrive de temps en temps, nous connaissons les numéros des nouvelles avant même que vous ne les receviez.

Il transpirait, pas beaucoup, mais la lumière de la lampe le montrait. Je n'avais pas la moindre liste, mais ça valait la peine d'essayer.

– Allez vous faire voir, dit-il à voix basse.

– Dites-moi… vous avez des montagnes en Irlande ?

Il se détendit un peu en comprenant brusquement ce que j'étais en train de faire. Je m'apprêtais à entrer dans la danse. La décision lui appartenait : il pouvait me congédier ou se joindre à moi.

– Des collines, oui, plus belles que les filles en été.

Parfait, il avait mordu à l'hameçon. Puis il sembla se raviser. D'un air pensif, il se frotta le menton. Je crus un instant l'avoir perdu.

– Enfin… je ne sais pas si nous avons une colline qui ressemble à une Irlandaise allongée sur le côté. Drôle d'idée, quand même.

Il rit doucement, à peine même, plutôt à cause d'un souvenir que de ce que j'avais dit, mais ce n'était déjà pas si mal. La première barrière était tombée.

– La Finlande, vous connaissez ?

Son large visage se fendit d'un sourire, mais le regard de ses yeux verts resta fixe, comme celui d'un chat que j'avais vu un jour.

– Bien, dit-il, nous voilà revenus à Kang. Un sacré détour pour arriver au sujet qui nous occupe, mais nous y sommes. C'est donc vrai que vous le connaissiez ?

– Oui. Mais ce n'est pas moi qui l'ai tué, même si j'aurais dû. Enfin bref, il est mort.

– Et vous ? Qu'est-ce que vous faites ici, à Prague ?

– Pas grand-chose. Je suis descendu du train au hasard. Un message de mon ami m'attendait à l'hôtel. Je l'ai appelé. Il m'a parlé, je lui ai parlé, et vos oreilles ont tout noté. À propos… comment saviez-vous que je descendrais ici ? Mon ordre de mission est pour Budapest.

– C'est pas mon problème de savoir comment on sait ce qu'on sait, ou pourquoi on fait ce qu'on fait. Je ne m'occupe pas de ce genre de choses. Un grand costaud comme moi, ça se contente d'aller là où on lui dit. Je prends des notes et j'écoute attentivement quand les gens parlent. On ne sait jamais ce qu'ils veulent dire avant d'entendre ce qu'ils ne disent pas. « Le Simple », c'est comme ça qu'on m'appelle. Vous, vous êtes plus compliqué.

Son portable sonna. Il répondit d'une voix feutrée :

– Je vois. D'accord. (Il éteignit l'appareil et me lança un regard appuyé.) Bon. (Il vint se poster derrière moi, près de la fenêtre, écarta les rideaux et jeta un œil dehors.) Vous faites fausse route, mais ça, vous le saviez déjà. (Il se tourna vers moi.) L'entrée côté rue n'est pas surveillée.

– Et alors, vous comptez me pousser dans la Vlatva ?

– Vos amis ne vous en tireraient que pour vous coller une balle entre les deux yeux.

– Ne vous en faites pas. Personne ne sait que je suis ici, même si on doit commencer à se demander où je suis passé.

– On ne vous a pas collé une ombre ?

– Non, rien de si trivial ou de si organisé.

– Permettez-moi d'en douter. Vous êtes hors de vos frontières, vous circulez dans toute l'Europe de l'Est comme une boule de billard et personne ne sait où vous

êtes ? Désolé. Je ne suis pas prêt à gober une histoire pareille. Et vous savez quoi ? Si je ne peux pas vous croire, il vaut mieux qu'on arrête. Partez de votre côté, j'irai du mien. Adieu, on se reverra dans un fossé.

– Vous voulez la vérité ? Ils se contrefichent de savoir à qui je parle.

– Vous ne comprenez toujours pas, hein ? (Il rabattit le couvercle de l'attaché-case posé par terre à côté de lui.) Je vais vous donner une dernière chance. Après, je m'en vais.

Je gardai le silence.

– J'ai beau avoir pour habitude de faire confiance aux gens, je ne suis pas idiot pour autant. Admettons que je transmette mon rapport. La première question qu'on va me poser, c'est : « Qu'est-ce que ce fils de pute fabriquait à Prague si ses ordres l'appelaient à Budapest ? » Et moi je répondrai : « Ça alors, bonne question ! Je n'ai pas du tout pensé à le lui demander. Je rêvais aux collines et aux filles allongées sur le flanc. »

Il verrouilla la serrure de l'attaché-case.

– Comme je disais, reprit-il, on se reverra dans un fossé.

– Arrêtez de m'emmerder. Je ne suis qu'un inspecteur de police. Parfois ils ont besoin de quelqu'un d'anonyme. Ils me donnent un passeport et m'envoient quelque part, voir quelqu'un, faire quelque chose. Rien de compliqué. Je suis comme un bruit de fond. Personne ne s'intéresse à moi. (Je regardai ses sourcils roux.) Quoi qu'il en soit, pour eux, je ne sais rien qui puisse servir à quelqu'un comme vous. Même si vous me coupiez les doigts un par un, je n'aurais rien à vous dire.

– Les doigts, on fait pas. (Il s'appuya au dossier du canapé.) Pas cette semaine.

– Vous m'avez parlé de Kang. Ça vous intéresse toujours de savoir ?

Il fit un geste en direction de la table.

– Asseyez-vous donc. Vous avez quelque chose à dire, je vous écoute. Je doute que ça vaille un pet de lapin. On verra. Si vous me dites quelque chose de valable, je sortirai mon calepin. Sinon (ses sourcils roux se hissèrent sur son front, puis revinrent à leur place), j'ai un rencard.

– Kang est mort. Pourquoi je vous raconterais des histoires ?

Il fit cliquer deux fois son stylo. Cette habitude trahissait une certaine nervosité. Il n'est pas très bien formé, pensai-je, et plus il parle, plus son russe empire. Je m'approchai de la table et m'assis.

– Vous êtes prêt ?

– Ouais.

Il alluma un minuscule dictaphone chromé et le posa devant lui sur la table basse. Celle-ci était en bois sombre, du noyer noir peut-être, et recouverte d'un carré de tissu blanc aux franges brodées d'oiseaux rouges et bleus. Tous avaient un bec jaune vif, tranchant. La nappe était neuve ; la marque des plis encore visible.

– J'attends un récit clair, une histoire pour enfants. Propre et sans fioritures. Rien de trop oriental, si possible.

Tout à coup, son russe était parfait.

3

Je ne frappai pas. Je me contentai d'ouvrir la porte, jetai mon appareil photo sur le bureau de Pak et tirai à moi la seule chaise de la pièce qui demeurait inoccupée. Mon pantalon était encore mouillé à cause de l'herbe humide ; l'appareil n'avait pas fonctionné ; échec sur toute la ligne. J'étais de très mauvaise humeur et voulais que Pak le sache. Je voyais bien qu'il était agacé lui aussi. Il m'ignora. Continua d'écrire sur le tableau noir, sa craie levée tremblotant avant de repartir soudain à l'assaut de l'ardoise. Il heurtait le tableau furieusement en affectant une profonde concentration, puis il s'interrompit pour me dire :

– Entrez donc, inspecteur.

Deux hommes se trouvaient avec lui dans la pièce. Ils ne lâchèrent pas un mot. Finalement, Pak se tourna vers moi :

– Inspecteur O, vous connaissez ces messieurs. (Il y eut comme un avertissement sur son visage.) Mais peut-être pas. Je vous présente le capitaine Kim, de l'état-major central.

Je n'avais jamais croisé ce Kim, mais je n'eus pas besoin d'y regarder à deux fois pour comprendre que nous n'étions pas faits pour devenir amis. Il avait les cheveux courts et taillés en une brosse inégale, un cou épais et un visage sombre, dont l'expression aurait pu être morose si son regard n'avait pas été vif et affûté comme deux petits couteaux à éplucher. Uniforme d'été de bonne qualité, bien mieux coupé que ses cheveux, et quelqu'un avait dû passer un bon moment à faire briller ses bottes. Il me jeta un coup d'œil indifférent, puis se tourna, sourcils froncés, vers l'appareil photo sur le bureau de Pak. Pas besoin qu'on me l'annonce, tout portait à croire qu'il était impliqué dans notre opération de surveillance.

– Pas de photos, dis-je. La pile est morte. De toute façon, la voiture roulait sans plaques.

Je lui adressai un sourire censé lui suggérer que nous allions partager quelque chose qui l'amuserait, mais ses petits yeux gardèrent leur éclat métallique et je compris qu'il ne riait que lorsque c'était lui qui racontait la blague. À côté de nous, je sentis Pak se préparer au pire.

– Vous n'allez pas me croire, mais cet enfoiré a klaxonné en passant devant moi.

L'homme assis à côté de Kim se tassa contre le dossier de sa chaise, croisa les bras et demanda :

– Qu'est-ce que vous dites ?

Sans me laisser le temps de répondre, Pak m'attrapa par le coude et m'escorta jusqu'à la porte.

– Allez donc vous chercher un thé, inspecteur.

– Non, j'ai besoin qu'il réponde à ma question.

Je connaissais ce ton. C'était comme la pointe du fouet qu'on traîne par terre avant de le faire claquer. L'apanage d'un certain type d'officiels du Parti. Pas menaçant, mais vif, et toujours catégorique.

– À vrai dire, je ne serais pas contre un thé.

Pak ferma les yeux. Il faisait toujours ça quand il se sentait gêné. Je n'ai jamais réussi à savoir s'il cherchait alors à s'échapper de son corps ou espérait que je disparaîtrais s'il ne pouvait plus me voir. L'homme remua sur la chaise et allongea les jambes, apparemment peu pressé et plutôt à son aise, mais sans me quitter des yeux un instant. Il croisa les doigts, des doigts fuselés aux ongles parfaits. Il n'avait pas dû être envoyé aux champs depuis un moment. Je savais ce qui allait venir.

– Je constate que vous ne portez pas le portrait de l'un ou l'autre de nos Grands Leaders.

Il s'arrêta une fraction de seconde. La botte vernie du capitaine Kim frappa le sol une fois, avec légèreté, comme la queue d'un chat. Tout le monde fit semblant de ne pas l'avoir remarqué.

– Dois-je comprendre que vous avez une raison de ne pas en porter, à la différence de vos camarades-citoyens de la capitale ?

– Nous ne portons jamais nos pin's sur le terrain, lui renvoyai-je en gardant un ton neutre.

La respiration de Pak s'était faite dangereusement lente. L'une de ses mises en garde habituelles, qu'il me répétait à l'envi, était la suivante : « N'appelle jamais "pin's" un portrait, même petit, de notre Leader. » Mais chaque fois que j'accrochais ce petit badge rond à mon revers, je me piquais le doigt. Toujours au même endroit. Pour moi, ce truc était une vraie saleté, une petite pointe acérée dont je me serais bien passé dans la vie, une épine. Je haussai les épaules.

– Je ne suis pas repassé chez moi depuis trois jours. Je les range toujours dans mon tiroir du haut, à gauche. En fait, le tiroir du haut est mon seul tiroir.

Et je ne pus m'empêcher d'ajouter :

– Mais vous le savez sûrement déjà.

– Inspecteur, laissez-moi vous présenter le directeur adjoint Kang, de la Direction du renseignement.

Pak était revenu parmi nous. Ses paupières s'ouvrirent grand et son visage s'éclaira d'un sourire, même si ses lèvres refusèrent de suivre.

– Il est rare que notre modeste bureau reçoive la visite d'un membre du Comité central, dit-il. C'est un grand honneur.

Kang lui sourit en retour, moins pour être aimable que pour me faire voir ses dents. Il était en civil. Pantalon trop long, pas repassé ; sa chemise blanche, col défait, semblait lui avoir fait la semaine. Ceinture et mocassins d'importation. Choisis avec soin, rien de trop clinquant. Les chaussures joliment éraflées offraient un contrepoint presque intentionnel aux bottes de Kim.

– Je vous ai posé une question, dit-il d'un ton égal. J'attends toujours la réponse.

– Je disais, cet enfoiré a klaxonné et…

Le capitaine Kim m'interrompit :

– Qui ça ? Le conducteur, vous voulez dire ?

Cela me mit la puce à l'oreille. Jusqu'à l'intervention de Kim, j'avais cru que ces deux-là coopéraient. Dans un interrogatoire, même aussi informel que celui-là, toute interruption risque de casser le rythme. Or la clé de l'interrogatoire, ce n'est pas les questions qu'on pose ; c'est le rythme. Perdez-le et vous avez tout perdu. Après, c'est retour à la case départ. Une équipe bien entraînée n'aurait pas agi ainsi. Même les plus mauvaises respectaient certaines règles de base.

– Comment le saurais-je ? dis-je en me détendant. (Ces deux-là, quoi qu'ils soient venus chercher dans le bureau de Pak, tiraient dans deux directions différentes.) La voiture avait des vitres teintées, et puis je l'ai vue toute floue tellement elle allait vite.

– Alors, comment pouvez-vous être sûr qu'elle roulait sans plaques ?

Kim prit l'appareil photo. À la différence de Kang, il avait des mains calleuses, puissantes. Mais pas d'avoir aidé aux champs, non, plutôt d'avoir cassé des planches et des briques. Des os aussi peut-être, mais je n'allais pas lui poser la question. Sa voix s'éleva, comme montant d'une grotte sombre d'où les questions les plus anodines seraient ressorties vicieuses et méchantes à force d'errer dans le noir.

– Comment être sûr que vous n'avez pas fait exprès de rater la photo ? Comment savoir si vous avez vraiment essayé d'en prendre une ?

– Écoutez…

Ma voix prenait parfois un ton cassant quand il n'aurait pas fallu et ce fut le cas là encore. Je posai les mains sur le bureau de Pak et me penchai vers les deux inconnus lentement, délibérément. C'était insolent, ou impoli, je ne savais pas et je m'en fichais. Le visage de Kim s'assombrit encore. Il attendait de moi une marque de déférence, peut-être un soupçon de crainte, quelque chose qui lui montre que j'étais conscient de son rang, mais je n'étais pas d'humeur déférente. Kang, lui, avait l'attitude presque contraire : il ne semblait pas s'en soucier. Il ne changea pas d'expression ; ses yeux me suivaient comme ceux d'un ours observant un lapin. Le regard n'était ni intéressé ni totalement indifférent, tout juste attentif.

– Je ne sais pas pour vous, mais moi, je me suis levé tôt pour aller m'asseoir sur une colline dans le noir, et tout ça pour quoi ? La pile de l'appareil était morte, comme d'ailleurs la plupart de celles qu'on nous donne. (Je marquai une pause.) La voiture, une grosse Mercedes noire, était propre et brillante, pas de boue sur les ailes, pneus neufs, pas de plaques d'immatriculation. Ni devant ni derrière. À propos… elle arrivait du Sud, bien que personne n'ait pris la peine de s'en enquérir.

Je marquai une nouvelle pause. Chaque fois que je le faisais, la colère de Kim montait. Le métallique dans ses yeux se ternit, comme le ciel avant un gros orage.

– Et le conducteur a klaxonné, repris-je. Un sale bruit, vraiment, comme un ricanement. Pourquoi a-t-il fait ça alors qu'il était au milieu de nulle part, à l'aube et sur une route déserte ? Ça fait beaucoup de coïncidences en une seule matinée, vous ne trouvez pas ? (Je jetai un regard à Kang. Son visage était toujours aussi inexpressif.) Et maintenant, si personne n'y voit d'inconvénient, je vais aller me chercher un thé.

Pak se remit devant le tableau noir et commença à effacer ce qu'il y avait écrit.

– Je veux un rapport sur mon bureau dans une heure, inspecteur. Déposez l'appareil photo au service des Opérations, et dites-leur de le contrôler. Et rendez votre radio à l'Intendance.

Il souffla sur ses doigts pour en ôter la craie.

Kang arracha une page d'un petit calepin à couverture en cuir. Rien à voir avec ceux qu'on nous donnait.

– Voilà mon numéro. Appelez-moi cet après-midi. Quatorze heures.

Si j'avais demandé à l'officier d'intendance de me trouver un calepin à couverture en cuir, il m'aurait ri au nez. « Vous êtes un sacré comique, inspecteur », aurait-il dit en minaudant.

Je pris le papier et le fourrai dans ma poche sans le regarder. Kim avait reposé l'appareil sur la table, mais gardé le cache de l'objectif dans la main. Il le plia en deux entre le pouce et l'index, l'examina pensivement et me le tendit en hochant légèrement la tête.

– Vous croyez qu'ils ont une bouilloire, aux Opérations ? lançai-je à Pak, qui s'était rassis à son bureau et faisait mine d'étudier la première page d'un manuel du ministère depuis longtemps obsolète.

– Je veux ce rapport, inspecteur.

Il ne leva pas les yeux quand je quittai la pièce pour me rendre au bureau de l'Intendance, au fond du couloir. Je sortis la radio de ma ceinture. Elle était allumée. Ça voulait dire que la batterie était morte, sans quoi elle aurait éructé et crachoté pendant toute la réunion. Je me demandai si la troisième rangée de collines avait disparu dans la brume de chaleur de ce matin d'août.

4

Mon rapport ne fut pas long à écrire. Il n'y avait pas grand-chose à dire et je savais que Pak ne voudrait pas trop de détails. Les détails appellent des questions. Les questions exigent des réponses. Et les réponses déformées ou mal interprétées constituent autant d'armes. Quand j'eus fini, je m'assurai que Pak était seul. Sa porte était grande ouverte, mais cette fois je frappai.

– Entre.

Il se tenait devant le tableau, mais rien n'y était écrit. Deux dossiers du personnel étaient ouverts sur son bureau. L'un des deux était le mien et comportait une vielle photo de moi agrafée dans un coin. J'y faisais la grimace. Je buvais beaucoup en ce temps-là et les lumières vives me donnaient la migraine. En attendant le flash, je prenais toujours une mine renfrognée face à l'appareil.

– Alors, O, qu'avez-vous à dire pour votre défense ?

– Pardon ?

– Que dites-vous de : « Je vous présente mes plus sincères excuses, monsieur l'inspecteur chef, pour avoir fait preuve d'insubordination envers vos visiteurs » ? (Je ne pouvais pas voir son visage, mais je savais qu'il avait les yeux fermés. Il aurait voulu être ailleurs.) Tu n'as pas bu de cette maudite vodka finlandaise sur la colline, si ?

J'ignorai la question.

– Des « visiteurs », eux ? Les visiteurs sont dociles. Ils murmurent de doux éloges. Ceux-là n'étaient pas des visiteurs. Plutôt des extraterrestres. Rien que d'être dans la même pièce, j'en avais des frissons.

– Allons, inspecteur. (Il se retourna enfin. Ses traits étaient tirés comme je ne les avais jamais vus.) On a tellement d'emmerdes sur le dos que je n'arrive plus à les compter. (Il regarda sa montre.) Et il n'est même pas midi.

Je me postai à mon endroit préféré, celui d'où je pouvais regarder par la fenêtre. La vue n'avait rien d'extraordinaire. Au fil des saisons, la cour en contrebas alternait entre boue et poussière. Dans un coin s'élevait un tas de briques destinées à former une allée entre nos bureaux et le bâtiment des Opérations, en face. Les années avaient passé, mais l'allée n'avait jamais été construite. Personne n'avait signalé cette absence de progrès au ministère ; de toute façon, ça n'aurait rien arrangé. On s'attendait à ce que les briques disparaissent, quelques-unes par-ci, par-là, deux ou trois rapportées à la maison, une douzaine refaisant surface sur un étal du marché à quelques rues de là. Par miracle personne n'y avait touché et le tas de briques s'était changé en un monument permanent, inutile mais familier.

Un été, un jeune officier des Opérations en avait fait un banc, où il s'asseyait au crépuscule pour donner la sérénade à une petite opératrice qui travaillait au standard du deuxième étage, devant une fenêtre toujours ouverte. Accoudée au rebord, elle le regardait d'un air rêveur, laissant les appels s'accumuler. Son oncle était colonel dans l'armée, sans quoi elle n'aurait pas duré les quelques mois qu'il avait fallu au ministère pour trouver le courage de la renvoyer dans son village natal. Elle était jolie, plutôt souriante, et je fus désolé de la voir partir. Personne ne s'assit plus sur les briques après cela.

Je les comptais chaque fois qu'une directive du ministère mettait Pak en rogne. Il lisait la circulaire incriminée deux ou trois fois, m'appelait dans son bureau, puis se mettait à écrire furieusement au tableau noir. En général, il marmonnait à peine un ou deux mots que j'arrivais à saisir – « imbéciles » revenait souvent –, mais il lui arrivait aussi de se lancer dans une tirade complète. J'avais mis un moment à comprendre que je n'étais pas censé répondre. Je n'avais qu'à me tenir près de la fenêtre et additionner les briques, une par coup de craie. Il achevait toujours son sermon par un : « Qu'en penses-tu ? » Et je répondais systématiquement : « Incroyable, tout ça. »

Pak aimait sa fenêtre, vue ou pas vue. Il disait qu'elle laissait entrer une lumière bienvenue par temps couvert. À l'automne, en face du tas de briques, deux grands ginkgos viraient pour quelques semaines au jaune le plus éclatant avant que les vents de novembre n'emportent leurs feuilles. Début octobre, c'était le moment où Pak semblait le plus heureux. Il guettait sans cesse par sa fenêtre l'apparition des premières touches de couleur sur les arbres. Le moment venu, il me faisait venir dans son bureau et, dès que j'y passais la tête, levait un doigt vers sa fenêtre, le regard lointain et plein d'un bonheur tranquille. Cela dit, pour l'instant nous étions au plus fort de l'été, trop tôt encore pour que les feuilles soient dorées.

– Qu'est-ce qui t'énerve autant, lui demandai-je. Une pile m'a empêché de prendre une photo. Tout le monde s'en fout, non ? Pour ces deux-là, on aurait dit que c'était une crise nationale, comme si MacArthur avait débarqué à nouveau.

– Nous n'en sommes peut-être pas si loin.

Il s'enfonça dans son fauteuil.

– La mission était simple, pourtant. S'asseoir sur une colline au milieu de jolies fleurs à l'aube – ton heure préférée, comme tu le dis toujours –, prendre une photo, peut-être même deux, et plier bagage.

– Pas mon boulot.

Lui et moi avions déjà eu cette conversation un nombre de fois incalculable. Ce n'était pas une dispute. Nous connaissions tous les deux la suite.

– On ne me paye pas pour aller prendre des photos à la campagne. Je suis censé maintenir l'ordre dans la capitale, au moins dans mon secteur. C'est ce que je fais. Tu as entendu quelqu'un s'en plaindre ?

– Inspecteur, quand vous a-t-on payé pour la dernière fois ?

– Bon d'accord, on ne nous a pas payés ces derniers temps. Donc, nous ne sommes pas payés pour faire quoi que ce soit.

– Ça tombe bien, parce que c'est à peu près ce que vous faites.

Dans la bouche d'un autre, ç'aurait semblé cruel, mais je savais que Pak n'en pensait rien. Nous nous entendions bien, la plupart du temps. Dix ans de collaboration avaient fini par arrondir les angles. Quelque chose le préoccupait, je ne savais pas quoi, et l'inquiétude le rendait irritable. Mais cette fois, moi aussi j'étais irritable. C'est moi qui étais resté assis aux aurores dans l'herbe mouillée, et maintenant c'était à moi de me fendre d'un coup de fil à un dignitaire du Parti qui voulait me harceler pour mon badge.

– Je ne prends pas de photos de bolides sans plaques dans la pénombre. Et surtout pas quand l'appareil photo ne marche pas. (Je tournai le dos à la fenêtre.) Et puis, pourquoi n'a-t-on pas droit à une Thermos lorsqu'on doit attendre sans rien faire aux premières lueurs du jour ?

– On t'a vu ?

Voilà encore qui était typique de Pak. Sans raison apparente, il s'échauffait subitement, puis décolérait tout aussi vite et revenait au sujet principal.

– Non, personne n'a rien vu.

J'étais sûr que personne n'aurait pu me voir depuis la route. Je m'étais posté sur une petite butte, avec une autre colline derrière moi. N'importe qui levant le nez de l'autoroute se serait focalisé sur la ligne de crête. C'était humain. On aurait pu envoyer une fanfare défiler à flanc de colline que personne ne l'aurait remarquée. Les yeux suivent toujours la ligne où le ciel et la terre se rencontrent.

– Même quand j'ai tenté de prendre la photo, repris-je, je suis resté accroupi. De toute façon, j'avais un chapeau de paysan. Si le conducteur a levé les yeux de cette route pourrie – ce qu'il aurait été dingue de faire, vu la vitesse à laquelle il roulait –, il m'aurait pris pour Kim Satgat.

Pak hocha la tête.

– Ne me dis pas. Je ne veux pas le savoir.

– Très bien.

– Bon d'accord, qui est ce Kim Satgat ? Il est dans nos dossiers ?

– Sûrement, à un moment ou à un autre. Il s'appelait Kim Pyong Yon de son vrai nom. Un poète voyageur de l'ancien temps.

– C'est tout ?

– C'est une longue histoire, disons qu'il avait fait l'erreur de critiquer son grand-père par accident. Ce qui manquait singulièrement de piété filiale. Il a dû fuir et porter un chapeau de bambou pour cacher son visage.

– Mais alors, pourquoi klaxonner s'ils ne voyaient pas Kim Satgat ?

Sa tête oscillait toujours légèrement d'avant en arrière lorsqu'il connaissait déjà la réponse à la question qu'il posait. Il attendit pour reprendre de sentir que j'avais compris moi aussi.

– Tout juste, la radio.

– Quelqu'un dans la voiture surveillait les fréquences ? Personne n'obtient ce genre d'équipement sans remplir une montagne de paperasse. (Je réfléchis un instant.) À moins que ça ne vienne de l'extérieur. À qui crois-tu que nous avons affaire ?

Il hocha la tête.

– Je n'en sais rien. Et ne le demande pas.

– Cette gueule de silex de Kim n'est pas de l'État-major central, si ?

– Laissez tomber, inspecteur.

– C'est bien ce que je pensais. Il a le cou trop épais. Pas assez gracieux pour avoir ses quartiers au QG.

– Ça suffit, dit Pak en levant la main. Stop, assez, on arrête.

– Je n'aime pas cette histoire. Ce Kim ne me plaît pas. Et Kang, lui, ne me plaît vraiment pas. Tu as remarqué ? Son expression ne change jamais. C'est comme de regarder une truite qui t'observerait depuis ton assiette. (Nous gardâmes le silence un instant.) Tu as vu Kim taper du pied ?

Le fauteuil de Pak grinça quand ce dernier le fit pivoter vers la fenêtre. Il se recroquevilla et joignit le bout des doigts, découpant de petits losanges par lesquels le soleil s'insinua.

– Nos deux extraterrestres, repris-je, ils ne travaillent pas ensemble, si ? (Pak ignora ma question, j'avais donc visé juste.) Je suppose que personne n'a vérifié. Tu es sûr qu'il y avait bien une pile dans l'appareil photo ?

Il se redressa et le fauteuil grinça encore.

– Rentre chez toi, dit-il en se tournant vers moi. Enfile une chemise propre, si tu en as une. Peut-être un nouveau pantalon, aussi. Fais-toi du thé, mange quelque chose. Puis, aussi vite que tes petites jambes pourront pédaler, tu rappliques ici. Tu ne vas pas voir des amis. Tu ne t'arrêtes pas au marché. Tu ne t'assois pas sous un arbre pour contempler le ciel d'été. (Il regarda sa montre.) Il est onze heures trente. Tu t'es levé tôt. Repose-toi. Et sois de retour à treize heures quarante-cinq pour appeler Kang.

– Que vient-il faire dans tout ça, à propos ?

– Dehors. Allez, ouste !

J'avais déjà un pied dans le couloir lorsqu'il me rappela.

– Inspecteur, n'oubliez pas…

– Je sais. Mon badge.

5

La journée s'était muée en bain de vapeur, un temps peu propice à la bicyclette, surtout avec un pneu arrière presque à plat. Tous les matins, j'y remettais de l'air. Qui s'en échappait quelques heures plus tard ; personne ne comprenait d'où il sortait, ni pourquoi la fuite s'arrêtait toujours vers midi. Tous les quinze jours environ, j'apportais mon pneu à un petit vieux qui réparait des vélos à l'ombre de deux noyers non loin du bureau, jusqu'au jour où, en tordant le nez, le bonhomme avait fini par me dire de ne pas revenir, mes histoires de pneu lui prenaient trop de temps et rognaient sur ses bénéfices. Je lui avais demandé ce qui était arrivé à l'esprit de coopération entre nous autres travailleurs, mais il s'était contenté de renifler, avait reporté son attention sur un vieux vélo chinois qui était passé sous une voiture, et m'avait lancé : « Lui, au moins, il me paiera mon dîner. »

– L'accès à ce carrefour est contrôlé.

Je me tournai vers l'agent de circulation plantée à quelques pas de moi, sifflet à portée de bouche.

– Et c'est moi qui le contrôle, reprit-elle. Pas de vélos. Pas de piétons. Que des voitures.

Il n'y en avait pas une en vue. Mignonne comme tout, mais dure à cuire, la demoiselle. La moue aux lèvres, comme toutes ses collègues. Peu après mon arrivée au bureau, Pak et moi avions longuement discuté pour savoir si les agents femmes étaient choisies pour leurs lèvres ou si on les formait à prendre l'air boudeur, en forçant sur le rouge à lèvres, par exemple.

Pak me disait que cela n'avait aucune importance ; de toute façon, il préférait que je me tienne à distance. « Ces filles-là, on n'y touche pas. Elles sont toutes très spéciales. »

Il marquait une pause, puis ajoutait :

« Ce n'est pas ce que je voulais dire. Disons qu'il faut toutes leur accorder le respect. Pas de regards lubriques, pas de claquements de langue en passant, aucun commentaire sur leurs petits uniformes bleus, leur pouvoir de séduction ou autre. C'est compris ? Elles ont été étudiées sous toutes les coutures en haut lieu. La hiérarchie est très bienveillante à leur égard, et beaucoup moins envers ceux d'entre nous qui leur froisseraient l'ego. »

Je ne descendis pas de ma monture. Je ne suis pas petit, mais sur mon vélo j'ai l'air plus grand, et en descendre lui aurait donné l'impression qu'elle avait de l'autorité sur moi.

– Je sais, je connais les règles, mais là, je suis pressé. Mission officielle.

– Il y a un passage souterrain, me renvoya-t-elle en me montrant le coin de la rue. Empruntez-le.

– Par un temps pareil, vous forceriez un homme de cinquante-six ans à porter un vélo dans ces escaliers ?

Je ne m'attendais pas à ce qu'elle cède, mais j'avais envie de la voir sourire.

Elle ne sourit pas, loin de là.

– Vous ne m'avez pas l'air si vieux que ça.

Un gloussement s'éleva du petit groupe qui se formait autour de nous.

– C'est vrai, je suis plutôt bien conservé.

Elle me regarda droit dans les yeux.

– Je n'ai pas à le savoir. (Cela provoqua un nouveau gloussement. Une vieille dame en mit même une main devant sa bouche.) Et je m'en fiche.

Ma chemise était trempée de sueur lorsque j'émergeai en haut des marches de l'autre côté de la rue. Toujours pas la moindre voiture. Pour ne rien arranger à mon humeur, je vis que la fille était allée se mettre à l'ombre. Elle m'observait d'un air indifférent, son uniforme repassé de frais, ses bottes noires brillant comme s'il n'y avait pas eu un grain de poussière à des kilomètres. Je crus distinguer un infime sourire sous sa moue, mais je n'avais plus envie de plaisanter. Un homme assis au coin de la rue avait levé les yeux en me voyant passer et me faisait signe.

– Votre pneu est foutu. Je vous en trouve un autre ?

Je commençai par passer sous les saules alignés le long de la berge en espérant y trouver une brise, puis j'abandonnai et empruntai le vieux pont bâti par les Japonais et qui conduit à ma rue, dans le secteur Est délabré de Pyongyang.

Il ne faisait pas plus frais dans ma chambre, mais avec les stores baissés le soleil ne m'éblouissait plus. L'immeuble tombait déjà en ruine quand j'y avais emménagé quelques années plus tôt. Il faisait partie d'un ensemble de quatre bâtiments disposés en carré autour d'une place, sur laquelle plusieurs buissons fleuris poussaient sans obéir à un projet précis. La résidence avait été bâtie à partir de plans que des Allemands de l'Est avaient apportés en 1954, suite à leur offre de participer à la reconstruction d'une ville coréenne après la guerre. On avait fini par leur confier la restauration de Hamhung, sur la côte Est, mais l'architecture avait tellement plu à Pyongyang que les plans avaient été « empruntés » et réutilisés pour bon nombre d'immeubles de bureaux et d'habitations de la capitale. Plus tard, à la surprise de personne, il avait été décrété que les immeubles de « style étranger » n'étaient pas une bonne idée. Après, des équipes de travail spécialement formées étaient venues les modifier un par un, ma résidence comprise, en y apportant quelques touches qui devaient leur donner un air « bien de chez nous ».

Les dalles des balcons étaient pour la plupart irrécupérables, et celles qui par miracle tenaient encore disparaissaient sous les plantes. Une bonne partie de l'enduit jaune de la façade était tombée, découvrant un béton maculé de taches, qui sans qu'on sache pourquoi virait au vert sombre par temps de pluie. Un officiel de la police est-allemande que j'avais un jour promené en voiture dans toute la ville m'avait dit que ces immeubles étaient de style « Bauhaus », mais selon lui les toits en tuile ne ressemblaient à rien de ce qu'il avait pu voir à Berlin, la conception des balcons étant – il avait alors marqué une pause pour trouver le mot juste – « intéressante ».

On devinait encore l'endroit où les nouvelles décorations extérieures avaient été ajoutées, marquant chacune l'un des six étages, le tout couronné par ce qui un jour avait été une frise raffinée, et sûrement très belle, juste sous la toiture. Des pans entiers de tuiles étaient tombés du toit, ce qui expliquait l'odeur persistante de moisi dans la cage d'escalier.

J'aimais bien cet endroit. Les gens se disaient bonjour quand ils se croisaient, en partie pour éviter qu'on leur rentre dedans dans les couloirs sombres, mais aussi par pure gentillesse. Un groupe de vieilles dames, toutes veuves de guerre, s'était vu attribuer les pièces du rez-de-chaussée et du premier étage, ce qui leur évitait d'avoir trop de marches à monter. Par beau temps, elles s'asseyaient dehors et surveillaient la rue qui longeait l'immeuble. Elles aimaient l'idée qu'un inspecteur du ministère de la Sécurité publique habite leur immeuble ; elles pensaient que cela donnait un statut particulier à la résidence et se figuraient que si la nouvelle se répandait, cela éloignerait les voleurs.

Peu de temps après mon emménagement, quelques-unes m'avaient acculé dans un coin pour me soutenir qu'il n'était pas normal que je ne sois pas marié. Elles m'avaient brandi sous le nez une liste de jeunes femmes à rencontrer. En haut de la liste, m'avaient-elles dit, se trouvait une beauté de Kaesong, une cuisinière émérite dont les plats de nouilles dignes de l'ancienne capitale m'attendraient tous les soirs. Je leur avais répondu que si je me mariais, il faudrait que je déménage de mon minuscule studio, et que dans ce cas elles n'auraient plus un inspecteur de police à demeure. Je ne revis jamais les noms de ces filles, et n'entendis plus jamais parler de nouilles.

Mon appartement était simple, mais c'était chez moi et cela me suffisait. Pendant quelque temps, j'avais conservé un petit autel dédié à mes parents près de la porte. Et même un vase avec une fleur, pour me rappeler la campagne où j'avais grandi, là-bas, dans une étroite vallée à une heure de marche de la ville la plus proche, où il n'y avait que chemins de terre et rizières scintillant dans la lumière de l'après-midi. Mon balcon n'était pas assez solide pour que je m'y tienne ; les oiseaux se perchaient sur ses vestiges et bavardaient au coucher du soleil. Mes voisins, un jeune couple, avaient, eux, encore un vrai balcon. Notre côté de l'immeuble étant exposé au sud, ils mettaient à pousser des fleurs en pots de toutes tailles et formes au soleil. Le lundi matin, qu'il pleuve ou qu'il vente, la voisine laissait une fleur rouge toute fraîche devant ma porte. Elle ne manquait pas de couleurs parmi lesquelles choisir ; mais pour moi, c'était toujours le rouge.

Contre un des murs de la pièce, j'avais une petite commode à un seul tiroir héritée de mon grand-père. Il l'avait fabriquée pour sa femme peu après leur mariage, quelque part dans les montagnes au-dessus du fleuve Amnok, tous deux ayant fui les patrouilles japonaises du début des années trente. Je l'appelais « mon coffre mandchou » et y avais conservé un uniforme de rechange pendant les quelques années où l'on nous en avait fourni un. Il y avait un réfrigérateur – mais je n'avais jamais pris la peine de le brancher –, un réchaud sur lequel je faisais bouillir l'eau pour le thé, ainsi qu'un autocuiseur de fabrication chinoise que j'avais rapporté d'une excursion à Vladivostok, et qui ne cuisait jamais le riz à cœur. Par terre était posée une bouilloire bleue munie d'une poignée en bois. Dedans, l'eau stagnait depuis trois jours, mais il n'y en avait pas au robinet. Il me restait de la vodka dans une bouteille posée sur le réfrigérateur. Elle venait de Finlande et, en y buvant quelques gorgées les yeux fermés, je m'imaginais ce pays en été. Le crépuscule qui s'étire sans fin, l'idée était apaisante. Chaque fois que je lui en parlais, Pak me répondait que le service de jour devait être un cauchemar. J'aimais bien Pak, mais son âme était totalement dénuée de poésie.

L'autel avait depuis longtemps disparu, tout comme le vase de céladon vert, si frais et doux au toucher. Il avait appartenu à mon grand-père. Quand j'étais petit, il était posé dans sa bibliothèque. Je l'avais étudié lors de nombreux après-midi tranquilles, imaginant les grues blanches peintes sur ses flancs en train de s'envoler pour une destination que je pouvais à peine concevoir. Je ne sais pas quand cela m'est venu, mais un jour j'ai commencé à douter que les grues sachent où elles allaient.

Un soir, peu après mon arrivée dans l'appartement, en rentrant du bureau, j'avais trouvé l'autel renversé et le vase par terre. Ce n'était pas nécessaire et ce n'était pas un accident. Rien qu'un grossier avis de passage. Il n'y avait rien d'autre à déranger, ni livres à éparpiller ni photos à arracher des murs, mais comme j'avais des fleurs, il avait fallu qu'on les piétine. Sinon, quel intérêt y aurait-il eu à retourner la pièce ? Voyant que le vase n'avait pas subi de dommages, j'avais décidé d'oublier cet épisode. Celui ou ceux qui avaient fait ça n'essayaient pas d'être subtils. Je m'étais dit que c'était peut-être un exercice, pour me montrer à quoi ressemble une pièce après une fouille lorsque le travail n'est pas bien fait. Ou peut-être était-ce une erreur. Ils s'étaient trompés de dossier, s'étaient rendu compte en arrivant chez moi qu'ils avaient fait le voyage pour rien et avaient décidé de se passer les nerfs comme ils pouvaient.

La deuxième fois que j'avais retrouvé le vase par terre, je m'étais fendu d'une lettre. Pak m'avait appelé dans son bureau pour me dire que j'avais manqué de discernement, mais je n'avais détecté dans sa voix ni colère ni menace lorsqu'il s'était levé de sa chaise pour me sermonner. La troisième fois, j'avais apporté le vase au boulot et l'avais mis à l'abri dans mon classeur à dossiers.

6

À deux heures moins le quart j'étais de retour au bureau. Je me postai dans l'embrasure de la porte et lissai un éclat oblong de bois de kaki entre mes doigts en attendant que Pak raccroche son téléphone. J'ai toujours un petit morceau de bois, jamais plus gros qu'une pochette d'allumettes, dans ma poche. Lorsqu'on fait rouler un bout de bois entre ses doigts, celui-ci finit par trouver la forme à laquelle il se destine, puis commence à se polir de lui-même. Chaque essence est différente. Certaines mettent des mois à s'assagir ; d'autres sont impatientes de se défaire des mauvaises années. J'avais commencé pendant mes heures de faction à l'armée pour entretenir la circulation dans mes doigts. Après m'être mis à travailler au ministère en tant qu'inspecteur, j'avais découvert que, lorsque j'étais assis à mon bureau en train d'examiner un dossier plein de faits sans aucun rapport les uns avec les autres, cela m'aidait à me concentrer. Certains s'en amusent ; ils appellent ça ma « sale habitude ». D'autres ne le supportent pas, ce qui peut s'avérer utile pendant un interrogatoire. Il suffit que je m'adosse au mur et que sans rien dire je fasse tourner le bois entre mes doigts pour qu'ils commencent à s'agiter.

Pak était content de me voir, puis il jeta un œil à ma boutonnière.

– Pas ma faute, dis-je. Ils me l'ont volé. Il est probablement sur le bureau de Kang. Écoute, je ne veux pas te causer d'ennuis. Pourquoi je ne demanderais pas ma mutation, disons… dans le Nord, à Kanggye ?

Je rangeai le morceau de kaki dans ma poche. Je le travaillais depuis quelques mois et il venait à peine de commencer à s'assagir. Le kaki, d'ordinaire, va plus vite que ça. C'est un beau bois, si on le traite comme il faut. Cela étant, il a une certaine tendance à l'ostentation. Avec le kaki, on n'est jamais sûr d'avoir vraiment atteint le cœur ; c'est un bois qui cherche seulement à plaire. Le noyer est différent. Mon grand-père me disait toujours que le noyer n'en fait qu'à sa tête. Si l'on veut s'y mesurer, disait-il, mieux vaut être sérieux.

– Pyongyang devient trop bourgeois. Les fliquettes ne vous laissent même pas traverser la rue à vélo. À propos, il me semble que l'une d'elles m'a souri.

Pak se passa une main dans les cheveux, un tic nerveux qui l'avait pris l'année précédente lorsque son fils était mort lors de manœuvres d'entraînement près du front. Pak grisonnait, et pourtant il n'était pas beaucoup plus vieux que moi, de cinq ou six ans peut-être. Ses cheveux étaient trop longs pour un inspecteur chef. Dernièrement, des recommandations

« d'hygiène personnelle » étaient apparues dans son dossier suite aux évaluations trimestrielles, mais il s'en fichait. Depuis que son fils était mort, il piétinait certaines règles.

Je n'avais jamais vu son fils. Lorsque celui-ci était encore tout jeune, j'étais rentré d'une mission de liaison à l'étranger avec un cadeau, une pleine boîte de petites voitures métalliques fabriquées au Japon. L'une d'entre elles était jaune ; c'était un bus. Les autres étaient rouges. Leurs minuscules portières pouvaient même s'ouvrir et les pneus noirs tournaient. Pak m'avait remercié en m'assurant que le cadeau plairait beaucoup à son garçon, mais quelques semaines plus tard, j'avais retrouvé la boîte jamais ouverte dans sa poubelle. Je savais que Pak ne craignait pas de posséder des objets venus de l'étranger, et je savais qu'il vouait à son fils une affection farouche et voulait toujours ce qu'il y avait de mieux pour lui. Je ne lui en avais pas reparlé, mais ce fut la dernière fois que je rapportai des cadeaux de mes voyages. Juste après la mort de son fils, j'avais senti que Pak voulait me dire quelque chose. Une ou deux fois par semaine, toujours quand le soleil commençait à décliner, il apparaissait à ma porte et entamait une conversation, puis se murait dans le silence. « Ce n'est rien. Oublie, finissait-il par lâcher. Aurais-tu un peu de cette fichue vodka finlandaise quelque part ? »

– Kanggye ? disait-il à présent, l'air surpris. Non, non, pas Kanggye. Kanggye est pleine de péquenauds et d'arnaqueurs. Tu crèverais d'ennui, ou pire. Allons faire un tour.

Nous descendîmes les marches et fûmes dans la rue.

– Avez-vous déjà remarqué la manière dont les rayons du soleil dansent sur le fleuve, inspecteur ?

Le fleuve se trouvait à plusieurs rues de là, caché par des barres d'immeubles vides qui ne servaient à rien, sauf à faire un peu d'ombre aux foules qui attendaient un bus en fin d'après-midi. Pak ne pouvait pas voir le fleuve ; il ne faisait que poursuivre une conversation à sens unique.

– Tu devrais t'essayer à la poésie, reprit-il. Ou peut-être t'inscrire dans un groupe de danse traditionnelle.

Il avançait courbé vers l'avant, luttant contre un vent que personne d'autre ne pouvait sentir. Pour quelqu'un de si habile à enchaîner les idées – ses pensées glissaient comme une lame de rasoir sur la soie –, il se déplaçait avec une étonnante gaucherie, les épaules rentrées, les bras agités d'un balancement saccadé pas tout à fait synchrone avec ses pas. Il ne semblait jamais totalement à l'aise avec la gravité ; c'était une concession qu'il ne semblait pas disposé à faire. Pour un homme, Pak était assez beau. Ses cheveux gris en bataille faisaient paraître ses traits durs plus délicats et finement sculptés. Tout était harmonie dans son visage menu, même le léger rictus qui lui crispait les lèvres presque en permanence et l'insaisissable inquiétude qui ne quittait jamais ses yeux brillants.

Alors que nous marchions, il se tut soudain. Puis il ne fut plus à côté de moi. C'était arrivé si subitement que je fis quelques pas avant de me rendre compte qu'il avait disparu.

– Inspecteur !

Je me retournai et le trouvai dans une ruelle, assis sous un saule dont les branches tombantes cachaient une balançoire rouillée.

– C'est formidable tout ce qu'on fait pour les enfants, nos petits princes et princesses, non ? dis-je. Rien n'est trop beau pour eux, hein ? Depuis quand pariez-vous que ce truc n'a pas été repeint ?

Je m'assis à côté de lui.

– Si tu veux te lancer dans une critique de la société, je n'ai rien à dire. Ça ne m'attire que des regards mauvais.

Pak se mit à fredonner pour lui-même, une chanson populaire sur un jeune couple séparé par une rivière infranchissable. Ils allaient se noyer, mais avant qu'ils en arrivent là, Pak se tourna vers moi et me dit à voix basse :

– Kim n'est pas capitaine.

– Sans rire.

– Il ne vient pas de l'État-major.

– Armée ?

– C'est presque ça. Il vient du commandement de la Sécurité militaire. (Je ne dis rien. Pak toussota, un autre tic nerveux. Puis il baissa encore la voix d'un ton.) Je ne suis pas censé le savoir, et toi non plus.

– Et la voiture ? demandai-je.

– Une photo. Une seule petite photo et Kim serait reparti content.

– C'est ce que je pensais ; c'est lui qui voulait la photo. Mais ces types-là ne sont jamais contents, tu le sais bien. Le bonheur ne s'accorde pas bien à leur sorte de pureté malsaine. Avec eux, la loyauté a de quoi effrayer. Si le Centre dit vouloir une nuit bien noire pour faire un tour en voiture, la Sécurité militaire cherchera des moyens d'effacer la lune. (Pak gonfla les joues, signe que je m'écartais du sujet. Je fis marche arrière.) D'accord. La photo. Ils n'ont pas un appareil à eux, un truc bien cher ? À moins qu'ils soient trop demeurés pour savoir s'en servir ?

– Inspecteur ! (Il restait toujours cordial, même lorsque je le taquinais, mais cette fois il était glacial.) Ne les sous-estimez pas. Si vous faisiez un peu attention de temps à autre, comme tout le monde, vous le sauriez. Ne vous avisez jamais de les sous-estimer.

– On fait quoi maintenant ?

– On rentre au bureau pour que tu puisses appeler Kang.

Je consultai ma montre.

– On a le temps, et tu n'as pas vraiment répondu à ma question.

– Pour le moment, il faudra s'en contenter. On va devoir marcher sur des œufs jusqu'à ce que Kim rentre les griffes et s'éloigne. Espérons seulement que nous sommes trop petits pour lui.

– Il pourrait avoir envie qu'on lui serve d'amuse-gueule.

– Pas s'il ne peut pas nous voir, nous entendre ou nous sentir. Pendant les dix jours qui viennent, nous allons nous fondre dans le décor. Tu vois cette balançoire ? Elle est sans couleur. Elle se confond avec la poussière. Et se balance imperceptiblement quand le vent souffle. Même les oiseaux ne chient pas dessus parce qu'ils ne croient pas qu'elle est là. Pareil pour nous. Je me suis bien fait comprendre ?

– Je parie qu'ils n'ont pas de balançoires à Kanggye.

– Inspecteur (il se leva et épousseta son pantalon), avez-vous remarqué la manière dont les rayons du soleil dansent sur les lunettes noires du type là-bas, au coin de la rue ?

– Et alors ?

– Espérons que la pile de son appareil photo ne fonctionne pas non plus.

7

Le numéro sur le bout de papier était seulement celui d'un standard téléphonique. Je dis à l'opératrice que je souhaitais parler au directeur adjoint Kang.

– Tout le monde ici est directeur adjoint, me renvoya-t-elle. Sans exception. Et j'ai trois Kang. Alors il va falloir que vous soyez un peu plus précis.

– Kang de la Direction du renseignement, ça vous irait ?

– C'est mieux. (Elle était manifestement en pleine lecture et ce n'était pas un annuaire qu'elle lisait.) Oui, j'ai bien un Kang à la Direction du renseignement.

– Parfait. Vous pensez que je pourrais lui parler ?

– Possible, mais vous allez devoir patienter. Le standard est en cours de remise à jour, et ils se sont emmêlé les câbles d'ici jusqu'à la frontière. Hier j'ai essayé de transférer un appel vers un Kang et vous savez où j'ai atterri ?

– Non, où ça ?

– À Kanggye.

– Aïe.

– Au cas où je vous perdrais, laissez-moi votre identité, que je puisse vous rappeler.

Je lui donnai mon nom et mon matricule.

– Très bien, inspecteur, veuillez patienter… c'est parti.

La ligne bourdonna et cliqueta quelques secondes, puis une autre voix me parvint.

– Allô ?

Ma montre indiquait deux heures cinq.

– Inspecteur O à l'appareil, je cherche à joindre le directeur adjoint Kang. Pour une affaire officielle.

– Je sais qui vous êtes, inspecteur, et vous êtes en retard.

– La faute au standard.

– J'ai un peu étudié votre dossier.

C'est rarement bon signe, mais ça aide souvent de prendre un ton détaché.

– Je suis sûr que vous l'avez trouvé fascinant. Surtout mes résultats déplorables en cours de photographie.

– Vous êtes très bien noté par votre inspecteur chef.

– Seulement sur le papier. Il en a besoin au cas où il voudrait se débarrasser de moi. S'il me donne de mauvaises notes, personne ne voudra me prendre.

– Au contraire, il est très précis. Vous avez résolu des affaires très sensibles impliquant des cadres haut placés. Vous avez protégé votre ministère de certaines évolutions embarrassantes. Et vous avez la réputation d'exécuter les ordres de manière discrète et intelligente, avec d'excellents résultats. Que faut-il en déduire, selon vous ?

– Aucune idée. Il faudrait demander à Pak.

– Je pourrais bien le faire.

– Kang, nous sommes tous les deux très occupés, chacun à notre manière, et je suis content d'avoir pu vous joindre. Mais il fait trop chaud dans mon bureau, je n'ai toujours pas eu de thé, et je vais probablement passer tout l'après-midi à chercher une pile pour l'appareil photo.

– C'est précisément ce qui me plaît chez vous, toujours à charger tête baissée pour la défense du peuple de notre mère patrie.

– Je vais vous dire, Kang, pourquoi n'irions-nous pas boire une bière ?

Courte pause, puis un rire bref.

– Je me demandais si vous alliez jamais me le proposer. Retrouvons-nous au Koryo, disons… à six heures. Précises.

– Très bien.

Je raccrochai et traversai le couloir pour rejoindre le bureau de Pak. Il leva un regard inquiet sur moi.

– Il veut aller boire une bière.

– Où ça ?

– Au Koryo.

Il haussa un sourcil.

– Drôle d'endroit pour un rendez-vous. Ce n'est pas un hasard, comme disaient les Russes, même si c'est toi qui en as parlé le premier.

Un sourire passa brièvement sur son visage.

– C'est calme, aujourd'hui. Les murs ne sont pas épais. Reste sur tes gardes. Et, inspecteur (il gagna le tableau et se mit à le marteler furieusement avec sa craie), n'oubliez pas vos bonnes manières.

8

Kang s'était assis sur un des bancs d'une grande table en bois dans la brasserie à l'avant du Koryo. Comme d'habitude, l'hôtel était silencieux et frais. Je n'ai jamais compris d'où provenait cette fraîcheur. Il n'y a pas de climatisation. Peut-être est-ce tout ce marbre – tous les sols sont en marbre, ainsi que les colonnes qui ne sont pas recouvertes de miroirs. Le marbre, principalement noir et gris, était trop sombre à mon goût, mais si ça pouvait apporter un peu de fraîcheur au mois d'août, je n'allais pas me plaindre pour des raisons d'ordre esthétique.

Lorsque l'architecte avait dévoilé les plans de l'hôtel pour la première fois, on avait dû les trouver grandioses. Deux tours côte à côte, restaurant panoramique tournant au dernier étage, hall de marbre avec hauts plafonds. La maquette devait être fantastique. Elles le sont presque toujours. Une de mes premières missions lorsque j'étais entré au ministère avait été d'enquêter sur des fonds disparus au siège central du Syndicat des architectes. Il y avait des petites maquettes partout, des maquettes de bâtiments publics, des maquettes de cinémas, des maquettes d'immeubles d'habitation aux balcons parfaits et aux façades intactes, des maquettes de parcs avec des chemins sinueux et des agencements magnifiques. Les architectes font de très belles maquettes, mais de bien mauvais voleurs. La clé d'une valise était cachée sous un kiosque de marbre dans l'un des parcs miniatures. Elle n'était pas très difficile à trouver. A-t-on jamais entendu parler d'un kiosque en marbre ? Une fois la clé en poche, trouver la valise n'avait pas posé problème. La clé était celle d'une malle française. Aucun des architectes n'était allé en France, mais l'un d'eux, le premier adjoint, s'était récemment rendu à Pékin. J'étais venu lui rendre visite à son appartement, un soir tard. Il avait chez lui toute une collection de carrés de soie de second choix et d'imperméables étalés sur des chaises et sur le lit, ainsi qu'une femme qui, m'avait-il dit, s'intéressait aux structures de maçonnerie. Il avait prétendu que la marchandise était destinée aux membres de sa famille, j'avais répondu qu'il était en état d'arrestation, à moins de me montrer la valise de marque française dont il s'était servi pour ramener tous ces trucs de Chine. La clé correspondait ; l'argent était à l'intérieur, enveloppé dans une veste rouge et blanche. Entre-temps, la femme s'était rhabillée et avait quitté les lieux. Je l'avais aperçue quelques semaines plus tard dans une rue de mon secteur. Elle portait une écharpe verte et ne m'avait pas dit bonjour.

Un piano mécanique blanc, à l'entrée de la brasserie du Koryo, contraste avec l'atmosphère, sinon sombre et feutrée, qui s'installe dès qu'on dépasse le portier. Celui-ci se montre affable et lève un doigt vers le bord de son chapeau s'il reconnaît le client ou en devine l'importance, mais il se montre très soupçonneux à l'égard de tout et de quiconque ne semble pas appartenir à ce monde. C'était par une matinée pluvieuse que le piano était arrivé sur un camion. Le portier était prêt à le renvoyer d'un revers de main lorsqu'il était allé jeter un œil à l'arrière et y avait trouvé un billet de dix dollars.

Au début, le personnel de l'hôtel ne mettait dans le piano que des rouleaux de musique classique, essentiellement des airs héroïques qui incitaient les clients à traverser le hall à grandes enjambées. Mais ce jour-là, le piano mécanique jouait une chanson des Beatles. Je ne connaissais pas le titre, mais savais que c'était eux. La plaisanterie semblait beaucoup amuser les employés, la pique étant destinée aux gens bouffis de suffisance qui passent devant le portier d'un pas alerte, s'arrêtent au milieu du grand hall, se balancent au rythme de la musique, puis se figent brusquement lorsqu'il leur vient à l'esprit que ce qu'ils entendent ne leur est pas familier et pourrait, potentiellement, leur attirer des ennuis. Je savais qu'il s'agissait d'une plaisanterie parce que c'était moi qui en avais donné l'idée au personnel. J'avais même fourni le rouleau, que j'avais trouvé par hasard dans un bac plein de rouleaux à l'extérieur d'une petite boutique de disques, au fond d'une ruelle de Berlin. Je cherchais du Mozart. J'étais revenu avec les Beatles. Les missions d'approvisionnement se finissent souvent comme ça.

La plupart des gens auraient attendu que je sois arrivé, mais pas Kang. Il était déjà en train de siroter sa bière. Ç'aurait pu être ses mauvaises manières, mais j'étais sûr qu'il n'en était rien. Chez quelqu'un de son rang, c'était forcément calculé – il avait l'intention de me mettre mal à l'aise, de me montrer qu'il se fichait bien de ce que je pouvais penser. Je restai debout à côté de la table en attendant qu'il daigne remarquer ma présence.

– Inspecteur, prenez place, dit-il enfin en buvant une gorgée de sa bière, mais sans lever les yeux. J'espère que vous ne m'en voudrez pas, j'ai commencé sans vous. (Je ne bougeai pas d'un pouce. Pas question que je m'assoie, pas tant qu'il ne m'aurait pas regardé. Finalement, il tourna la tête et m'y invita du menton.) Il fait chaud dans mon bureau et j'avais soif.

C'était inattendu. Les gens de son espèce n'ont pas vraiment l'habitude de se justifier.

– Vous avez bien fait, dis-je en me glissant sur le banc en face de lui. Je suis un peu en retard.

Il examina ses mains. Il était plus vieux que moi, et plus expérimenté. Il me faudrait faire preuve d'un peu plus de déférence. Je n'en avais montré aucune lors de notre première rencontre le matin même, ça ne pouvait pas me faire de mal d'en rajouter un peu maintenant.

– Je m'excuse, repris-je, la circulation peut être un vrai problème. Dans le temps, on pouvait aller partout en quelques minutes. Il suffisait de monter en voiture, de choisir n'importe quelle voie et hop, on y était. On n'avait même jamais besoin de mettre son clignotant.

Personne pour le voir, de toute façon. Maintenant, il y a des voitures, des bus et des camions dans tous les sens, sans parler des tramways qui bloquent le passage. Ce n'est pas un progrès, ça ! (Kang étudiait toujours ses mains. Je changeai de braquet.) J'espère que je ne vous ai pas trop fait attendre. (Je marquai une pause.) Désolé.

Il leva les yeux.

– Il y a deux kilomètres de votre bureau à l'hôtel. Ce n'est pas le centre de Tokyo, ici. Essayez de partir cinq minutes plus tôt la prochaine fois. Ça ne peut qu'empirer, ou s'améliorer, selon les points de vue.

Pour masquer l'ambiguïté du propos, d'aucuns auraient souri en disant cela. Kang, lui, ne changea pas d'expression. Il ne cligna même pas des yeux.

Je fis un signe de tête à la serveuse, qui savait que je ne buvais que de la Pyongyang lorsque j'étais avec quelqu'un du Parti. Elle haussa les sourcils, sa manière à elle de me demander si elle devait m'apporter une assiette de poisson séché. Elle savait que je n'en prenais jamais pour moi tout seul ; c'était trop salé. Je lui adressai un second signe de tête.

– Vous avez l'air de bien connaître le personnel, dit Kang. (Il avait changé de chemise depuis que je l'avais vu ce matin-là.) C'est bien. Les employés sont parfois très observateurs, et bien utiles pour avoir des informations.

Son visage était toujours de marbre. Pas un muscle n'y tressaillait ; il n'y avait rien à y lire. Kang ne faisait pas la conversation, il m'observait.

– Hmm, je n'y avais jamais pensé, dis-je. Je vais m'assurer que ça figure à l'avenir dans notre manuel de service. (J'étais sur le point de m'énerver, mais c'était peut-être ce qu'il espérait. Il n'y avait aucune raison d'entrer dans son jeu, aussi je changeai de sujet.) L'hôtel a l'air plein. (À cet instant, le piano entama un nouveau morceau. Je fis mine de ne pas le reconnaître.) C'est joli, ça… une chanson russe ?

– Pas russe, non. Vous ne connaissez pas ce morceau, inspecteur ? (Je fis non de la tête.) C'est le thème du *Parrain*. J'ai acheté le rouleau pour le personnel il y a quelques mois, à Berlin. Drôle de boutique. Tous ces rouleaux pour piano entassés dans une caisse sur le trottoir.

La règle du jeu aurait voulu que je demande ensuite : « C'est quoi, *Le Parrain* ? » Mais je n'allais pas perdre mon temps en joutes verbales.

– Ah, je savais bien que ça me disait quelque chose, dis-je avec un petit rire. (N'espérant plus tirer quoi que ce soit de son visage, je reportai mon attention sur ses mains.) Je me rappelle, j'ai vu ce film à Prague.

Les gens ont beaucoup de mal à ne pas réagir du tout. S'ils gardent le contrôle de leur visage, ils font souvent quelque chose avec leurs mains. Juste un doigt qui se soulève de la table, ou un pouce qui vient toucher l'autre, rien qu'on remarquerait en temps normal.

En réalité, à ce moment-là, je n'étais encore jamais allé à Prague. J'avais bien vu le film, mais à Budapest. S'il avait fait davantage que s'éventer avec les pages de mon dossier, il aurait su que j'étais censé être passé par Prague l'année précédente en mission officielle. Il aurait même peut-être feuilleté certains de mes rapports, transmis depuis notre ambassade praguoise grâce à un ami de la famille qui y travaillait et avait accepté de me couvrir après que je m'étais rendu à Budapest au mépris des ordres. Je finirais bien par atterrir à Prague, me disais-je, peut-être la prochaine fois que mes ordres m'enverraient à Budapest. Nous avions pas mal de problèmes avec le ministère de l'Intérieur hongrois ; ils ne nous passaient rien et des visites de liaison étaient souvent nécessaires pour régler tel ou tel « incident ».

Justement parce qu'ils n'étaient pas autorisés, ces deux petits jours passés à Budapest avaient été fort agréables, le tokay d'après dîner réchauffant mes veines et l'odeur des pâtisseries du petit déjeuner me réveillant avant même l'arrivée du service d'étage. Même la pluie ininterrompue qui dégoulinait, mélancolique, sur les façades des vieux immeubles me paraissait mille fois préférable aux averses torrentielles qui, chez nous, laissent les bâtiments froids et détrempés. Les nuages ne parvenant pas à assombrir mon humeur, j'avais été surpris de voir ce qui en avait le pouvoir. C'étaient les enseignes des magasins qui, en grinçant et cognant sous les assauts du vent, m'avaient renvoyé à ma solitude. Il n'existe rien de tel à Pyongyang ; le vent souffle, mais il n'y a pas d'enseignes.

Après que j'eus parlé de Prague, Kang resta parfaitement immobile, les mains à plat sur la table, pas un signe de leur part. Puis, avec un étrange sourire, il fit tourner son verre et le leva à la lumière.

– La bière allemande n'est pas mauvaise, dit-il enfin, mais en Hongrie il n'y a guère que les pâtisseries qui vaillent le coup. Comment expliquez-vous cela, inspecteur ?

Mon estomac se souleva un peu en signe d'avertissement. Kang était plus malin que je ne l'avais cru ; plus subtil, peut-être même, que je l'avais imaginé. Je haussai les épaules.

– Quelque chose me dit que nous ne sommes pas là pour parler pâtisserie, ni pour comparer nos impressions de voyage.

Le regard de Kang, jusqu'alors inexpressif, s'éteignit tout à fait. Il avait dû s'entraîner à la chose parce qu'il y excellait. Ce fut comme si une lentille translucide de plusieurs millimètres d'épaisseur s'était posée sur ses yeux. Subitement, ceux-ci cessèrent de refléter la lumière ; ils ne réagissaient plus à ce qu'ils voyaient. Sa voix resta calme, sans un soupçon de menace, mais, ajoutée au vide de ses yeux, l'effet général fut déconcertant. Je compris que pour lui la joute était terminée. Il entrait désormais dans la bataille.

– À quelle heure avez-vous quitté votre poste d'observation ce matin ?

– C'est dans mon rapport. (J'avalai un morceau de poisson séché sans même m'en apercevoir.) Il devait être sept heures, environ.

– Il n'était pas plutôt six heures et demie ?

– Si vous le dites.

– Non, inspecteur, quand diriez-vous que c'était, vous ?

– Je dirais que c'était au moment où le soleil venait de percer le brouillard de ses rayons. Au loin, la troisième rangée de collines dévoilait son contour soyeux.

Je commençais à en avoir assez. Le poisson était trop salé et je ne savais pas où Kang voulait en venir.

– Très poétique. Mais pour être un peu plus précis, à quelle heure cela pourrait-il correspondre ?

– Six heures et quart. J'ai regardé ma montre en remontant en voiture. J'ai peut-être attendu une ou deux minutes avant de mettre le contact. À six heures quarante-cinq, j'étais de retour en ville.

– À sept heures dix, vous êtes entré dans le bureau de Pak. J'ai consulté ma montre lorsque vous avez jeté l'appareil photo sur la table. Vous n'avez pas traîné. Pas d'embouteillages à cette heure-là ?

Il eut un sourire discret. Je le lui renvoyai. Il ne s'agissait pas seulement de vérifier ma progression en ville. Je le laissai dérouler lentement le fil de sa pensée – si c'était ce qu'il voulait… Les types du renseignement n'aiment jamais aller droit au but.

– À six heures quarante, un paysan qui marchait le long de la route a découvert un cadavre. Lui aussi avait une montre… le paysan, je veux dire. (Il marqua une pause en attendant ma réaction. Je restai muet.) Non loin de là, on a retrouvé une berline dans le fossé. Un pneu arrière éclaté. La vitre avant gauche fracassée. (Je m'écartai un peu de la table pour mieux le voir.) Savez-vous de quelle couleur était la voiture ? (Ses yeux revenaient à la vie.) Elle était noire. Pas de plaques. (Il ne s'arrêta pas pour jauger ma réaction.) Vous vous êtes mis dans une panade monumentale, inspecteur.

Je me détendis. C'était donc ça. Il ne me croyait pas coupable de quoi que ce soit et ne semblait pas vouloir me faire passer pour tel. Il avait besoin de mon aide ; sinon, nous n'aurions pas été ainsi, à découvert au Koryo à l'heure du dîner. Je hochai la tête, en partie parce que j'avais enfin compris ce qu'il me voulait, mais aussi parce que j'avais besoin d'une seconde pour réfléchir.

– Vous avez omis un certain nombre de détails, dis-je.

Il se mit à rire.

– Eh bien, c'est que j'aurai perdu la main. J'ai l'impression de ne pas m'être bien fait comprendre. Laissez-moi réessayer. Le corps a été découvert à deux cent cinquante mètres de votre poste d'observation. Vêtu d'un uniforme de colonel. On lui avait tranché la gorge.

– Sauf qu'il n'était pas colonel.

Mon estomac bondit à nouveau dans ma poitrine et mon cerveau commença à s'affoler. Comment Kang aurait-il pu savoir où se trouvait mon poste d'observation ? Je l'avais choisi le matin même ; même mon inspecteur chef n'en connaissait pas l'endroit précis.

Kang se frotta les yeux.

– Je suis fatigué, dit-il. Vous n'écoutez pas. Et si vous n'écoutez pas, vous ne pouvez que vous enfoncer.

– Non, non, je vous ai bien entendu. Mais il n'y avait ni cadavre ni berline dans aucun fossé quand je suis reparti. Et la voiture que j'ai aperçue roulait à une vitesse telle que si l'un de ses pneus avait éclaté, elle aurait décollé de la route et n'aurait pas eu que la vitre avant gauche de cassée.

– Vous avez terminé ?

– Non. Y avait-il un détecteur de fréquences dans la voiture ?

– Drôle de question. (Je vis qu'elle l'avait pris au dépourvu.) Comment le savez-vous ?

– On m'a envoyé prendre des photos. Je ne sais pas à qui revient cette tâche, mais pas à moi en tout cas. Je suis censé assurer la sécurité du bon peuple de notre capitale, de ses invités et de leurs portefeuilles. À trente kilomètres d'ici en suivant la route, je ne suis plus compétent. Les cadavres retrouvés au bord de ladite route ne sont pas mon problème. Surtout s'ils portent des faux uniformes. Surtout si on les y a placés après mon départ pour m'incriminer.

– Cela fait deux conclusions hâtives que vous tirez. (Son regard s'arrêta sur quelque chose dans le hall derrière moi.) Autre chose… Il y avait un second cadavre. Sur une colline au-dessus de la route. Un jeune garçon. Lui aussi avait la gorge tranchée.

J'expirai. Il me regardait à nouveau, mais pas attentivement, pas consciencieusement. À ce stade, il ne s'occupait déjà plus de savoir si je tremblais. Malgré tout, il attendit quelques secondes avant de reprendre, cela faisait partie de son rythme.

– Le paysan prétend qu'il surveillait le champ à l'aube quand il a vu votre voiture repartir. Il dit avoir lu vos plaques.

J'aurais pu faire semblant de réfléchir un moment. C'était ce qu'il voulait, je m'abstins donc.

– Il n'y avait aucun paysan dans aucun champ, Kang. J'ai bien regardé. C'est ce qu'on fait la plupart du temps, on observe. C'est mon boulot et, croyez-le ou non, je le fais très bien. Qu'est-ce que vous me voulez ?

– C'est mieux. (Il releva la tête.) Une autre ?

– Je répète : qu'est-ce que vous me voulez ? Je ne peux pas travailler pour vous. Nous ne pouvons collaborer avec la Direction du renseignement que par l'entremise d'un officier de liaison. Un verre au Koryo ne fait pas partie des procédures recevables.

– Vous et moi avons un problème en commun, inspecteur.

– Qui serait le colonel Kim ?

Une petite lueur traversa ses yeux, puis disparut tout aussi vite. Je ne pensais plus la voir un jour, cette lumière. Maintenant, Kang avait compris que je connaissais le véritable grade de Kim. Autant aller jusqu'au bout.

– Laissez-moi deviner. La Sécurité militaire enquête sur vos activités. Ils essaient de se servir de moi pour vous atteindre.

Ce n'était que pure spéculation. Tout ce que Pak m'avait dit, c'était que la Sécurité militaire voulait une photo de la voiture, même s'il était clair que ce simple fait le préoccupait sérieusement. J'avais déduit le reste – le fait que Kang était la cible – sur le chemin de l'hôtel. Il ne pouvait être venu au bureau que pour une seule raison, et ce n'était pas pour aider Kim. Il devait découvrir ce qui se tramait et avait besoin de le savoir très vite.

– Si la Sécurité militaire est après vous, repris-je, vous êtes dedans jusqu'au cou.

Il croisa les bras, puis les reposa sur la table.

– Quiconque a maille à partir avec la Sécurité militaire va au-devant de graves ennuis, dit-il avec un sourire. (Il finit sa bière, puis porta le verre à sa joue.) C'est un travail délicat que de saisir un tel bolide sur pellicule à l'aube.

– Vous n'aviez aucune envie de voir cette photo. C'est Kim qui la voulait.

J'attendis que la petite lumière se rallume, mais il avait dû la déconnecter. Je compris que la conversation était terminée.

– Merci pour le verre, Kang. Il faut que j'aille ranger mon appartement.

– Inspecteur ! (Il fit glisser quelque chose de mon côté de la table.) N'oubliez pas cela.

C'était mon badge.

9

– Était-ce la première fois que vous rencontriez Kang ?

L'Irlandais examinait les oiseaux de la nappe comme s'il ne les avait jamais remarqués.

– Non, je l'avais vu dans le bureau de Pak, vous vous rappelez ?

– Oui, bon. Ce que je voulais dire, c'est que c'était la première fois que vous vous entreteniez un peu longuement avec lui.

– Ça vous est vraiment si difficile de faire attention à ce qu'on vous dit ? On peut arrêter tout de suite, si c'est ce que vous voulez.

– Je m'étonne que vous soyez aussi poli. Je vous imaginais comment dire… plus retors.

– C'est un compliment irlandais ?

– Non. Si je me rappelle une chose de mes briefings, c'est bien que les Coréens haïssent les étrangers. Et ne montez pas sur vos grands chevaux. Ce n'est pas censé être un reproche, seulement un constat. Comme de dire que les bouses de vache ne sentent pas la rose.

– Qu'est-ce qui vous fait croire que je vous aime bien ?

– Parfait, ce n'est pas le cas, donc. Je déteste que nos briefeurs se plantent.

– Ce n'est pas tant que nous haïssons les étrangers. Ce n'est pas les étrangers, mais nous-mêmes que nous détestons. Dans notre esprit, nous sommes des petits chiens tremblants, rampants, soumis, battus, prêts à fuir la queue entre les jambes. Lorsque nous aimons un étranger, c'est forcément que nous avons peur, que

nous quémandons une faveur ou que nous lui faisons de la lèche.

L'Irlandais poussa un grognement.

– Alors, pourquoi dit-on partout que les Coréens sont coriaces ?

– Il s'agit d'une autre partie de notre anatomie, mon cher Richie. Une tout autre partie. Un jour, j'ai entendu un étranger, un Russe particulièrement atteint, se plaindre du fait que pour un fils de pute, j'étais sacrément coriace. Ce n'était pas un compliment voilé. Il était en colère parce que je refusais de suivre son conseil. En temps normal, mieux vaut se jeter au fond d'un puits que de suivre l'avis d'un Russe, mais en l'occurrence son conseil était bon. Je le savais. Il savait que je le savais, mais je savais que si je l'avais écouté, il aurait eu l'ascendant sur moi, ou du moins il aurait cru l'avoir. Ce qui revient au même.

– Quel était ce conseil ?

– Nous roulions sur une route verglacée. Il m'avait dit de ralentir.

– Que s'est-il passé ?

– C'était sa voiture. Les voitures russes ont une direction peu adaptée au verglas.

– Que faites-vous quand Pak vous donne un conseil ?

– Il ne l'a jamais fait.

– Une recommandation, alors.

– Ah. Très bon, ça, Richie. Effectivement, c'est différent. Un conseil est avant tout une question individuelle. Je peux le prendre ou le laisser. Le choix me revient. Les recommandations, c'est plutôt une affaire de relation, de cercles qui se chevauchent.

– Kang vous a-t-il déjà fait des recommandations ?

– Non. Ce n'était pas son genre.

– Que faisiez-vous à Berlin ?

– Pardon ?

– Vous m'avez dit être allé à Berlin en mission d'approvisionnement. Vous y avez acheté ce rouleau pour le piano mécanique. Mais ce n'est pas pour ça qu'on vous y avait envoyé. Depuis quand la police s'occupe-t-elle d'approvisionnement ?

– Je ne travaille pas pour vous, Richie. Je vous l'ai déjà dit : je ne vais pas vous décrire nos téléphones, ni rien qui ne se rapporte pas directement au sujet de notre discussion. C'est ma session ; je vous dirai ce que vous avez besoin de savoir. C'est ainsi que nous procédons.

– Ça ne marchera pas. Vous étiez à Berlin. Si je ne vous demande pas pourquoi, je vais me faire incendier quand ils liront mon rapport.

– Très bien. Alors demandez-moi.

– Que faisiez-vous à Berlin ?

– C'est pas vos oignons, enfoiré.

Il sourit.

– Voyez-vous, inspecteur, vous commencez à me plaire. Pourquoi au juste, je serais incapable de vous le dire. Mais ça me donne l'impression de tomber au fond d'un puits.

10

Le matin suivant fut moins humide. On était toujours en août, mais la lumière commençait à changer. Le soleil perdait de sa force et les ombres matinales s'adoucissaient au point que même mon quartier paraissait moins délabré. Sur l'autre rive du fleuve, les gens des grands immeubles récents étaient sûrement sur leurs balcons, en train de se gratter et de bâiller en regardant en contrebas des boulevards qui font dix voies de large. C'était assez majestueux, mais je trouvais ça déprimant chaque fois que je traversais le quartier en voiture. Les immeubles étaient beaux, mais ne semblaient pas vraiment appartenir au paysage. Les petites vieilles n'avaient nulle part où s'asseoir.

Une note de Pak m'attendait dans mon bureau quand j'y entrai. Pak arrivait toujours en avance, lisait les comptes rendus de la nuit, préparait la feuille de service et allait se promener. La note disait que je devais appeler Kang dès que j'arriverais. Au bas de la feuille, Pak avait griffonné trois étoiles au-dessus d'un arbre. Cela ne m'évoquait rien. Je me dis que Kang attendrait que j'aie fait du thé, mais me souvins ensuite que notre bouilloire avait disparu : je me dirigeai donc vers le bâtiment des Opérations pour emprunter une tasse d'eau chaude. Le temps que je revienne, Pak m'attendait.

– Tu as appelé Kang ? me demanda-t-il.

– Non. Tu ne m'as pas dit que c'était urgent.

– Tu n'as pas vu les trois étoiles ?

– Depuis quand trois étoiles veulent-elles dire « urgent » ?

– Inspecteur… quand la Direction du renseignement appelle, c'est toujours urgent.

– Que peut-il y avoir de si urgent ? J'ai parlé avec lui pas plus tard qu'hier soir, au Koryo. Tu veux le savoir ? Il m'a rendu mon badge.

Pak regarda ma chemise.

– Je suis heureux de constater qu'il a retrouvé sa juste place dans ton tiroir. Tu devrais essayer de le porter un jour ou l'autre. (Il me fit signe de le suivre dans son bureau.) Tu as bien discuté avec Kang ? Il voulait te parler de quelque chose en particulier ?

Je lui racontai ce que Kang m'avait dit sur la Mercedes accidentée, les cadavres et l'enfant. Pak frappa deux fois la table du bout des doigts, puis s'arrêta. Quelque chose le tracassait.

– Rappelle-le. Reviens me voir quand tu sauras ce qu'il veut. (Je m'apprêtais à décrocher son téléphone quand il posa une main sur la mienne.) Tu seras mieux dans ton bureau. Il y a moins de bruit sur la ligne.

– Quelque chose ne va pas ?

– Non. J'ai fait un rêve la nuit dernière.

– Combien de fois faudra-t-il que je t'explique que les rêves ne veulent rien dire ? Cellules, molécules et impulsions électriques, c'est tout.

– Il y avait un tigre.

– Et que faisait-il, ce tigre ?

– Rien. Si, sa queue se balançait. Et son regard était comme hypnotique. Juste derrière, il y avait une maison. Ou plutôt, ce qu'il en restait.

– Et toi, tu étais où ?

– Au lit.

– Non, je veux dire, dans le rêve. Tu grimpais à un arbre, ou tu essayais de t'enfuir mais en vain, et tu éprouvais comme un sentiment de fatalité, l'impression d'étouffer, quelque chose comme ça ? Puis tu t'es réveillé, tu as transpiré un peu, peut-être même as-tu attendu que ton cœur se calme en regardant le plafond, c'est ça ?

– Le tigre ne faisait rien. Il ne me poursuivait pas. Il ne me poursuit jamais. Il n'en a pas besoin. Il doit seulement attendre et balancer sa queue devant la maison en ruine. C'est un présage. J'ai fait ce même rêve juste avant que mon fils meure.

– Les tigres symbolisent la force et la fierté. Les chats et les corbeaux sont problématiques. Les cochons, c'est bon signe. C'est ce qu'on dit, en tout cas. Tu peux continuer à rêver de tigres, tant qu'ils ne te prennent pas en chasse.

Il hocha la tête.

– Tu prétends que les rêves ne veulent rien dire et après, tu me répètes de vieilles histoires de grands-mères sur les corbeaux et les chats.

– J'essaie de me rendre utile, c'est tout.

– Essaie de te rendre utile en appelant Kang de ton bureau.

Et, d'un geste vif, il m'indiqua la sortie.

11

Kang voulait qu'on se retrouve au sommet de la tour du Juche. Selon lui, il n'y aurait personne à cette heure matinale ; la plate-forme d'observation n'était même pas ouverte. « Nous y serons bien à l'aise, m'avait-il dit, rien que nous deux. Une fois l'ascenseur bloqué, personne ne grimpera les cent soixante-dix mètres de marches pour voir ce que nous faisons. »

Pak se montra assez réservé quand je lui rapportai où Kang voulait qu'on se voie.

– C'est son style, tout à découvert. Et on ne fait pas plus à découvert qu'en haut de cette tour à neuf heures du matin.

– Tu penses que je ne devrais pas y aller ?

– L'idée ne m'enchante pas. (Il se tapota les dents avec son stylo.) Mais le lieu de la rencontre importe finalement assez peu. Tous les endroits se valent, au point où nous en sommes. Voyons donc ce qu'il a à dire.

Il me fallut deux fois plus de temps qu'à l'accoutumée pour arriver sur place, car la route était barrée pour travaux et personne n'avait pris la peine de poser le moindre panneau. La rue suivante était, elle, bloquée par un trolley en panne. J'échouai sur une voie surélevée qui m'emmena dans la mauvaise direction, vers un quartier désert où se dressent quelques stades et gymnases, mais rien d'autre. Une grande boucle me ramena vers le centre-ville, j'empruntai le vieux pont japonais en aval de la tour, puis je me glissai dans une ruelle défoncée entre deux immeubles pour rejoindre la voie principale parallèle à la berge. Kang m'attendait près de l'entrée du rez-de-chaussée, à la base du monument. Je compris à la façon dont il regardait ma voiture qu'il n'était pas ravi que je l'aie à nouveau fait attendre.

Alors que j'allais à sa rencontre, il lança des coups d'œil appuyés à sa montre.

– Vous arrive-t-il parfois d'être à l'heure, inspecteur ?

J'essayai d'avoir l'air désolé – regard fuyant, muscles du cou relâchés pour que ma tête pendouille un peu. « Va chier », pensai-je en mon for intérieur, mais tant que je regardais par terre, il ne pouvait pas lire dans mes pensées. C'était vraiment la dernière fois que je montrais la moindre déférence face à ce type-là.

Il fit un signe de tête à une jeune femme tapie dans l'ombre du couloir bas de plafond derrière lui.

– Je vous présente Mlle Shin, dit-il. Elle a gentiment accepté de mettre l'ascenseur en route pour nous.

Elle avait le visage rond et l'œil taquin. Cheveux tirés en une unique tresse terminée par un ruban de fils d'or et d'argent. Pantalon large en léopard rouge-brun et chemisier blanc sans col, pas vraiment le genre d'accoutrement pour aller travailler. Le badge du Leader était épinglé sur son cœur, juste au-dessus de l'endroit où son chemisier se gonflait doucement. Certains badges se remarquent mieux que d'autres.

– Allons-y.

Kang passa la porte et s'engagea dans le long couloir qui mène aux ascenseurs. Mlle Shin m'emboîta le pas.

– Vous n'avez pas le vertige, inspecteur ? fit-elle d'une voix grave et caressante.

– Ne vous en faites pas, je suis déjà monté là-haut bien des fois. Dès qu'un cadre d'une police étrangère est en ville, je dois l'amener ici et me farcir la visite guidée. (Je me tournai vers elle.) C'est étrange, je ne vous ai jamais vue. Vous venez de commencer ?

– Il faut beaucoup de monde pour garder cet endroit en état de fonctionnement. Quand la tour a ouvert, il y a une vingtaine d'années, ils étaient une petite armée. Les effectifs ont été réduits depuis, mais il y a encore beaucoup à faire. Je suis là depuis longtemps. Vous ne m'avez jamais vue, mais moi, je vous ai vu, dit-elle en me faisant un clin d'œil.

Dans l'ascenseur personne ne parla. Kang regarda sa montre, puis Mlle Shin. Elle haussa légèrement les épaules. J'essayai de savoir à quel point ces deux-là se connaissaient, mais dus abandonner quand je sentis la pression grimper dans mes oreilles. Le moteur gémit un instant juste avant qu'on arrête de bouger et les portes s'ouvrirent. Mlle Shin pressa un bouton rouge sur le tableau de commande.

– Profitez bien de la vue, dit-elle.

Kang fit le tour de la plate-forme d'observation pour s'assurer que nous étions seuls. Personne d'autre n'aurait pu être là, mais, comme tous les types du Renseignement, Kang était un homme d'habitudes. Je m'arrêtai devant le garde-fou et regardai vers mon quartier. L'est de Pyongyang ne semblait pas aussi délabré à cette hauteur. Une brise s'était levée, ce qui promettait pour toute la journée un temps aussi clair qu'il l'était à présent, et apportait à la cité un semblant de vie qui lui fait défaut par temps couvert. Au moment de leur construction, beaucoup d'immeubles anciens ont été revêtus de matériaux brillants, soit de carreaux émaillés arrangés en motifs, soit d'une peinture additionnée de paillettes, de telle sorte que par beau temps ils semblent danser tant ils étincellent. Du haut de la tour, la lumière se reflétait sur tout ce qui se trouvait en contrebas, ici une fenêtre, ailleurs un immeuble ou le toit d'une voiture. Je suivis des yeux le chemin entre mon appartement et les deux noyers où le vieux réparait les vélos, mais ce dernier n'avait pas l'air d'être là.

Kang me tapota l'épaule.

– Ça ne sert à rien de regarder la vieille ville. Vous voulez voir l'avenir, il est là. (Il pointa un doigt de l'autre côté du fleuve, vers la grande place des cérémonies et l'imposante Maison des études du Peuple sur la rive opposée.) C'est drôle, il paraît que Pyongyang ressemble à Washington. Un fleuve au milieu, plein d'espaces verts et de monuments, une grande tour au centre et pas grand-chose d'autre à voir. Je doute quand même qu'ils aient quelque chose de comparable à la place Kim il-Sung.

– Je croyais avoir compris que nous serions tranquilles.

Il haussa les épaules.

– Vous voulez parler de Mlle Shin ? Ne vous en faites pas, elle ne dira rien.

Je me retournai vers le paysage.

– L'ombre du feuillage sur les trottoirs semble plus profonde sous ce soleil. Vous voyez ces arbres, juste à l'endroit où le fleuve fait un coude, là, sur cette petite colline ?

Il suivit des yeux la direction de mon bras.

– Ils ont plus de quatre cents ans. C'est le jardinier en chef de la Cour qui les a plantés, le même qui un an plus tard fut exécuté pour trahison. Comme si un jardinier pouvait avoir quelque chose à faire en politique ! (Je reniflai bruyamment.) Avant son exécution, il a demandé à être enterré à côté de ces arbres, afin que son corps les nourrisse et qu'en grandissant ils témoignent de sa loyauté envers le roi.

Kang semblait sceptique.

– Et alors ?

– Et alors ils ont découpé son corps en morceaux et l'ont jeté dans le fleuve.

– Apparemment, ça n'a pas empêché les arbres de grandir.

– Là n'est pas la question.

– Jusqu'où votre domaine s'étend-il, inspecteur ? (Il embrassa d'un geste paresseux l'étendue de la ville devant nous.) Si quelqu'un découpait un cadavre en morceaux et le jetait dans le fleuve disons… au pied de cette colline, serait-il de votre ressort ?

– Nous n'avons pas vraiment de zones géographiques. Nous sommes divisés en trois secteurs. Des cercles concentriques en théorie, même si ce ne sont pas vraiment des cercles à cause du tracé des rues et de la manière dont la ville s'est étendue. Nous les appelons « forteresses ». La forteresse intérieure : les bâtiments clés et les quartiers habités principalement par des familles de haut rang. La forteresse intermédiaire : les hôtels, monuments, stations de métro et artères principales. Et la forteresse extérieure, qui englobe tout le reste.

– Et pour vous ?

– Nous ne parlons pas beaucoup de nos affectations personnelles, si vous voyez ce que je veux dire.

Il s'adossa au garde-fou et attendit. Je fis un rapide calcul. Le ministère nous interdisait de divulguer les détails de nos missions aux autres organes de sécurité. La coopération n'était pas exclue, mais elle n'était pas encouragée. Aucun service ne pouvait mettre en place une opération, une surveillance, voire une simple patrouille sans risquer de marcher par inadvertance sur les plates-bandes d'un autre. D'un autre côté, si Kang voulait à tout prix savoir ce que je faisais, il n'avait qu'à passer deux ou trois coups de fil aux bons endroits. D'ailleurs il le savait déjà ; il voulait seulement que je le lui dise directement. Cela fait partie des petits jeux idiots qu'affectionnent les gens de la Direction du renseignement.

– L'intermédiaire, dis-je.

– C'est-à-dire presque toute la ville. Mais ce dont vous ne vous occupez pas doit être ceint d'une ligne rouge, une forteresse intérieure dont quelqu'un d'autre se préoccupe.

– C'est à peu près ça.

Il m'observa un instant d'un air pensif, puis il se retourna vers la vue.

– De cette hauteur, inspecteur, ne diriez-vous pas que la ville semble parfaitement pensée ? Tout se complète, les hauts immeubles en contrepoint aux toitures traditionnelles, les places immenses et carrées répondant aux parcs sinueux, le tout couronné visuellement et psychologiquement par cette tour. Ce n'est pas comme à Pékin, où les immeubles surgissent du sol sans but et où l'horizon déconstruit par les tours ne peut susciter que désordre et confusion dans les esprits.

Je n'étais pas disposé à l'interrompre. Ce n'était pas d'architecture qu'il parlait. Il s'avança vers le côté nord de la tour.

– Mais cet endroit n'est pas sorti de nulle part, reprit-il. D'ici, que voyons-nous ? Des champs qui viennent lécher les abords de la ville et au-delà, dans le lointain, des montagnes. Les montagnes. Elles sont là pour longtemps, inspecteur. (Il se dirigea vers le côté sud.) Et là, au loin, la glorieuse route du Sud. Nous pourrions aller y faire un tour ensemble un après-midi, bientôt. Peut-être retrouverons-nous l'endroit où l'on a enterré le corps du garçon.

Mlle Shin s'était installée à côté de nous, les yeux clos, un sourire aux lèvres tandis qu'elle savourait la brise. À l'instant où elle entendit Kang parler du corps, son sourire s'évanouit et elle s'esquiva.

– Le cadavre qu'on a trouvé dans la Mercedes a été emmené à la morgue hier soir. Le corps du garçon a été enterré à l'écart de la route, dans les collines. Ses proches n'ont pas pu le voir. Ils ont reçu une urne pleine de cendres et une note de l'hôpital déplorant que le garçon ait été tué dans un accident de la circulation.

– Ce n'est pas ce qui s'est passé ?

– Je n'ai jamais entendu parler d'un accident de voiture qui aurait tranché la gorge de quelqu'un. Vous, si ?

– Pourquoi me racontez-vous tout ça ?

– Vous savez des choses que j'ignore. Et je sais des choses que vous ignorez. C'est simple, faisons l'addition.

– Impossible, Kang. Ce que vous savez et ce que je sais ne s'additionnent pas.

Il se tourna pour regarder vers les arbres que je lui avais montrés.

– Dommage pour le jardinier, reprit-il. (Il entra dans l'ascenseur, où Mlle Shin l'attendait, passa un bras derrière elle et appuya sur le bouton rouge.) Venez, inspecteur. Redescendons sur terre. (Il sourit.) Façon de parler.

12

Dès qu'il eut entendu mon rapport sur ma conversation avec Kang, Pak fouilla dans son bureau et en tira un ticket.

– Rentre chez toi. Fais ta valise et prends le reste de ta semaine. Il vaut mieux que tu quittes la ville pour le moment. Fais-moi confiance. Peut-être que Kanggye n'est pas une si mauvaise idée après tout. Sois à la gare demain matin, à quatre heures et demie. Tu donneras ça au chef de gare, il s'appelle Pak, pour autant que je sache nous ne sommes pas cousins. Il fera en sorte que tu sois à ton aise, loin de la fumée de cigarette et du désordre des masses. Bonne chance. N'essaie pas de me joindre. Je te contacterai en cas de besoin. Ne t'approche pas des téléphones. (Il vit l'expression de mon visage.) C'est pour ton bien. Ce n'est pas une punition. Je veux seulement que tu t'éloignes de Kang pour l'instant. Si la Sécurité militaire en a après lui, c'est que quelque chose ne tourne pas rond. Où qu'il aille ces temps-ci, ce vieux truand de Kim n'est jamais loin derrière. Le mieux serait que tu donnes ta démission.

– T'es dingue ?

– Non. Une démission te mettrait automatiquement hors jeu. On dira que tu t'es remis à boire et que j'ai dû te renvoyer.

– Quelle mouche t'a piqué ? Il n'est pas question que je démissionne ! Et puis j'ai arrêté de boire. Enfin presque. Tout le monde le sait !

– Très bien, entête-toi. Tiens, prends le billet, au moins. (Il retourna aux papiers qui jonchaient son bureau, puis il leva la tête vers moi, le visage traversé par une vague d'inquiétude.) Arriveras-tu à te réveiller de si bonne heure ? Quoi que tu fasses, surtout, ne rate pas ton train.

DEUXIÈME PARTIE

Lorsque nous sommes séparés,
La lune entre les pins
N'est jamais claire à Kanggye,
Mais un pâle reflet sur l'étang
Qui chaque nuit grandit, gonflé par mes larmes.
Pak Hae Gun (1456-1497)

Le chef de gare se mouvait avec une lenteur peu commune chez un homme si menu. Il prit mon billet, lorgna le numéro, leva les yeux, les ramena sur le billet. À cette heure du jour, il n'y avait guère de lumière dans la gare, au mieux des nuances de pénombre. Quelque part dans l'édifice, une ampoule était allumée. Sa lueur faiblarde traversait des nuages de fumée de cigarette avant de se couler vers des paysans au regard vide et aux traits tirés. Certains squattaient les bancs, mais la plupart étaient accroupis à même le sol, à côté de cartons cabossés. Chaque carton était fermé par une ficelle cent fois épissée, cent fois réparée. On avait peine à croire qu'elles puissent encore survivre à la moindre traction ou torsion.

– Il est plus tout jeune, votre billet, dit-il d'une voix qui ne portait qu'entre nous.

– Le numéro n'est plus gagnant ?

Je pensais qu'il lui évoquerait quelque chose, peut-être

une liste sur laquelle ils se seraient mis d'accord des années plus tôt. Pak ne l'aurait pas appelé ; il voulait que je m'éclipse discrètement et n'allait pas s'en vanter par téléphone.

– La chance n'est pas dans les nombres.

La casquette démesurée du petit homme aurait pu le faire paraître plus grand, mais ainsi penchée sur le côté, elle lui donnait l'air de quelqu'un qui a perdu l'équilibre. Il était épuisé – peut-être avait-il veillé toute la nuit –, mais semblait surtout méfiant.

– Si vous le dites, lâchai-je, et je me tournai pour partir.

D'un pas vif, il me rattrapa et posa une main sur mon bras, doucement, comme pour ne pas m'effaroucher.

– Ne vous retournez pas, dit-il. (Il avait encore baissé la voix, au point que j'entendais à peine ce qu'il disait.) Allez vous mettre dans le coin, là-bas à droite. Restez dans l'ombre. Je reviens.

Il avait mon billet et je ne voulais pas qu'il le garde parce que je commençais à me méfier. Peut-être les choses avaient-elles changé depuis que l'inspecteur chef Pak et lui s'étaient vus pour la dernière fois. Les choses changent. Et les gens aussi. On ne sait jamais.

– Allez ! dit-il.

Sa voix avait un ton nouveau, urgent, qui détonnait dans la salle d'attente endormie. Les paysans accroupis à proximité se tournèrent pour voir, puis se retournèrent, préférant ne pas voir, oubliant déjà.

J'attendis dans le coin. Il était si sombre que je n'arrivais pas à lire l'heure à ma montre. Et à l'exception de quelques toussotements et ronflements, le seul bruit était l'écho des gouttes qui s'écrasaient par terre. Tout était sourd, étouffé, même le temps. Le train devait être en retard.

– Tenez, inspecteur, votre billet, reprit-il. (Il était à côté de moi. Je n'avais rien entendu. Cette atmosphère assourdie ne me plaisait pas. Ce n'était pas sain.) Votre siège est en voiture trois. Tout le monde va s'agglutiner aux portes quand le train arrivera et il ne devrait plus tarder. Vous l'entendrez siffler à son entrée en gare. Son sifflet est déchirant ; il n'y a aucune raison de le faire retentir si tôt le matin, mais le conducteur dit que c'est le règlement et je m'en accommode. On fera sortir tout le monde de la voiture trois, enfin… presque tout le monde. Il devrait y avoir trois wagons passagers, deux wagons couverts et un fourgon. Je laisserai monter dans votre voiture les officiers de l'armée, peut-être quelques enfants de cadres, et tous ceux qui me glisseront cinq dollars. C'est du fourgon qu'on a la meilleure vue. On peut voir la campagne disparaître derrière soi, ça donne l'impression d'aller quelque part.

J'avais un billet de dix dollars que je comptais lui donner. Il hocha la tête.

– Pour vous, c'est gratuit, enchaîna-t-il. Je tamponne votre billet et je repars. Je ne me souviens même pas de votre visage.

Je sentis le billet glisser au fond de ma poche, tournai la tête pour demander comment il savait devoir m'appeler « inspecteur », et ne trouvai que de l'air vide et silencieux.

2

Le train aurait dû être parti à la casse depuis des lustres. La minuscule motrice semblait trop fatiguée pour traîner derrière elle une telle collection de voitures.

Les deux premiers wagons étaient marron et coréens, mais la troisième voiture était plus spacieuse, plus large, européenne. Achetée d'occasion, probablement l'année précédente, elle avait traversé les steppes de Sibérie d'ouest en est. Le quai n'était pas éclairé ; une seule ampoule brillait à une trentaine de mètres de là, au-dessus de voies désertes où elle ne servait à personne. Il restait encore une heure avant l'aube, mais déjà l'obscurité s'était suffisamment dissipée pour me permettre de distinguer quelques détails de la voiture trois. À la plaque du constructeur fixée près de la porte, je vis qu'elle était tchèque. Les panneaux d'information aux deux extrémités du wagon n'avaient pas été remplacés par leurs équivalents coréens, mais cela ne changeait pas grand-chose. S'ils étaient là pour informer les passagers que le wagon-restaurant se trouvait cinq voitures vers l'arrière et que le premier service démarrait à six heures, personne n'avait besoin de le savoir. Si c'étaient des consignes de sécurité, on pouvait là aussi s'en passer. Les trains parviennent rarement à prendre de la vitesse sur ces voies. Même dans les montées en pente douce, si l'on saute de la voiture de queue et que l'on commence à marcher, on peut aisément surclasser le moteur. Les déraillements se soldent le plus souvent par quelques ecchymoses, à moins que le convoi tout entier ne dégringole du haut d'un pont.

Le train tressauta une fois, puis sortit de la gare. À part un ou deux orages, ma voiture n'avait apparemment pas vu une goutte d'eau depuis la frontière tchèque. La couleur d'origine disparaissait sous une épaisse couche de crasse, et le bas des fenêtres était tellement incrusté d'une saleté durcie par le soleil qu'elles refusaient de s'ouvrir. De petits panneaux agrémentaient une vitre sur deux. Peut-être disaient-ils À N'OUVRIR QU'EN CAS D'URGENCE, mais je ne lisais pas le tchèque et n'avais pas l'intention de prendre des cours. Je martelai du poing la vitre à côté de mon siège pour la forcer à s'ouvrir.

Un colonel de l'armée était affalé sur un siège de l'autre côté de l'allée centrale ; képi sur les yeux et chaussures délacées, il essayait de dormir.

– Assez ! dit-il en relevant son couvre-chef pour voir ce qui se passait. Arrêtez ça. Pourquoi vous ne laissez pas cette pauvre fenêtre tranquille ? J'ai besoin de repos. (Il me jeta un regard noir en fronçant les sourcils.) Quand le soleil sera levé, l'air de dehors ne sera pas plus frais. Pourquoi faudrait-il laisser entrer le bruit du moteur ?

La jeune femme assise en face de moi hocha la tête.

– Ne faites pas attention à lui, dit-elle. Il est toujours comme ça, il a l'esprit de contradiction. J'ai besoin d'air, moi, alors allez-y, essayez donc d'ouvrir ces fenêtres crasseuses, si vous pouvez. Je n'ai pas l'intention de mourir étouffée dans un train qui ne va nulle part. Vous ne fumez pas, j'espère… (Elle s'arrêta et pencha légèrement la tête de côté.) Vous n'êtes pas fâché contre moi, au moins ?

– On ne se connaît pas. Pourquoi le serais-je ?

– Vous avez l'air fâché. (Elle étudia mon visage.) C'est peut-être à cause de vos sourcils. Trop rapprochés. Les gens qui ont le front et le visage larges sont souvent heureux. Vous n'avez jamais remarqué ? Il y a plein de place pour sourire. Mais votre front… (elle hocha la tête) et ces sourcils ! Vous ne souriez pas assez. En vieillissant, toutes vos rides seront dans le mauvais sens.

Elle devait avoir vingt-cinq-trente ans et n'était pas particulièrement jolie, mais peut-être était-ce la façon dont sa permanente donnait l'impression que ses cheveux s'apprêtaient à lui dévorer le visage. Malgré l'heure matinale, elle était déjà lourdement maquillée, plus que la plupart des filles de mon entourage à n'importe quel moment de la journée. On aurait dit qu'elle s'apprêtait à rencontrer quelqu'un, ou venait de le quitter.

J'essayai de trouver une position confortable. Il faisait trop chaud pour dormir, et encore trop noir pour distinguer grand-chose du paysage à travers la crasse. J'avais pris soin de m'asseoir sur le côté droit du train pour pouvoir regarder l'aube dévoiler les collines une à une.

– On va cuire de ce côté-ci tout à l'heure, mais il pourrait y avoir une belle vue, reprit-elle.

Elle ne pouvait apparemment pas s'empêcher de lever la voix à chaque fin de phrase, transformant ainsi tous ses propos en questions. À n'en pas douter, elle avait passé du temps outre-mer. En Chine, on ne fait pas ça. Elle avait dû aller en Europe ; pour y faire quoi, je l'ignore.

– Alors, vous l'ouvrez, cette fenêtre ?

Là, au moins, c'était une vraie question.

De l'autre côté de l'allée, le colonel poussa un grognement et se frotta les yeux.

– Ouvrez-la, sinon elle va déblatérer toute la matinée. Et vous n'avez pas fini d'entendre parler de fronts, je vous assure.

Il se tourna pour regarder par sa fenêtre et à cet instant précis le soleil apparut au-dessus des montagnes. Je vis la lumière en toucher un à un les sommets, chacun d'entre eux, en émergeant, se mettant à défiler, acéré comme une dent de scie, à la lisière du jour ; rien à voir avec le galbe doux et caressant des collines de la veille.

– On étouffe déjà, ici. Ouvrez la fenêtre et je vous donnerai du thé. (Elle pointa du doigt le petit sac de toile qui me servait de valise.) Je doute que vous en ayez là-dedans.

– Je vais finir par la tuer si elle ne la ferme pas, marmonna le colonel, qui observa pourtant avec grand intérêt le pot de thé qu'elle avait tiré d'un grand sac en plastique.

Sans prévenir, le train fut agité de secousses et le pot lui échappa des mains pour venir se briser en mille morceaux à mes pieds. Le colonel reposa la tête sur le dossier de son siège et ferma les yeux.

– Qu'on m'explique pourquoi je m'entête encore, dit-il en maugréant dans sa barbe, et l'instant d'après il dormait.

La demoiselle fixait tristement les morceaux de verre.

– Ça commence mal. (Elle se tourna vers la fenêtre, presque en larmes.) Voyage mal commencé ne finit jamais bien.

On aurait dit qu'elle avait lu cela quelque part, mais n'avait jamais eu l'occasion de le dire à haute voix.

– Vous êtes plutôt défaitiste pour quelqu'un d'aussi jeune. (J'éliminai du revers de la main le thé qui avait éclaboussé mon pantalon.) Beaucoup trop en tout cas pour une heure si matinale. Nous trouverons du thé au prochain arrêt.

Le train tressaillit à nouveau et s'arrêta en tremblant. Dehors, on entendit des cris. Deux agents de la police des transports tenaient par le col un jeune garçon, dont à cause des ombres longues et de la poussière sur les vitres on avait du mal à deviner l'âge exact. Ils le traînèrent jusqu'à un talus et le poussèrent de l'autre côté.

Avec le train arrêté et le soleil qui grimpait dans le ciel, l'air se réchauffa encore dans la voiture. Les fenêtres côté colonel étaient toujours closes, mais je parvins enfin à entrouvrir celle qui se trouvait à ma droite, juste à temps pour entendre le plus grand des policiers crier :

– Et que je ne t'y reprenne plus, sinon je tire ! (Il se tourna vers son collègue.) Du moins je le ferais si j'avais des munitions.

Il fit un signe au conducteur et le train se remit lentement en marche. Un trio de chèvres sur le bas-côté leva la tête pour nous regarder passer. La plus jeune s'éloigna en bondissant ; les deux autres nous observèrent avec indifférence, puis se retournèrent vers une rangée d'arbres fruitiers nouvellement plantés, qu'elles débarrassaient peu à peu de leurs feuilles.

La fille commençait à transpirer. Je vis que son maquillage en souffrait déjà. Elle se pencha vers moi.

– Allez-y, dit-elle, ouvrez la fenêtre de son côté. (Elle fit un signe de tête vers le colonel.) N'ayez pas peur de le réveiller.

– Vous vous connaissez ?

Elle se redressa et lissa les plis de sa robe.

– Disons que nous ne sommes pas des inconnus l'un pour l'autre.

Le colonel ouvrit un œil.

– Je veux que cette fenêtre reste fermée. Même si la voiture atteint le point d'ébullition, la fenêtre restera fermée, c'est compris ?

Je me levai.

– Pour moi, ça ne change rien. Vous pouvez cuire si ça vous amuse. Je vais aller prendre l'air.

J'ouvris la porte qui donnait sur la plate-forme entre les voitures. Elle était bondée de gens, somnolents pour la plupart, quelques-uns accrochés aux côtés du train. Celui qui était le plus près de moi s'écarta juste assez pour que je le contourne.

– Cette place est réservée, dit-il.

Il me fit face et son œil gauche scruta le ciel, loin derrière, tandis que l'autre fouillait mon visage.

– Qui plus est, reprit-il, il est défendu de stationner entre les voitures dans tous les trains et à chaque instant.

– Strictement interdit, renchérit dans le vent tiède un homme plus âgé qui se tenait à côté de lui.

Je restai muet ; les autres se retournèrent, un ou deux dans l'expectative, le reste avec des regards vides.

Je sortis mon calepin et l'ouvris d'un geste sec.

– Très bien, alors je vais devoir arrêter tout le monde, moi compris, dès que nous serons de retour dans mon secteur.

C'est alors que, derrière moi, la porte du wagon s'ouvrit en grand et que les deux agents de la police des transports s'avancèrent.

Le premier, celui qui n'avait pas de munitions, jeta à l'assemblée un regard mauvais.

– Aucun d'entre vous n'a de billet, dit-il, et il est strictement interdit…

– … de stationner entre les voitures, marmonna l'homme à l'œil vagabond.

Et son vieux compagnon compléta :

– … dans tous les trains.

– Je pourrais vous jeter du train ici même, mais mon temps est trop précieux.

Le second policier, le plus petit des deux, avec son képi qui lui tombait sur les yeux, espérait passer pour un dur, mais ne réussit qu'à paraître hystérique.

Le premier me jeta un regard suspicieux et examina mes vêtements, puis le paquet de cigarettes dans la poche de ma chemise.

– On dirait que nous avons ici un camarade qui voyage avec les masses. Tu connais le règlement, mon frère ?

Je tirai trois cigarettes du paquet, lui en tendis une, une autre à son petit collègue, puis j'effritai la dernière dans le vent. Il savait ce que cela voulait dire : toi ou le vent, mon pote, vous êtes au même niveau en ce qui me concerne. Il hocha la tête.

– Un gars de Pyongyang, pour sûr. Des gaspilleurs, voilà ce que vous êtes. Et pas si malins, en plus.

Il avait l'accent d'un natif des minuscules vallées perdues dans les montagnes du Yanggang, près de la frontière chinoise. Chaque fois que ces gens-là débarquaient à Pyongyang, ils créaient des problèmes. Tous des escrocs. Les patrouilles de sécurité de la capitale se plaignaient régulièrement que c'étaient des clients difficiles parce qu'on n'arrivait pas à comprendre leur accent, et qu'ils inventaient toujours de longues histoires alambiquées pour expliquer la perte de leur permis de voyage, ou l'utilité des montres qui leur couvraient les bras.

– Ça suffit.

L'homme à l'œil baladeur s'était adressé aux policiers, qu'à l'évidence il connaissait et ne craignait manifestement pas. Il était beaucoup plus grand que je l'avais d'abord cru. Grand et mince, avec un œil de travers, mais le dos droit.

– Restez ici, il en écrasera une autre, en pure perte, et aucun de nous ne s'en trouvera mieux loti.

Ce n'était pas un paysan ; il parlait avec un phrasé élégant de lettré, qui n'avait rien à voir avec ses airs décatis.

La conversation tourna court lorsque nous traversâmes la gare suivante, un édifice défraîchi flanqué d'un quai désert. Il n'y avait pas même un panneau. Ceux qui savaient où ils étaient descendaient du train parce qu'ils n'avaient pas le choix, et les autres s'en fichaient. J'aperçus le chef de gare affalé sur une chaise dans sa cahute ; il ne leva même pas un bras pour faire signe au convoi qui se traînait dans sa gare. Les deux policiers tétaient leurs cigarettes ; les autres étaient repartis voir passer le paysage. Je fumai un bout de cigarette, mais la jetai très vite dans le fossé qui courait le long des voies et passai le reste du voyage à mâchonner un gâteau de riz que j'avais acheté en gare de Pyongyang. Je fouillai dans ma poche, en sortis le morceau de bois de kaki et me mis à le polir au rythme du bruit des roues claquant sur les rails. Je voulais éviter de penser au temps écoulé depuis la dernière fois que j'avais eu du thé.

3

L'Irlandais tendit le bras pour éteindre le dictaphone.

– Temps mort, dit-il. On ne me paye pas pour prendre le train. Je vous l'ai dit, nous sommes censés parler de Kang.

– Relax, Richie. Je vous y amène.

– Je suis très calme. C'est vous qui tambourinez des doigts sur la table.

– J'ignorais que les Irlandais étaient si observateurs.

– On ne m'avait pas dit que les Coréens étaient si transparents. (Il s'extirpa du canapé et étira les jambes.) On dirait que vous êtes nombreux dans votre pays à parler tout bas. (Je gardai le silence.) Y a-t-il une raison précise à cela ? La peur, peut-être ? Ça doit être calme, chez vous.

– Je comprends que, dans certaines cultures, la pétulance passe pour une vertu. Pas chez nous. Se retenir en public a beaucoup d'avantages.

– Surtout lorsqu'il faut rester invisible. Vous voyez cette pendule ? dit-il en levant un doigt vers le mur. Elle indique deux heures quarante. Vous savez pourquoi ? Ils pensent qu'au bout d'un moment vous oublierez peut-être que le temps passe. Ils se disent que vous ne regarderez pas votre montre. Mais je sais que vous l'avez déjà consultée, deux fois. Vous avez peut-être un autre rendez-vous, quelqu'un d'autre à rencontrer ? (Il attendit, mais comme je ne répondais pas, il finit par reprendre.) Psychologiquement, il paraît que c'est la bonne heure pour ce genre de rencontre… deux heures quarante, j'entends. À mi-chemin de nulle part. Vous êtes-vous déjà réveillé à une heure si matinale ? Moi, ça me fait frémir. (Il avança vers la pendule et la régla sur onze heures et quart.) C'est mieux, n'est-ce pas ? On peut dire que l'heure du déjeuner approche ou qu'il est presque l'heure des câlins, selon qu'on est le matin ou le soir. (Il retourna s'asseoir, mais à l'autre bout du canapé cette fois.) Parlez-moi de votre chef, Pak. Je suppose qu'il connaît mieux Kang que vous.

– Il n'y a rien à en dire. Pak est mort. (Je posai une main sur la cafetière. Elle n'était même pas tiède.) Quoi qu'il en soit, ce n'est pas votre affaire.

– Ah bon ? (Des rides creusèrent son front, puis disparurent.) Résumons-nous, vous voulez ? Kang est mort. Pak est mort. Tous ceux qui vous approchent meurent, j'ai bien compris ? Qui d'autre dois-je rayer de ma liste ?

– Depuis quand avez-vous une liste ?

Je me levai et fis quelques pas dans l'appartement. Il était aseptisé ; personne n'y avait jamais vécu. Mon petit studio au pays avait plus de caractère, mais celui-ci avait l'avantage d'être équipé d'une lampe.

– Allez-y, prenez un moment pour vous dégourdir les jambes, dit-il. Ça va mieux ? Bon. Oubliez Pak.

L'Irlandais joua un moment avec son dictaphone. Il soupira, puis se massa un peu l'épaule.

– Kim. Donnez-moi quelque chose sur Kim. Vous ne l'aimez pas, ça j'ai compris. Je suppose qu'il est toujours en vie.

– Nous sommes tombés bien bas, mon cher Richie, lorsque des types comme Kim peuvent se maintenir. (Je me rassis et me versai une demi-tasse de café. Il avait l'air froid.) Kim est un problème en quête de solution.

– Je n'ai pas d'avis là-dessus. Pour l'instant, son seul crime est de nature capillaire.

4

L'auberge du Dragon rouge de Kanggye était un édifice à deux niveaux qui avait abandonné son combat contre les intempéries. Le toit s'affaissait, les fenêtres étaient de guingois et l'enduit de ciment de la façade s'écaillait et se fissurait, quand il n'était pas tout simplement marbré de taches d'humidité. À quelques rues de la gare vers l'est, le bâtiment se dressait seul face aux ruines brûlées de ce qui avait un jour été une clinique, à en croire un écriteau apposé sur la porte condamnée.

À la gare, j'avais demandé s'il y avait une auberge dans les environs. Il y en a plusieurs, m'avait répondu une vieille femme qui, adossée contre un mur avec une couverture étalée devant elle, vendait des cigarettes arrangées en deux petites pyramides – l'une coréenne, l'autre importée –, des gâteaux de riz disposés en cercle et quelques fruits. Une pile de journaux du Parti s'élevait à côté d'elle ; celui du dessus était ancien mais remarquablement bien conservé, une édition spéciale consacrée au soixantième anniversaire de Kim Il-Sung et datée du 15 avril 1972. Elle avait aussi quatre ou cinq livres pour enfants en anglais, tous richement colorés, l'un d'eux avec un canard avec pantalon et chapeau sur la couverture.

– Achetez-moi une pomme, m'avait-elle dit. Vous semblez affamé.

– Grand-Mère, j'ai besoin d'un endroit où me laver la figure et dormir un peu. Connais-tu un endroit où un pauvre garçon comme moi peut aller se reposer ?

– Tu veux une fille ?

– Voyons, Grand-Mère. D'abord tu me proposes une pomme, ensuite une fille.

– Ouais, biblique, non ? (Elle sourit et ses yeux disparurent sous les rides. Je dus avoir l'air surpris, car son sourire s'effaça soudainement.) T'en fais pas, on n'est pas à Pyongyang. Par ici, on a des bibles à ne plus savoir qu'en faire. Et c'est du bon papier. Il y en a même qui emballent leur poisson avec.

– Et toi ?

– Moi, je sais lire, ça se voit pas ?

– Grand-Mère, une auberge…

– Je sais. Il y en a trois. Ou plutôt cinq dans le coin, mais deux qui ne sont pas pour toi. L'une d'elles, l'Azalée blanche, est réservée aux militaires, ce que tu n'es pas. Puis il y a le Lotus. Très classe, pour la bonne société de Pyongyang et les étrangers. (Elle m'examina un instant.) Donc, pas pour toi. De toute façon, soit dit entre nous, c'est un vrai cloaque. Le Parti les laisse pratiquer des prix exorbitants et pour quoi ? La bouffe est nulle. Le chef est un escroc qui n'achète que des produits périmés à bas prix. On l'a attrapé une fois, mais son oncle est quelqu'un de très en vue… là-haut (elle pointa un doigt en l'air), et il s'en est sorti avec un avertissement. (Elle éclata de rire.) Rien d'autre ! Un avertissement ! Il aurait mérité que ça chauffe salement pour ses fesses. (Elle marqua une pause et prit un air pensif.) Toi, tu devrais essayer le Dragon rouge. Ils font moins de chichis. (Une nouvelle pause.) Je m'étonne que tu connaisses si mal Kanggye.

– Pourquoi ?

– Tu ressembles à un des rejetons du général O Chang-yun. Les mêmes yeux.

Je hochai la tête.

– Je ne connais personne de ce nom, mais des yeux, il faut bien qu'on en ait tous une paire, non ?

En montant la colline pour me rendre à l'auberge, j'essayai de calculer la probabilité que la première personne que je rencontre dans ce misérable patelin ait connu mon grand-père, le général O, « Héros de la Lutte et Cœur battant de la Révolution », comme on l'avait appelé à la radio le jour de sa mort.

5

L'employé qui se tenait derrière le bureau du Dragon rouge ne bougea même pas une oreille. Je restai un moment à contempler le comptoir encombré et les rares meubles adossés aux murs en essayant de savoir si cet endroit pourrait me soustraire à la surveillance de Kang. L'homme s'anima enfin, mais garda le nez plongé dans son livre. Il remua un peu les lèvres pour s'assurer qu'elles fonctionnaient toujours, puis sa voix se glissa par-dessus les pages jusque dans la pièce.

– Il vous fallait quelque chose, ou vous êtes seulement venu regarder ?

C'était dit sans l'ombre d'un sarcasme. Mais du fond d'un ennui abyssal. Il ne me fit pas l'effet de quelqu'un qui prenait plaisir à son travail.

– Je pensais vous demander une chambre.

– C'est Grand-Mère Pak qui vous envoie, à coup sûr. Personne ne se pointe ici à cette heure de la journée, sauf ceux qu'elle nous envoie.

J'attendis, mais il ne décolla pas de son livre.

– Elle vous a recommandé, elle a dit que c'était mieux ici, plus adapté à ce que je cherchais. Drôle de chose pour une vieille femme de dire ça à un type qu'elle vient à peine de rencontrer. (Mes yeux firent à nouveau le tour de la pièce.) Elle n'avait décidément pas une très haute opinion de la concurrence.

À y regarder de plus près, l'endroit n'était pas aussi miteux qu'il en avait l'air. Ça me rappelait les bottes soigneusement éraflées de Kang, un peu comme une planque où l'on m'avait envoyé quelques années plus tôt : si rarement visitée qu'on devait aller y piétiner la poussière et fatiguer les boiseries pour lui donner un air habité.

– C'est bon signe. Ça veut dire qu'elle vous aime bien.

Le livre s'abaissa et soudain le réceptionniste m'étudia avec attention.

Je décidai d'aller droit au but.

– Une chambre ?

Cela parut le ramener sur terre.

– J'en ai une. Avec vue. Elle donne sur un pin. Très évocateur.

– Fabuleux. Je la prends.

Nous nous jaugeâmes. Je craquai le premier.

– Je crois qu'il est de coutume à ce stade que vous me disiez le prix, que je vous réponde que c'est trop cher, que vous me donniez une fiche à remplir, que vous vérifiiez ma carte d'identité et ainsi de suite.

Il hocha la tête.

– On n'a plus de fiches de renseignements.

J'en voyais déjà quatre ou cinq sur son bureau. Il suivit mon regard, puis en saisit une et l'agita au-dessus de sa tête.

– Celles-là ? Celles-là ? Ce papier est pitoyable. Même pas digne des toilettes. Je ne peux pas renvoyer une fiche comme ça. Ce serait une insulte à la nation.

Je me penchai au-dessus du comptoir et le regardai droit dans les yeux.

– Vous êtes toujours aussi patriote quand il s'agit de ne pas tenir vos registres ?

Il me rendit mon regard.

– Si vous voulez absolument laisser une trace, ça ne me dérange pas. Mais si j'ai votre fiche et que la police spéciale ou deux trois ahuris de la Sécurité militaire viennent me la demander, il faudra bien que je la leur donne, non ?

– Et vous y connaissez quoi, à la Sécurité militaire ?

Je n'avais aucune raison de rester collé à son visage s'il ne réagissait pas. Je me tournai vers un téléviseur posé dans le coin le plus proche de l'entrée. Si l'on ne faisait pas attention en entrant, on pouvait facilement le rater, comme dans mon cas. Neuf, imposant, la marque sud-coréenne encore visible. Une antenne ovale perchée dessus, rien de bien utile lorsqu'on ne recevait que la chaîne officielle, mais fort désirable pour qui cherchait à capter des émissions étrangères.

Le réceptionniste faisait comme si le téléviseur était parfaitement normal.

– Et d'un, on est à Kanggye ici, au cas où vous n'auriez pas remarqué. Les environs sont farcis de sites secrets dont je n'ai jamais entendu parler, dit-il en haussant les épaules. Et donc, la ville est truffée d'agents de la Sécurité militaire. Et de deux, je viens moi aussi de Pyongyang. Je sais ce que je sais. (Il me vit me retourner encore vers la télévision.) Allez-y. Allumez-la si vous voulez. À cette heure-ci il n'y a pas grand-chose, mais le matin et le soir on arrive à capter des chaînes chinoises. Les jeux télé sont assez drôles, même si on ne comprend pas la langue. Si c'est ça le capitalisme, je dirais que ça n'a pas l'air trop compliqué.

– Vous êtes ici depuis longtemps ?

– Trois ans. J'étais aux Affaires étrangères. Il y a eu un appel à volontaires au moment des réductions d'effectifs. J'ai levé la main et on m'a acclamé royalement à la gare l'après-midi où je suis parti, en même temps que quelques centaines d'autres. Depuis, je suis assis là. C'est une vie.

Son livre était en anglais. C'était un livre de poche, la couverture à moitié arrachée et certaines pages ne tenant plus qu'à un fil. Apparemment, on l'avait lu et relu bien des fois.

– Un étranger m'en a fait cadeau il y a longtemps. Ne vous en faites pas. C'est légal. Je suis censé entretenir mon anglais. Personne à qui parler, alors je lis ça.

– Une ville bien littéraire que Kanggye. Vous lisez des romans en anglais ; la vieille dame de la gare lit la Bible. Un sacré bout de femme, celle-là, et plus intelligente qu'elle veut bien s'en donner l'air.

Il me jeta un regard inquisiteur ; puis sa formation diplomatique reprit le dessus et la chape retomba sur ses yeux.

– Votre chambre est en haut, au fond du couloir à gauche. Numéro sept. La porte ne ferme pas complètement, la fenêtre non plus. On verrouille l'entrée à dix heures du soir. Soyez rentré avant ou vous dormirez sous le pin. Aucune exception.

– Vous vous enfermez ? Même ici, en pleine campagne ?

– Faut bien. La ville est pleine de malfrats et de voleurs.

Je hochai la tête.

– Il n'y a pas de police régulière ?

Il m'adressa un sourire amer.

– Si, c'est même pour ça qu'on ferme la porte à clé.

6

Peut-être était-ce le vent frais qui entrait par la fenêtre ouverte, ou les voix qui montaient du rez-de-chaussée, en tout cas je me réveillai à deux heures du matin.

– Laissez-lui une bonne longueur de laisse.

Brusquement le sommeil me quitta. C'était la voix de Kang.

– Je ne veux pas qu'elle soit trop courte. Laissez-le se balader un peu.

– C'est vous le chef.

Le réceptionniste avait dû être en train de dormir lui aussi, parce que sa voix avait la pointe d'irritation commune à ceux qui n'ont pas envie d'être réveillés.

– Répétez-moi ça une seule fois et je vous fais transférer. Au fin fond de la cambrousse. Sans livres. (Kang n'ayant pas changé de ton, j'étais prêt à parier que son visage ne trahissait aucune émotion.) Et dites à Grand-Mère Pak d'oublier qu'elle l'a vu.

Je me redressai sur mon séant.

– Ne vous inquiétez pas pour elle.

– Je m'inquiète pour tout le monde. (Enfin, Kang avait un peu élevé la voix, mais elle retomba bientôt à son volume habituel.) C'est mon boulot. Ma vocation, même. Ça me rend heureux. Vous ne l'avez peut-être pas remarqué, mais j'ai élevé l'inquiétude au rang d'art.

La porte d'entrée claqua et une voiture démarra. C'était une vieille Nissan qui, à l'entendre, aurait eu grand besoin de quelques pièces de rechange. Donc, Kang connaissait Grand-Mère Pak. Je me demandai si elle l'avait envoyé au Lotus. Et s'il avait dû remplir une fiche.

7

Un oiseau perché dans le pin me réveilla à l'aube, qui vint plus tôt que prévu. Il roucoula un peu, attendit un instant, puis roucoula de plus belle. Il aurait pu appeler un congénère, mais semblait surtout se parler à lui-même. J'étais sûr qu'il n'y aurait pas de thé à l'hôtel, et pas certain de savoir où trouver quelque chose à manger à pareille heure.

– Bien dormi ?

Quand je descendis au rez-de-chaussée, le réceptionniste se tenait derrière son comptoir, plongé dans le même livre, une tasse de thé posée à côté de lui. La mire qui remplissait l'écran du téléviseur avait disparu, remplacée par un couple qui valsait sur une piste de danse, l'homme comptant les pas en mandarin. Il se tournait sans cesse vers la caméra.

– C'est une émission de danse. Ils apprennent aux gens à danser à l'occidentale. (Il abaissa son livre pendant une fraction de seconde.) Vous aimez danser ?

– Non, à vrai dire, on ne m'a pas souvent posé la question. En revanche, je ne serais pas contre un peu de thé, et peut-être quelque chose à manger.

– Personne ne danse dans ce patelin. (Il retourna à sa lecture.) Il pourrait y avoir de quoi manger dans la rue, plus loin.

Il ne leva pas les yeux. Je ne réussis pas à savoir s'il lisait vraiment ou s'il cherchait seulement à éviter mon regard. Il faisait à peine jour et je n'étais pas encore assez réveillé pour me lancer dans une polémique, mais j'aime qu'on soit aimable avec moi le matin, sinon ça me fiche ma journée en l'air, et ce type-là flirtait avec les bornes. Une invitation à danser ne comptait pas comme un geste aimable, pas venant de lui en tout cas.

– Plus loin à droite, à gauche, un endroit en particulier, ou dois-je me promener au hasard en espérant tomber sur quelque chose de comestible ?

– Je vais vous faire un plan.

Il me tendit un bout de papier. Il avait les traits bouffis et les joues flasques, comme s'il n'avait pas beaucoup dormi.

Une fois dans la rue, je levai la feuille qu'il m'avait donnée. Elle était vierge. Je la retournai et découvris deux mots : « Ciel bleu. » Je partis en direction de la gare. « Ciel bleu » était le code que Pak utilisait en cas d'urgence. Il avait mis au point une liste, un après-midi de typhon au milieu d'une tempête politique où nous n'avions rien d'autre à faire que d'éviter les ennuis en regardant tomber les arbres. « Juste au cas où », avait-il dit en me la donnant. « Par un temps pareil – Pak parlait toujours de "temps" en référence à la situation politique – il nous faut un moyen de communiquer, rien qu'entre nous. » Il y avait cinq ou six termes. « Ciel bleu » voulait dire : « appelle-moi au bureau tout de suite. » Pas si difficile à Pyongyang, mais à Kanggye je ne savais pas où trouver un téléphone d'où je pouvais appeler sans trop attirer l'attention. Lorsqu'il m'avait tendu mon billet de train, Pak m'avait conseillé d'éviter les téléphones. Maintenant, il voulait que j'en trouve un. Et je savais que Kang rôdait dans les parages. Il était passé à l'auberge la veille au soir pour donner des ordres au réceptionniste qui m'avait glissé le message de Pak. Je n'étais pas surpris que Kang ait trouvé le moyen de faire pression sur des employés d'hôtel dans tout le pays ; si le ministère n'en était pas capable, personne ne l'était. Mais il travaillait pour un détachement externe du Renseignement. Que faisait-il à parader dans Kanggye comme si c'était son territoire ? Et comment savait-il où j'étais ?

– Achète-moi une pomme.

C'était Grand-Mère Pak. La même collection de gâteaux, fruits et cigarettes que la veille s'étalait devant elle. Le livre au canard avait disparu, mais la pile de journaux n'avait pas bougé. Personne n'avait acheté l'édition spéciale anniversaire.

– Bonjour, Grand-Mère. Et merci de m'avoir indiqué l'auberge.

Elle fit comme si elle n'avait aucune idée de ce dont je parlais. Bon, c'est ce que Kang avait dit qu'elle devait faire : oublier. Son air hébété était très convaincant.

– Vous ne vous rappelez pas ? J'étais là hier.

Elle hocha la tête.

– Plein de passage par ici. Je ne passe pas mon temps à mémoriser les visages, vous savez.

Si elle était aussi coriace maintenant, j'imaginais à peine ce que ç'avait dû être avant qu'elle ne se retrouve vieille dealeuse de cigarettes importées.

– Sauriez-vous où je pourrais trouver du thé ? Je n'en ai pas eu une goutte depuis des jours.

Elle choisit une petite pomme et deux gâteaux de riz.

– Donnez un de ces gâteaux au camarade Dumbo au bureau là-bas. (Je n'avais aucune idée de ce qu'elle voulait dire.) Le petit vieux, dit-elle, avant de lever un doigt vers le ciel. Bien bleu, aujourd'hui.

Un vieux monsieur avec de grandes oreilles était assis derrière le bureau du chef de gare. Il m'observa en plissant les yeux, peut-être parce qu'il avait passé trop de temps au soleil, ou déchiffré trop de tableaux d'horaires sans lunettes. Sa bouche s'affaissait aux coins, comme celle de Pak, mais il ne semblait pas malheureux pour autant. Je remarquai que toutes ses rides étaient dans le bon sens. Il avait du thé.

– Le prochain train ne passe pas avant ce soir, dit-il. Un convoi de fret a déraillé dans le tunnel numéro six. Je vous raconte pas le foutoir ! Y a de la ferraille partout et il fait noir comme dans un four là-dedans. Vous pouvez être sûr qu'ils sont en train de se marcher les uns sur les autres pour tenter de tout nettoyer. La ligne est bloquée dans les deux sens. (Il marqua une pause pour boire une gorgée, puis s'essuya la bouche avec le dos de la main.) Vous feriez aussi bien de vous détendre.

– Un gâteau de riz, ça vous dirait ?

Je les posai tous les deux sur la table. Aucune réaction. Lorsque j'avançai le bras pour en reprendre un, il hocha la tête vers un coin du bureau.

– La ligne de service pour le standard de la compagnie du rail. Dites-leur que vous voulez être connecté au central, ça vous amènera n'importe où dans le pays. Et même en Chine, si vous faites un peu de gringue à la standardiste.

Il se leva, fourra un gâteau de riz dans sa poche et sortit du bureau en tenant l'autre dans sa main.

L'antique combiné était lourd, son poids signe que seules des affaires solennelles de la plus haute importance pour la population méritaient de se glisser dans les cinq trous irrégulièrement espacés de son microphone. On peut dire ce qu'on veut dans un téléphone moderne et un flot ininterrompu de mots légers, pastel, se rue d'un bout à l'autre des continents. Pas avec ce téléphone-là. J'appuyai sur la fourche plusieurs fois avant d'obtenir le standard. Une voix lointaine m'atteignit.

– Oui, bon, ça va, je doute que vous soyez si important que ça, alors allez-y mollo.

– Désolé, je ne pensais pas déranger.

– Vous voulez que je vous connecte quelque part ou vous m'appelez juste pour bavarder ? Et d'abord, qui êtes-vous ? Pas le chef de gare, en tout cas.

– Non, il m'a dit que je pouvais me servir de son téléphone pour appeler Pyongyang.

– Les lignes vers notre standard de Pyongyang sont toutes occupées. Comme toujours à cette heure-ci.

– Passez-moi le central.

– Vous êtes sur une ligne de la compagnie des chemins de fer. Je ne fais pas le central sans autorisation et celle du chef de gare ne fera pas l'affaire.

– Grand-Mère Pak vous salue.

C'est tout ce que j'avais pu trouver dans l'instant. La vieille passait ses journées assise dans la gare ; elle surveillait les allées et venues. Le réceptionniste de l'hôtel la connaissait. Kang la connaissait. Et elle avait connu mon grand-père. Elle ne ressemblait certainement à aucun des agents de terrain que j'avais eu l'occasion de voir. Elle ne se comportait pas comme eux non plus.

– Qui ça ?

– Grand-Mère Pak.

Bref silence.

– Je peux vous passer le central et vous pourrez demander aux filles de la ville d'interrompre leur manucure assez longtemps pour vous connecter, ou alors vous pouvez me le demander à moi.

J'avais donc vu juste, Grand-Mère Pak n'était pas un simple agent de terrain. Avec le nom d'un agent, la standardiste ne m'aurait même pas indiqué l'heure, et encore moins laissé passer un appel sur une ligne d'accès restreint. Même pas dans cette province.

– Bon, très bien. J'ai besoin que vous me passiez Pyongyang.

Je lui donnai sept chiffres, lentement, puis les lui répétai.

– C'est un numéro de la police et j'avais entendu la première fois.

– Vous avez une jolie voix, comme un chant d'hirondelle. Un jour, il faudra qu'on aille se promener vous et moi, ou bien dîner ensemble. Mais dans l'immédiat, j'ai besoin de joindre ce numéro.

– Avec plaisir. Ils doivent mettre quelque chose de spécial dans l'eau de Kanggye pour vous rendre si romantique, inspecteur, mais êtes-vous sûr que je sois votre genre ?

L'inspecteur en chef Pak venait de prendre la communication.

Je n'avais même pas entendu le clic de la connexion.

– Qu'est-ce que tu fais sur cette ligne ?

– Le téléphone sonne, je décroche, quoique dorénavant je vais demander qu'on filtre mes appels. Il y a vraiment des plaisantins partout ces derniers temps. Comment est la météo ?

– Ça va.

– C'est tout ?

– À peu près comme à Pyongyang, sauf que les matins sont plus frais. (Puis je me rappelai qu'il avait quelque chose pour moi.) Pas un nuage. Rien qu'un beau ciel bleu, bien clair.

– Parfait. Tu as vu Kang ?

– Presque. Je n'étais pas censé l'éviter ?

– Ne t'inquiète pas.

– Tu lui as dit où j'étais ? Je peux savoir ce qui se passe ? Les gens de cette ville font-ils tous partie de ta famille ?

– Non, mais j'y ai beaucoup d'amis. Écoute, Kanggye n'est pas un endroit pour toi.

– Très bien. Je peux aller prendre mon petit déjeuner maintenant ?

– Oubliez votre ventre, inspecteur ! Allez à la frontière. Voyez ce que vous pouvez apprendre.

– Sur quoi ?

– Prenez le train de Manpo. Il se peut que l'enfer se déchaîne bientôt, alors profil bas.

– Je croyais que vous vouliez ma démission.

– Oublie.

– Et Kang dans tout ça ?

La ligne fut coupée l'espace d'un instant ; puis la standardiste revint au bout du fil.

– Voulez-vous que je vous reconnecte ?

– Non.

– Et ce dîner ?

– Peut-être plus tard. Qui dois-je demander ?

– On ne donne pas de noms. Question de sécurité. Dites seulement que vous voulez parler à « 55 ». On vous branchera sur mon poste si je suis en service. À plus.

Le chef de gare revint dans la pièce.

– Z'avez fini ?

– À quelle heure est le train pour Manpo ?

– Quand il roule, il passe ici entre dix heures du matin et cinq heures du soir.

La porte s'ouvrit et Kang fit son entrée.

– Alors, on se promène ?

– Je croyais que vous vouliez me laisser du mou.

J'eus droit à un regard glacial.

– Vous avez du mal à dormir la nuit ?

– Non, mais votre voiture est plutôt bruyante.

Il fit le tour du bureau d'un pas lent, comme il l'avait fait à Pyongyang le matin de notre rencontre au sommet de la tour, sans rien chercher, simplement par habitude.

– Manpo est un petit village ennuyeux. (Ses yeux coururent le long de la plinthe.) Il n'est pas sûr que vous vous y plaisiez.

– C'est une ville-frontière. À ce que j'ai lu dans nos rapports, c'est plein de contrebandiers et de gros malins qui pensent être couverts de tous les côtés. Ils se procurent une chaîne hi-fi toute neuve pour quelqu'un à Pyongyang, ou peut-être des pièces détachées de lecteur DVD. S'ils arrivent à passer les contrôles et à finaliser la livraison, ils ont de quoi vivre un mois ou deux. Pas mal.

Voir Kang dans la même pièce que moi me donnait un mauvais pressentiment. Je posai mon regard derrière lui, à l'affût de mouvements suspects sur la place devant la gare. Elle se remplissait de gens, certains ployant sous des bâts en bois chargés de légumes, plusieurs en uniforme d'officier, les autres insignifiants, maigres, loqueteux et las.

Kang gardait les yeux rivés sur moi.

– Pas de gorille en vue, inspecteur. Juste une foule en route vers Manpo dans l'espoir de gagner quelques sous. Certains passeront en Chine à la nuit tombée. Quelques-uns ne reviendront pas.

– Pas mes affaires.

Kang disait vrai : aucun signe d'une escouade de gardes en train d'avancer à travers la foule.

– C'est vrai. Ce ne sont pas vos affaires. Essayez donc une autre ville si ça vous chante.

– Écoutez, je suis un peu grincheux ce matin. Je n'ai pas très bien dormi, pas mangé grand-chose et le thé est un luxe hors de ma portée. Je n'aime plus beaucoup les trains non plus. Alors dites-moi, à quoi tout cela rime-t-il ?

Il fit un signe de tête au chef de gare, qui sortit de la pièce à reculons.

– Nous avons cinq minutes. Asseyez-vous et écoutez.

Il déboutonna sa veste. Il portait un holster d'épaule avec un 9 mm israélien. Il vit mes yeux se poser rapidement sur l'étui, puis revenir sur son visage.

– La faune de Manpo n'est pas aussi policée que celle de Pyongyang, vous savez ? À Kanggye, ça va encore, mais un peu plus haut sur la ligne, personne ne répond de rien. Ils n'aiment pas que des gens qu'ils ne reconnaissent pas viennent fouiner chez eux. Parfois ces gens disparaissent. Pouf. Plus rien. On ne les retrouve jamais. Personnellement, je n'y fais plus attention. J'ai perdu deux hommes l'année dernière. (Il prit les horaires de train posés sur le bureau et les étudia un moment.) Si ça vous préoccupe, à votre place, je rentrerais à Pyongyang aussi vite que mes petites jambes peuvent me porter.

Je me levai, furieux contre Pak de m'avoir envoyé ici, furieux contre Kang qui me faisait danser comme un poisson au bout de sa ligne, furieux contre moi-même d'avoir raté une bonne occasion de rester assis derrière mon bureau à siroter du thé en laissant filer les jours.

– Pourquoi tout le monde insulte-t-il mes jambes ? demandai-je. J'ai une info pour vous. Ces jambes vont sortir d'ici et aller me trouver quelque chose à manger. Content de vous avoir parlé.

Quand j'atteignis la porte, Kang me dit à voix basse, à peine plus fort qu'un murmure :

– La salle du fond de l'auberge Manpo, vendredi au coucher du soleil.

Je continuai à marcher. Le chef de gare faisait la sieste sur un banc, sous une affiche qui vantait en grosses lettres « l'esprit de Kanggye ». Sa casquette avait glissé et sa tête reposait contre une tache grasse sur le mur, à l'endroit précis où il dormait depuis des années – des décennies, peut-être. Les affiches avaient succédé aux affiches ; il ne semblait pas s'en soucier, tant qu'il pouvait ronfler doucement dans la lumière poussiéreuse d'un jour encore intact.

8

– Vous avez de la bande dans ce machin ou c'est juste pour le spectacle ? demandai-je en indiquant le dictaphone d'un signe de tête.

– Pas besoin de vous en faire pour les machines, mon ami. (L'Irlandais ouvrit grand les yeux de surprise feinte.) Avez-vous l'impression, vous aussi, que nous sommes en train de devenir amis, inspecteur ?

– Il est temps de marquer une pause.

– C'est vous qui voyez. Jusqu'ici, je ne me suis pas beaucoup dépensé. Je ne bouge pas. Je n'ai même pas encore eu besoin de prendre des notes. Vous commencez tout juste à vous échauffer, j'imagine.

Il lissa la nappe sur la table devant lui. Les petits oiseaux avaient un peu perdu de leur entrain. Quelques-uns semblaient même tomber de fatigue.

– Vous regardez encore votre montre, reprit-il. Vous êtes sûr qu'on ne vous attend pas ? Pas de rendez-vous ? Dites-le-moi, on peut toujours accélérer la manœuvre.

– Personne, nulle part. Relax, Richie. (Je levai ma montre.) Elle ne tourne plus depuis des mois. Mais les gens sont souvent mal à l'aise quand on n'en porte pas.

– Bon, très bien. Reposez vos tuyaux cinq minutes. Je vous donnerai l'heure. (Il leva un doigt vers la pendule accrochée au mur.) Mais on peut aussi très bien l'oublier. (Il tapota un peu le coussin dans son dos.) Confortable, ce canapé, sûrement plus que votre chaise.

Il était à son aise, pas fatigué pour un sou. C'était ce qu'il faisait le mieux, écouter, d'une oreille attentive où l'on pouvait se décharger de toute une vie de pensées encore inexprimées. Je me ressaisis. Personne n'écoutait ainsi ; c'était un fantasme.

– Hein ?

Perdu dans mes pensées, j'avais loupé sa dernière remarque.

– Je disais que j'étais tout ouïe, inspecteur. Je suis prêt quand vous l'êtes.

– Vous aimez écouter, n'est-ce pas, Richie ?

– Écouter parler les gens est la plus belle chose au monde.

– Dans le vôtre, peut-être.

– Et dans le vôtre ?

– L'écoute est l'enclume sur laquelle l'épée prend forme, le feu qui fond le plomb des balles. L'écoute est un moment de récupération pour rassembler ses esprits afin de mieux préparer l'attaque. Quand on écoute quelqu'un assez attentivement, on peut surprendre le lapsus qui pointera ses faiblesses. C'est la boussole sur la carte du champ de tir. Les gens parlent, mais personne ne veut dire quoi que ce soit parce qu'on pourrait les écouter.

– Grands dieux, inspecteur, vous m'avez l'air bien sérieux.

– Ouvrez l'oreille, l'Irlandais, je pourrais trouver une voix que nous ne connaissions pas encore.

Il parut triste, comme si quelque chose en lui s'était tordu jusqu'à ses limites. Je voyais bien qu'il était mal à l'aise. Il essaya de s'en défaire, se racla la gorge, se passa une main sur le crâne, juste pour gagner une seconde. Ça ne suffit pas, alors il toussa et regarda la pendule. Finalement, il se croisa les bras sur la poitrine.

– Procédez comme il vous plaira, inspecteur.

– Faites semblant de ne pas m'avoir entendu dire tout ça. Je ne cherche pas à m'attirer votre compassion.

– Ne vous inquiétez pas pour ça. (Il hocha la tête et je sus qu'il s'était repris.) Je n'ai pas l'intention de vous en donner. Vous dites que Pak vous a demandé de vous rendre à Manpo. C'est plutôt étrange de sa part. Je me demande… Pourquoi vous aurait-il envoyé droit dans les bras de Kang ?

– Pak passait le plus clair de son temps à essayer de m'éviter des ennuis d'une manière ou d'une autre. Dévier du droit chemin ne m'a jamais posé problème, je ne sais même pas où il est la moitié du temps. L'autre moitié, je m'en fiche. Pak voulait m'éviter un transfert. Nous étions à notre aise dans un bureau confortable, une manière agréable de passer le temps. Pak prenait son boulot très au sérieux et assurait mes arrières. Il était comme ça, c'est tout. J'aurais fait pareil pour lui. (Je marquai une pause.) J'aurais dû.

L'Irlandais alluma une cigarette, l'examina avec un vague dégoût, puis l'éteignit.

– Vous auriez dû. Autrement dit, vous ne l'avez pas fait. (Il lança le dictaphone.) Prêt ? Allez-y doucement. Et maintenez votre voix au même niveau, d'accord ?

– Toutes ces machines, Richie, on les emmerde. Y a-t-il un bouton sur ce truc pour le sarcasme, l'ironie ou

l'indicible ? Fabrique-t-on de telles machines en Occident ? Nous, non. Nous n'usons toujours de nos voix que pour nous aider lorsque les mots ne suffisent pas à combler le fossé.

– Là, vous me fendez vraiment le cœur, inspecteur. Bon, on peut y aller ?

TROISIÈME PARTIE

Une route de montagne se déroule
Le long du ruisseau qui nous a bercés.
En écoutant le vent dans les mélèzes,
Je me demande si l'été
S'attarde encore à Manpo.
Kim Yun Sook (1799-1835)

À trois heures du matin, le quai de la gare de Manpo est noir de gens, mais il y règne un silence irréel parce que personne ne parle. Quand ils se déplacent, ils ne sont pas très différents du brouillard qui flotte à travers le halo hésitant des ampoules nues fixées au plafond de bois juste au-dessus des têtes. C'était le mois d'août, mais il faisait bien plus frais qu'à Kanggye et je n'étais pas habillé pour ça. Plus tard dans la matinée je trouverais peut-être une veste ; pour l'instant, j'avais besoin d'un endroit calme et d'une bricole à manger. J'avais quelques tickets-repas sur moi, des devises chinoises maculées de taches et une centaine de dollars froissés, mais à cette heure-là il n'y aurait probablement rien d'ouvert.

Je me frayai un chemin à travers la foule pour arriver sur la place devant la gare. Je ne m'attendais pas à y trouver grand-chose et ne fus pas déçu. Tous les vendeurs de rue étaient partis. Derrière moi, une voix s'éleva dans la pénombre, basse et toute proche.

– Tu veux une fille ?

À Pyongyang, je l'aurais attrapé par la gorge et plaqué contre un mur. Une chose que je ne tolérais pas dans mon secteur était bien que les rabatteurs exercent en pleine rue. Je ne pouvais l'empêcher dans les bars et les hôtels, mais je refusais que cela se passe dehors et, au bout de quelques mois, tout le monde ou presque avait reçu le message. De temps à autre arrivaient de l'extérieur des nouveaux qui ne connaissaient pas les règles. Ils apprenaient ou changeaient de secteur sans faire de vagues. Mais là, je n'avais aucune autorité. Je me retournai lentement. La voix appartenait à un vieux monsieur. Manches de chemise trop longues pour ses bras, pantalon trop court, et trop large sur la taille, maintenu en place par une ceinture de corde bien serrée. Quand il leva les mains en un geste destiné à me montrer qu'il ne me voulait pas de mal, je vis que ses deux manches étaient déchirées au coude. Ses mains retombant sur les côtés, il glissa les pouces sous sa ceinture et sourit. Je constatai à ma grande stupéfaction qu'il avait encore toutes ses dents.

– Ce sont de gentilles filles, reprit-il.

Il sourit à nouveau, un sourire franc qui ne laissait sous-entendre aucune allusion graveleuse, simplement une observation bienveillante.

– Grand-Père, je cherche un endroit où dormir et peut-être un repas.

Il continuait à sourire.

– Nous en sommes tous là, mon ami. Nous en sommes tous là.

Il marqua une pause. Lorsqu'il se tourna un peu, je vis que malgré l'usure aux coudes sa chemise était impeccable, repassée de frais, sans un pli, et que sur sa poitrine s'affichait un badge, un petit portrait rond de Kim il-Sung. Il devait dater de vingt-cinq-trente ans, et rappelait ceux que portaient les grands cadres de l'époque.

– Quelle déchéance !

Il m'étudia de près, son sourire inamovible plus du tout nécessaire aurait dû disparaître. Avec les inconnus, la plupart des gens se contentent d'un sourire pressé et en ont fini.

L'atmosphère devenait plus lourde à mesure que le brouillard s'épaississait. Il me vint à l'esprit que rester dehors dans l'humidité et bavarder avec ce petit vieux n'était pas ce dont j'avais envie à cette heure de la nuit, mais il y avait quelque chose d'hypnotique en lui. Il baissa les yeux vers son badge, puis les ramena sur moi.

– Le soleil se lève, le soleil se couche. Il nous paraît seulement plus brillant à midi, dit-il avant de pousser un petit grognement. Mais pour l'instant, il fait très sombre.

Passé le souffle ténu de l'instant, le sourire quitta ses lèvres et son visage se mua en un modèle d'indifférence. Trop vide, trop vite. Je sentis mon estomac se contracter. Il regarda derrière moi.

– Il n'y a pas grand-chose d'ouvert à cette heure, reprit-il, mais je connais un restaurant. Quelques filles de Russie. Quelques Chinoises. Vous devrez leur offrir à boire. Si vous voulez, après, il y aura peut-être un coin pour dormir.

– Merci, mais non. Trop compliqué. Je vais marcher un peu.

– Je ne vous le conseille pas.

Il ne paraissait plus ni maigre ni vieux. Un air sévère passa sur son visage, comme s'il se rappelait brusquement un temps où on lui obéissait sans délai ni questions.

– Nous ne sommes pas à Pyongyang.

Ce dernier mot à peine prononcé, je sentis l'arrière de mon crâne exploser, la faible lueur derrière le vieil homme vira au rouge et mes genoux lâchèrent. Le gauche céda le premier et je sus que, comme d'habitude, j'allais me tordre le dos en tombant. Alors que je m'effondrais, je me dis qu'il y aurait peut-être du thé là où j'allais, et puis plus rien.

2

Je savais que j'étais dans un lit. J'étais à peu près sûr qu'il ne s'était pas écoulé beaucoup de temps. Je ne savais ni mon nom, ni pourquoi je sentais du parfum. Tant que je n'ouvrais pas les yeux, je n'avais pas à m'occuper de savoir où j'étais, ni pourquoi. Mais si je ne les ouvrais pas, le parfum disparaîtrait peut-être à jamais.

Il y avait une seule lampe dans la pièce. L'ampoule était faible sous l'abat-jour jauni et sa lumière ne portait pas bien loin. Le parfum était celui d'une femme assise sur une chaise appuyée contre le mur. Elle ne semblait pas coréenne, à peine asiatique. Ses yeux étaient fermés et l'on aurait pu la croire endormie, mais elle fumait. Une cigarette russe. Elle avait de longs cheveux noirs et un chemisier blanc aux boutons bleus brillants. Les boutons m'agaçaient. La cigarette aussi. Mais le parfum l'emportait quand même. C'était comme d'être assis dans une prairie à regarder les rangées de sommets somnolents se dessiner sur l'aube. Je grognai en me rappelant comment j'avais atterri à cet endroit. Lever de soleil, j'attends qu'une voiture noire arrive du sud…

– Très bien, vous êtes vivant.

Elle se redressa sur sa chaise et ouvrit les yeux. Asiatiques, mais tirant franchement vers l'Ouest. Même dans la semi-pénombre de la pièce, ils émettaient une lueur plus vive que la lampe juste à côté du lit. L'espace d'un instant, je vis la steppe, des Mongols à cheval fondant sur des villages, feu et sang. Puis je m'aperçus que je ne portais pas de chemise. Je tirai la couverture.

– Vous avez senti la terre trembler, vous aussi ? demandai-je à personne en particulier.

– Hemingway.

Un seul mot, mais elle avait pris son temps pour le dire. Sa voix m'évoqua des petits déjeuners à Budapest, du pain chaud avec du miel.

– Très joli, reprit-elle. Mais ne vous réjouissez pas trop vite. Si je vous ai enlevé votre chemise, c'est parce qu'en tombant vous avez atterri dans quelque chose de pas très ragoûtant. Et un lit qui sent l'égout, ce n'est pas bon pour les affaires.

Je me demandai si ma tête n'avait pas pris un coup plus sérieux que je le pensais. Une seconde plus tôt elle avait l'air asiatique, puis plus du tout.

Je remarquai une tasse de thé sur la petite table à côté d'elle. Elle me vit me lécher les lèvres.

– Désolée, mais la plaque de cuisson est cassée et je n'aurai pas de charbon pour le réchaud avant demain matin. Tout ce que j'ai, c'est de la bière et du pain noir avec de la confiture.

– Pas de miel ? Une goutte de vodka, peut-être ?

Bière et confiture. Je frissonnai, et pas à cause du froid.

– De la confiture, dit-elle, un peu agacée de se répéter.

Comme je ne disais rien, elle haussa les épaules. Les gens font ça, et ça ne veut pas dire grand-chose, mais sa manière à elle de bouger les épaules attirait immanquablement l'attention.

– Comme vous voudrez.

Elle tira une grande bouffée de sa cigarette et promena lentement son regard autour de la pièce. C'était un exercice, un peu comme une balade au parc. Je sentis l'air me manquer en attendant qu'elle expire. Elle n'était pas pressée. Finalement, quand ses yeux revinrent se poser sur moi, elle forma un cercle parfait avec ses lèvres et la fumée s'en échappa par petits à-coups.

– Je m'appelle Elena, dit-elle. Mon père était finlandais. Ma mère, chinoise. J'aimerais bien être en Finlande, mais je n'y suis pas. Je suis dans ce trou à rats.

Elle parlait russe. Elle sentait toujours divinement bon.

– Et d'un (mes pensées retrouvaient un peu de leur clarté à mesure que je me concentrais sur chaque objet de la pièce, le lit, la chaise, la petite table, la lampe), j'aimerais bien que vous me rendiez ma chemise. (Je coinçai la couverture sous mon menton.) J'imagine que c'est vous qui l'avez lavée.

Elle ne bougea pas un muscle.

– Et de deux, j'adore votre parfum, mais il se noie dans la fumée de votre cigarette.

Elle esquissa une moue, mais, étrangement, elle ne ressemblait pas à un agent de la circulation.

– Vous aviez demandé une chambre non-fumeur, peut-être ? Un instant… je vais vérifier votre réservation.

Je décidai de ne pas me laisser distraire par ses lèvres.

– Et de trois, qui est le grand-père, pourquoi m'a-t-il traîné jusqu'ici et quelle heure est-il ?

– Vous ne voulez pas me dire votre nom ?

– Pour quoi faire ?

– Je vous ai dit le mien.

Elle inclina de nouveau sa chaise contre le mur, la cigarette pendue aux doigts. Ses ongles étaient vernis d'un rouge brillant. Elle ne portait pas de chaussures, mais sa jupe était si longue que j'apercevais à peine le bout de ses orteils.

– Votre chemisier ?

Elle soupira.

– Oui ?

– Il est finlandais ?

– Pourquoi, vous voulez que je l'enlève pour mieux en juger ? dit-elle avec un mépris à peine voilé.

– Non, c'est les boutons. Ils sont bleus.

– Oui, comme le lac de la ville où j'ai grandi.

– Bleus comme le lac Keitele, dis-je sans laisser de temps mort, et elle faillit tomber de sa chaise. (J'avais dû tirer droit dans le mille, bien que totalement au hasard. Je n'avais même pas visé.) Étonnée ? (Je fis de mon mieux pour sourire, mais ça me faisait mal à la tête.) N'ayez pas peur, je n'ai pas regardé votre dossier. J'ai eu une conversation avec un homme d'affaires finlandais il y a quelques années, dans un bar de Pyongyang. Il était saoul et me parlait de la Finlande. Un vrai comique. Il m'a dit qu'il avait voulu être inspecteur de police, mais que son genou l'en ayant empêché, il était devenu représentant de commerce… machines-outils, cosmétiques, quelque chose. Je ne le lui ai pas demandé et il est resté vague. Il m'a montré un petit livre de paysages peints par des artistes finlandais qu'il emportait partout pour éviter d'avoir le mal du pays. L'une des peintures représentait un endroit appelé lac Keitele. Bleu sublime, serein et glacial à la fois. J'ai décidé que je voulais y aller un jour.

Elle s'était de nouveau installée sur sa chaise.

– Vous connaissez un peu la Finlande ?

– Très mal… à part la vodka, les boutons bleus et les tableaux représentant des lacs bleus. On m'a aussi parlé de forêts sans fin. En été, quand le vent agite les feuilles, il paraît que ça ressemble au bruit de cent cascades dans le lointain. (J'avais envie de voir jusqu'où me mènerait ma chance.) Votre père était natif du coin ?

– Était, oui. Il s'est noyé dans le lac le jour de ses soixante-quinze ans.

Encore un coup de maître, sauf que cette fois j'aurais préféré rater ma cible. J'avais dû pâlir.

– Ne vous en faites pas, dit-elle. Il nous répétait sans cesse que c'était comme ça qu'il voulait partir, alors personne n'a été surpris. Ma sœur m'a écrit qu'il avait simplement annoncé un jour en avoir assez de vieillir et qu'après avoir fini son café il était sorti de la maison. C'était une belle journée d'été. Le lac devait être très bleu.

Pendant que je l'écoutais d'une oreille, je cherchais désespérément une issue.

– Le pain est peut-être bon, après tout. (C'est tout ce que j'avais pu trouver.) La confiture… c'est de la myrtille ?

– Des pentes de votre mont Peaku, paraît-il, très sucrée. Votre russe n'est pas mauvais. Peu de gens parviennent à changer de sujet aussi habilement dans une langue étrangère.

Elle se leva. Elle était grande. J'essayai d'imaginer comment son père, le Finlandais taciturne, avait atterri en Chine. Ça devait être dans le Nord-Est : aucune femme du Sud ne lui aurait donné une fille pareille. Une fois qu'elle eut fermé la porte, je jetai ma couverture, ce qui, je le compris immédiatement, était une grave erreur. Mon dos hurla de douleur. Je me l'étais tordu. Chaque fois qu'on m'assommait, je perdais l'équilibre vers la gauche. Pak se plaignait que je sois le seul de mon unité à demander trois jours de repos pour me remettre d'un coup sur la tête. Les vertiges passaient – ils passent toujours – mais le dos, c'était une autre histoire. J'allais devoir me traîner dans Manpo en boitillant, même si ce n'était manifestement pas le genre d'endroit où il fait bon être un animal blessé.

Je m'avançai péniblement vers la fenêtre. Le ciel ne montrait encore aucun signe de l'aube, donc je n'étais là que depuis quelques heures. J'étais au deuxième étage. Le clair de lune me permit de voir que nous nous trouvions dans une vieille bâtisse en bois. La dernière fois qu'on l'avait repeinte, elle avait été blanche. Je n'entendis pas la porte s'ouvrir derrière moi, ce qui m'étonna car dans les vieilles maisons les portes coincent toujours un peu. Ça se répare facilement, mais personne ne prend jamais le temps de le faire.

– Vous voulez que je ferme les yeux pendant que vous courez vous recoucher ? (Elle tenait une assiette avec deux tranches de pain noir et une cuillerée de confiture à côté de chacune.) Votre chemise ne sera pas sèche avant un moment. Après, il faudra lui donner un coup de fer. Et la fille qui fait ça n'arrive jamais avant huit heures.

Il faisait froid et un petit marteau à l'intérieur de mon crâne me cognait le cerveau. Elle posa l'assiette sur le lit, puis retourna s'asseoir. Elle ne me regarda pas, elle n'avait rien fait de mal, mais soudain je ne l'aimais pas, et mon hébergement non plus.

– Vous n'êtes pas obligée de rester là pour me surveiller. Je n'irai nulle part sans ma chemise.

– C'est ma chambre. Je n'ai nulle part où aller. Croyez-moi, je ne suis pas transportée de joie à l'idée de vous regarder. Quand je suis seule, je peux m'imaginer ailleurs. Avec vous ici, je ne peux pas oublier que je suis dans ce pays de merde.

– Ce n'est pas si affreux. (Mon mal de tête empirant, cela me rendait assez enclin à contredire tout ce qu'elle disait.) Pyongyang est une ville paisible. Les jardins et les arbres lui donnent un air un peu endormi, surtout en été. Les cloches des trolleys résonnent dès le matin et le fleuve étincelle les jours de beau temps. Du haut de la tour du Juche, on a toute la ville étalée à ses pieds comme un village miniature dans un musée.

– Vous travaillez pour une agence de voyages ou quoi ? Vous entendez ce que vous dites ? Vous avez déjà vu un endroit un peu réel ?

– Réel ? (J'en oubliai mon mal de crâne.) Réel ? (Je retournai vers le lit, mon dos hurlant à chacun de mes pas.)

J'eus le plus grand mal à ne pas traîner la jambe, mais je n'allais pas lui faire ce plaisir. Et ses yeux… qu'ils aillent au diable !

– Oui, avec de vrais restaurants, de vrais immeubles, de vraies personnes.

– Bon. Donc, nous ne sommes pas réels ? (Me recoucher fut une torture. Comment lever mes jambes sur le lit sans me mettre à souffler comme un buffle ?) Si c'est l'impression que nous vous donnons, je dois vous présenter mes excuses. C'est très mal élevé de notre part de ne pas paraître humains aux yeux de quelqu'un comme vous. (Je vis son corps se raidir. Bien. J'intensifiai l'attaque.) Nous sommes réels, tous autant que nous sommes. Ne l'oubliez pas. Et puis, si, je suis déjà allé à l'étranger. Il y a des bons et des mauvais côtés, comme ici. Rien n'est parfait. Ce pays de merde, comme vous dites, c'est celui où je vis. C'est chez moi. Mon petit appartement est l'endroit où la nuit venue je vais m'abriter des tempêtes du jour. Peut-être qu'un Finlandais le trouverait trop petit, mal équipé, sans bois blond ni meubles lumineux. Mais il me va très bien.

Ma voix s'était un peu élevée vers la fin alors que je reposais la tête sur l'oreiller. Une chance que j'aie été aussi en colère ; cela suffit presque à contenir la douleur qui faillit m'étrangler lorsque je me rappelai, mais trop tard, que j'étais censé m'allonger sur le côté.

– Maintenant vous êtes en colère contre moi. Pourquoi les Coréens sont-ils si prompts à se mettre en colère ?

– C'est faux ! Seulement, nous n'aimons pas cacher nos sentiments. (Je fermai les yeux.) On ne sait peut-être pas toujours ce que pense un Coréen, mais on ne peut pas se tromper sur ses sentiments. À tout prendre, nous sommes plus mélancoliques qu'énervés. Écoutez nos vieilles chansons. Elles parlent toujours de désirs inassouvis.

– Les Russes aussi sont comme ça. Mélancoliques.

– Un pays qui a produit Staline a toutes les raisons de l'être.

– Et le vôtre, non ?

– Je viens de vous le dire, nous sommes mélancoliques, mais c'est dans notre sang, rien à voir avec les leaders. Ça remonte à loin. C'est peut-être à cause des montagnes. Quand on ne peut jamais regarder l'horizon, quand on a toujours une montagne devant soi, on finit par trop penser.

– Les Suisses ont plein de montagnes.

– Je sais, j'y suis allé. Si vous voulez mon avis, ils sont froids, pas mélancoliques. Pour être mélancolique, il faut avoir du sang qui coule dans les veines. Vous les avez entendus yodler ? Moi, ça me casse le moral. C'est pas humain, un bruit pareil.

Elle soupira.

– Et si on arrêtait de parler ? C'est trop difficile de trouver un terrain d'entente. Le silence vous fera du bien.

J'ouvris les yeux et admirai les boutons bleus.

– Vous n'aurez certainement aucun mal à vous trouver un autre lit.

La remarque était plutôt méchante et je l'avais lancée sur le ton abrupt qui me vient assez aisément lorsque je suis fatigué et que j'ai encore mal d'avoir pris un coup inutile sur la tête.

Son visage ne trahissait pas la moindre émotion, mais sa voix changea, beaucoup moins de miel, et pas seulement parce qu'elle était passée au mandarin que sa mère lui avait enseigné à la maison.

– Comme je vous l'ai dit, j'aimerais mieux être en Finlande, mais je n'y suis pas, je suis ici. Ce que je ne vous ai pas dit, c'est que je méprise cet endroit. Je méprise ce pays. Et vous aussi. Cette chambre… (Elle l'inspecta comme si c'était un champ de bataille.)… cette chambre est tout ce que j'ai. Alors mon pain, mangez-le ou étouffez-vous avec… (Elle termina dans une langue incompréhensible. Puis elle reprit en russe.) C'était du finnois. La langue des forêts infinies et des lacs si bleus qu'on croit impossible de s'y noyer. (Elle sourit amèrement.) Et ce que je viens de dire, c'est : « Je ne m'en soucie guère. » Sauf que ce n'était pas aussi châtié. Bonne nuit, inspecteur.

Elle alluma une autre cigarette et souffla très consciencieusement sa fumée vers moi.

Je commençai à me demander comment tout le monde savait que j'étais inspecteur, puis je refermai les yeux et m'endormis aussitôt.

3

– « Pourquoi les Coréens sont-ils si prompts à se mettre en colère ? », répéta Richie en rigolant. Bonne question !

– Pas si c'est un Irlandais qui la pose, lui renvoyai-je d'une voix douce.

– Vous prenez encore votre petite voix, inspecteur. Allons, nous sommes seuls, vous pouvez me crier dessus si vous voulez. Relâchez un peu la pression, quoi.

– Je vais vous raconter une histoire, Richie. Elle vaut ce qu'elle vaut. Un jour, je roulais sur une route de campagne et sur le versant d'une colline, assise sur un rocher, se trouvait une vieille femme. En face d'elle, il y avait une petite fille. La fille était debout, tête baissée, et sanglotait. Finalement, elle a fait demi-tour, puis elle est repartie à travers un champ nu, comme si elle avait voulu se fondre dans la terre elle-même. Pourquoi, Richie ?

– Pourquoi quoi ?

– Comment peut-on avoir envie de rendre une enfant si malheureuse ? Comment quelqu'un qui a déjà vécu toute une vie peut-il avoir envie d'enterrer tous les espoirs d'une enfant ? Quelles raisons peut-il y avoir à cela, selon vous ?

L'Irlandais se courba en avant, les mains sur les genoux.

– Ce sont des choses qui arrivent.

– Non, pas comme ça. Ce n'était pas une engueulade. Pas même un sermon. C'était de la destruction pure et simple, une bombe A sur une maison de poupée. Cette gosse n'avait nulle part où aller, plus de soleil pour l'éclairer ni d'oiseaux pour chanter sur son chemin, rien que tristesse et désolation devant elle aussi loin que portait son regard. Elle s'était effondrée, c'était visible. Je ne peux pas imaginer qu'un jour elle puisse se reconstruire. Richie, écoutez-moi. Cette fillette n'avait plus rien pour tenir, ni espoir, ni lendemain. Elle ne pleurait pas vraiment. Les larmes sont le privilège des vivants. Elle, dans ce champ, semblait déjà morte.

– Allons, inspecteur. (Son visage avait nettement pâli.) Les enfants sont comme ça. Ils s'effondrent, et puis ils rebondissent.

– Vous ne m'avez pas répondu. Pourquoi la vieille femme aurait-elle voulu détruire cette fillette ?

– Comment voulez-vous que je le sache ? Je n'y étais pas.

– Vous voyez ? Vous ne croyez pas non plus qu'on puisse faire ça sans raison. Et vous savez le pire ? Vous êtes bien incapable de le comprendre. Alors ne venez pas me parler de colère.

4

À mon réveil, le soleil dardait ses rayons par la fenêtre. Les rideaux avaient disparu depuis longtemps, mais les tringles restaient, comme si elles attendaient des jours meilleurs. L'assiette avec le pain était par terre. Aucune trace de la fille, ni de son parfum, ni de ma chemise. Il fallait que je trouve l'auberge Manpo. Il fallait que je m'achète une veste et il me fallait du thé. Je retournai à la fenêtre en boitant. À en juger par le sifflet d'un train et le grondement d'une locomotive, je n'étais pas loin d'un dépôt ferroviaire. Il semblait tout proche. À ma droite s'étirait une rangée de collines. La rivière n'était pas loin ; je la sentais dans la brise matinale. Il me faudrait probablement commencer par là. Mais commencer quoi, je l'ignorais. Avec un peu de chance, Pak m'enverrait un message pour m'expliquer ce que je faisais là avec une migraine battante et un dos en capilotade plutôt qu'à Pyongyang. À Pyongyang, certes, les choses n'ont pas toujours de sens, mais là-bas je n'étais pas enclin à m'en soucier.

Je m'assoupis de nouveau, et cette fois, lorsque je me réveillai, ma chemise m'attendait, pliée sur la chaise. Il y avait un mot dans la poche, en russe. « Peut-être nous reverrons-nous un jour, inspecteur. » Le billet n'était pas signé, mais l'écriture pouvait bien être la sienne et le soupçon de parfum suffit à me le faire plier en deux et remettre dans ma poche.

Au rez-de-chaussée, le réceptionniste me jeta un regard soupçonneux.

– Vous nous quittez ?

– Je ne me rappelle pas vraiment être arrivé, mais je pourrais avoir besoin d'une chambre pour ce soir.

– Y en a plus.

– L'auberge est vide !

– Et alors ?

Il ouvrit un tiroir de son bureau de la main droite, tandis que de l'autre il frappait du bout de son crayon sur le magazine qu'il était en train de lire.

– Alors rien. De toute façon, cet endroit n'est pas à la hauteur de mes attentes. Loin de là. Il y a des miettes de pain par terre. Ça attire les cafards.

– Ben, on n'est pas au Ritz.

– Parce que vous êtes déjà allé au Ritz, peut-être ?

– Qu'est-ce que ça peut vous faire ? Vous autres de Pyongyang, vous croyez être les seuls à avoir vu le vaste monde et tous les autres ne sont que des péquenauds, c'est ça ? Il est temps que vous partiez. J'ai du travail.

– Quelle ville accueillante. Et d'abord, qui vous dit que je suis de Pyongyang ?

Il commença à feuilleter son magazine.

– La porte est derrière vous. Au-delà, c'est la rue. Faites attention où vous marchez, les 4×4 font un carnage en ce moment.

– Juste une chose. (Je me disais que s'il était à ce point pressé de me voir partir, il répondrait peut-être à une question toute simple.) Un restaurant.

Il ne leva même pas les yeux.

– Trop tôt. Plein de vendeurs de rue. Ils acceptent le liquide et les devises, mais n'espérez pas leur refiler vos vieux tickets-repas.

– Une dernière question… l'auberge Manpo, c'est où ?

Il jeta un rapide coup d'œil dans son tiroir, qui était toujours ouvert, puis il referma son magazine et s'examina les doigts. Comme je ne bougeais toujours pas, il lança un regard derrière moi.

– Comme je disais, la porte est derrière vous…

En sortant, je me retournai brièvement pour voir si le réceptionniste avait décroché son téléphone. Apparemment pas. Il était de nouveau totalement absorbé dans son magazine. Le panneau au-dessus de la porte disait NOUVELLE AUBERGE MANPO.

À cette période de l'année, il restait encore quinze heures avant le coucher du soleil, moment où j'étais censé retrouver Kang. Il était probablement déjà arrivé. Sa voiture aurait certainement été plus rapide que mon train, même sur la pire des routes. Ben tiens, pour ce que j'en savais, c'était Kang qui m'avait repassé ma chemise. Je me demandai si Elena travaillait pour lui.

Les rues grouillaient déjà de véhicules, principalement des petits camions. Tous se dirigeaient vers le même endroit au loin, de l'autre côté de la gare. C'était une disposition étrange, qui donnait l'impression d'une ville coupée en deux. L'auberge s'élevait au cœur d'un quartier délabré, fouillis habituel de bicoques branlantes disposées le long d'étroites routes de terre qui se dissolvaient en ruelles plus étroites encore. Il y avait le long de la grand-rue quelques grands arbres, une maison qui avait tout l'air d'un bureau local du Parti et, plus loin, une imposante cabane dont le toit de tôle rouillée s'incurvait dangereusement en son centre et semblait sur le point de s'affaisser, mais ne le ferait probablement pas. Dans l'autre sens, à deux cents mètres de ce côté-ci de la gare, se dressait une vieille bâtisse de plain-pied en bois. Elle était plus ou moins détachée de ses voisines, presque solitaire. Il n'y avait aucune fenêtre sur la façade, juste un mur nu au ras de la chaussée, avec quatre marches qui s'avançaient au milieu de la circulation. Elle devait être là depuis longtemps, avant même que la route ait été tracée, peut-être même avant la domination japonaise, mais pas avant les collines qui se dressaient derrière elle. Après la maison, il y avait un terrain vague où l'on avait installé un marché, puis encore quelques arbres.

Sur le chemin de la nouvelle section, je vis que celle-ci avait été méticuleusement planifiée, mais par quelqu'un qui n'avait jamais fait d'études d'urbanisme. Le moindre détail servait un impératif unique. Le plan visait à une efficacité brutale, et y parvenait. Cinq routes étroites, toutes de terre compactée, convergeaient vers un rond-point. Les routes desservaient des rangées d'entrepôts et d'autres constructions basses que je ne pouvais pas identifier de l'endroit où j'étais. Une seule route, une deux voies pavée toute neuve, communiquait avec l'extérieur. Avant de pouvoir sortir, les camions devaient s'arrêter au poste de garde érigé au milieu du rond-point. Une file de camions y patientait déjà. Chaque fois, le conducteur descendait pour qu'on contrôle ses papiers et sa cargaison. En plus, ça n'avait pas l'air d'être un simple contrôle de routine. Chaque conducteur disparaissait dans le poste de garde pendant plusieurs minutes. Rien n'était prévu pour ranger les camions sur le côté ; ils attendaient donc en plein milieu du passage que leur conducteur reparaisse. Pas un camion n'y coupait. Ce qui voulait dire que les dessous-de-table étaient tous réglés à l'intérieur, archivés, crédités et sanctionnés avec une discipline rigoureuse qui faisait que tout ça tournait comme une horloge.

Pas d'uniforme en vue autour du poste de contrôle ; les gardes, des hommes robustes aux épaules larges, étaient tous en civil. Personne ne traînait. Le poste de garde n'avait rien de la guérite habituelle. Bâti en dur sur deux niveaux, il avait de grandes vitres teintées qui en faisaient le tour et assuraient à tous ceux qui s'y trouvaient une vision à trois cent soixante degrés, et un toit de tuiles bleues coiffé d'une antenne radio. Deux rangées de jeunes arbres encadraient l'allée menant à la porte principale. Quelqu'un s'était dit que cette opération était promise à un long avenir.

Deux jeunes femmes me croisèrent sur le trottoir d'en face. L'une vêtue d'un chemisier vert pâle à manches longues avec un col en dentelle, et d'un pantalon blanc qui tombait juste au-dessus de bottines à talons hauts en cuir marron. L'autre était habillée plus simplement : chemisier de soie blanche et pantalon noir retenu aux chevilles par des rubans. Elle avait autour du cou une écharpe bleu sombre avec des fleurs rouge vif reliées par une chaîne dorée. Ses bottes étaient en cuir souple. C'était le genre d'habits qu'on ne voyait pas à Pyongyang – pas sur les gens que je croisais dans la rue, en tout cas –, mais plus encore que ce qu'elles portaient, c'est leur façon de se mouvoir qui attira mon attention. Les gens de Pyongyang avancent à marche forcée, en allongeant le pas et en balançant les bras pour mettre toutes leurs forces à aller quelque part. Ces femmes-là marchaient avec une nonchalance qui m'était inconnue, le haut du corps légèrement penché en arrière de sorte qu'elles semblaient guidées par leurs hanches. Elles marchaient sans effort. Leurs épaules bougeaient à peine ; leurs longues jambes se balançaient si lentement qu'on pouvait presque imaginer que quelqu'un faisait défiler le paysage derrière elles. Je m'arrêtai pour étudier les autres passants. Ni tennis, ni bottes en plastique, ni chaussures de toile. Rien que du cuir. Il n'y avait pas d'enfants, pas de filles se tenant par la main ni de garçons se courant après dans la rue. Enfin je compris. Personne n'était né ici. Personne n'était chez soi.

Un 4×4 me dépassa en trombe, une Jeep militaire, qui se dirigeait vers le poste de garde. Il était passé si près que j'avais pu voir les yeux du conducteur dans le rétroviseur. Pas de plaque à l'arrière. Le passager avant était équipé d'un détecteur de fréquences. Il fallait que je parle à Pak.

Quand le 4×4 fut à une dizaine de mètres devant moi, son pare-brise vola en éclats à la suite d'une courte fusillade, nourrie, mais presque léthargique, comme si le tireur qui avait attendu d'appuyer sur la détente n'était ni très pressé ni très inquiet d'assurer sa fuite. La Jeep fit quelques embardées, manqua de peu un petit groupe d'ouvriers au bord de la route et termina sa course à vive allure dans un mélèze de taille respectable. Les ouvriers ne s'arrêtèrent même pas. Dans la Jeep, personne ne bougeait.

– Avançons.

Quelqu'un m'empoigna par le bras. Je reconnus immédiatement Kang, même s'il portait une vieille casquette marron et une paire de lunettes noires.

– Vous auriez mieux fait de rester au lit, dit-il.

Il ralentit en voyant que je boitais.

– Où allons-nous ?

– On va aller se promener bien gentiment jusqu'à la gare.

– Merci, mais je ne compte pas reprendre le train avant un moment.

– Vous voulez du thé, oui ou non ?

– Qu'est-il arrivé au 4×4 ?

– Un accident, vitesse, mauvaise visibilité, chaussée glissante.

– Fusillade.

– Vraiment ? Pas à Manpo, voyons !

– Des amis à vous ?

– Mes amis ne roulent pas en 4×4. Et ils n'utilisent pas les détecteurs de fréquences chinois. Les modèles tchèques sont nettement meilleurs.

Nous prîmes une rue à angle droit juste au moment où le réservoir de la Jeep s'embrasait. Je voulus faire demi-tour, mais Kang me tenait toujours fermement.

– Pas la peine, dit-il, ils sont tous morts. Ce n'est pas une grande perte, croyez-moi.

La chaleur de l'explosion et l'odeur étaient étouffantes.

– C'est assez cruel de votre part, dis-je, d'autant que leurs corps sont encore…

– Chauds, ça oui, on peut le dire. Pas de panique, inspecteur. Ç'aurait été vous là-dedans, ils n'auraient pas remué le petit doigt.

– Mais enfin, c'est de la folie.

– Non, c'est Manpo. (Il pressa un peu le pas.) Merci d'être venu jusqu'ici, à propos.

– Quoi ?

– J'ai dit, merci d'être venu jusqu'ici.

– Je croyais que vous m'aviez conseillé de rentrer à Pyongyang. Vous ne m'avez pas dit de « ramener mes petites jambes jusqu'à la capitale » ?

– Faux. J'ai demandé à ce que vous veniez.

– Ah bon ? Je pensais être venu parce que Pak m'en avait donné l'ordre. Il ne m'a pas dit pourquoi. Il m'a seulement dit de venir.

– Vous faites toujours ce qu'il vous dit ? (Je ne savais pas s'il s'agissait d'une pique ou d'une question authentique.) Vous êtes ici parce que je l'ai demandé à Pak, qui vous l'a demandé.

Ça n'avait aucun sens. Pak ne lui aurait pas rendu service. Cela étant, je me demandais encore si c'était lui qui avait dit à Kang où me trouver à Kanggye.

Kang retira sa casquette et ses lunettes noires.

– C'est idiot, dit-il, mais il n'y a rien de tel qu'une casquette pour les semer. C'est Pak qui m'en a donné l'idée. (Il jeta un coup d'œil vers moi.) Ça ne va pas ? (Je restai muet. J'essayai de deviner la suite.) Pak ne travaille pas pour moi.

Il ralentit un instant pour se caler sur mon pas boitillant, puis accéléra de nouveau. Il ne voulait pas rester dans la rue.

– Il ne travaille pas pour moi, reprit-il, mais on se rend service de temps en temps. Il préfère garder ses distances et fait son possible pour que je n'approche pas ses inspecteurs de trop près. Voilà pourquoi il vous a mis au vert. En général, ça fonctionne.

– Mais cette fois…

– Cette fois il me devait un grand service.

– Et ce service, c'est moi.

– Bravo. Il me fallait un homme de confiance.

– Ce n'est pas moi. Vous avez misé sur le mauvais cheval, Kang.

– Je parie que non. Vous et moi allons établir un pacte d'assistance mutuelle. Rien de bien compliqué, un petit pacte vite fait bien fait. Mais pour ce faire, nous allons devoir nous faire confiance.

– Il faut que j'appelle Pak.

– Désolé, c'est impossible. Pak vous a dit de vous méfier des téléphones. Et puis, aucun téléphone de Manpo ne m'inspire vraiment confiance, même pas le mien.

– Que les choses soient bien claires. Je ne travaille pas pour vous. Et je ne travaille pas avec vous. Je ne suis qu'un pauvre idiot d'inspecteur de l'unité 826 du ministère de la Sécurité publique.

– Dans ce cas, expliquez-moi ce que vous faites à trois cents kilomètres de votre secteur, sans aucune autorité, en zone frontalière, sans la moindre protection ni même de couverture, avec trois agents à vos trousses ?

– Je suis ici parce que Pak m'a conseillé de me mettre au vert après avoir entendu ce que vous aviez à me dire. Quels agents ?

Je résistai à la tentation de me retourner. J'étais suivi par trois agents ? Impossible. Qui pouvait avoir assez de personnel pour envoyer tout ce monde à la poursuite d'un simple inspecteur de police ? Je m'arrêtai, m'appuyai contre un mur, et au bout d'une seconde je tins ma réponse. La Sécurité militaire, voilà qui avait ce genre d'effectifs, et ils opéraient toujours par équipes de trois.

– Ça va ? (Kang jeta un œil alentour.) Continuons à avancer. Et ne vous en faites pas, votre filature n'aura pas survécu à l'explosion de la Jeep. Ils essaient encore de récupérer les bottes de leurs amis. Après notre discussion au sommet de la tour, j'ai demandé à Pak si je pouvais vous emprunter quelques jours.

– Et Pak m'a envoyé en province.

Il sourit.

– Il m'a dit d'aller me faire voir. Vous avez fait une partie du voyage à côté de la sublime Mlle Chang et de son ami, le colonel grincheux.

– Des amis à vous ?

Il tira légèrement sur mon coude, assez pour me faire tressaillir.

– Il va falloir faire quelque chose pour votre dos. Un bon sauna vous ferait du bien, mais il n'y en a pas par ici, en tout cas aucun de recommandable. Quand vous êtes arrivé à Kanggye, j'ai rappelé Pak pour réitérer ma demande.

– C'est là qu'il m'a dit d'aller à Manpo ?

– Exact.

– Mais c'est vous qui le lui aviez demandé.

– Exact.

– Et je ne peux pas l'appeler pour vérifier.

– La confiance, mon cher inspecteur. Je savais bien que vous finiriez par comprendre.

Nous repassâmes la ligne de démarcation et laissâmes la gare derrière nous, puis Kang s'arrêta devant l'étroite bâtisse en bois. De près, je distinguai la trace de petites fenêtres rondes qui avaient orné la façade autrefois. On les avait enlevées, pas seulement condamnées, non, enlevées complètement et remplacées par des bouchons ronds découpés dans de vieux troncs d'arbre. La porte d'entrée était massive, cinq épaisses planches de chêne assemblées entre elles, avec un gros verrou tout neuf.

Nous entrâmes et nous assîmes à une minuscule table en bois serrée contre trois autres tables minuscules, toutes plus lustrées les unes que les autres et toutes faites d'un bois que je n'arrivais pas à replacer. À moins qu'il pousse à Manpo des arbres que je n'avais jamais vus, le bois devait venir de très loin. Pas de Sibérie ; de Chine, peut-être, mais je ne travaillais que rarement avec du bois chinois. Sur chaque table il y avait un vase avec des fleurs. Une jeune femme sortit d'une arrière-salle. Avant qu'elle referme la porte derrière elle, j'entrevis une pièce inondée d'une lumière que laissait pénétrer une rangée de fenêtres faisant face aux collines. Une autre porte donnait sur l'extérieur. Elle était ouverte et une brise s'y engouffrait, fraîche, comme si elle venait d'autre part que de cette ville. La jeune femme avait un visage avenant et sourit presque en voyant Kang.

Kang examina les murs, puis les moulures qui couraient au ras du sol. La fille le regarda. Lui adressa ce qui n'était pas vraiment un signe : elle laissa sa tête s'abaisser tout au plus de quelques degrés, comme si elle avait repéré quelque chose sous une table, puis décidé que ça n'avait pas d'importance.

– Un café pour moi, dit Kang en se tournant vers elle, et cette fois elle sourit. Et du thé pour mon ami.

5

– La confiance, répéta Kang. Quelle chose merveilleuse, et si rare de nos jours ! Vous me faites confiance, je vous fais confiance.

– Et vous me plantez un couteau dans le dos.

Il me dévisagea. Un sourire amusé était peut-être passé sur son visage, mais il était reparti trop vite pour que j'en sois bien sûr.

– Les armes blanches, ce n'est pas mon style. Et puis, nous sommes pour l'instant dans une adorable maison de thé, alors…

Il se leva et commença à examiner les fleurs sur les tables. Il n'y en avait pas beaucoup, mais elles étaient agréables à l'œil. Kang ne semblait pas très ému par la beauté des lieux. Très précautionneusement, il souleva chaque vase, en observa le fond, puis passa un doigt sous leur rebord. Chaque fois qu'il en reposait un, il remettait les fleurs en place.

La jeune femme revint avec mon thé et une tasse de café. Elle nous regarda, moi d'abord, puis Kang, et fit les quelques pas qui la séparaient du fond de la pièce, où un livre l'attendait sur le comptoir. Puis elle s'attacha les cheveux en un chignon pour qu'ils ne lui tombent pas devant les yeux, but une gorgée de thé, ouvrit son livre et l'appuya contre une coupe remplie de pierres polies. Tout cela faisait partie d'une routine ; visiblement, elle faisait ça tous les matins. Je ne parle pas un mot de français, mais je le reconnais quand j'en vois. Le titre au dos du livre était en français.

– C'est un bel endroit, dis-je en y allant d'un signe de tête en direction de la fille. Très cultivée.

Kang me jeta un regard froid.

– C'est ma fille. Ma fille aînée.

La tasse était à mi-chemin de ma bouche. Je la reposai lentement, mais elle trembla quand même en touchant la table.

Le visage de Kang s'éclaira.

– Ça vous étonne ?

– Que vous puissiez avoir une fille aussi jolie ?

– Ou qu'elle soit ici, et non dans la capitale ?

Il avala son café en trois gorgées et claqua les lèvres.

– Il est fort, bon et fort. Comme il faut.

– Le café doit être plutôt rare par ici, dis-je prudemment.

– Vous seriez surpris, cher inspecteur. Manpo est une ville-frontière. Ici, beaucoup de choses vous étonneront. D'ailleurs, nous ne sommes pas vraiment à Manpo. La vieille ville est un peu plus loin. Là-bas aussi, il se passe de drôles de choses, mais pas autant qu'ici. Ici, c'est la ville nouvelle de Sinmanpo. Beaucoup d'activité.

– Jamais entendu parler.

– Cet endroit n'existe pas, officiellement. Il n'apparaît pas dans les registres de l'administration. Aucune présence policière officielle. Mais tout le monde veut sa part du gâteau, surtout l'armée. Toutes les agences se surveillent entre elles pour s'assurer que personne ne les double. Vu de votre ministère, cet endroit pourrait aussi bien se trouver sur la Lune. Les gars de la police régionale préfèrent ne pas s'aventurer dans le coin, même lorsqu'ils prennent la voiture pour effectuer leurs patrouilles régulières dans Manpo. Voilà pourquoi les filles aux bottes de cuir ne craignent pas grand-chose. La police ne les dérange jamais.

– Et à la gare ?

– Les gens évitent de se regarder. C'est un terrain neutre.

– Un endroit où il fait bon vivre, en somme, tant qu'on ne monte pas dans une Jeep.

Je ne savais pas si Kang finirait par me dire ce que sa fille faisait là. Si c'était une affaire de famille, ça ne me regardait pas. Si le problème était politique, c'était ses affaires et je ne voulais pas savoir.

– C'est elle qui a demandé à venir ici.

– Ici ?

Je sentis un tiraillement dans mon dos et me souvins du petit vieux sur la place de la gare.

Kang passa un doigt sur le rebord de sa tasse.

– Pour elle, la vie de la capitale était ennuyeuse et trop politique. Il y a trois ans, lorsqu'on a fait appel à des volontaires pour partir en province, elle s'est inscrite. Elle ne m'a pas demandé conseil, mais je lui ai quand même dit de ne pas y aller. Elle m'a répliqué qu'elle était capable de décider toute seule et d'ailleurs, a-t-elle ajouté sèchement, c'est la volonté de la mère Patrie. Vous savez le plus drôle ?

– Vous êtes sur la voie royale.

Il joignit ses mains manucurées.

– Je crois que je vous aime bien, inspecteur. Effectivement, il est mentionné dans mon dossier que, malgré mon statut de cadre de haut rang, j'ai accepté que ma fille abandonne le confort de Pyongyang pour les rudesses de la frontière. Mes ennemis, bien entendu, disent que c'est ma façon d'insulter…

– Vous voulez dire… le colonel Kim ?

– Entre autres. Il aime croire qu'il sera le premier à dégainer, mais croyez-moi, il y a la queue.

– Vous la voyez souvent, votre fille ?

– Non. Une, peut-être deux fois par an. Mais bon, apparemment elle s'en sort bien. (Il marqua une pause.) Vous ne sauriez pas où je pourrais trouver d'autres livres en français ?

– L'endroit est agréable, dis-je en promenant mon regard autour de la pièce. Et les fleurs sont du plus bel effet.

Il acquiesça d'un signe de tête.

– C'est moi qui en ai eu l'idée. Je lui ai dit que des fleurs donneraient à la pièce des airs de chalet montagnard. Surtout ces petites violettes, là. Les gens se détendent quand ils voient du violet, ne me demandez pas pourquoi.

– Et ces tables ?

– Je savais que vous me poseriez la question. Le bois a été récupéré sur de vieux coffres chinois. Qui sait de quand ils dataient. De la dynastie Ming, m'a-t-on dit (il haussa les épaules), mais j'en doute.

– Vous dites avoir besoin de mon aide. Bon, que dois-je faire ?

– Je n'en suis pas sûr, dit-il simplement, comme si c'était une réponse parfaitement naturelle à ma question.

– Vous me faites venir jusqu'ici et vous n'en êtes pas sûr ? Ça va pas la tête ? Hier soir, je me suis fait assommer, mon dos me fait atrocement mal et, il y a cinq minutes à peine, j'ai manqué de me faire mitrailler. Si je n'avais pas boité, à cette heure je ne serais plus là.

– Je comptais vous faire des excuses pour hier soir. Mais puisque aujourd'hui ça vous a sauvé la vie, je vais les garder pour un autre jour.

– C'est vous qui m'avez assommé ? Vous êtes un grand malade.

– Non, ce n'est pas moi. Mais vous vous disputiez juste devant la gare et ça attirait l'attention. Une minute de plus et un gorille de la Sécurité serait venu vous poser des questions. Il a fallu que je vous emmène moi-même à l'auberge Manpo.

– L'enseigne dit qu'il s'agit de la « nouvelle » auberge Manpo.

– Vous êtes sûr ? Il faudra que je m'en souvienne. Le problème, c'est que vous refusiez de comprendre ce que le vieux essayait de vous dire. (Il arrangea les fleurs dans le vase d'un air absent.) Alors, un de mes gars a dû improviser. Ce n'est pas comme si nous avions eu le temps de préparer votre arrivée au petit poil. Je vous l'ai dit à Kanggye, j'ai perdu plusieurs hommes ici. Ce qui veut dire que je suis en sous-effectif. J'avais besoin de quelqu'un d'anonyme pour les remplacer. Et vous êtes intelligent. J'ai vérifié. Au cas où vous ne l'auriez pas encore compris, ça fait un moment que je vous observe, inspecteur. Un bon moment, même.

Un 4×4 passa à vive allure dans la rue, suivi de cris rageurs. Kang se leva d'un bond.

– Il faut partir.

– Mon thé.

Je lui montrai ma tasse, encore pleine.

– Laissez tomber, ce n'est pas ce qui manque par ici.

D'une main, il m'empoigna le bras et me tira jusqu'à la porte tandis que de l'autre il défaisait l'attache de son holster. Alors que nous sortions, un coup de feu retentit du côté de l'auberge Manpo. Kang se figea un instant, puis il referma son holster.

– J'ai quelque chose à faire, dit-il. Allez visiter les environs, faites-vous une idée de l'endroit, trouvez-vous une solution de repli au cas où.

– Au cas où quoi ?

– Vous avez vu ce qui arrivé à la Jeep ? Pour l'instant, nous sommes en sécurité, mais ils vous ont vu avec moi, donc ils vont essayer de savoir qui vous êtes. Rassurez-moi… vous n'avez pas rempli de fiche à l'hôtel ?

– J'étais inconscient quand on m'y a amené, souvenez-vous.

– C'est parfait, ne changez rien. Je veux dire… pas inconscient, mais profil bas. N'attirez pas inutilement l'attention. Dites à tout le monde que vous venez de Wonsan ou d'un autre trou perdu de la côte Est. Si on vous pose la question, ce qui m'étonnerait, dites que vous êtes venu récupérer un chargement de poissons destiné aux estomacs chinois. Il en vient tout le temps. Vendredi, c'est le jour du poisson, les camions ne passeront pas la frontière avant, donc ça vous donne une excuse à peu près valable pour traîner en ville.

Ça ne me paraissait pas très convaincant.

– Pourquoi voudrait-on faire transiter du poisson par ici alors qu'il y a une bonne route le long de la côte ?

Kang me passa un bras autour des épaules.

– En l'espace de quarante-cinq minutes, vous avez entendu deux fusillades. Ça ne vous fait pas réfléchir ? Et, pour votre information, la route de la côte est très mauvaise la plupart du temps. Vous ne sortez donc jamais de votre capitale, vous autres ?

– D'accord, je suis dans le poisson.

– Bien. (Il fit un pas en arrière pour examiner mes vêtements.) Pour quelqu'un de Wonsan, ce n'est pas assez criard. Vous ressemblez trop à tous ces connards de la capitale, mais il faudra faire avec. (Il fronça les sourcils.) Improvisation.

– Je fais de la contrebande de poissons, pas du cinéma.

– Tâchez surtout de rester en vie. Nous sommes à Manpo, vous vous rappelez ? Qu'espérez-vous avoir en échange de votre poisson ?

Mon dos se plaignit. Je ne voulais plus qu'on m'assomme. Sinon, je resterais cloué au lit une semaine, à boire de la bière tiède et à manger du pain noir avec de la confiture de myrtilles en contemplant les boutons bleus du chemisier blanc. J'aurais peut-être l'occasion d'apprendre les paroles d'une chanson finnoise ou de m'assurer un approvisionnement régulier en vodka finlandaise, mais à mon avis ça n'en valait pas la peine.

– Je ne sais pas, quoi ?

J'avais parlé dans le vide. Kang n'était plus là. La porte de la maison de thé se referma dans mon dos avec un bruit lourd et sinistre d'acier s'enveloppant d'acier. Tout à coup, je ne pouvais plus me rappeler un seul nom de poisson. Bon, la truite, peut-être, mais qui sait si les poissons de rivière pouvaient vraiment convenir.

6

De la maison de thé, je me dirigeai vers la gare et remontai la rue où la Jeep s'était crashée. Elle n'y était plus et le mélèze avait été abattu. Trois individus au visage plat et aux petits yeux traînaient dans les parages. Ils étaient déguisés en travailleurs – franchement ridicule. Ils avaient l'air, reconnaissable entre tous, d'un escadron de la Sécurité militaire, mais je ne les dérangeai pas et ils me laissèrent tranquille. Les filles aux longues jambes avaient disparu.

J'examinai longuement les autres passants, essentiellement pour m'assurer que je n'étais pas suivi. Kang m'avait dit que je devais m'attendre à l'être simplement parce qu'on nous avait vus ensemble. Après tout, c'était de ma faute. Pak m'avait fait quitter Pyongyang pour m'éloigner de Kang. Et voilà que je prenais le thé avec lui. Enfin... que j'avais failli prendre le thé avec lui. J'aurais dû l'envoyer promener. Mais ça n'aurait pas changé grand-chose. J'avais le sentiment que Kang n'était pas homme à se promener.

Personne ne s'enquit de mes activités de contrebandier, fort heureusement. Je n'étais jamais allé à Wonsan, même si un jour, au bureau, j'avais trouvé dans un magazine un article sur une plage des environs. Sur la photo, les vacanciers souriaient et avaient l'air de s'amuser comme des petits fous, même s'il fallait tenir compte du fait que tout le monde faisait toujours un grand sourire dans les magazines qu'il y avait au bureau. C'était un vieux numéro, un numéro des années soixante, époque où tout le monde était pauvre, mais où l'on gardait espoir.

À ce moment-là, nous aussi, nous avions de l'espoir. Mon grand-père et moi avions fait le projet d'ouvrir un atelier de menuiserie. Les autorités n'étaient pas sûres de vouloir qu'un vieux héros de la révolution trime de la sorte – plus personne n'utilise ce mot, « trimer », mais à l'époque on l'employait encore. Têtu comme il était, elles décidèrent finalement que, faute de pouvoir l'en empêcher, il valait mieux lui donner leur accord.

Nous étions partis au Nord, dans les montagnes près de la frontière chinoise, pour nous approvisionner en bois, de bons vieux arbres, du noyer, de l'orme, peut-être un peu d'érable, même si mon grand-père disait ne pas beaucoup l'aimer. En 1937, l'armée japonaise avait pendu un de ses amis à une branche d'érable. Il haïssait les Japonais, surtout, disait-il, depuis qu'ils avaient transformé tant d'arbres magnifiques en potences.

Après quelques jours de recherche, nous avions constaté que les arbres utilisables étaient rares. Il n'y avait partout que des jeunes pins impropres à la fabrication de meubles, même de piètre qualité. En chemin vers les hautes vallées de la chaîne des Kangnam, mon grand-père hurlait de dégoût à chaque virage. Aucune de nos forêts ne s'était remise de toutes ces décennies de massacres et de déchirements. Les Japonais les avaient décimées – ils en avaient coupé beaucoup par pure méchanceté, selon lui, bien que j'eusse tendance à penser qu'il exagérait un peu. Durant les années cinquante, ce qu'il en restait avait été détruit par les allées et venues d'armées se battant pour des territoires dont aucun soldat n'avait jamais entendu parler et où ils espéraient ne jamais revenir. Tout le reste avait été démantelé au cours des années difficiles qui avaient suivi.

Un jour, mon grand-père m'annonça que nous aurions à chercher plus loin le bois qu'il nous fallait, et demanda donc la permission de franchir la frontière soviétique à Khasan, à l'extrémité nord-est du pays, et d'attraper un train pour la Sibérie. Au départ, on ne lui accorda qu'un seul passeport, avec une note expliquant que je devrais rester. Mon grand-père l'avait lue au dîner ce soir-là. Le lendemain matin, il se leva aux aurores, enfila son vieil uniforme et descendit en ville avant que j'aie eu le temps de m'habiller. J'allai dans la cabane à bois et décrochai deux ou trois outils, seulement pour les tenir dans ma main, bien que cela me fût interdit. Dans l'après-midi, alors que je remettais les outils en place, je l'entendis chanter dans la montée qui menait à la maison.

En ce temps-là, ses outils étaient pendus par des crochets aux murs blanchis de l'atelier, les scies sur la rangée la plus proche du sol, les outils de mesure au milieu et les ciseaux tout en haut. J'étais si petit qu'il me fallait monter sur une caisse pour atteindre la dernière rangée. Tout devait être à sa place au moment où il rentrerait, mais, alors que je me dressais sur la pointe des pieds pour raccrocher un petit rabot, la caisse se renversa et je m'écroulai par terre. Grand-Père apparut dans l'embrasure de la porte. « Tu ne t'es pas fait mal ? » me demanda-t-il. Je courus vers lui et serrai mes bras autour de ses jambes. Il me caressa la tête un moment, puis me repoussa. « Ce rabot a subi un choc terrible. Remets-le à sa place. Demain avant l'aube, il faudra que tu viennes lui demander pardon, sans quoi il pourrait se déformer. » Il s'en retourna vers la porte puis, à mi-chemin, se retourna et fouilla dans sa poche. « Tiens, ne le perds pas. » C'était mon passeport.

Après des jours de voyage passés à regarder défiler par la fenêtre du train le même paysage de rivières, de forêts et de prairies du matin au soir, nous descendîmes dans une petite gare au milieu de nulle part. Je n'ai jamais vu autant d'arbres, ni avant ni depuis : des kilomètres de boulaies, des coulées de grands pins aux flancs des collines, des trembles le long des torrents, des peupliers aux feuilles secouées par le vent qui s'élevaient en cercles mystérieux autour de tourbières regorgeant de baies sauvages, des étendues couvertes d'érables qui se pareraient quelques mois plus tard de couleurs éclatantes, et de grands ormes dont l'ombre était si dense qu'à midi on avait l'impression d'entrer dans la nuit. Mais ce furent les arbres morts qui attirèrent surtout mon attention. Toujours en groupes. Troncs nus, brisés, penchés, branches raides et sans vie. Jamais un seul ne se dressait isolé des autres. Je finis par poser la question à mon grand-père. « Les arbres ne sont pas comme les hommes. » Ses lèvres se serrèrent et ses joues perdirent de leur couleur. « Ils sont plus civilisés. Quand les hommes perdent quelqu'un, que font-ils ? Rien, ils continuent à vivre. Il y a des gens qui perdent tout ce qu'ils ont, absolument tout. Ils ont tout perdu, mais ils continuent à vivre. Pas les arbres. Les arbres ne font pas ça. Ils vivent ensemble, ils ne déménagent jamais, ils se connaissent, sentent le vent et la pluie en même temps et quand l'un d'eux meurt, ils ne le supportent pas. Alors, le groupe tout entier arrête tout simplement de vivre. » Il avait marqué une pause alors que le train traversait une prairie, où se dressait un cabanon de rondins abandonné. « N'écoute pas ceux qui te disent d'être fidèle à une idée. Tu es seul, reprit-il. Sans ta famille, tu es seul. »

Un après-midi, nous tombâmes par hasard sur un camp de prisonniers. Il n'y avait ni clôture ni barbelés, mais l'atmosphère changea dès que nous entrâmes dans la clairière. L'instant d'après, trois gardes apparaissaient devant nous, le pistolet-mitrailleur à la main. Chaque garde avait un chien qui grondait et tirait sur sa laisse de cuir épais. Ils nous ordonnèrent de décamper, sans quoi ils lâchaient les chiens. Mon grand-père approchait alors de ses soixante-dix ans, mais n'avait rien perdu de sa combativité. Il planta son regard dans les yeux du plus gradé, un jeune homme aux traits acérés et aux yeux tartares, et lui dit dans un russe impeccable et à voix basse, pour que les deux autres soient obligés de tendre l'oreille, que si les chiens échappaient à leurs maîtres, nous en ferions de la soupe. Les trois gardes éclatèrent de rire, mais n'insistèrent pas. Cette nuit-là, mon grand-père ne dit presque rien et resta un peu effacé pendant le reste du voyage. Ce fut seulement au dîner quelques semaines plus tard – nous étions enfin rentrés à la maison – qu'il se racla la gorge, reposa son bol de riz et déclara que le moment de ma vie approchait où il me faudrait faire un choix. « On ne change pas la nature des gens, dit-il. Pas plus qu'on ne peut changer celle d'un bois. Il faut trouver le cœur et partir de là. Les déchets n'existent pas, ni dans le bois ni chez les hommes. »

7

L'été, Manpo reste éclairée jusque tard dans la nuit, mais dès huit heures l'ombre des montagnes tombe sur les rues, le soleil disparaît et le froid s'installe. Je ne m'étais toujours pas acheté de veste et la plupart des étals autour de la gare avaient été démontés pour la nuit. Je pourrais troquer un peu de mon poisson contre un manteau doublé de laine le lendemain matin.

Les quelques échoppes encore ouvertes vendaient de la nourriture à la lueur de bougies. Quand je montrai mes tickets-repas à la femme qui tenait l'une d'elles, elle renifla.

– Je ne suis peut-être plus toute jeune et je sais que je ne suis pas jolie, mais je ne suis pas folle. La nourriture, ça coûte des sous, l'ami. Chinois, ça me va. Russes, ça fera l'affaire. Avec des dollars, vous aurez ce qu'il y a de mieux.

– Qu'est-ce que vous avez ?

L'échoppe derrière elle était recouverte en haut et sur les côtés d'une fine bâche de tissu plastifié. Je n'arrivais pas à identifier les odeurs qui s'en dégageaient. Rien de ce que j'avais pu manger à Pyongyang ne sentait aussi mauvais.

– Ne vous occupez pas de ça. Si vous avez faim, avec cinq dollars vous mangerez bien. Peut-être le meilleur repas de votre vie.

– Cinq dollars ?

Avec une telle somme, à la maison j'aurais pu me nourrir pendant une semaine, voire deux.

– Vous n'êtes pas du coin, vous, si ? (Elle plissa les yeux, soupçonneuse.) En fait, je ne vous ai jamais vu. Personne ne sort des tickets-repas, à moins qu'ils soient récents. Très récents.

– Je suis de Wonsan.

J'essayai de sourire en imitant les gens du magazine.

– Loin de chez vous.

– Eh oui, les affaires, l'argent…

– Désolée, je suis fermée.

– Depuis quand ? Il est trop tôt pour fermer.

– Qu'est-ce que vous en savez ? Et d'abord, vous habitez dans quel quartier à Wonsan ?

Je vis qu'elle regardait par-dessus mon épaule. Du coin de l'œil, j'aperçus deux des loufiats qui rôdaient autour de la Jeep au moment de la fusillade. Elle pensait sûrement que j'étais de la Sécurité militaire, et donc avec eux. Ils avaient flairé quelque chose d'inhabituel. L'un des deux s'approcha dans mon dos. Il avait bu. J'espérai qu'il n'avait pas l'alcool mauvais.

– Je peux avoir un peu plus de patates ?

C'était la voix de Kang. Ce type était partout. La vendeuse s'engouffra sous la tente et je lui emboîtai le pas. Kang hocha discrètement la tête et regarda ailleurs. Il ne voulait pas me reconnaître, pas maintenant. Pas avec un type de la Sécurité militaire complètement saoul qui reniflait l'air.

– La dernière fois que je suis venu, dit-il avec un certain agacement, vous aviez du poisson. Ce soir, il n'y a que de la chèvre et elle a dû mourir de vieillesse.

– Mets-la-toi où je pense, camarade, lança la vieille en touillant sa marmite au-dessus d'un feu de bois allumé à même le sol. Demande donc à notre ami ce qu'il est advenu du chargement de poisson qui n'est jamais arrivé la semaine dernière. Il vient de Wonsan, même s'il n'a pas l'air de connaître quoi que ce soit au poisson.

– J'attends une livraison, dis-je en m'asseyant à côté de Kang devant la caisse retournée qui servait de table. Une livraison de poisson. Peut-être que je vous en donnerai un peu.

– Quel genre de poisson ? demanda Kang.

– Qu'est-ce que ça peut vous faire ? grondai-je. Des gros, des petits. On s'en fout. Ça nage, j'encaisse, et quelqu'un en fait son dîner. Tout le monde est content.

– J'étais sûre qu'il n'était pas de Wonsan, marmonna la vieille. « Des gros, des petits. » Quel crétin !

8

La fête dans la chambre d'à côté faisait un boucan monstre. Ça ne me dérange pas que les autres soient heureux, mais à cette heure-là ils devraient le garder pour eux. Je ne me doutais pas que Manpo était le genre d'endroit où l'on tolère les fêtes dans les chambres et j'avais tort. Lorsque je descendis me plaindre auprès du réceptionniste, il m'adressa un regard torve.

– Vous savez, dis-je, le sommeil. La nuit, ça se fait beaucoup.

– Bon, eh bien, faites de beaux rêves, camarade. Vous permettez ?

Il avait un magnétoscope dans la pièce du fond et il y avait une cassette dedans. La plupart des acteurs étaient blonds. Leurs vêtements ne me donnèrent aucune indication sur leur pays d'origine parce qu'ils n'en portaient pas.

– Vous n'auriez pas une autre chambre ?

– Tout est complet. S'ils veulent faire la fête, ce n'est pas mon problème. Le vôtre non plus, d'ailleurs.

– J'avais dans l'idée d'essayer de dormir. C'est même pour ça que je paye pour votre chambre miteuse. Alors soit vous leur dites de se calmer, soit vous me changez de chambre.

– J'ai une troisième solution.

– Ah oui ?

– Oui. La porte.

Il me la montra du doigt.

– Il est deux heures du matin !

– L'aube arrive tôt dans la région.

– Vous ne voulez tout de même pas que j'aille me plaindre auprès du Comité populaire, si ?

Il se pencha sur son comptoir, si près de moi que je distinguai les taches de son dîner sur sa chemise.

– Allez-y, faites-vous plaisir. Chambre 305.

– C'est mes voisins.

– Exact.

– Bon, et du thé, c'est possible ?

– Peut-être que la Finlandaise pourra vous en apporter une fois qu'elle aura terminé son service. (Son regard grivois ne me plut pas.)

– Toutes mes félicitations, dis-je. J'ai rarement vu une fripouille comme vous.

– Pour quelques paniers de poisson, vous pourriez peut-être avoir une chambre plus calme. (Je dus lui paraître surpris.) À ce qu'on dit, vous faites passer du poisson de l'autre côté. Un panier de plus ou de moins… (Il attendit que je dise quelque chose, puis il fronça les sourcils.) Comme vous voudrez. C'est donc vrai ce qu'on dit : les gens de Wonsan sont des radins. Sûrement à force de vivre comme des nababs, les pieds dans le sable et tout.

– Il n'y a pas si longtemps, vous disiez que j'étais de Pyongyang.

– Oui, ben, j'ai bien réfléchi. Quelque chose ne colle pas, vous n'êtes pas assez malin pour être de Pyongyang.

Je décidai que c'était voulu comme un compliment.

– Le camion ne passe pas avant demain. J'ai besoin de la chambre tout de suite.

– Aucun problème. Quand il arrivera, je le saurai. Et il ne passera pas la frontière avant qu'un panier de poisson n'apparaisse à la porte de derrière. Si ça marche, nous pourrons peut-être faire affaire plus régulièrement. La mer est pleine de poissons, dit-on. (Il fouilla dans un tiroir et en sortit une clé.) Cinq cent un. On vient juste de la repeindre pour un client important. Elle sert, mais jamais plus d'une heure à la fois. Votre amie finlandaise la trouve affreuse, mais ça ne l'empêche pas d'y monter. (Cette fois, son regard salace fut interrompu par un cri montant de la vidéo.) Si vous trouvez que les gens de la chambre d'à côté font trop de bruit, vous n'avez rien vu !

Il se retourna, entra dans l'arrière-salle et ferma la porte derrière lui.

Fabuleuse idée, du poisson comme monnaie d'échange. Mais après tout, pourquoi pas ? Peut-être un peu difficile à emporter avec soi. Je tirai de ma poche quelques billets chinois. Au moins, le poisson, on pouvait le manger. Mais même plusieurs autres paniers de poisson imaginaire n'allaient pas résoudre mon plus gros problème. Une semaine plus tôt, je ne m'occupais encore que de mes affaires. À présent, j'avais l'impression d'être lentement aspiré dans un jeu mortel qui opposait Kang au colonel Kim. Ça devait être plus sérieux qu'une simple querelle personnelle. Kim pensait que la photo d'une voiture arrivant de Corée du Sud pouvait lui servir contre Kang, mais pourquoi ? La Sécurité militaire était un marteau piqueur : on ne la sortait que pour les gros travaux. Certes, les agences du Renseignement et celles de la Sécurité se mettaient toujours des bâtons dans les roues. Dans mon secteur, j'avais un jour assisté à un combat au couteau entre deux agents ivres. Ni l'un ni l'autre ne voulaient me dire pour qui ils travaillaient, et tous les deux avaient des faux papiers parfaitement ridicules. Lorsque nous avions transmis le rapport à nos supérieurs, en guise de réponse nous avions reçu un coup de fil nous enjoignant très clairement de les laisser partir. Aucune explication.

Les ennuis de Kang étaient peut-être liés à un conflit entre deux agences, mais je doutais que l'affaire s'arrête là. Pak ne m'aurait pas jeté au milieu d'une histoire pareille. Ses mots sur « l'enfer » sur le point de se déchaîner allaient au-delà de la simple querelle bureaucratique et Pak était plutôt doué pour prédire le sens du vent dans la capitale. Mieux encore, il avait ses sources, parmi lesquelles le ministre lui-même, qui lui confiait de temps à autre quelques bribes d'information sur les remous au Centre, pour jauger sa réaction. Pak était très discret ; il ne me disait jamais rien de ces conversations, pas directement. S'il y avait quelque chose dont j'avais besoin dans mon travail, il avait l'art de me dire ce que je devais savoir – et pas un mot de plus. D'après Kang, j'étais là pour aider. Mais aider à quoi ? Je ne travaillais pas pour lui et n'avais reçu aucun ordre de mon bureau m'obligeant à lui venir en aide ; nous n'étions même pas censés participer à des missions de liaison sans autorisation expresse. Alors pourquoi me traînais-je en boitillant dans cette ville sans loi de la frontière chinoise, contraint et forcé de fourguer des paniers d'un poisson qui n'existait pas ?

9

L'Irlandais tira un carnet de sa poche. Il en tourna quelques pages, s'arrêta, en passa plusieurs autres. Trouva la page qu'il cherchait et l'écorna.

– Enfin, on y arrive. Elena était à Manpo. À l'auberge Manpo.

– Je croyais que vous vous intéressiez à Kang.

– Ça vous ennuierait de me laisser les commandes ?

Il regarda sa montre et griffonna quelque chose.

– Vous allez quelque part ?

– Sacrée coïncidence, votre rencontre avec Elena !

– C'est une amie à vous ?

– Jamais vu la demoiselle. Pas vraiment mon genre de femme.

– Qu'est-ce que vous insinuez ?

Il scruta mon visage.

– Du calme, inspecteur. Je ne vous l'ai pas demandé plus tôt, mais ça ne vous ennuie pas que je vous appelle comme ça ?

– Si vous voulez tirer encore un mot de moi, essayez de vous en tenir au sujet… Kang.

Il siffla doucement.

– Vous êtes drôlement tendu, dites-moi. Vous devriez prendre des cachets ou quelque chose, ça vous calmerait. Bon, très bien, laissons Elena de côté pour l'instant. Parlez-moi de Kang. Vous dites qu'il a une fille. Une fille qui parle français. Étrange, non ?

– Pourquoi serait-ce si étrange ? Beaucoup de gens parlent français. En France, c'est même très courant, paraît-il.

Il arrêta l'enregistrement.

– Seigneur ! Pourquoi vous ne m'indiqueriez pas un ou deux sujets sur lesquels vous n'êtes pas trop chatouilleux et on s'y tiendra. Vous avez contredit tout ce que je vous ai raconté ce soir. Absolument tout. Vous êtes tous comme ça, chez vous ?

– Chez moi ? Mais non, on rigole du matin au soir, on se fait des blagues, la vie est comme une île des Caraïbes et on attend tous que le grand bateau blanc entre au port. La vie est une vraie partie de plaisir, c'est ce qu'on se dit toujours entre nous. C'est sûrement ce que la vieille femme disait à la petite fille dans le champ.

Il fixa le mur derrière moi. Et enfin brisa le silence.

– La fille de Kang… Que faisait-elle à la frontière ? Des problèmes de comportement qui lui auraient valu d'être expulsée de Pyongyang ? Des soucis familiaux ? (Je hochai la tête.) Moi qui commençais à penser que

vous aviez des informations sur Kang. Je me suis peut-être un peu avancé.

– Enfin vous doutez de vous-même. C'est très bien.

– Je croyais qu'il naviguait à vos côtés, sans travailler tout à fait pour votre organisation, mais disons, au moins sur un tracé parallèle, presque à votre portée. Et maintenant je découvre que, quand vous l'avez brusquement perdu de vue, vous avez commencé à vous inquiéter. Je me demande bien pourquoi.

– Kang est un personnage fascinant.

– C'est bien mon avis. Un homme très complexe, ce monsieur. Le soleil se reflétait sur lui dans mille directions. Comme un diamant. Il s'était fait une sacrée liste d'ennemis, autant que je sache.

– L'image est bien trouvée, Kang en diamant. Combien de carats, selon vous ?

– Un diamant dans un tas d'ordures, on se fiche bien du prix qu'il aurait pu atteindre sur le marché mondial.

L'Irlandais fit cliquer son stylo.

10

J'ai vu le soleil s'élever au-dessus des collines un bon millier de fois, en toute saison et par tous les temps, parfois pressé de voir venir le jour, et parfois non. Chaque fois, j'ai attendu l'instant de paix absolue qui survient dès que les collines et le ciel, la lumière et le silence se confondent soudain. Lors d'un de mes premiers voyages à l'étranger – j'étais encore assigné au bureau de liaison du ministère et l'on m'avait envoyé en Allemagne pour aider à préparer une visite du ministre –, j'avais reçu l'ordre de me rendre à Genève pour récupérer des instructions dont je savais qu'elles n'auraient aucun sens et ne feraient que compliquer ma mission. Les instructions ne m'arrivèrent jamais, mais cela m'avait donné une excuse pour m'asseoir sur les rives du lac un dimanche matin et regarder poindre le jour au-dessus des Alpes.

Je fus étonné de voir qu'il n'y avait rien de paisible à la progression de l'aube au sein de ces montagnes. J'avais vu des photos dans des calendriers, mais toutes mentaient : elles étaient trop jolies, trop douces, trop étincelantes. Les pics acérés que j'avais devant moi déchiraient le ciel, et les blessures de l'aube saignaient leur lumière dans le jour. Les Alpes n'étaient pas une source de sérénité. Elles n'apaisaient pas les cœurs et n'incitaient pas aux souvenirs nostalgiques. Elles se dressaient au-dessus de Genève, insoumises, menaçant de s'effondrer dans le lac près d'une petite ville du nom de Montreux, éparpillant les cygnes et engloutissant les terrasses aux parasols jaunes des restaurants alignés sur la rive. En y repensant plus tard dans le train, je me dis que c'était sûrement pour ça que les Suisses sont si distants, toujours à regarder par-dessus leur épaule pour s'assurer que les montagnes ne sont pas sur le point de les écraser une fois pour toutes.

Les collines autour de Manpo n'étaient pas plus apaisantes. Peut-être parce que, trop proches de la Chine, elles partageaient ses prétentions de grandeur. Mais elles n'avaient rien d'indomptable, et il n'y avait aucun risque qu'elles fassent un jour outrage à la ville. Elles étaient trop fatiguées ; la ville n'avait pas de vertu à perdre. Il y avait donc une disjonction : Manpo ne se souciait plus guère de ses collines, et les collines dédaignaient les bâtiments pouilleux amassés à leurs pieds. Si les Alpes pèsent d'un œil noir sur Genève, au moins c'est avec Genève qu'elles s'éveillent. Je n'arrive pas à imaginer ce qu'elles feraient fait si elles devaient veiller sur Manpo à longueur de temps jusqu'à ce que, pierre après pierre, elles soient réduites à l'état de monticules.

Kang voulait que je m'imprègne de l'atmosphère de Manpo, et je ne pouvais le faire qu'en marchant au hasard, sans viser de point précis. Plus j'errerais sans but, moins ceux qui me filaient s'intéresseraient à moi. En réalité, s'ils avaient été vraiment bons, ils auraient été d'autant plus curieux que je ne semblais pas avoir de destination, mais à une telle distance de la capitale il était peu probable qu'il se trouve ici quelqu'un d'assez doué pour s'intéresser à autre chose qu'à sa prochaine pause déjeuner. Tous les cracks veulent travailler à Pyongyang. Les villes frontières se retrouvent la plupart du temps à servir de dépotoir aux services de sécurité – à moins qu'une équipe volante y soit envoyée en mission spéciale.

Je levai le camp avant l'aube et tirai des bords jusqu'à la maison de thé tenue par la fille de Kang, en espérant, sans trop y croire, qu'elle serait ouverte. Elle ne l'était pas, aucun signe de vie. Pas de petit déjeuner, mais au moins je me sentais reposé. La chambre 501, que j'avais obtenue contre la promesse d'un boisseau de faux poisson de Wonsan, n'avait pas été repeinte récemment, à moins que « récent » n'ait voulu dire autre chose à la frontière, mais au moins j'y avais trouvé un peu de calme. On avait frappé doucement à ma porte vers quatre heures du matin, mais je n'avais rien demandé au service d'étage et n'étais pas curieux de savoir qui pouvait arpenter les couloirs sur la pointe des pieds à cette heure. Quand j'étais sorti de l'auberge, le réceptionniste se tenait derrière son comptoir. Il m'avait demandé si j'avais bien dormi, mais je voyais bien malgré son regard salace que le cœur n'y était pas. Je m'étais alors rappelé que là non plus, je n'avais pas rempli de fiche. Dans cette ville, les noms n'ont aucune importance. De toute façon, les papiers auraient tous été faux, et tout le monde le savait.

À mi-chemin des portes de la ville, la nuit jeta l'éponge et soudain il fit jour. Ça me convenait très bien. J'avais l'impression d'être suivi et la lumière du jour ne faciliterait pas la tâche à ceux qui voudraient me filer sur cette route de terre déserte qui s'élevait dans les montagnes. Une fois la pente devenue plus raide, je cessai de me préoccuper de mes poursuivants. Si l'ennui était un problème pour ces types, l'activité physique en serait sûrement un autre. Aucun d'entre eux n'aurait envie de m'accompagner tout en haut d'une montagne, et ils n'auraient pas eu le temps de former une seconde équipe à mi-parcours. J'étais donc moins inquiet de mes poursuivants que de l'endroit où je posais le pied. Si je n'y prenais garde, je pouvais trébucher et me démettre le dos – une deuxième fois.

La route cessa de monter et, au même moment, la vue s'ouvrit sur une vallée en cul-de-sac. À l'entrée se trouvaient deux bâtiments, un poste de garde et une Mercedes noire, bien propre, qui commençait à refléter quelques rayons de soleil d'abord perchés au sommet des collines, puis dévalant vers la scène en contrebas. Une colonne de fumée s'élevait de la cheminée de la bâtisse encore à l'ombre. Une lampe était allumée à l'une des fenêtres de l'étage ; puis quelqu'un l'éteignit. L'autre bâtiment était à moitié éclairé, mais semblait désert. Tous deux se trouvaient à environ trois cents mètres, mais à cause de mon angle de vision et de l'air encore clair à cette heure, ils me paraissaient plus proches. Et je voyais assez nettement le garde. Il était adossé à un arbre et sirotait un thé, un chien enroulé à ses pieds – en violation de toutes les règles qu'on avait pu m'apprendre sur le métier de sentinelle. Plus haut dans la vallée, le soleil se refléta sur un objet métallique, d'abord en un seul endroit, puis à un autre, et encore un autre. Probablement des mitrailleuses, à en juger par leur espacement parfaitement régulier. Il y avait une double rangée de grillage tout autour. Rien de tout cela n'impressionnait le chien, qui dormait paisiblement.

Je sentis une main sur mon épaule et me tournai pour voir qui c'était. On nous avait appris à ne jamais faire cette erreur ; je la fis quand même. Quand je revins à moi, j'étais étalé par terre, le regard tourné vers la cime des arbres, la joue endolorie. Par chance, tout cela arrivé si vite que je n'avais pas eu le temps de me raidir : mon dos n'avait pas souffert. Je me détendis sur le tapis d'aiguilles de pin et, l'espace d'un instant, profitai des arbres et du beau ciel bleu.

Puis ce dernier fut obstrué par un visage qui se penchait sur moi. C'était un des gorilles de la Sécurité militaire que j'avais aperçus la veille au soir en train de rôder autour de la tente de la vieille bique. Je n'arrivais pas à croire qu'un homme aussi grand et laid ait été capable de se mouvoir avec autant de discrétion. Dans l'obscurité, je n'avais pas pu voir son visage, mais à présent il avait toute mon attention. Coréen, aucun doute là-dessus, et pourtant nul n'aurait pu ignorer que dans ses veines coulait le sang d'ancêtres qui n'avaient jamais mis les pieds par ici. Traits rapaces, nez anguleux sur un visage long et mince, yeux perçants profondément enfouis dans leurs orbites. Déduction faite des générations d'unions avec les gens du coin, c'était le visage d'un cavalier arabe de l'ancien temps, parti loin de chez lui et piégé ici par des ordres funestes qu'il n'avait pu braver.

J'avais déjà vu un visage comme celui-là. Sur la route près de notre maison, un barbier itinérant avait installé son échoppe. Même nez, mêmes yeux enfoncés. Je l'avais dévisagé, pas seulement parce qu'il avait l'air différent, mais parce qu'il l'était ; à le voir bouger, on aurait dit qu'il n'était pas à l'aise au milieu des champs et des collines. « Ne regarde pas les inconnus comme ça », m'avait dit mon grand-père. Puis il avait baissé la voix. « Celui-là – il avait hoché la tête en direction du barbier –, méfie-toi de son engeance. » Des siècles plus tôt, m'avait-il raconté, alors que leur empire s'étendait encore sur la moitié de la terre, les Mongols avaient envoyé des princesses arabes accompagnées de leurs serviteurs à la cour de Corée. Elles y étaient restées, pour la plupart, et s'étaient mélangées à la population.

D'accord, mais à l'époque la Cour vivait au sud du pays, avais-je répondu ; comment pouvait-il y avoir des descendants de ces gens-là dans notre région, si loin au nord ? Mon grand-père avait ri en faisait claquer sa ceinture sur son ventre. « Tu penses vraiment qu'ils ne se sont pas arrêtés pour passer la nuit par ici, sur la route de Chungchong ? » Brusquement, il était redevenu sérieux. Le sang étranger, m'avait-il prévenu, était une tache ; elle ne s'effacerait jamais. « Quiconque porte le nom de Chong peut être l'un d'entre eux. Méfie-toi des gens qui s'appellent Chong. » Son ton était si grave qu'il m'avait donné le frisson. « Regarde bien leurs yeux. »

En l'espèce, je n'avais guère le choix. Son nez touchait presque le mien et je devinais des relents de petit déjeuner dans son haleine.

– Surpris de me voir ?

Il n'attendait pas de réponse.

Je tentai de me relever, mais il abattit une main énorme sur mon épaule et me força à me rasseoir.

– Non. Si vous vous levez, ça pourrait attirer l'attention du planton en bas. On ne sait jamais, sur un coup de chance, il pourrait vous descendre. Pas la meilleure façon de commencer sa journée.

Je me frottai la joue.

– Parce que vous trouvez que comme ça, elle commence bien ?

Il réfléchit un moment.

– Vous venez d'où ?

– Qui veut le savoir ?

Il grogna.

– Ne me tentez pas. Si vous veniez à disparaître dans ces collines, personne n'irait vous chercher.

– Vous n'allez pas me tuer. Vous l'auriez déjà fait si c'était vos ordres.

Il se redressa en maugréant, apparemment peu troublé par la présence du garde en contrebas.

– Je vais vous poser des questions, reprit-il. Si les réponses me plaisent, vous pourrez vous traîner jusqu'à votre hôtel, faire votre valise et repartir d'où vous venez. Sinon… (il entrouvrit son manteau et me montra un couteau équipé d'une drôle de lame.) On s'en sert pour éviscérer les chèvres.

Il laissa retomber le pan de son manteau.

Ma joue s'engourdissait et mon œil s'était mis à gonfler. Je commençais à me lasser de ces petites plaisanteries. Pak m'avait fait quitter Pyongyang pour, d'après lui, me mettre en sécurité. Un coup sur la nuque, un cou de poing en pleine figure, le tout dans ce patelin pourri, ce n'était pas vraiment l'idée que je me faisais de la sécurité. Mais enfin, quelle mouche l'avait piqué pour qu'il m'envoie, après m'avoir conseillé de l'éviter, tout droit dans les pattes de Kang ? S'il savait que quelque chose de gros se préparait, pourquoi ne m'avait-il pas prévenu ? Peut-être aurais-je dû démissionner, comme il le voulait. Je levai la tête vers l'affreux. Non, je n'avais aucune envie de démissionner, je voulais seulement que ce type enlève son pied de mes côtes.

– Je ne poserai chaque question qu'une fois. Et avant de commencer, pour nous faire gagner du temps, je dois vous dire que j'ai appelé Wonsan pour vérifier.

Si ma joue ne m'avait pas fait aussi mal, je lui aurais volontiers ri au nez. Qu'aurait-il donc pu vérifier à Wonsan ? Je n'avais pas rempli de fiche à l'auberge ; je n'avais laissé aucune trace sur papier. S'il avait appelé la direction de la sécurité locale de Wonsan, ils avaient dû bien rigoler avant de retourner à leur sieste. Ces gens-là sont incroyablement feignants. Je le savais parfaitement, parce que nous avions eu besoin de leur aide un jour et que, lorsque nous les avions appelés pour leur faire part de notre problème, il n'y avait eu qu'un long silence à l'autre bout de la ligne.

– Vous avez vérifié. Je vous félicite. Mais si vous avez déjà les réponses, pourquoi m'interroger ?

– Nom.

– Ho Tam.

Ho Tam avait été un membre influent du Parti des années plus tôt, un homme intelligent et doté d'un nombre respectable d'ennemis. Le père d'Ho Tam et mon grand-père se connaissaient bien. Nous avions fabriqué pour la famille un meuble qu'ils avaient beaucoup apprécié. À l'époque, Ho étudiait à l'université. Il était à la maison quand nous étions venus livrer la pièce : un coffre de noyer que j'avais dégauchi, puis poli des jours durant avant que mon grand-père manifeste enfin son approbation.

Lorsque Ho eut appris que j'avais aidé à fabriquer le coffre, il m'avait entraîné dehors dans la cour. C'était le mois de mai et les fleurs du pommier étaient toutes nouvelles, et d'un blanc éclatant. Ho n'étant pas bien grand, ce n'était pas comme si c'était un adulte qui me parlait, plutôt un grand frère. « Ton grand-père est un grand homme. On a toujours besoin de lui et nous aurons aussi besoin de toi avant que tout ça ne se termine. » Je l'avais remercié, même si j'avais trouvé plutôt étrange qu'il me parle de cette façon.

Plus tard, lorsque j'en avais touché un mot à mon grand-père, il s'était fâché comme je ne l'avais jamais vu faire avant.

– Tu n'as donc rien appris de moi durant toutes ces années ? m'avait-il crié. Quand quelqu'un te prend à part pour te confier ne serait-ce que trois mots sincères, n'as-tu pas appris qu'il ne faut jamais le dire à personne, pas même à moi ? (Il avait le visage blanc de rage.) Ils te tueront, tous ceux qui auront été assez stupides pour te faire confiance finiront dans des camps et pourquoi ? Parce que tu ne fais pas attention, parce que tu ne vois rien. Est-il possible que mon petit-fils soit bête à ce point ?

– Je ne suis pas bête.

– Alors n'agis pas comme si tu l'étais. Tout ça m'a déjà coûté un fils. Tu ne me feras pas perdre le reste de ma famille.

– Ça ? C'est quoi « ça » ?

Il m'avait attrapé par les épaules et secoué violemment.

– Regarde autour de toi. Tu crois vraiment que c'est ce que nous voulions, ce pourquoi nous nous sommes battus contre les Japonais, pour ça que j'ai envoyé mon fils se faire tuer par un triste matin d'hiver ? Nom d'un chien, regarde autour de toi !

J'étais resté pétrifié. Le souffle court. Je ne l'avais jamais entendu parler comme ça. Pas une fois, jamais. Pendant des semaines après cela, nous avions à peine échangé quelques mots. Des années plus tard, alors qu'on m'avait affecté à la protection d'un officiel roumain, Ho, qui entre-temps était devenu ministre des Affaires étrangères, était venu me voir pendant un moment de répit. « Le coffre est chez moi aujourd'hui. Et il brille encore. » Un instant plus tard il avait dû partir et nous ne nous revîmes jamais.

– Alors, camarade Ho, vous êtes diplômé de l'université des pêches de Wonsan, n'est-ce pas ?

Je n'avais jamais entendu dire qu'un tel endroit existait, mais il avait probablement vérifié au moins ce point-là, je décidai donc de m'en tenir à la vérité.

– Jamais entendu parler. Qu'est-ce qui vous fait croire que je m'y connais en techniques de pêche ?

– Il paraît que vous faites dans la contrebande de poisson.

– Pour autant que je sache, les poissons sautent d'eux-mêmes dans le camion. Je ne sais pas comment ils y arrivent.

– Vous mentez !

– D'accord, j'imagine que quelqu'un les y charge, mais vous n'allez pas me tirer dessus pour ça.

Il entrouvrit à nouveau son manteau et la lame scintilla au soleil matinal.

– Pas besoin.

– Écoutez, je ne suis qu'un intermédiaire, moi. Je gagne quelques sous, j'en dépense un peu, je m'arrange pour que tout le monde soit content. Êtes-vous content, camarade Chong ?

C'était le deuxième panier de poisson imaginaire que je concédais. Vu l'air bizarre qu'il avait pris, je crus un instant avoir fait une erreur. Il ne s'appelait peut-être pas Chong. Puis il commença à piquer du nez et s'écroula en travers de mes jambes. Je le repoussai et courus me mettre à couvert. Le garde dans la vallée sirotait toujours son thé. Le chien leva brièvement la tête, puis la laissa retomber entre ses pattes.

Derrière un arbre du bord de la piste, je vis bouger quelque chose. Kang sortit de sa cachette.

– Pas facile de viser vers le haut avec une pierre. Une chance que notre ami ait une grosse tête d'imbécile.

– Bonjour. Alors, on se promène ?

Je jetai un œil au tas de muscles par terre. Il était parfaitement inerte.

Kang resta à quelques pas de distance.

– Je vous présente M. Chong. S'il remue une oreille, je tire dans le tas.

– Ici ?

– L'endroit n'est pas pire qu'un autre.

Je baissai de nouveau les yeux.

– Il ne bouge pas. Je ne suis même pas sûr qu'il respire.

– Parfait.

– En fait, il a l'air assez mort.

– Encore mieux.

Je m'agenouillai et fis rouler Chong sur le dos. Pas de poisson pour lui.

Kang s'approcha d'un pas – n'ayant plus besoin de se préparer à sortir son pistolet, il était moins tendu.

– Il faut croire que son crâne épais a fini par trouver plus dur que lui.

Il jeta un œil dans la vallée, en direction du garde.

– Laissons-le ici. Allons-y.

– Le laisser ? Ici ? Et puis quoi encore ?

– Quelqu'un finira bien par le retrouver, à moins qu'une bête à poils ne décide d'en faire son quatre heures.

– Je sais que nous sommes à Manpo, mais la police n'aime-t-elle pas enquêter sur les décès inexpliqués ?

– Voyons, inspecteur, ils n'ont même pas d'armoire pour ranger leurs dossiers. Et puis, le décès n'est pas inexpliqué. Il a marché sur ses lacets et est tombé sur une grosse pierre. C'est souvent fatal.

– Il me suivait. Quelqu'un doit être au courant. Et le garde dans la vallée nous a sûrement vus tous les deux. On se posera des questions.

Kang commençait à perdre patience.

– Ne vous en faites pas pour le garde. Il n'a rien vu.

– Vous croyez pouvoir le soudoyer, peut-être ?

– Pas besoin. Il travaille pour moi.

Je ne savais pas s'il avait eu l'intention me le dire ou si cela lui avait échappé, mais je doute que Kang ait été le genre d'homme à laisser échapper quoi que ce soit.

– Ce garde-là ? Pourquoi la Direction du renseignement aurait-elle des agents qui prennent le thé dans les collines de Manpo ?

– Je n'ai pas dit que c'était un agent. On peut y aller, maintenant ?

– À qui appartient cet endroit ?

– Personne qui soit susceptible de vous intéresser.

– Brusquement, je me sens très intéressé, lui renvoyai-je.

Tout à coup, Kang sembla fatigué.

– Pak m'avait prévenu que vous pouviez être un emmerdeur de première.

– Vous voulez que j'aille vendre mon poisson là-dedans ?

Cela me valut un regard pensif.

– Il m'a aussi dit que vous étiez très intelligent. Voilà une idée à laquelle je n'avais pas pensé. Vous allez devoir vous introduire là-dedans avant ce soir.

– Pourquoi ?

– Je n'en sais rien. (Il étudia un moment le chemin au-dessous de nous.) Non, vraiment, je n'en sais rien. Mes informations me disent que, quoi qu'il se prépare ici, ce sera fait demain à l'aube.

– Cela a-t-il quelque chose à voir avec ce que m'a dit Pak ?

– Ça dépend. Que vous a-t-il dit ?

Ce n'était pas une question amicale.

– Vous voulez mon aide. C'est ce que vous avez dit. Mais vous ne m'avez absolument rien dit sur ce que vous attendiez de moi. Ou, plus important, pourquoi. Au fil des années, je me suis fixé une règle. Et je m'y tiens, quoi qu'il arrive. Ne jamais faire un pas avant de savoir où je vais poser le pied. Vous ne voulez pas me confier vos secrets, soit, je ne veux pas les connaître. Mais si vous ne me dites rien de plus que ce que vous m'avez appris jusqu'ici, je refuse de faire un pas de plus.

Kang regarda autour de lui.

– L'endroit est bien choisi pour faire la causette, je suppose. Mais d'abord, dites-moi ce que Pak vous a dit.

– Il m'a seulement dit que la terre bougeait.

– C'est tout ?

Je réfléchis un instant.

– Et aussi que l'enfer pourrait se déchaîner bientôt.

– « Pourrait », non. C'est certain, et c'est pour bientôt. (Je vis qu'il hésitait sur la suite à donner à cette conversation.) Ça nous pend au nez depuis un moment. Des mois, en réalité. Ça a commencé en février, au Japon. Après notre rapport initial, on nous a dit de laisser tomber, de nous occuper de nos affaires.

– Et vous vous êtes acharné.

– Ce que je ne sais pas peut quand même me nuire. Pour faire court, on a creusé un peu et découvert que la décision avait enfin été prise de normaliser nos relations avec le Japon.

– Et c'est mauvais ?

– Non, il n'y a rien de mal à cela, si vous pouvez concevoir de sourire à un Japonais en échange de quelques milliards tachés de sang. Mais il y a un hic. Les Japonais veulent que certaines vieilles querelles soient… (Il hésita, puis termina sa pensée.)… résolues.

– Quel rapport avec ces bâtiments là-bas ?

– Aucun, directement. Sauf que cette enceinte appartient à la Sécurité militaire et que c'est eux qu'on a lâchés pour résoudre ces vieux problèmes.

– Et ils pensent que vous faites partie du problème qui nous sépare encore de ces milliards ?

– Il faut que j'arrive à les tenir à distance encore une semaine ou deux. Et ça m'aiderait peut-être de savoir ce qui se passe là-dedans.

– Vous vous intéressez beaucoup à la Sécurité militaire, hein ? C'est pour ça que vous aviez besoin de moi quand nous étions à la tour… Vous vouliez que je vous donne une idée de l'endroit où se trouvent leurs bureaux ? Je croyais que la Direction du renseignement avait des informateurs plutôt compétents.

– À l'extérieur, oui, mais pas ici. Pyongyang est un pays étranger pour moi. Demandez-moi ce que vous voulez sur Pékin, Moscou ou même Budapest… (Il sourit.) À Budapest, je sais à peu près tout ce qui se passe, et où. Mais à Pyongyang…

Il hocha la tête.

– Ça ne va pas les affoler un peu si le corps de Chong est retrouvé sur la route au-dessus de leurs quartiers ?

– J'en doute. Et puis, arrêtez de vous en faire pour la carcasse de Chong. Elle ne restera pas ici bien longtemps. Des camions chargés de troncs d'arbres doivent passer ici dans une heure environ. Ils vont vite et leurs freins sont mauvais. C'est un miracle que personne ne soit encore mort sur cette route.

– Je croyais que c'étaient ses lacets qui étaient mauvais.

Kang marchait à toute allure vers la plaine.

– Il aura trébuché devant un camion.

– Pourquoi Chong me suivait-il ?

J'essayai de le rattraper en me demandant comment il pouvait descendre aussi vite sans tomber.

– Ce n'était pas une lumière, mais il avait une sorte de sixième sens. Peut-être que vous ne sentiez pas assez le poisson pour être crédible. Peut-être que vous ressemblez à un ami qu'il s'était fait à Wonsan. Qu'est-ce que ça change ? On a du travail, et seulement douze heures pour le faire.

Je me retournai une dernière fois vers la vallée. Le planton avait disparu. Son prétendu chien de garde avait le museau fourré dans la tasse. Apparemment, je n'aurais aucun problème à passer la barrière les mains dans les poches. C'était du tout cuit, puisque le chien travaillait pour Kang lui aussi.

11

Le réceptionniste avait sa tête des mauvais jours.

– Vous savez réparer un magnétoscope ? (Par la porte derrière lui, je vis de la bande vidéo partout par terre.) Saletés de pirates chinois ! (Il secoua son pied pour se défaire de la bande enroulée autour.) Tout ce qu'ils fabriquent se casse.

– Il vous a coûté cher ?

– Qu'est-ce que ça peut vous faire ? (Ses yeux se rétrécirent et il se balança de droite à gauche comme la couleuvre qui veut se faire passer pour un cobra.) Vous me devez un panier de poissons. Et il y a intérêt à ce qu'ils n'aient jamais nagé en eaux chinoises.

– Que diriez-vous d'un magnétoscope tout neuf ?

Il me regarda fraîchement.

– Tenez-vous-en aux poissons, d'accord ? Moi, je m'occupe de l'électronique.

Je haussai les épaules.

– C'est vous qui voyez. Vous connaissez quelqu'un d'autre qui serait intéressé par mon poisson ? Je vais en avoir un camion de plus que prévu et si je n'arrive pas à les fourguer, ils vont pourrir. Et probablement embaumer dans toute l'auberge.

– Hé, vous ne pouvez pas les ramener ici ! Pas d'animaux dans les chambres, c'est la règle.

– Pas de chèvres ?

Il grimaça.

– Même pas pour vous. Vous êtes de sacrés dégueulasses, vous autres de Wonsan !

– Bon, tant pis pour votre cassette.

Je m'avançai vers l'escalier.

– Une seconde. Et si je connaissais une certaine personne qui serait intéressée par du poisson ? (Il marqua une pause.) Ou par un camion.

Kang m'avait dit que si je lui parlais du camion supplémentaire, il foncerait dessus tête baissée.

– Un camion ? Je ne sais pas. Il est tout neuf, et japonais. Réfrigéré. Pourquoi voudrais-je le vendre ?

– Parce que vous ne ferez jamais fortune avec vos poissons pourris, mais le camion vaut sûrement quelque chose.

– Et s'il disparaissait dans la nature, quelqu'un ne serait pas très content, voyez-vous ?

– Ça arrive tout le temps, vous savez. Le chauffeur s'arrête pour prendre un verre ou des vacances en Finlande. (Il sourit de cette manière agaçante qui était la sienne.) Il laisse les clés dans la cabine. Ressort une demi-heure plus tard et… plus de camion. Le chauffeur est content. Et le camion aussi. Bref, tout le monde est content.

– Super. C'est bien d'être content. Mais un camion réfrigéré tout neuf, blanc comme neige, est un véritable objet d'art. Et puis… il appartient à Pyongyang, pas à moi. Je risque gros le jour où ils s'apercevront que leur camion a disparu des registres de gas-oil.

Le réceptionniste était de plus en plus affamé. Plus je lui décrivais le camion, plus il voulait sa part dans l'affaire. Même ma référence à Pyongyang ne l'avait pas refroidi.

– Pyongyang est pleine d'imbéciles importants.

Je levai les yeux vers les deux portraits au mur, le fils et le père[1] qui nous regardaient de haut. Le réceptionniste partit d'un rire nerveux.

1. Soit Kim Jong-Il et Kim Il-Sung. *(NdT.)*

– Ce pays a beau être petit, dit-il, le Centre est bien loin. De Manpo, nous regardons Pyongyang comme si c'était la Lune. Tout ce qu'on a besoin de savoir, c'est dans quelle phase elle est.

– Vous auriez des ennuis si on vous entendait, mon vieux, lui renvoyai-je à voix basse.

– Ne baissez pas la voix chez moi, l'ami. On pourrait penser que notre conversation n'est pas normale. Écoutez, cet endroit est infesté de policiers, d'agents, d'enquêteurs, de brutes du contre-espionnage, Chinois, Coréens du Sud, Taïwanais, Russes. L'année dernière, il paraît que deux Japonais ont essayé de monter une opération ici. Maintenant que j'y repense... ils ont dit qu'ils avaient du poisson à vendre. (Il m'étudia de très près, puis lâcha un demi-sourire.) Je devrais peut-être vous demander vos papiers, après tout.

– Peut-être, oui. C'est même une bonne façon de perdre un camion réfrigéré. Pneus neufs. Et pas ces saloperies rechapées de partout.

S'il me parlait de contre-espionnage et d'agents russes, il en savait beaucoup. J'aurais peut-être eu intérêt à voir ce qu'il avait d'autre à m'apprendre. Peut-être avait-il des informations sur le site de la Sécurité militaire. Je n'allais pas me risquer là-dedans en me fondant sur le peu de chose que je savais. Le chien n'avait pas l'air d'être un problème, mais les mitrailleuses, c'était une autre histoire.

– Que savez-vous sur cette zone militaire dans les collines... celle avec la Mercedes toute neuve garée devant ?

Il bavait presque à l'idée d'un camion réfrigéré blanc tout neuf. Ma question l'arrêta net au milieu de ses pensées.

– Je n'ai aucune idée de ce dont vous parlez.

– Un camion japonais blanc, réfrigération toute neuve, pneus en bon état. Une batterie aussi puissante qu'un buffle qui…

– Bon, d'accord. Soyez à la rivière au coucher du soleil. Près du pont. Il y a un petit restaurant un peu à l'écart, derrière des arbres. Tenu par un vieux Chinois et son gendre. Attendez-moi à l'extérieur.

– Que viennent-ils faire là-dedans ?

– Vous voulez vos renseignements, montrez-vous à cet endroit.

Tout cela ne sentait pas bon. Je me demandai encore pourquoi j'avais accepté d'aider Kang. Maintenant, j'allais devoir aller à la rivière alors que la lumière déclinerait, probablement dans un endroit désert, pour y rencontrer des gens qui pourraient, mais rien n'était moins sûr, se révéler utiles.

– Si je flaire quelque chose de louche, je m'en vais. Pas de camion. Et pas de poisson pour vous non plus.

Il bâilla, puis hocha la tête.

– Quelque chose me dit que vous n'en avez pas, de toute façon.

– Et qui vous dit que j'ai un camion ?

– Des gens vous ont remarqué, l'ami. Si j'étais vous, j'éviterais d'aller me promener dans les collines à l'aube ; oui, voilà ce que j'éviterais de faire. (Il se dirigea vers son bureau.) Ah, ces pirates ! reprit-il en ronchonnant, les pieds emmêlés dans la bande.

Puis il se retourna vers moi.

– Au fait, vous avez reçu quelque chose.

C'était un télex de Wonsan. Il était court. « Beau temps pour la pêche, beaucoup de ciel bleu. »

Même le ministère ne pouvait pas me localiser aussi rapidement dans un endroit comme Manpo. Alors comment Pak avait-il su où j'étais, à moins d'être en contact avec Kang ? Et comment allais-je faire pour l'appeler ? Le réceptionniste réfléchit un moment, puis me tendit une carte de visite qu'il avait exhumée d'un recoin de son comptoir.

– Je parie que Grand-Mère Pak pourra me trouver une autre cassette, dit-il en traînant des pieds vers son bureau avant de refermer la porte derrière lui.

Je ne fus presque pas étonné d'apprendre que les appuis de la vieille femme s'étendaient jusqu'à la frontière. Mais s'il la connaissait, peut-être que le réceptionniste connaissait aussi Kang. Auquel cas les deux Chinois à la rivière pourraient m'être utiles, après tout. Je décidai d'aller y réfléchir, bien assis dans un endroit calme… ni 4×4, ni camions de bois aux freins usés. Kang avait tué un agent de la Sécurité militaire ; c'était peut-être un accident, mais le colonel Kim n'en aurait cure. La Sécurité militaire avait reçu l'ordre d'intercepter Kang ; désormais, ils avaient une excellente raison de le tirer à vue. Mon estomac gronda. Une tasse de thé m'attendait, quelque part. Peut-être était-il temps de se rendre discrètement à la gare et de s'acheter un ticket pour rentrer à la maison. Sauf que la Sécurité militaire me rechercherait. À présent, ils avaient sûrement des pistes sur mon identité. Kim aurait trouvé quelque chose, remarqué que je n'étais plus à Pyongyang et lancé un avis de recherche. Quelqu'un l'aurait lu et aurait fait le rapprochement entre moi et l'homme qui boitait derrière Kang quelques jours plus tôt. Une fois qu'ils auraient su que j'étais dans les parages, ils auraient renforcé leur surveillance. C'était peut-être pour ça que Chong m'avait suivi dans les collines, même si j'avais du mal à comprendre ce qu'il faisait à y opérer seul, sans le reste de son équipe. Ils ne pouvaient pas être tous aussi idiots que Chong. À l'évidence, Kim ne l'était pas. Sournois comme un serpent, mais pas idiot.

De retour dans ma chambre, je trouvai un mot sous la porte, en russe. Il disait : « Un pot de confiture de myrtilles est arrivé ce matin. Nous pourrions peut-être aller faire un pique-nique. Lena. »

Lena. Ça devait être ainsi que ses amis l'appelaient. Joli prénom. Et un pique-nique était exactement ce que je voulais. Disons sur un vieux belvédère surplombant une prairie au milieu des collines, quelque part à côté d'un ruisseau où tout serait calme à l'exception des oiseaux et de la brise dans la cime des arbres. Pas de poissons. Pas de camions. Seulement Lena.

Je regardai à nouveau le petit bristol que le réceptionniste m'avait donné. Drôle de carte de visite, vierge, sans même un nom. Le verso était plus intéressant. On y avait collé un morceau de papier découpé dans des horaires de trains. Dans la liste, il y avait un train pour Kanggye, mais on l'avait barré d'un trait ; en dessous, souligné, un train Hyesan-Musan-Najin-Harbin. Sauf que je savais qu'aucun train n'allait plus à Harbin. C'étaient de vieux horaires. La date, en petits caractères au bas de la page, était « Onzième année du règne de Showa » – 1936, l'année où mon grand-père avait rejoint les guérillas antijaponaises basées non loin de Manpo.

J'examinai la carte à la lumière, en frottai les coins entre mes doigts et la pliai au milieu pour voir s'il n'y avait pas une épaisseur cachée. Ce n'était pas un message de Pak ; nous avions convenu d'un code inspiré des bulletins météo, pas d'itinéraires de voyage. Pak m'avait contacté ; le télex de Wonsan. Mais alors… de qui venait cette carte ? Najin était au nord, sur la côte, tout près de la frontière avec la Russie. Pourquoi aurais-je voulu aller là-bas ? Sans parler d'Harbin. Ce n'était même pas la peine d'y penser. Je n'avais pas mon passeport, ni d'ordres du ministère m'autorisant à sortir du pays et je n'avais pas emporté assez d'argent pour acheter les gardes. Je posai la carte sur la table près du lit et m'allongeai pour réfléchir.

12

Le ciel s'assombrissait à vue d'œil, le haut des collines se perdait dans un voile de brume grise ; il y eut un coup de tonnerre qui résonna entre les montagnes avec un grondement sourd, puis il commença à pleuvoir des cordes. On aurait dit le bruit d'un train de marchandises dans un tunnel. La pluie s'abattait en rideaux si opaques qu'on ne distinguait plus rien, même pas les arbres du jardin. Pas de pique-nique aujourd'hui. La fenêtre se mit à fuir sous les rafales de pluie. Comme si le reste ne suffisait pas, dans ce trou à rats il n'y avait personne qui sache monter un linteau étanche. En hiver, l'air glacé devait s'engouffrer dans la chambre. Ma tête me lançait toujours du coup que j'avais reçu ce matin-là, et j'avais besoin de dormir.

La pluie battante sur la vitre me rappela un de mes premiers dîners à Budapest, dans un restaurant calme et défraîchi où je m'étais réfugié pour échapper à la nuit et au vent cinglant. Le serveur avait fait la tête en m'entendant parler russe, mais, voyant que j'étais seul, il s'était un peu radouci et m'avait assuré que j'étais tout à fait le bienvenu. Il m'avait conduit à une table près de la fenêtre, où les gouttes de pluie tambourinaient sur les vieux carreaux teintés. À la lueur des bougies, j'avais observé un couple à l'autre bout de la salle.

Elle coupait sa nourriture d'un geste élégant ; il avait bu un peu de vin et murmuré quelques mots. Elle avait levé les yeux lentement, leurs regards s'étaient trouvés, et ils avaient éclaté de rire comme si rien au monde ne pouvait les atteindre.

13

Le soleil entré par la fenêtre me réveilla, juste après dix-sept heures. L'orage était passé et les arbres au-dehors étincelaient. Manpo était toujours moche, mais le contour des collines s'était radouci à la lumière du début de soirée. Le chemin qui descendait vers la rivière n'était pas trop fréquenté. J'étais en retard pour mon rendez-vous, mais s'ils voulaient un nouveau camion, il faudrait qu'ils m'attendent quelques minutes, peu importe qui c'était. Ce qu'ils savaient sur l'enceinte dans les collines, et ce qu'ils demanderaient en échange de ces informations, on ne pouvait que le deviner. J'étais prêt à mettre un autre panier de poisson dans la balance si nécessaire. Diable, je pouvais même leur en offrir deux. Je vérifiai à deux reprises, mais ne repérai personne derrière moi. Soit ils étaient en train de dîner, soit l'escadron de la Sécurité militaire avait perfectionné sa technique après ce qui était arrivé à Chong. Quelques camions chinois vides me dépassèrent en bondissant, pressés de retourner sur l'autre rive avant la nuit. Le long de la route il y avait des potagers – des parcelles dont les paysans du coin s'occupaient seuls, de sorte qu'ils y restaient travailler jusque très tard, à moins qu'ils ne préfèrent s'asseoir et fumer tranquillement, adossés aux barrières qu'ils avaient érigées pour interdire l'accès aux passants. Je m'arrêtai pour demander au paysan le plus proche de la route de m'indiquer le chemin du restaurant chinois. Il ne réagit pas. Lorsque je reposai ma question, cette fois sur un ton moins plaisant, un autre s'approcha.

– Ce n'est pas la peine de vous énerver. Il n'entend pas un mot de ce que vous lui dites.

– C'est quoi, son problème ?

– Il n'y a pas de problème, c'est juste qu'il n'entend rien. Moi, je dirais que c'est une bénédiction. C'est plus facile d'être content de son sort quand on n'est pas forcé d'écouter toutes ces absurdités qu'on nous sert dans les réunions. (Il marqua une pause et scruta mon visage.) C'est votre première fois à Manpo ?

– Ça changerait quelque chose ?

– Rien du tout. C'est juste une question. Difficile d'être du coin et de ne pas savoir où il est, votre restaurant.

– Donc, vous savez où il est ?

Je compris que j'avais commis une grosse erreur. C'était peut-être un paysan, mais ça pouvait être quelqu'un d'autre. En tout cas, il avait toujours un œil sur la route et ne manquait pas une occasion de parler aux passants. Pour ce que j'en savais, son copain pouvait avoir une ouïe impeccable. Et il ne faisait aucun doute qu'ils m'avaient repéré.

– Derrière la prochaine colline, la route croise un chemin de terre qui longe la rivière. Il y a un poste de contrôle, des petits jeunes principalement. Ignorez-les et cherchez l'escalier.

– Merci. Et merci à votre copain.

Alors que je me retournais, le sourd m'adressa un sourire grimaçant.

Le soleil se couchait et la route devant moi était encore longue. Je n'avais pas vraiment envie d'être au bord du fleuve quand il ferait noir. La circulation se limitait désormais à un ou deux camions chargés d'ouvriers agricoles qui se tenaient debout dans la remorque pour profiter de la fraîcheur du soir. Quelques-uns me saluèrent, comme si le fait d'être au même endroit au même moment, même ici, tissait entre nous un lien temporaire. Je leur rendis leur salut.

Le troisième camion qui me dépassa en direction de la rivière se rangea sur le côté, et deux hommes à l'arrière me firent signe de me dépêcher.

– Grimpez si vous allez chez le vieux Liu, ou vous allez rater le dîner.

Je me hissai sur la plate-forme, pile au moment où le conducteur accélérait. Kang était assis dans un coin, cigarette au bec. Il me fit un signe de tête, m'invita d'un geste à m'asseoir à côté de lui, puis leva les yeux vers le ciel.

– La nuit est claire. Vous comptez aller droit en enfer ?

– Je pensais me rendre à la rivière pour un rendez-vous. À propos… vous ne m'avez toujours pas dit comment j'étais censé m'introduire dans le site que nous avons vu ce matin. Vos services doivent vraiment aimer l'improvisation. Au ministère, on préfère planifier un petit peu. Surtout quand il y a des mitrailleuses dans les parages.

– Fantastique. Mais il y a un changement de programme. (Le camion fit un écart, tourna à cent quatre-vingts degrés et repartit vers la ville.) Vous prenez le prochain train pour Pyongyang. Pak a besoin de vous à la maison. Un cadavre a fait surface au Koryo. Un étranger.

– Je ne vous aide plus ?

– Je vous l'ai dit, changement de programme.

– Mais mon poisson…

– Inspecteur, vous n'avez pas de poisson. Et ce camion a les pneus lisses, sans parler de la transmission.

– J'imagine que je ne suis plus de Wonsan non plus.

– Ne vous approchez pas de la frontière. Vous n'êtes jamais venu ici.

– Il faut que je récupère mon sac.

Kang se souleva et j'aperçus mon sac caché sous sa jambe.

– Le train part à deux heures du matin. À peu près. Quand il s'arrêtera à Kanggye, restez à bord. Si quelqu'un vous invite à descendre, rendez-nous service à tous les deux et ignorez-le.

– Et ma note à l'auberge ?

– Oubliez l'auberge.

– Mais le réceptionniste…

– Ça ne l'ennuiera pas.

– Au fait, il m'a donné…

– Oubliez ce qu'il vous a donné. Il est mort.

– Quand ?

Kang pinça les lèvres et hocha légèrement la tête.

– Ce n'est pas à moi qu'il faut le demander. Probablement avant qu'on lui fourre quelque film dégoûtant dans la bouche. Enfin, j'espère. Il vous a donné quelque chose ?

– Vous ne venez pas de me dire d'oublier ça ?

– Ne faites pas l'idiot, inspecteur. Une carte de visite, un bout de papier.

– Vous voulez parler de ça ?

Je fouillai dans ma poche de chemise et en tirai la carte avec les vieux horaires de train.

Il me la prit des mains.

– Vous ne l'avez jamais vue, ni elle ni rien qui y ressemble.

– C'est le réceptionniste qui me l'a fait passer, mais il n'a pas dit de qui ça venait.

– Vous êtes devenu sourd ? Vous n'avez jamais vu cette carte. Elle ne vous était pas destinée.

– Ça vient de Grand-Mère Pak, non ? Je n'ai pas fait le rapprochement tout de suite, mais le réceptionniste a mentionné son nom.

– Ça suffit, inspecteur. Laissez tomber.

– Elle bosse pour vous ?

– Vous ne lâchez jamais, hein ?

– Qu'y a-t-il à Najin ?

– Si je vous le disais, je serais obligé de vous tuer.

Je faillis éclater de rire, mais m'aperçus qu'il avait déboutonné son manteau.

Le camion s'arrêta devant la gare en tremblant. Kang me tendit mon sac.

– Bonne chance, dit-il. Rassurez-vous, je ne vous aurais pas tué, je ne suis pas un malade. J'ai un peu trop de choses à gérer, c'est tout. (J'attrapai mon sac qui me parut trop lourd. Kang se tassa au fond de la remorque.) C'est un pot de confiture de myrtilles.

14

Le train pour Pyongyang avait du retard. Pas comme ailleurs, où un train en retard veut dire vingt minutes, voire une heure, les mauvais jours. Mon train, lui, ne vint ni ce jour-là, ni le suivant. Les gens erraient dans la gare et tout autour. Certains avaient commencé à faire un peu de ménage. Autant que je sache, il n'y avait pas de poste de police, personne pour contrôler les papiers, mais il régnait tout de même un ordre relatif. Des 4×4 faisaient crisser leurs pneus au coin de la rue et passaient devant la gare toutes les heures, parfois en klaxonnant pour déloger un vendeur de rue qui poussait sa bicyclette, et son impossible chargement, trop lentement jusqu'au trottoir d'en face. Je restai autant que possible à distance des fenêtres et dans l'ombre, tout au fond. La nuit il n'y avait aucun éclairage, mais le jour, des faisceaux de lumière jouaient sur le sol de la gare. Une odeur de moisi flottait dans l'air, peut-être à cause du toit qui fuyait et de la pourriture qui attaquait les poutres du plafond. Il y avait sûrement une pièce réservée aux fonctionnaires, avec plus de lumière et moins de flaques par terre, mais je n'avais aucune envie d'attirer l'attention ou de répondre à des questions.

Je me trouvai un pan de mur sec, coinçai mon sac sous ma tête et tentai de dormir. Le pot de confiture de myrtilles m'en empêcha. En essayant de le pousser de côté, je m'aperçus d'une chose dont j'aurais dû me douter. Il y avait aussi des tranches de pain noir et une bouteille de bière – ainsi qu'un petit mot : « Dommage pour le pique-nique. Je regrette déjà ce qui aurait pu être. Lena. » Elle avait joint un bouton bleu à son billet doux.

Le lendemain vers quatorze heures, le chef de gare passa devant moi en traînant les pieds. Je me dis qu'il savait peut-être quelque chose.

– Une chance que le train passe un jour, mon ami ?

Il s'arrêta et baissa les yeux vers moi.

– Il y a toujours une chance, mais d'abord ils vont devoir lever le blocage.

– Quel blocage ?

– Toute la ligne est verrouillée, un groupe d'officiels est en balade dans la province, alors ils ont tout bonnement interrompu le trafic. Rien qui rentre. Rien qui sort. Rien qui bouge.

– Et on fait quoi, nous ? On reste ici éternellement ?

– Ça ne risque pas. Vous perdrez peut-être quelques jours, mais tôt ou tard on finit toujours par avoir un train. Pourquoi, vous êtes pressé ? Où allez-vous donc pour que ça ne puisse pas attendre ? (Je réfléchis un moment. Il prit mon hésitation pour une défilade.) Vous savez où vous allez, quand même ? Ou bien c'est un secret ? Faites voir votre billet.

Je palpai mes poches à la recherche du papier que Kang m'avait tendu au dernier moment. « Ça devrait vous assurer une place dans le train, m'avait-il dit. Et, pourquoi pas, un fruit, ou du poisson séché. » Je lui avais demandé s'il marcherait pour une tasse de thé. Kang avait ri tandis que le camion s'éloignait. « En Chine, ce n'est pas ce qui manque », m'avait-il crié en levant le bras en signe d'adieu. Juste avant que le camion disparaisse au coin de la rue, se tête avait refait surface. « Des livres, en français ! »

15

– Votre grand-père prenait tout le temps le train ici. (Je levai brusquement les yeux. Le chef de gare étudiait mon visage d'un regard intense.) Vous ne lui ressemblez pas beaucoup. Sauf quand vous n'écoutez pas.

– Vous n'avez pas une gare à superviser ?

– Vous voyez ? C'est ce que je vous disais. Quand vous parlez aux gens, votre visage devient officiel, un peu dur, mais quand vous ne regardez rien de précis, quand vous pensez à quelqu'un, par exemple, alors vos traits retombent en place. C'est les yeux, j'imagine. Vous avez ses yeux.

Comment était-ce possible ? Subitement, tous les petits vieux que je croisais me trouvaient les mêmes yeux que mon grand-père ?

– Je ne vois pas de quoi vous parlez. Et si vous me disiez plutôt à quelle heure le train doit passer ?

Il rit et posa une main sur mon épaule.

– Un vrai dur à cuire. Je me rappelle quand vous étiez petit. Juste après la guerre. Tout était sale et confus. Les gens traînaient autour de ce qui restait de la gare en cherchant des yeux des membres de leur famille, la police militaire aboyait des ordres, et il y avait des Chinois partout, mais alors partout. J'en avais un qui refusait de quitter mon bureau. Je lui avais dit qu'il ne pouvait pas consulter les horaires. Ç'aurait pu être les meilleurs alliés du monde que ça n'y aurait rien changé : les horaires nous appartenaient. On n'a peut-être plus grand-chose, que je lui ai dit, mais ce qu'on a est à nous, et nos horaires ne le regardaient pas. Il m'a répondu que des convois de troupes étaient en route, et des camions, et de la nourriture, et que s'il n'avait pas accès aux horaires, ce serait la pagaille et on me fusillerait.

Brusquement, ce vieil homme m'intéressait. Il racontait une histoire que j'avais entendue de la bouche de mon grand-père une douzaine de fois au fil des ans.

– Alors vous avez sorti un gros revolver de votre ceinture et vous l'avez posé sur la table.

Il resta muet un instant.

– Cette table, votre grand-père l'avait faite pour moi avant la guerre.

– C'était de l'érable, avec des pieds ronds et des incrustations de chêne doré autour du plateau.

– Le Chinois avait posé ses bottes dessus. Je lui ai dit : « Enlevez tout de suite vos bottes de là, ou vous allez ramasser votre cervelle par terre. »

– Qu'est-ce qu'il a fait ?

Je le savais déjà, mais j'avais envie de l'entendre me le dire.

Il se frotta les yeux. Ôta sa casquette et se gratta le crâne, réjoui par le souvenir.

– Il m'a dit d'aller me faire mettre, ce saligaud ! Puis il a craché sur le mur et il est sorti de mon bureau.

– Mon grand-père disait que la table avait un tiroir secret.

– Il y est toujours.

– Vous l'avez toujours ? Elle est ici ? Dans cette gare ?

Je voulais en caresser le bois, savoir ce que mon grand-père avait ressenti en la sciant, la polissant, en en trouvant le cœur.

– Pourquoi ne pas venir la voir ?

Nous traversâmes le hall principal en contournant les gens qui dormaient à poings fermés par terre, leurs sacs de marchandises chinoises serrés dans leurs bras comme des amants. Le chef de gare sortit sa clé pour ouvrir la porte de son bureau, puis arrêta son geste. La porte était ouverte. Il m'adressa un regard perplexe, entra dans la pièce et poussa un gémissement. Là, sur le plateau d'érable, un poisson étouffait, maintenu sur la table par un couteau à étriper les chèvres. Je retirai le couteau et le poisson termina par terre.

– Ma table… (La voix du vieil homme était terne.) Toutes ces années… j'ai eu cette table toutes ces années et maintenant ça ! (Il regarda le couteau dans ma main, puis le poisson.) Le train doit arriver à minuit, disons plus probablement une heure.

– Je peux téléphoner ? (Il me fixa, l'air ahuri.) Le téléphone. (Je lui secouai l'épaule, pas trop fort.) Je dois passer un coup de fil.

– C'est une ligne de service, c'est pas pour l'extérieur.

– Je sais, je sais, mais je peux m'en servir quand même.

Il me regarda comme si j'étais très loin de lui, ou lui de moi.

– C'est un couteau de la Sécurité militaire.

– Ils traînent par ici ? Vous en avez vu ?

Il baissa les yeux vers le poisson.

« Ne soyez plus là quand je reviendrai » fut tout ce qu'il me dit, et l'instant d'après il avait quitté la pièce.

Dès que je décrochai, j'entendis la standardiste. C'était la même qu'à Kanggye.

– Encore vous, dit-elle.

– Passez-moi Pyongyang.

– Quel temps fait-il à Manpo ?

– L'orage approche. Écoutez, c'est urgent.

– Oui, je sais. Les hommes sont vraiment tous les mêmes. Je croyais qu'on devait aller dîner.

– Un bon repas, j'en rêve. En plus, je suis sûr que vous connaissez de bons endroits.

La connection était mauvaise, mais pas assez pour qu'elle ne saisisse pas le ton de ma voix.

– C'est drôle, dit-elle, je peux très facilement perdre votre appel. Ça arrive tout le temps. Ah… j'entends de la friture. Ça pourrait bien être une panne de système. On a l'ordre de débrancher et d'éteindre dans ces cas-là. Pour éviter les cascades.

– Éviter quoi ?

– Je n'en sais rien. C'est ce qu'on nous a dit samedi dernier. Une fille a dû avouer qu'elle parlait à son petit copain, un certain colonel Yun, d'Haeju, je crois, et là sans prévenir, boum, une cascade. C'est sûr, elle va avoir des ennuis.

Je gardai le silence.

– Vous n'êtes pas fâché, au moins ?

Je toussotai.

– Allez, je m'excuse. Il y a vraiment beaucoup de pression ici. On nous crie dessus dès qu'on perd une connexion, comme si notre équipement pourri était capable d'enchaîner deux appels sans tomber en rade. Il est russe, vous voyez ce que je veux dire ? Le standard est un peu conçu comme une vieille dame soviétique. Pas comme les jeunes Russes d'aujourd'hui qui sont si jolies. J'en ai vu une à la télé l'autre soir. Elles ont l'air de bien s'en sortir, ces temps-ci, si vous voyez ce que je veux dire.

Je lui donnai un numéro.

– Encore la même ligne de la police.

– Il faut que je signale un crime.

Elle poussa un petit cri.

– À Manpo ? Dites donc, je n'aurais plus une minute à moi si on nous signalait tous les crimes qu'il y a là-bas. Bon, accrochez-vous, c'est parti.

Il y eut un petit clic, un long silence pendant lequel je crus qu'elle m'avait coupé, puis la voix de Pak parfaitement calme à l'autre bout.

– Vous êtes en retard, absent sans permission, disparu en action, où étiez-vous passé et qu'est-ce que vous foutez encore à la frontière ?

– Plus important : avais-tu la moindre idée de ce qui se passe ici quand tu m'as dit de faire mon sac ? La Sécurité militaire vient de m'envoyer un message. Je crois que c'est une menace de mort.

– Comment ça ?

– Un poisson avec un couteau planté dans les tripes.

– Drôlement subtils, les gars.

Je restai silencieux un long moment et pensai que nous avions été coupés. Puis Pak reprit :

– Épargnez-moi les détails pour l'instant. Je veux un rapport détaillé sur mon bureau dès que vous arriverez ici. Vous pouvez l'écrire dans le train. Vous aurez tout votre temps, et rien d'autre à faire.

– Si on arrive à avoir un train. Tout est bloqué.

– Sans doute un éminent camarade. (Il était normalement plus discret au téléphone.) Mais ce n'est pas votre affaire. La vôtre vous attend ici. J'ai un cadavre sur les bras, un étranger, finlandais à première vue. Je vous dirai tout ça quand vous serez là, le plus tôt sera le mieux.

Une série de clics, un temps mort, puis un bourdonnement.

La standardiste reprit la ligne.

– Voilà, dit-elle, c'était une cascade.

– Encore une qui parle à son petit ami.

– Vous n'êtes pas colonel, au moins ?

Sa voix était teintée d'un soupçon d'inquiétude.

Je ris.

– Pas du tout.

– Un dîner. N'oubliez pas.

Ça n'aurait servi à rien de répondre, car le téléphone s'était remis à bourdonner, jusqu'au moment où une nouvelle voix métallique à l'autre bout du fil hurla que c'était une ligne de la société des chemins de fer, donc réservée aux affaires ferroviaires, et que toute utilisation privée constituait une violation des règles de sécurité.

– Il nous faut un train ! aboyai-je.

Il y eut un silence, puis un « Qui êtes-vous ? » soupçonneux.

– Ne vous occupez pas de ça, mon vieux. La Sécurité militaire dit que le train de Pyongyang ferait mieux d'être là dans les trois heures, sinon ils commencent à sortir les dossiers.

À l'autre bout de la ligne, on ne fut pas impressionné.

– La province est bouclée de haut en bas. Aucun train ne roule sans autorisation. Ce sont mes ordres, alors pas de menaces.

– N'ayez crainte, l'ami, ce n'était pas une menace. Je suis le lieutenant-colonel Kim, de la Sécurité militaire, agissant sur ordre direct et personnel du général de brigade Yun, du poste de commandement d'Haeju. Envoyez-nous un train tout de suite ou je vous vois demain… disons, vers minuit ?

Une personne saine d'esprit n'aurait jamais obéi à un ordre pareil.

Et personne ne le fit.

QUATRIÈME PARTIE

Je suis resté si longtemps à la frontière du Nord
Que même mon chien gronde au bruit de mon pas,
J'espérais chanter avec des amis
Sous les étoiles à mon retour, mais certains
Sont morts, et deux autres allés à Pyongyang,
Ce qui revient au même.

Hong Ki Bo (1665-1710)

Dès que je descendis du train en gare de Pyongyang, j'appelai le bureau. On me donna deux ou trois détails lapidaires.

– C'est tout ?

Je n'étais plus d'humeur à me laisser informer à moitié.

On finit par accoucher d'une autre phrase. Puis, comme si l'on n'y avait pensé qu'après coup :

– Ah, autre chose… Pak a dit que si vous appeliez, il voulait vous voir au Koryo, septième étage. (Il y eut un bref silence.) Vous étiez où, cette fois-ci ?

– Nulle part de bon.

Il n'y avait pas loin de la gare à l'hôtel, et de toute façon j'avais besoin d'exercice, aussi y allai-je à pied. Je caressai l'idée de m'accorder une tasse de thé au bar de l'hôtel, mais décidai de le faire en sortant. Le liftier somnolait sur une chaise. Quand je lui dis où j'allais, il hésita.

– Ministère de la Sécurité publique.

Je lui montrai ma carte. Il grimaça.

Il n'y avait qu'une seule chambre dont la porte était ouverte dans le couloir du septième. Même du couloir, il était évident que la chambre n'avait pas été sécurisée ni inspectée dans les règles de l'art. Nulle trace des bandes adhésives qui sont censées être collées sur le montant de la porte pour indiquer qu'une scène de crime a été visitée, rouge pour les empreintes, bleu pour le photographe de la police. Dans le temps, il y avait une bande jaune lorsqu'un garde était posté pour interdire l'accès du lieu, mais on ne trouve presque plus d'adhésif jaune et l'on n'en voit donc plus beaucoup sur les portes.

Je savais ce qui s'était passé ; j'avais déjà vu ça. L'endroit avait été traité plus comme un musée que comme une scène de crime, des gradés avaient déambulé, la mine sombre, s'arrêtant ici ou là, quelques-uns se balançant sur place ou consultant leur montre en se demandant si l'heure du déjeuner approchait. S'il restait un seul indice exploitable dans la pièce, ce serait un miracle. La sécurité de l'hôtel était elle aussi passée par là – le petit bout d'adhésif vert sur la porte du couloir leur appartenait –, mais ils n'avaient probablement rien fait de très utile, à part agripper nerveusement un dossier de chaise pour rester debout, s'inquiéter à l'idée qu'on puisse les rendre responsables et se demander comment ils arriveraient à faire coïncider un certificat de décès par « causes naturelles » avec ce crâne défoncé.

2

– Ça ne va pas, inspecteur. Je ne m'intéresse pas aux affaires de police. Une autre fois, peut-être.

– Patience. (Il referma son carnet.) À propos… vous devriez me remercier. Je vous ai dit la couleur du téléphone des chemins de fer.

– Vous m'avez aussi donné le numéro d'une ligne de la police, qui ne me sert à rien. Dois-je vous croire quand vous me dites que Kang a tué ce type, ce type du Moyen-Orient ?

– Il n'était pas du Moyen-Orient, pas depuis une quinzaine de générations, en tout cas.

– Et on s'en souvient encore ?

– Ça arrive. Remarquez, comme j'avais son nez dans la figure, j'y étais peut-être plus sensible que d'ordinaire.

– En quoi votre histoire de cadavre à l'hôtel peut-elle m'intéresser ?

– Si vous voulez tout savoir sur Kang, c'est la seule façon de procéder.

– Kang a dû décider qu'il pouvait vous faire confiance, s'il vous a parlé de l'opération avec le Japon. De qui tenait-il tout ça ? De Pak ?

– Qu'est-ce qui vous fait croire que Pak connaissait quoi que ce soit au Japon ?

L'Irlandais sourit.

– Je ne sais rien de votre sinistre pays. C'est pour ça que j'ai investi dans toute cette bande. (Il montra le dictaphone du doigt.) Par contre, moi, je suis déjà allé au Japon. (Il remua les sourcils et se mit à rire.) Vous pensiez que je n'avais jamais visité l'Orient mystérieux, n'est-ce pas, inspecteur ?

– Si un jour vous passez à Pyongyang, Richie, appelez-moi. Je vous inviterai à dîner, promis.

3

Par ma conversation avec le bureau avant de venir, je savais que la sécurité de l'hôtel avait au moins fait une chose correctement : ils avaient appelé le bureau de liaison du ministère de la Sécurité populaire dès qu'on avait découvert le corps. C'est à partir de là que les choses avaient mal tourné. Il y avait eu un moment de réelle panique au ministère lorsqu'une première identification, s'appuyant sur une carte retrouvée dans la poche du pantalon de polyester bleu, avait suggéré que le défunt était citoyen finlandais et, pire, inspecteur à l'Agence internationale de l'énergie atomique. La panique avait conduit à ce qu'on appelle directement le fonctionnaire de garde au ministère des Affaires étrangères, contrevenant ainsi à toutes les règles. La chaîne de commandement était censée remonter de la sécurité de l'hôtel à la police, puis à l'organe de sécurité du Parti, de là au chargé de liaison du Parti au ministère des Affaires étrangères, et seulement ensuite au malheureux fonctionnaire de garde aux Affaires étrangères, le plus souvent un jeune officier. Or ce soir-là, non seulement le fonctionnaire de garde était un petit jeune, mais, parce qu'on était samedi, c'était sa toute première garde seul au poste. Il n'avait pas pris la peine de regarder son manuel d'instructions pour voir qu'il n'était pas censé recevoir d'appels concernant le meurtre d'un étranger de la part de quiconque, à part de son propre chargé de liaison du Parti. Malgré tout, il avait été assez intelligent pour comprendre que la mort d'un inspecteur de l'AIEA serait un désastre.

Dommage qu'il ait réagi de la pire manière possible. Il avait appelé un de ses amis, un certain capitaine Choi, à l'état-major de la Sécurité militaire. Ce dernier, homme avisé et ambitieux, avait consulté son manuel et alerté son officier de garde, qui à son tour avait appelé la police pour exiger des explications sur l'implication des Affaires étrangères dans une enquête qui relevait de la Sûreté intérieure.

Avaient suivi soixante-douze heures de récriminations et d'accusations émanant de divers chargés de liaison, pendant lesquelles le corps avait été transporté à la morgue centrale, bien avant qu'une quelconque analyse de la scène de crime ait pu être rédigée, encore moins versée au dossier. Et juste au moment où les choses commençaient à se calmer, la police militaire de la garnison de Pyongyang avait piqué sa crise. C'était une des rares occasions où ils étaient censés être alertés, mais personne n'avait leur numéro – et si on l'avait eu, personne ne se serait souvenu qu'il fallait les appeler.

Au moment où j'entrai dans la chambre, l'inspecteur chef Pak sortit de la salle de bains en s'essuyant les mains sur sa chemise.

– Il était temps que vous débarquiez, inspecteur.

– Tout le plaisir est pour moi, sans doute. Tu veux que je te parle de mon voyage et de mes conversations avec Kang ?

– Je me fous de ton voyage. Et de Kang aussi. J'ai un étranger mort à la morgue que personne n'arrive à identifier, cause du décès inconnue, heure du décès inconnue, et je suis convoqué dans le bureau de notre ami Kim de la Sécurité militaire cet après-midi à trois heures. Tu as envie de m'accompagner ?

– Pas cette fois. J'ai passé toute la semaine dernière à l'éviter et j'ai des raisons de ne pas vouloir le voir avant un moment. Tu avais raison. Il vaut mieux que je me tienne aussi loin de ce type que possible.

– Par chance, il a quelqu'un sur le dos dans cette affaire. Je ne sais pas encore qui, mais tant qu'il aura à le supporter, il se conduira bien avec nous. Je connais bien son genre. Il est inquiet, et il a besoin d'aide. Si les choses tournent mal, il pourrait se retrouver à travailler dans une mine de charbon.

J'avais commencé à avoir un sentiment mitigé sur cette affaire dès le moment où j'avais appris que la notification de décès n'avait pas suivi les canaux réglementaires. Qu'il n'y ait aucun signe d'une éventuelle enquête avait déclenché d'autres sirènes d'alarme. À présent, je savais que j'avais eu raison. C'était bien le genre d'incident auquel il vaut mieux ne pas toucher. Il n'y avait aucune chance de gagner. Un buffle allait être sacrifié, et tous les autres essaieraient de faire en sorte que ce soit le nôtre. Rien ne se passait normalement. Il m'aurait fallu une semaine rien que pour démêler les fils et tout reprendre à zéro, et à ce moment-là il ne serait plus resté aucune piste à suivre.

– En quoi cette affaire nous concerne-t-elle ? C'est un étranger, et on ne s'occupe des étrangers que s'il y a eu crime.

Pak haussa un sourcil.

– Le meurtre est généralement considéré comme un crime. Code pénal, chapitre 8, section 1, article 141, sauf en cas de circonstances atténuantes ; voir aussi les articles 142, accès de folie, ou 143, légitime défense.

– Mais on ne sait pas où c'est arrivé, et encore moins qui est responsable et dans quelles circonstances.

– C'est à ça que sert l'enquête, inspecteur.

– Cela supposerait qu'on ait le droit d'enquêter. Si c'est un autre étranger qui a fait ça, ou si c'est arrivé en dehors de la capitale, l'affaire n'est pas de notre ressort. Et si on touche à une affaire d'étrangers morts, les Affaires étrangères ne pourront qu'interférer dans notre enquête. En plus de quoi, c'est à nous qu'on reprochera de ne pas l'avoir résolue et à ce stade, crois-moi, personne ne peut la résoudre.

– Tu viens à peine de passer le nez à la porte et tu sais déjà tout ça ? (Dès que je vis Pak froncer les sourcils, je sus vers quoi nous nous dirigions. J'essayai de projeter mon esprit ailleurs, dans un endroit paisible, avant qu'il entame son sermon.) Que les choses soient claires, inspecteur : ici, c'est la capitale. Elle n'est peut-être pas aussi jolie ni aussi sophistiquée que Prague ou Genève, mais c'est la capitale de notre pays, et il est de la responsabilité de notre unité d'y assurer la sécurité. Dans l'immédiat, on en est loin. Ce n'est pas la frontière ici, inspecteur, c'est la capitale, et il n'est pas question que je laisse des cadavres apparaître où que ce soit, ni sur l'autoroute ni dans des chambres d'hôtel. Alors, que ça vous plaise ou non, nous allons découvrir ce qui s'est passé. Et ce sans traîner. Et quand je dis « nous », inspecteur, c'est très précisément à vous que je fais référence. Il me faut votre rapport pour trois heures moins le quart, quelque chose que je puisse fourrer dans la gueule de Kim.

Il appuyait sur le bouton de l'ascenseur lorsqu'il se retourna et agita un bras vers la chambre en signe de frustration.

– Trouve-moi quelque chose, n'importe quoi. Ça nous laissera deux ou trois jours.

La porte de l'ascenseur s'ouvrant, il ajouta, sans parler à personne en particulier :

– Dommage. La chambre est bien, il y a même une vue.

4

Je n'avais pas grand-chose à dire sur la vue car les épais rideaux étaient tirés, mais à ce que je pouvais en voir la chambre n'avait rien de spécial. Elle se composait comme toutes les autres d'une entrée sombre, d'un petit salon légèrement surélevé et d'une chambre à coucher. La moquette de la chambre était usée par endroits. Il y avait deux lits étroits, chacun couvert d'une couette de soie rouge avec une ronde de fleurs brodée au centre. La petite lampe carrée sur la table entre les lits était neuve, tout comme le téléphone blanc à qui elle disputait l'espace. Une télé était adossée au mur, en face d'une chaise près de la fenêtre. La salle de bains avait été rénovée récemment ; c'était un de ces machins modulaires bas de plafond qui vous donnent l'impression d'être dans un vaisseau spatial en fibre de verre. Je n'ai jamais aimé la fibre de verre. Ça ne pousse nulle part.

Lorsqu'on les avait installées, les salles de bains devaient être considérées comme modernes et fonctionnelles, mais celle-ci n'avait pas très bien vieilli, d'autant que la clientèle de l'hôtel n'était pas particulièrement soigneuse. Les murs avaient perdu de leur éclat, puis la couleur s'était peu à peu effacée. Comme il était impossible de les repeindre, la seule chose à faire était de remplacer le module tout entier. La plomberie étant généralement arrachée dans la manœuvre, il fallait donc la remplacer elle aussi. La chambre était équipée d'une vasque toute neuve – rien de très luxueux, mais elle brillait, comme toutes les vasques neuves. Elle n'avait pas l'air d'avoir été utilisée plus d'une ou deux fois. Les minces serviettes n'étaient pas neuves elles non plus, ni même assorties, mais elles étaient propres et soigneusement pliées sur le repose-serviettes. Il y avait un téléphone au-dessus des toilettes. Pourquoi on pourrait avoir besoin d'un téléphone dans ses toilettes, je ne l'ai jamais compris.

Le salon contenait un canapé pouvant accueillir deux personnes pour peu qu'elles soient un peu intimes, quelques chaises, un lampadaire surmonté d'un vieil abat-jour en soie et une table basse en pin maculée de taches et légèrement bancale. Il y avait sur la table un vase en verre avec un bouquet de fleurs fripées. Les étagères près du placard de l'entrée étaient vides. De même que le petit réfrigérateur brun posé dans un recoin entre l'armoire et une commode encastrée. J'essayai les tiroirs. Tous grincèrent lorsque je les tirai. Rien qu'un peu de savon sur les coulisses n'aurait pu arranger.

« L'étranger était par terre, dans le salon. On aurait dit qu'il avait trébuché sur le fil de la lampe, mais personne ne pourrait se cogner la tête avec une telle violence sur une table aussi petite sans renverser le vase. »

En me retournant, je trouvai l'employée d'étage dans l'entrée – petite, trapue, la quarantaine, robe marron unie et tablier blanc. Je ne l'avais pas entendue approcher parce qu'elle était en chaussettes.

– C'est moi qui l'ai trouvé. Je suis entrée pour voir s'il y avait une bouteille d'eau dans le minibar, et il était là. Je n'avais jamais vu un crâne enfoncé comme ça.

Elle marqua une pause puis ajouta, avec dans la voix un brin de reproche pour ce qu'elle semblait avoir perçu comme une entorse à la procédure :

– Je n'étais même pas au courant que la chambre était occupée.

– Je m'appelle O.

Je penchai légèrement la tête et souris. La plupart des inspecteurs préfèrent entamer le dialogue avec un témoin sur une note de menace – c'est la procédure standard enseignée à l'école de police –, mais j'avais besoin de me faire une alliée de cette femme. Elle répondit à mon salut par un léger adoucissement autour des yeux, pas encore un sourire, mais les bases étaient posées.

– Vous êtes inspecteur de police ? (Sans attendre ma réponse, elle reprit.) L'inspecteur chef Pak m'a sermonnée, mais il espérait quoi au juste ? Si je l'avais appelé, j'aurais perdu mon boulot.

– Il s'en remettra. Vous ne voulez pas vous asseoir une minute ?

– Je n'ai pas le droit de m'asseoir dans les chambres. (Elle appuya son épaule contre la porte ouverte.) Je ne suis même pas sûre que vous en ayez le droit, à moins de remplir une fiche.

Je m'assis sur le canapé du salon, soulevai un pan du lourd rideau et regardai par la fenêtre pour bien montrer que le règlement normal de l'hôtel ne me concernait pas.

– C'est coquet ici, et bien rangé, tout est à sa place. Dites-moi, pourquoi apporter des fleurs dans une chambre que vous pensiez vide ?

– Ce ne sont pas nos fleurs. Je ne fais pas de bouquets et je n'ai pas de vases comme celui-là. On fait pousser nos fleurs nous-mêmes derrière, dans le jardin.

Rien de violet et puis même, je ne les aurais jamais coupées aussi court. En plus, le vase ne va pas du tout. Le col est trop étroit. Pourquoi mettre un bouquet dans un truc pareil ? On dirait qu'elles sont en prison. Tout l'intérêt de mettre des fleurs dans une chambre, c'est de donner l'impression qu'on est dehors.

– Comme dans une prairie de montagne, ou au moins un chalet.

– Mais oui ! (Elle scruta mon visage pour s'assurer que je ne me moquais pas d'elle, mais ce n'était pas le cas.) Ou au moins comme dans les collines après la pluie.

– Ma question ne porte pas sur les arrangements floraux. Je vous demande, si ce ne sont pas vos fleurs, qui les a mises dans le vase ?

– Qu'est-ce que j'en sais ?

Je n'aimais pas trop qu'un témoin réponde à une de mes questions par une autre. Le plus souvent, cela voulait dire que je perdais le contrôle de la situation.

– Elles étaient là quand vous avez trouvé le corps ?

– Je ne peux pas vous dire. On n'y voit rien dans ces chambres quand les rideaux sont tirés.

– Donc, ce ne sont pas vos fleurs, vous ne les avez pas mises dans ce vase et vous n'êtes pas certaine de les avoir vues quand vous avez découvert le corps de la victime. Mais si elles n'y étaient pas, qui serait venu mettre des fleurs fanées dans un vase, dans une chambre avec un homme assassiné ?

– Pas moi.

– Très bien, pas vous. Il me semble que c'est plus ou moins entendu. Mais alors qui ?

Elle s'était glissée lentement dans la chambre pendant que nous parlions et je vis qu'elle fouillait la pièce du regard en espérant que je ne le remarquerais pas.

– Il manque quelque chose ?

– Non. Rien.

Elle hocha calmement la tête, mais ses yeux couraient en tous sens.

Je sortis mon calepin.

– Il va me falloir votre nom pour nos archives. Et quand je serai sorti, je vous demanderai de fermer la porte à clé et de ne laisser entrer personne sans ma permission. (Ses yeux cessèrent de virevolter et cherchèrent les miens.) Littéralement personne, s'entend. Je ferai venir un garde du ministère de la Sécurité intérieure dès que je pourrai, mais pour l'instant c'est votre responsabilité.

– Je m'appelle Li Yong Hui. Je ne peux rien vous promettre. Les serrures des chambres ont déjà du mal à arrêter les courants d'air. Et puis, comme nous pouvons le constater au fait que vous êtes assis sur ce canapé, il n'y a pas tant de monde que ça pour suivre mes ordres.

Je refermai mon calepin, puis le rouvris brusquement. C'était voulu comme une manifestation d'autorité, mêlée d'agacement. Pak était capable de réussir ce genre de choses, mais moi, en général, cela me donnait seulement l'air indécis. À l'air qu'elle avait pris, j'avais encore besoin de m'entraîner.

– Je vais inspecter la chambre, prendre quelques notes. Vous pouvez rester dans l'embrasure de la porte pour me regarder ou vaquer à vos occupations, Mme Li. Quoi qu'il en soit, cette pièce est maintenant la scène d'un crime contre le peuple, c'est officiel. Ce qui veut dire que les règles normales ne s'appliquent pas. Cette chambre m'appartient jusqu'à ce que l'affaire soit résolue, et quand vous défendrez aux gens d'entrer, vous parlerez en mon nom, est-ce bien clair ? (Il n'y avait pas une once de vérité là-dedans, mais ça pouvait m'attirer un peu plus de coopération de sa part et ne risquait pas de la mettre en danger.) Toutes les informations que vous avez sur la scène du crime, ou le crime lui-même, sont essentielles à la résolution de l'enquête, à l'arrestation des criminels et à la dignité de la patrie. Mon bureau vous contactera dans un jour ou deux pour un interrogatoire formel. Je suis sûr que nous pourrons travailler ensemble.

Elle garda le silence. Elle se demandait si j'allais encore l'embêter longtemps et si elle avait quelque chose à gagner en se pliant à mon jeu. Elle acquiesça de manière peu convaincante, puis disparut à pas feutrés dans le couloir.

Ma deuxième inspection de la suite prit environ cinq minutes. Il n'y avait toujours rien à voir. Tout avait été bousculé ou changé de place. Durant les trois jours écoulés depuis la sortie du corps, on avait fait la poussière et ciré les meubles de la chambre à coucher. Je m'assis sur la chaise et allumai le téléviseur avec la télécommande. On y passait un dessin animé pour enfants. Un vieux roi souffreteux, une adorable princesse et un beau roturier assis sous un arbre contemplaient les montagnes. Même dans un dessin animé, il y avait des montagnes. J'éteignis le poste avant l'intervention du dragon cracheur de feu. Il y aurait forcément un dragon et il menacerait de faire un barbecue de la pauvre princesse. En réalité, il voulait autre chose, mais on ne peut pas mettre ça dans un dessin animé, pas dans ce pays, en tout cas.

La salle de bains était impeccable. Le minibar, lui, était débranché et la glace fondue avait formé une flaque sous la dernière tablette. Pas de bouteille d'eau en vue, juste une odeur fade, comme si quelque chose avait pourri. Je regardai à nouveau dans le salon. Pas de traces par terre à côté de la table. Les crânes ne sont pas vides et lorsqu'on les écrase, il s'en échappe toutes sortes de choses déplaisantes qui ne se nettoient pas facilement. Il n'y avait pas moyen qu'on ait déjà remplacé la moquette, pas dans cet hôtel, pas dans cette ville. Alors qu'était-il advenu des taches ?

Alors que je sortais de la pièce en pensant à mon déjeuner, quelque chose me retint. Je n'avais pas vérifié le placard de l'entrée. Je revins sur mes pas et passai la tête à l'intérieur. L'ampoule de l'entrée ne marchait pas, ce qui rendait le couloir sombre et l'intérieur du placard plus sombre encore. Je n'avais pas de lampe de poche sur moi ; et même si j'en avais eu une, les piles n'auraient pas fonctionné. Mes yeux refusèrent d'accommoder ; il n'y avait pas de lumière, donc rien à quoi s'adapter. Je passai une main sur les étagères d'un côté du placard, elles étaient vides. Je balayai d'un bras la longue étagère du haut, il n'y avait rien, pas même une couverture. Finalement, je m'agenouillai et tâtonnai par terre, le long des bords du placard. Dans un coin, au fond, mes doigts s'arrêtèrent sur un petit objet rond. Je le ramassai, ressortis dans le couloir et le retournai au creux de ma main. C'était un bouton bleu comme le ciel, bleu comme un lac d'été en Finlande.

5

J'étais à mon bureau en train de taper mes premières constatations quand Pak entra.

– Tu as dépêché un garde au Koryo ?

– Oui. La chambre est à pleurer de rire, mais autant préserver ce qu'on peut.

– Qui t'a donné l'autorisation de l'envoyer ?

– Moi. Je fais ça tout le temps. Et autant que je sache, c'est encore la procédure standard. Si je dois demander la permission, on perd un jour ou deux à attendre de recevoir l'aval et le garde ne sert plus à rien.

– Je l'ai retiré.

– Tu quoi ?

– Le capitaine Kim a dit qu'un garde ne ferait qu'attirer l'attention, ce qu'il veut éviter. Et puis les Affaires étrangères ont peur que ça effraie les clients étrangers.

J'arrachai le formulaire de ma machine à écrire.

– Alors ça ne sert à rien d'ouvrir un dossier parce qu'il ne pourra pas y avoir d'enquête.

Il se pencha au-dessus de mon bureau.

– Vous n'avez pas l'air heureux ces derniers temps, inspecteur. Toujours nerveux, agité.

– Non, merci, je suis contre de nouvelles vacances à la frontière.

Je m'appuyai au dossier de ma chaise et fixai mon attention sur les moulures entre le plafond et les murs. Nos bureaux se trouvaient dans un vieil immeuble, l'un des premiers à s'être relevé des ruines de la ville après la guerre, symbole de défi et affirmation de la victoire d'un peuple qui avait tout perdu. La plupart des moulures avaient été arrachées au fil des ans, la victoire n'étant finalement pas tout ce qu'on avait prétendu. Il en restait pourtant encore un peu, et par miracle dans mon bureau. Celui qui les avait sculptées avait tiré une grande fierté de son travail, mais les détails disparaissaient à présent sous des couches et des couches de peinture. Je me suis souvent promis, à la faveur d'un après-midi calme, de trouver une échelle assez haute, d'y grimper, de décrocher les moulures, d'en poncer la peinture et de leur rendre leur beauté originelle. Parfois, j'avais l'impression que c'était des fleurs ou des vignes, mais ç'aurait aussi pu être des oiseaux en vol. Il fallait espérer que ce ne soit pas quelque niaiserie, du genre file d'ouvriers levant leurs outils.

Pak s'approcha de la porte.

– Je pars pour l'antre de Kim dans un quart d'heure. Tu pourras faire une partie du chemin avec moi. On se promènera le long du fleuve. Il fait trop beau pour prendre la voiture.

Ça voulait dire qu'il n'avait pas reçu sa ration mensuelle d'essence, mais il avait toujours détesté l'admettre devant moi.

6

Assis à mon bureau le lendemain matin, j'esquissai un plan de la chambre d'hôtel au dos d'un vieux mémo. Je ne lis pas les mémos, surtout ceux qui arrivent du ministère une fois par semaine, mais le papier fait d'excellents brouillons. Le corps avait été transporté jusqu'à l'hôtel depuis un autre lieu et déposé près de la table basse. Déposé, j'en étais sûr. Je mis mon dessin de côté et glissai une main dans ma poche pour y trouver le bout de kaki. Après que j'eus fait courir mes doigts sur sa surface lisse, mes idées se remirent en ordre. Ceux qui avaient fait ça ne cherchaient pas à cacher le meurtre. Ils ne s'étaient même pas vraiment appliqués à maquiller la scène pour qu'on croie à un accident. Bon sang, ils n'avaient même pas pris la peine de réserver la chambre. Toute leur énergie avait servi à effacer leurs traces, en quoi ils s'étaient montrés très efficaces. Aucun des employés de l'hôtel n'avait vu quoi que ce soit, c'est du moins ce qu'ils prétendaient, même si j'avais du mal à le croire. La première tâche du personnel, surtout dans un endroit comme le Koryo qui est plein d'étrangers, est d'observer, de voir. Faire les lits est secondaire. C'est la négation ultime de leur raison d'être qu'un client soit assassiné dans l'hôtel ou, pire encore, qu'on trimballe un cadavre dans l'ascenseur – dans le mauvais sens, en plus – sans que personne ne s'en aperçoive. Normalement, quand on a ordonné aux employés de dire « je n'ai rien vu », il y a quelque chose qui indique le contraire : une contracture des épaules, un regard trop appuyé, ou pas du tout. Je n'avais rien perçu de tout cela lors de ma première série d'entretiens avec eux. Certaines personnes peuvent me mentir effrontément et s'en tirer. Pas les employés d'un hôtel.

Je donnai un dernier tour au kaki ; il était aussi lisse que possible. J'ouvris le tiroir de mon bureau, y jetai la pièce et y cherchai un éclat de bois que je n'avais pas encore travaillé. Il y avait du pin, mais je me serais ennuyé. Trop facile, aucune personnalité, rien pour aider à la concentration. À côté, je trouvai un morceau de camphrier. Pas mal pour l'hiver quand je suis enrhumé, mais ça me fait larmoyer et puer des doigts. Vers le fond du tiroir, il y avait un vieux bout de noyer. Dur et rêche. Exactement ce dont j'avais besoin pour cette affaire. Sous le noyer, il y avait quelque chose que je ne m'attendais pas à trouver, à savoir un bout déchiré, usé, de papier de verre.

Il était difficile de se procurer du papier de verre, surtout du bon. Chaque fois que j'allais à l'étranger, ou qu'une de mes connaissances partait en voyage, j'essayais d'en avoir une feuille. D'autres voulaient des boîtes de gâteaux, ou une télévision. Moi, je demandais du papier de verre.

Un jour, alors que je revenais d'accompagner une délégation en Europe de l'Est, un douanier de la gare avait ouvert ma valise et trouvé quatre feuilles de papier moyen, celui qu'on utilise lorsqu'on n'arrive pas à trouver le grain qu'on veut vraiment. Le douanier était jeune et je voyais qu'il essayait de bien faire son travail. « Qu'est-ce que c'est que ça ? » Il faisait la moue. Le règlement ne disait rien sur le papier de verre, mais il était suspicieux. Personne n'en avait jamais rapporté jusque-là, et précisément pour cette raison, cela devait avoir quelque chose de dangereux.

« C'est du papier de verre. Je fabrique des statues en bois du Leader et pour bien faire, il faut qu'elles soient lisses, vous comprenez ? » J'avais fait un clin d'œil et ajouté : « Lisses comme des fesses de bébé. » Ça l'avait complètement dérouté. Évoquer dans un même souffle le Leader et des fesses de bébé était vaguement troublant. « Si vous m'enlevez mon papier de verre, mes statues seront carrément moches et l'on voudra savoir pourquoi. On pourrait m'interroger. On pourrait même me torturer. Et je serais forcé de dire qui m'a confisqué mon papier de verre. » Le jeune homme se tortillait et, le visage empourpré, cherchait des yeux son chef de groupe, qui était probablement parti s'en griller une quelque part derrière une remise.

Chaque fois que j'avais envie de fabriquer quelque chose, ça coinçait au niveau du papier de verre. Scier des planches et percer quelques trous ne prenait pas longtemps, mais ensuite les choses traînaient parce que je n'arrivais pas à trouver du papier à grain fin. Mon grand-père soutenait qu'un grain trop fin était l'œuvre du diable. Il croyait, et m'assurait avec la plus grande conviction, que tout était question de patience et de concentration. On pouvait, selon lui, rendre n'importe quel bout de bois lisse et brillant. Il suffisait pour cela de découvrir ce qui y avait toujours été présent ; ça n'avait rien à voir avec le ponçage. Ceux qui ponçaient sans réfléchir avaient plus de chances de saboter leur œuvre que de l'embellir. Et les gens qui se servaient de papier de verre à grain fin étaient les pires, parce qu'ils usaient le bois au lieu de lui donner vie.

Un jour, j'avais trouvé un livre qui parlait d'inventions. On y disait qu'un Américain avait inventé le papier de verre dans les années 1830. « On faisait très bien sans ! avait déclaré mon grand-père en écartant cette idée d'un geste agacé. Le père de mon père préparait le bois de ses meubles en le polissant jusqu'à ce qu'il soit brillant et soyeux. Avec pour seul outil un chiffon, que l'on disait magique. Ce qui est sûr, c'est qu'il n'y avait pas d'Américains par ici, à l'époque. »

Je n'allais pas le contredire, mais j'aurais aimé savoir ce qui le rendait si catégorique. « Parce qu'on nous décrit toujours comme rétrogrades, à la remorque des autres, arriérés et va-nu-pieds. » Son visage virait au pourpre quand il parlait ainsi. « Pas les Américains, ni les Chinois, ni les Japonais… Nous fabriquons des meubles depuis des siècles et des siècles. Des meubles magnifiques, alors que l'Amérique était encore couverte de forêts et peuplée de sauvages vêtus de peaux de bêtes. Que peuvent-ils connaître au bois, à la façon de l'apprivoiser, de lui parler, de le séduire, aux chants qui en éveillent l'essence ? Ont-ils seulement de vrais charpentiers là-bas ? » Je n'avais rien dit parce que, lorsqu'il était en colère comme ça, il me traitait comme un ennemi, quelqu'un qui était parti à l'étranger et en était revenu souillé. « Hein, à ton avis, Monsieur La-Corée-n'est-plus-assez-bien-pour-moi ? » Il était content qu'on m'envoie en mission à l'extérieur du pays – cela prouvait qu'on me faisait confiance –, mais il avait peur que je décide de ne plus être coréen.

– Du verre ! s'était-il esclaffé. Quelle idée d'utiliser du verre sur un morceau de bois ! Sur du métal, passe encore, mais le bois, ah, le bois, le bois est comme un cœur qui bat.

– Donc, maintenant tu me dis que les Coréens n'ont pas inventé le papier de verre parce que c'est une mauvaise idée ?

– Tout ce que je dis, c'est que personne ne nous a appris à polir le bois. On sait le faire depuis longtemps, on savait le faire alors que l'Amérique n'existait pas encore, d'ailleurs, et aucun Américain n'a jamais rien inventé dont je voudrais me servir.

Pour lui faire plaisir, j'avais dit que j'essaierais l'ancienne méthode. « Attends là », avait-il lancé en partant vers la pièce du fond pour reparaître ensuite avec le rabot tout simple que j'avais fait tomber des années plus tôt. Lourd et déséquilibré entre mes doigts, il prenait sa revanche en mordant le bois chaque fois que ma concentration se relâchait. Quand mon grand-père me l'enlevait des mains, cet objet de malheur se trouvait investi d'une grâce intolérable, glissant bien gentiment sur les endroits les plus durs avec un « shhhusss » soyeux. Son chant était si doux, disait-il, que le bois découvrait sa véritable nature et ne voulait plus jamais être autre chose.

Longtemps après la mort de mon grand-père, je polissais du bois le soir, seul à l'arrière de mon immeuble, alors que les étoiles apparaissaient dans le ciel. Constamment mes doigts caressaient le bois ; même dans la pénombre, je savais quand j'approchais du cœur. Concentré sur la tâche qui consiste à donner vie au bois, en espérant entendre son chant, mon esprit vagabondait jusqu'à ce que je sois loin. À travailler ainsi tout seul, j'ennuyais beaucoup l'agent de sécurité de notre quartier, un ancien combattant plutôt coriace. Il boitait à cause des éclats d'obus encore fichés dans sa jambe et traînait son pied gauche un peu derrière lui. Avant même qu'il paraisse au coin de l'immeuble, je savais que c'était lui. Il restait planté à m'observer en silence. Parfois nous échangions quelques mots, mais le plus souvent il n'y avait que le « shhhh-shhhh » du papier de verre courant sur le bois, pas tout à fait un chant, mais suffisamment proche. Même les jours où j'étais censé me trouver en formation, je polissais, parfois en fredonnant tout bas. « Une activité malsaine », disait le papier qu'on avait glissé sous la porte de mon appartement. « Trop solitaire. » Rien que pour les enquiquiner, quand j'avais finalement décidé d'assister à une session d'étude, je leur avais déclaré que le papier de verre avait été inventé par un Américain.

Un soir après le boulot, j'étais rentré chez moi et mon stock de papier de verre avait disparu. Pak m'avait dit que c'était de ma faute parce que je le leur avais agité sous le nez. Puis il m'avait conseillé de m'en constituer un nouveau stock. « Garde-le dans ton bureau, mais tiens-le à l'abri des regards et n'invite personne à venir l'admirer. Ils s'en ficheront, crois-moi, et quelqu'un pourrait finir par en parler à quelqu'un d'autre. »

Le bout de papier de verre caché dans mon bureau était usé, mais n'avait pas dit son dernier mot. Je le pliai soigneusement et le rangeai dans le troisième tiroir de mon armoire à dossiers, avec le reste de ma maigre collection. Puis je revins à mon bureau et examinai le schéma de la chambre d'hôtel. J'y ajoutai le placard de l'entrée et dessinai un petit bouton par terre.

Je commençais à croire que ceux qui s'étaient débarrassés du corps avaient réussi à éviter complètement le personnel. Personne n'essayait de contribuer à l'enquête ne fût-ce qu'un tout petit peu, qu'une miette d'indice glissée au détour d'une réponse et qui aurait pu me faire tourner en rond pendant des semaines. Les employés n'avaient « rien vu », fin de l'histoire – sauf Mme Li, l'employée d'étage, qui s'était montrée nerveuse mais étonnamment bavarde, et même indignée qu'une chose pareille ait pu arriver dans une chambre dont elle était responsable.

Les fleurs ne menaient nulle part. Tous ces efforts pour échapper à la vigilance du personnel, et pourtant on avait laissé un vase qui n'avait rien à faire dans le tableau, là, sur une table en pin bon marché qui se serait brisée en deux si quelqu'un l'avait heurtée assez fort pour s'y fendre le crâne. De toute façon, les tables en pin ne fendent pas les crânes. Le bois est trop mou.

Pak m'appela à grands cris dans son bureau. Il tournait en rond comme un tigre.

– Inspecteur, je me fiche de savoir comment notre cadavre a atterri dans la chambre, ou comment il a trouvé la mort. Ou même de savoir qui l'y a poussé. Dans l'immédiat, j'ai besoin de savoir qui c'est. Enfin… c'était.

Il avait été en réunion toute la matinée. Et, visiblement, il avait passé une partie de celle-ci à dormir. Il avait les yeux bouffis. J'espérai seulement qu'il ne somnolait pas au moment où il aurait dû être à l'affût pour nous garder dans les bonnes grâces de notre vice-ministre de tutelle.

– La réunion a été difficile ?

Sans le vouloir, je regardai le morceau de noyer que je travaillais au creux de ma main droite.

Pak arrêta de tourner et me montra du doigt.

– Tu ne t'es toujours pas défait de cette sale manie ? Ça commence à faire jaser. Le mois dernier, ça a failli finir dans ton dossier. Quelqu'un trouvait ça « antisocial ». Mais je m'y suis opposé. (Il se remit à faire les cent pas.) Nom d'un chien, tu ne pourrais pas te contenter de fumer comme tout le monde ?

Le vice-ministre de tutelle s'appelait Yun. Personne ne l'aimait, ce qui ne le dérangeait pas. Il faisait partie de ces gens qui se sentent plus en sécurité au milieu d'ennemis. Peut-être croyait-il ainsi se grandir aux yeux de son ministre, même si rien n'aurait jamais pu le faire. Le ministre était assez âgé, pas au point d'être un des vétérans de la révolution, mais assez vieux pour en avoir connu personnellement. C'est ainsi qu'il avait connu mon grand-père. Ils venaient du même village dans les montagnes. Lorsque la guerre avait éclaté, le ministre, qui n'était alors qu'une jeune recrue sortie de sa province, avait été affecté à une division de l'état-major. Ils étaient constamment soumis aux attaques aériennes et changeaient d'endroit presque tous les soirs tout en essayant de maintenir un semblant d'ordre et de discipline. Le ministre était devenu sous-officier quand tous les autres avaient été tués. Avant la fin de la guerre, taux de mortalité extrêmement élevé oblige, il était devenu colonel. Il disait souvent ne savoir absolument rien sur l'art de commander les troupes lorsqu'il avait commencé et encore moins lorsqu'il était reparti, mais prétendait avoir appris à crier de manière assez convaincante dans un téléphone pour qu'on se mette au garde-à-vous à l'autre bout du fil. Une fois la guerre terminée, il avait pensé retourner au village et à la ferme. Il était rentré chez lui, mais il n'y avait plus rien. Le village avait été anéanti. Personne n'avait pu savoir pourquoi. Un jour, les bombes étaient tombées de nulle part ; personne n'avait entendu les avions approcher dans la nuit, disaient les survivants.

Certains voulaient rebâtir le village, mais les forêts avaient disparu, les terres n'avaient jamais donné grand-chose et, les militaires ayant décidé d'utiliser la vallée pour y construire une usine spéciale, tous les habitants des collines environnantes avaient été déplacés. Le ministre, lui, avait atterri dans la capitale. Il ne faisait jamais d'ombre à personne et l'on pouvait se fier à lui. Il exécutait ses ordres. Il était invariablement cordial, même quand il était saoul. Il faisait confiance à ses subordonnés, les traitait avec gentillesse et s'était attiré des loyautés qui l'avaient bien servi pendant les années difficiles. Tout le monde au ministère, Pak et moi compris, craignait qu'il ne prenne sa retraite et que le vice-ministre Yun soit nommé à sa place.

– Le vice-ministre pense se servir de cette affaire pour se débarrasser du vieux, je le sens.

Pak gagna sa fenêtre et observa la cour d'un air absent. Je m'avançai pour faire pareil. Un des plantons de l'entrée avait quitté son poste, s'était adossé au mur et, les yeux clos, tentait d'extraire des blocs de béton les derniers restes de la fraîcheur du matin. Pak resta un moment à me montrer son dos, puis il se retourna et fit une grimace.

– Le vice-ministre est certain que nous allons nous planter sur cette histoire de meurtre. Il a demandé s'il pouvait nous aider à trouver un appareil photo qui fonctionne. Tu sais, sur le ton las qu'il prend toujours avant de planter ses crocs dans quelqu'un.

– Que sait-il exactement ? Qui lui a parlé de l'appareil photo ?

– Pas Kang. Ces deux-là se détestent. L'un d'entre eux ne survivra pas à tout ça. (Il me jeta un drôle de regard, puis se tourna de nouveau pour regarder par la fenêtre.) Ce qui ne laisse que votre capitaine préféré.

– Le colonel Kim, tu veux dire ? Sait-il que j'étais à Manpo ?

– On lui en a peut-être vaguement parlé, mais je doute qu'il sache quoi que ce soit avec certitude. Évitez simplement d'aller avec lui dans un restaurant de poissons.

– On fait de l'humour !

– Que savons-nous sur le cadavre ? (Il frotta une tache sur la vitre.) On pourrait nous nettoyer ça, à ton avis ?

– Pas grand-chose. Mort. Blanc. De sexe masculin. Un coup violent porté à la tempe lui a enfoncé le côté droit du crâne. Il ne s'est jamais présenté à la réception. Pas de papiers. Rien qui l'identifie. La carte d'identité retrouvée dans son pantalon n'était pas la sienne et les inspecteurs de l'AIEA disent qu'ils ne l'ont jamais vu.

– Est-ce vraiment si difficile, inspecteur ? (Il laissa tomber la tache sur la vitre et regagna son bureau.) Il n'est tout de même pas tombé du ciel.

– Peut-être que si, pour ce qu'on en sait à ce stade. Il faudra attendre demain pour que tous les étrangers du pays soient localisés. Personne en ville ne manque à l'appel.

– Et le rapport d'autopsie ?

– Ils ne feront pas d'autopsie.

– De quoi tu parles ? Demain matin, ce soir, même, le ministère va me crier dans les oreilles, et ensuite d'autres s'y mettront, comme une meute de chacals.

– À l’hôpital, ils disent que leurs ordres sont de ne pas commencer l’autopsie avant d’avoir une identification.

– Évidemment, ils veulent savoir quel type de lame utiliser.

Je recommençai à travailler le noyer, puis je m’arrêtai et le mis dans ma poche.

– Tu ne peux pas dire à Kang de les appeler ?

– C’est notre affaire, pas la sienne. Il ne s’en mêlera pas. Et puis le vice-ministre serait trop heureux de retrouver les empreintes de Kang sur ce qui est censé être une enquête criminelle, et non un jeu pour le Renseignement.

– Tu as essayé le bureau du procureur ? Il faudra bien qu’ils inculpent quelqu’un un jour ou l’autre.

– Il s’agit d’un étranger. Ils ne veulent rien savoir. Ils disent que c’est une question de politique étrangère.

– Je le savais. On est coincés à devoir travailler avec les Affaires étrangères.

– Leur chargé de liaison, le petit rougeaud avec de mauvaises chaussures, va passer cet après-midi après le déjeuner. Vous voulez vous joindre à nous ?

– Peut-être. Non, à la réflexion, je ferais mieux de retourner à l’hôtel pour secouer l’arbre encore un peu.

– Attends un instant. Nous allons jouer à quelque chose. Ça s’appelle « le jeu des continents ». Je te donne un continent et tu me dis si le cadavre en vient.

– Tu as déjà dit qu’il était finlandais. De toute façon, je n’en ai vu que des photos et elles n’étaient pas très nettes. L’appareil photo de scène de crime aurait besoin d’une pile neuve.

– Je ne sais pas s’il est vraiment finlandais. Ce n’était qu’une intuition fondée sur la carte dans sa poche. Apparemment, c'était une mise en scène. Mais reprenons. Afrique ?

– Non. Enfin, peut-être que si. Il pourrait être sud-africain. Ou bien un expatrié, j'imagine.

– Amérique du Sud.

– Possible, mais les vêtements ne collent pas, pour le peu que j'en ai vu…

– Amérique du Nord.

– Peu probable. Pas la bonne coiffure.

– Europe.

– Probablement.

– Un Russe ?

– *Niet*.

– Australie.

– Écoutez, chef…

– Allez, inspecteur, pour me faire plaisir. Australie.

– Bon, bien sûr, c'est possible. Mais enfin, il est blanc, trop blanc, peut-être. Pas assez rougeaud.

– Asie.

Je réfléchis une seconde.

– Non.

– Ça couvre un immense territoire, et plus de deux milliards d'habitants en comptant l'Inde. Tu ne veux pas changer ta réponse ?

Je hochai la tête.

– L'Asie, non. Ce qui ne réduit pas beaucoup les possibilités.

– Peut-être, mais peut-être pas.

J'attendis un moment pour voir si Pak allait tirer une conclusion de tout ça. Il s'assit calmement, silencieux comme une pierre.

– Le jeu est terminé ? (Je m'avançai vers la porte.) Si tu as besoin de moi, je serai pour quelques heures au Koryo.

Il acquiesça. Il avait l'air content de lui, et je passai dans le couloir en me demandant ce qu'il savait, et moi non.

7

L'employée d'étage du Koryo n'était pas très heureuse de me trouver à nouveau dans la chambre. Elle tirait nerveusement sur une manche de sa robe. Elle refusait de croiser mon regard. Il n'était pas difficile de voir qu'elle avait reçu la visite de quelqu'un qui l'avait prévenue que ce serait une mauvaise idée de répondre à mes questions. Ça n'aurait servi à rien de lui mettre la pression à ce stade. Je lui dis que je la rappellerais plus tard. Elle fut soulagée.

– Je suis très occupée, ce matin, dit-elle. Un bus rempli de basketteurs roumains va arriver. Un match amical, sûrement. C'est les pires. Ces grandes asperges se prennent tous pour des comiques parce qu'ils ont de grandes jambes. Vous devriez voir dans quel état ils nous laissent les chambres ! Avec un peu de chance, ils iront au douzième ou plus haut.

Elle repartit à reculons vers le couloir et s'y glissa comme une ombre. Très discrète, bien entraînée.

Je réexaminai la chambre centimètre par centimètre. Pak m'avait dit que la première priorité était de découvrir l'identité de la victime, mais pour cela on ne pouvait procéder que par élimination. Il n'y avait qu'un nombre assez restreint d'étrangers dans le pays ; chaque antenne locale ferait un compte sur la base des bulletins d'entrée, puis on leur dirait de recommencer. Finalement, il en manquerait un à quelqu'un et ce serait notre homme. Ou plutôt, notre cadavre. Mon véritable problème était de retrouver les coupables, et là-dessus l'affaire avançait à reculons. Pour l'instant, nous savions seulement qu'il avait été découvert dans cette chambre du Koryo. Et bien que le fait ne soit pas encore avéré, j'étais presque certain qu'il était finlandais. À tout le moins il devait être européen, mais je pouvais plus ou moins exclure l'Europe du Sud. Il n'était pas slave non plus. Selon le premier rapport d'inventaire, tous ses vêtements venaient de boutiques viennoises. Si cela se révélait exact, cela voulait probablement dire qu'il travaillait pour une organisation internationale. C'était le cas de gens de nationalités très diverses. Donc, qu'est-ce qui me poussait à le croire finlandais ? Un bouton bleu. Mais je ne savais même pas si c'était le sien. Aucun de ses vêtements n'avait de boutons comme celui-là. Peut-être qu'il appartenait à l'assassin. Peut-être était-ce l'assassin qui était finlandais. Mais je n'y croyais pas trop. J'avais consulté le registre de l'hôtel. La chambre avait vu défiler des nuées de Coréens du Japon, quelques Américains et beaucoup de Chinois. Ainsi qu'un couple de jeunes mariés du Turkestan. Il n'y avait trace d'aucun d'entre eux dans la chambre, à moins que le bouton ne fasse partie d'une tradition des nuits de noces turkmènes. J'en doutais.

L'employée d'étage frappa doucement au chambranle de la porte.

– Il y a un appel pour vous en bas, dit-elle.

– Vous nettoyez ces chambres vous-même ?

Je la vis se demander si c'était le genre de questions auxquelles elle pouvait répondre. Ça l'était.

– Oui, nous sommes chacune responsable de tout un étage. Deux, en fait. Avant, on travaillait en binômes, mais l'année dernière ils ont réduit le personnel. Il faut faire des bénéfices, qu'ils ont dit. Alors je fais tout le ménage moi-même, ici et au huitième.

– Le couple du Turkestan, les jeunes mariés.

Elle leva les yeux au ciel.

– Je ne parle pas des clients.

J'arrivais à des questions auxquelles on lui avait défendu de répondre.

– Quand vous faites le ménage, vous nettoyez toute la chambre ?

– Pourquoi pas ?

– Je pose les questions, vous répondez. Essayez de vous en souvenir. (Je lui adressai ce que j'espérais être un regard affable.) Vous êtes très occupée. Deux étages à nettoyer. Facile d'oublier une tache. (Elle eut un sourire crispé.) D'accord. Vous n'oubliez jamais rien. Mais si c'était le cas, où pensez-vous que ce serait ?

– Croyez-moi, il y a trois jours cette chambre était impeccable. Je suis repassée deux fois, pour en être sûre. (Elle marqua une pause et fronça légèrement les sourcils.) Tout ce qu'il y a eu ici depuis est arrivé avec…

Elle ne finit pas sa pensée.

– Je vais aller prendre mon appel, maintenant.

*

Le téléphone se trouvait au bureau du concierge, derrière la réception. Ce dernier était assis sur une chaise pliante en bois devant une petite table et buvait un thé à petites gorgées sans même chercher à faire croire qu'il travaillait. Sa tasse était fendue sur toute la hauteur. Je pensai à lui demander de sortir, mais ça n'aurait servi à rien. Toutes les lignes de l'hôtel étaient sur écoute, de toute façon.

C'était la voix de Kang à l'autre bout.

– Vous êtes libre ce soir ?
– Ça dépend.
– Je vous paie à dîner.
– Pas de chèvre.
– Ça ne laisse pas grand-chose.
– Vous trouverez bien quelque chose. Du poisson, peut-être.
– Comment va la vie au Koryo, ces temps-ci ?
– Bien. (À l'évidence, il savait qui avait parlé à l'employée d'étage.) C'est le meilleur hôtel de toute la péninsule.
– Neuf heures, si ce n'est pas trop tard. Je passerai à votre bureau.
– Faites donc.
Je raccrochai.
Le concierge se racla la gorge et m'adressa un sourire aigrelet lorsque je me tournai vers lui.
– Nous faisons notre possible pour maintenir la réputation de cet hôtel. (Il marqua une pause.) Tout ça n'aide pas.
La première loi du capitalisme, pensai-je. Les cadavres ne sont pas bons pour les affaires. J'essayai de paraître à la fois grave et avenant.
– Dès que j'aurai trouvé ce qu'il me faut et pourrai vous débarrasser le plancher, je le ferai. Mais si l'affaire n'est pas résolue bientôt, votre réputation sera faite, si vous voyez ce que je veux dire. Pas très bon pour les lunes de miel.
Il réfléchit un moment.
– On a du mal à vendre le septième étage.
Je remarquai ses mains. Elles étaient croisées. Ses articulations étaient blanches, comme s'il tenait ses doigts trop serrés.

– Merci de m'avoir laissé utiliser votre téléphone. (Je me levai et inscrivis mon numéro sur un bout de papier.) Vous ne vous souviendrez sûrement de rien. Ne vous cassez pas la tête.

8

Kang débarqua peu après neuf heures. Il s'arrêta quelques minutes dans le bureau de Pak. Puis il suivit le couloir jusqu'au mien.

– Pas de dîner. Pak l'interdit.

Je posai les pieds sur mon bureau. Une migraine était en train de me grimper le long de la nuque.

– Je savais bien que ça ne marcherait pas. Vous êtes là. Qu'avez-vous à me dire ?

– Vous vous souvenez de notre ami Chong ?

– Face de silex ?

– Son corps a disparu. Ils ne savent même pas qu'il est mort. Ils se sont persuadés qu'il cherche à passer en Chine, s'il ne l'a pas déjà fait. Kim a pété les plombs. Il a mis tous ses hommes de la frontière en alerte. Il ne peut pas se permettre de défection dans ses rangs. Ça fout en l'air toute sa discipline.

– C'est aussi très mauvais pour sa réputation, j'imagine.

– Espérons. En attendant, il regarde ailleurs. Il ne sait pas que vous étiez à Manpo.

– Il doit sûrement le savoir, maintenant.

– Dans ce cas, pourquoi avoir posté un avis de recherche pour un type de Wonsan, nom et prénom inconnus ?

– Et la vieille aux chèvres ?

– Elle ne les aidera pas beaucoup. Tout ce qu'elle sait, c'est que vous n'êtes pas très calé en poissons et que vous lui avez sorti des tickets-repas.

– C'est de ça que vous êtes venu me parler ? Le cadavre de Chong ?

La migraine s'était trouvé un coin confortable et allait y passer la nuit. J'avais rapporté un flacon d'aspirine de Berlin, mais j'avais pris le dernier cachet quelques semaines auparavant. Pak n'en avait pas ; j'avais vérifié.

– Non. Je suis venu vous parler de votre cadavre. Les hommes de Kim ont parlé au personnel du Koryo.

– Merci, je suis au courant.

Il commença à dire quelque chose, puis se ravisa.

– Quoi ?

– Pas grand-chose. Seulement, Kim n'est pas méchant, c'est un vrai psychopathe. S'il vous met sur sa liste, je ne pourrai pas faire grand-chose pour vous. Il me surveille, prêt à bondir.

– Évitez de le croiser.

– Ce n'est pas si facile.

– Pourquoi ? Une nuit vous disparaissez, point.

– Je ne peux pas, pas encore.

– Eh bien, quoi qu'il en soit, c'est votre problème. Contentez-vous de ne plus m'y mêler à l'avenir, d'accord ?

– Si ce n'était que mon problème, je ne serais pas ici, inspecteur. Un conseil, de vous à moi.

Il marqua une pause.

– Je vous écoute.

Il arracha une page de son joli petit carnet et y griffonna un mot. Il la fit glisser de mon côté du bureau, puis regagna le couloir. Ma migraine entendit la porte claquer. Le mot disait bien ce à quoi je m'attendais : « Finlandais ».

9

– Une nationalité ne vaut pas identité. (La femme portait sa longue blouse blanche comme une armure.) Sans identité, pas d'autopsie. Je vous l'ai déjà dit.

– Il s'appelle Gustav.

J'avais oublié mon calepin au bureau, ce qui était une erreur. Prendre des notes donne une certaine autorité ; c'est ce qu'on nous apprenait à l'école de police. Demander une feuille à la dame de fer n'aurait fait que lui donner l'avantage. Je plongeai les mains dans mes poches et me balançai sur les talons. Peut-être me croirait-elle doué d'une mémoire infaillible. Peut-être aurait-elle de l'aspirine.

Elle ricana.

– Gustav est un prénom suédois. Vous avez perdu, inspecteur. J'ai à faire. Rapportez-moi une carte d'identité, et faites vite. La réfrigération est au mieux fluctuante pendant l'été et ces corps ne se conservent pas longtemps. Et, tant que vous y êtes, trouvez-vous un calepin. Bonsoir.

– Une seconde. J'ai besoin de voir ses effets.

– Ils sont emballés. Il faut signer un formulaire. Et ensuite, je dois passer un coup de fil. (Elle me regarda calmement.) Le sac est dans ce bureau. Quand je reviendrai avec la permission de la Sécurité militaire, si je l'obtiens, vous pourrez regarder à l'intérieur.

Il y avait un téléphone sur son bureau, mais je me dis qu'elle le savait.

– J'imagine que vous n'avez pas de thé à m'offrir.

– Le thé est un poison, inspecteur. Les gens n'en boivent que trop.

– Certains peut-être, marmonnai-je au moment où la porte se refermait.

Dès que j'entendis ses pas s'éloigner dans le couloir, je commençai à fouiller les tiroirs. Le sac se trouvait dans celui du bas. Derrière le premier sac, il y en avait un autre, dont l'étiquette indiquait : ACCIDENT DE LA ROUTE/H1. Suivant mon intuition, je l'ouvris et passai rapidement son contenu en revue. Il provenait du cadavre retrouvé dans la voiture dont m'avait parlé Kang, celle dont la vitre avant gauche avait été fracassée. Elle n'était peut-être pas là-bas au moment où j'y étais moi, mais quelque chose de moche était arrivé à quelqu'un.

Il y avait plein de sang sur les vêtements, qui ressemblaient à un uniforme de colonel de la Sécurité militaire. Il était neuf et de bonne facture. Même pour un uniforme de colonel, il était bien taillé. Les coutures étaient nettes et serrées, les boutons importés et cousus de fil épais ; noirs, la couleur réglementaire, mais je vérifiai deux fois à la faible lumière qui éclairait la pièce, juste pour en être sûr. Il y avait deux jeux de clés dans le pantalon. Je les empochai tous les deux. Il y avait un portefeuille en cuir noir, très souple, à l'évidence étranger, taillé dans la peau d'un pauvre petit veau. Il venait probablement d'Europe, mais n'avait jamais été tamponné ou frappé d'aucune marque ou pays d'origine. Je passai un doigt le long du bord intérieur pour m'en assurer. Le portefeuille était pratiquement vide. On en avait ôté tous les papiers d'identité. Autrefois, pourtant, il avait dû être bien rempli, parce qu'il était sacrément déformé. Un portefeuille trop plein ne collait pas avec la ligne ajustée de l'uniforme. Fourré dans une poche arrière, ou même dans la veste, il en aurait carrément saboté la coupe. Il y avait peu d'espoir qu'on découvre un jour ce qu'on y avait pris ; le portefeuille aurait pu avoir été vidé par l'assassin, par un paysan qui passait par là, ou encore par des gens de la sécurité, ici à la morgue.

Je passai à l'autre sac, marqué KORYO. L'habit n'était pas de même qualité que l'uniforme, loin de là, et pas aussi propre, mais les vêtements ne portaient aucune trace de sang. Pas de sang sur les vêtements, rien non plus sur la moquette de l'hôtel. Peut-être que le gars n'avait pas de cerveau. Dans l'ourlet du pantalon, je trouvai des aiguilles de pin, que je fourrai dans ma poche. Les étiquettes des vêtements disaient toutes « MADE IN AUSTRIA », mais chacune d'elles avait été cousue alors que les articles avaient déjà été achetés et portés. Le fil n'était pas le même et le point était différent, mais pas de beaucoup. Le portefeuille était neuf et n'avait rien de spécial, c'était peut-être un cadeau qu'on lui avait fait juste avant son départ, ou bien il l'avait acheté en chemin dans une boutique d'aéroport. À l'intérieur, le long de la couture du bas, je trouvai la mention MADE IN SPAIN en minuscules lettres d'or en relief. Comme l'autre portefeuille, celui-ci avait lui aussi été nettoyé, mais ne donnait pas l'impression d'avoir jamais contenu grand-chose. La plupart des pochettes en plastique pour cartes de crédit n'avaient jamais été ouvertes. Aucun signe ne portait à croire qu'il avait pu rester dans la poche arrière d'un pantalon au cours d'un long voyage en avion. Il était en parfait état. Son propriétaire le rangeait peut-être toujours dans son manteau. Mais dans ce cas, où était le manteau ?

J'entendis des pas dans le couloir, remis en hâte les deux sacs dans le tiroir et allai contempler un schéma du squelette humain.

– La réponse est non. Je ne peux pas vous donner la permission de voir le sac.

– Tant pis. A-t-il été correctement enregistré au moins, que je sois sûr de le retrouver lorsque je reviendrai avec un ordre du procureur ?

Un ordre du procureur impressionnerait la Sécurité militaire comme une cuillère de saindoux le ferait pour une poêle chaude, et même elle devait le savoir. Elle croisa les bras. Cela n'adoucit pas son apparence générale.

– Je suis médecin, inspecteur, pas secrétaire. Je n'enregistre pas des choses, je veille à la santé des gens. Du moins c'est ce que je fais quand on ne vient pas me harceler. Il est minuit passé, j'ai des patients qui ont besoin d'aide. Et avec quoi suis-je censée les aider, hein ? Des ordres du procureur ? Trouvez-moi des médicaments. Surtout de l'aspirine pour les enfants.

Je fis mine de m'incliner.

– Excusez mon intrusion. Merci de m'avoir accordé de votre temps.

Alors que je me dirigeais vers la porte, elle lança dans mon dos :

– Votre démarche est bien musicale, inspecteur.

– Ah bon ?

Je me retournai et vis qu'elle avait tombé le masque.

– Vos clés, inspecteur. Elles tintinnabulent.

10

Il était assez tard lorsque je quittai la morgue pour que je décide de rentrer chez moi avec la voiture de patrouille. À condition de la ramener tôt le lendemain, Pak ne s'en offusquerait pas. Mon appartement était étonnamment frais lorsque j'y entrai. Comme il n'y avait rien à manger, je bus le reste de la vodka et tentai de penser à la Finlande, à ce que ça me ferait de me promener avec Lena autour d'un lac dans le calme du crépuscule. Je m'endormis en repensant à son parfum, mais ne rêvai que de pain et de confiture.

Le soleil brillait à plein par ma fenêtre quand je me réveillai en sursaut, après huit heures. Ma migraine était partie, mais je sentais qu'elle ne s'était pas aventurée bien loin. La femme de l'appartement voisin se plaignait haut et fort que ses fleurs seraient toutes mortes avant midi si son mari ne descendait pas chercher de l'eau – le robinet de leur appartement était encore en panne. J'aurais déjà dû être au bureau. Je bâillai. Pak me couvrirait si jamais quelqu'un d'autre avait besoin de la voiture, mais je savais qu'il ne manquerait pas de me culpabiliser en découvrant les maigres résultats de mon passage à la morgue. « Ne vous en faites pas, inspecteur, dirait-il en tournant sa chaise vers la fenêtre. Nous avons déjà plein d'indices, des montagnes d'indices. Qui pourrait bien avoir besoin d'une autopsie dans une affaire pareille ? Je suis content que vous soyez allé à la morgue. Excellent usage de la voiture de patrouille. Ça compense presque le fait que vous n'ayez pas signé avant de la prendre. »

J'étais déjà en retard ; Pak ne serait que désagréable ; je pouvais dormir encore un peu. Si le type d'à côté était descendu chercher de l'eau comme sa femme le lui demandait, ç'aurait peut-être été possible, mais ces deux-là commencèrent à se disputer pour quelque chose et ce quelque chose mena à autre chose. Au bureau, je pourrais au moins avoir du thé.

En m'y rendant, je bâillai et me rappelai ce que le docteur m'avait dit la veille. « La nationalité ne vaut pas identité. » L'excuse n'était pas terrible, mais ça valait le coup de l'essayer sur Pak. Alors que je passais la barrière de notre enceinte, je vis un 4×4 militaire garé sur une place du parking. Je décidai que le moment était mal venu pour faire mon entrée, ressortis en marche arrière et pris la route conduisant à l'endroit où j'étais allé en mission photo attendre la voiture noire. Je ne savais pas ce que j'y trouverais en arrivant ; reprendre cette route me montrerait peut-être quelque chose que j'ignorais avoir vu. Je baissai les deux vitres avant. Si je roulais assez vite, peut-être que la brise délogerait ma migraine, qui était revenue.

La journée était claire et l'air se réchauffait, mais on sentait l'automne approcher. Le ciel était plus haut, plus bleu, sans la planéité estivale. Des paysans se tenaient en petits groupes le long de la route et observaient les champs comme pour se donner du courage avant d'attaquer le travail de la moisson. La campagne était mûre. En retrait de la route, des fermettes étaient posées comme autant d'habitations perdues dans une jungle d'Amérique centrale. Les toits croulaient sous les pampres de courges ; un mur d'épis s'élevait au-dessus des sentiers qui serpentaient entre les maisons. Ici et là, quelques femmes s'étaient accroupies à la lisière des champs et profitaient de la clarté d'un matin d'août.

Mon attention s'était fixée sur deux chèvres qui traversaient paisiblement la route depuis le bas-côté opposé quand, surgissant de nulle part, une charrette tirée par un buffle vint se traîner sur la route à quatre voies. En une fraction de seconde, elle avait débouché d'un chemin de terre dans le champ à ma droite, où elle avait été cachée par le maïs. J'écrasai violemment la pédale de frein, manquai de peu les chèvres et l'arrière de la charrette, puis entamai un dérapage qui, après quelques instants d'angoisse, m'expédia dans un fossé une dizaine de mètres plus loin. La charrette, elle, poursuivit son chemin cahin-caha et disparut dans le champ de l'autre côté. Deux hommes arrivèrent en courant vers la voiture. L'un d'eux, le plus âgé, passa la tête par la vitre ouverte du côté passager.

– Ça va ? Quelle route de malheur, je vous jure ! Les gens roulent comme des fous. On y perd un buffle par mois. En juillet, on en a perdu trois ! On n'a pas les moyens pour ça.

J'ouvris la portière en grand, m'extirpai de la voiture et constatai rapidement les dégâts. Si j'arrivais à l'extraire du fossé, elle me ramènerait jusqu'au bureau. Pak allait me tuer quand il verrait les réparations. Il ne nous laissait pas conduire un véhicule cabossé, il disait que ça sapait notre dignité. Pire, quand elle arriverait au garage, on vérifierait le registre de sortie et il devrait expliquer pourquoi j'avais eu la voiture toute une nuit sans signer le bon de retour. Du diable, oui, je n'avais même pas signé le bon de sortie !

– On vous oblige tous à conduire comme des dingues ?

Le plus jeune était en colère. L'autre l'arrêta d'une main posée sur son épaule.

– C'est quoi, votre problème ? Votre buffle va bien, ma voiture est amochée et je crois que je me suis tordu le dos. Je dirais que c'est votre côté qui s'en sort le mieux.

Je ne voulais pas d'ennuis. Si un directeur de ferme coopérative écrivait une lettre de protestation au ministère, celle-ci serait transmise à un comité de discipline et je serais obligé d'assister à d'interminables réunions. Il me faudrait aussi aider à la moisson. Cela impliquerait des jours, peut-être des semaines, à courber l'échine sous un soleil de plomb.

Le plus âgé resserra sa prise sur l'épaule du plus jeune, puis laissa retomber sa main.

– On a eu un accident ici il y a une quinzaine de jours, dit-il. Une voiture a volé en travers de la route et a tué son neveu.

– Les voitures ne volent pas, voyons.

J'eus soudain le sentiment que le buffle que j'avais manqué de percuter ne m'avait pas envoyé dans le fossé, mais bien plutôt sur la voie d'une solution.

– Que disiez-vous à propos du mois dernier ?

– Trois de mes buffles heurtés par des chauffards. Je n'avais jamais rien vu de tel.

– Pourquoi ? Plus de voitures que d'habitude ?

– Le matin seulement. On préfère faire traverser la route aux charrettes de bonne heure. Comme ça, le buffle peut pâturer quelques heures avant qu'on se mette au travail. Pendant longtemps, il n'y a eu aucun problème, pas un chat sur la route à cette heure-là. Il y a deux ou trois ans, une voiture est sortie de nulle part et a tué un buffle, il devait être à peu près six heures du matin. C'était un jeudi. L'agent de sécurité du coin est venu nous demander de garder la route libre un jeudi matin sur deux.

– Il vous a dit pourquoi ?

– Je m'en fiche, moi. Je ne suis pas curieux. Deux fois par mois, je fais la grasse matinée, c'est tout.

– Et le mois dernier ? Vous n'arriviez pas à dormir ?

– C'était un lundi. C'était à un autre gars, pas à moi, de déplacer les charrettes. Le buffle a mis un sabot sur la route. Paf ! Un buffle mort, et le conducteur a failli y passer.

– Vous l'avez vu ?

– Non, je vous l'ai dit, ce n'était pas à moi de déplacer les charrettes. J'étais ailleurs.

– D'accord, vous étiez ailleurs. Et pour les deux autres accidents ?

– La semaine suivante, on a évité la route le lundi, mais on pensait que mardi, ça irait. C'était mon tour de mener la charrette. Même chose. Vers six heures du matin. Le buffle arrive sur la route. Cette fois, le conducteur a essayé de s'arrêter, un peu comme vous l'avez fait. Sauf qu'il allait plus vite que vous. Il a perdu le contrôle. La voiture a fait un tête-à-queue et l'arrière a percuté le buffle. La bête a été tuée, mais ça a sauvé la vie du conducteur.

– À quoi ressemblait-il ?

– Court sur pattes, maigrichon, fou de rage.

– Il portait un uniforme ?

– Nan.

– Et la voiture ?

– Enfoncée sur tout l'arrière. Dommage, c'était une belle voiture.

– Noire ?

– Ouaip. Et puis propre que ça faisait plaisir à voir, à part le sang et les tripes sur tout l'arrière.

– Personne n'est venu de Pyongyang pour vous interroger ?

– C'est drôle, mais justement non. Je n'arrêtais pas de penser que le comité du Parti nous en ferait voir de toutes les couleurs, même si ce n'était pas notre faute. Pour eux, on est toujours responsables.

– Vous êtes sûr que personne n'est venu vous voir ?

Le vieil homme loucha, puis leva les yeux au ciel.

– Ben, personne, à part l'agent de sécurité du village.

– Et… ?

– Il nous a dit qu'il était désolé pour notre buffle.

– Et… ?

– Il nous a donné un peu d'argent pour qu'on la boucle. Pas grand-chose.

– Pas grand-chose. Bon. La troisième fois. Ce devait être un mercredi, ou bien un vendredi.

– Un mercredi. C'est le jeunot qui tenait les rênes. Moi, je marchais à côté. (Il fit un signe de tête au plus jeune.) Il a regardé des deux côtés, n'a rien vu, mais il y avait un peu de brouillard. Le buffle est arrivé au milieu de la chaussée et s'est arrêté. Il avait dû sentir les vibrations sur la route. Il ne voulait plus bouger. Bien entendu, il y avait une voiture, cette fois elle a presque réussi à s'arrêter, mais presque, ça n'était pas assez pour le buffle. La voiture n'avait pas grand-chose, mais le conducteur a hurlé qu'il nous ferait tous fusiller.

– C'était encore le maigrichon ?

– Non, celui-là, c'était un militaire. Musclé, cheveux ras. Un uniforme gris comme je n'en avais jamais vu avant. Il a donné un coup de poing sur le toit de la voiture tellement il était furieux.

– Et toujours pas d'enquête ?

– Rien du tout. Et aucune compensation pour les trois bêtes non plus. Seulement de quoi nous faire taire. C'était pas beaucoup. Comment on est censés expliquer qu'on a perdu trois bêtes, nous ?

– La semaine dernière, ça a été pire… ce n'était plus un buffle, n'est-ce pas ? Cette fois, ç'a été un gosse. Vous savez ce qui s'est passé ?

Les deux hommes restèrent muets, comme si une main invisible avait tiré sur un fil attaché à leur mâchoire.

– D'accord, je vais vous le dire, moi, ce qui s'est passé.

Je laissai mon imagination inventer un scénario raisonnable à partir de ce que je savais. J'aimais bien m'entendre penser ces choses-là à voix haute. Quand je me contentais d'avoir une conversation dans ma tête, c'était toujours brillant, mais dès qu'elle se retrouvait sous forme de mots, mes oreilles repéraient les points faibles et disaient à mon cerveau d'aller jouer ailleurs.

– La voiture est sortie de la route après qu'un coup de feu a fait voler en éclats la vitre latérale, côté conducteur. L'homme au volant, blessé ou mort, a perdu le contrôle. La voiture roulait à vive allure, est passée dans un des nids-de-poule de cette saleté de route, a crevé un pneu, est partie en tête-à-queue et a atterri dans le fossé. À peu près à l'endroit où je me trouve maintenant. Votre neveu, qui avait assisté à la scène de la colline là-bas, était curieux de nature et s'est approché pour voir. Il a vu quelqu'un qui fouillait dans le portefeuille du conducteur. Il a tourné les talons, mais le ou les types, il y en avait plus probablement deux, l'ont vu, rattrapé et abattu. On vous a dit plus tard qu'il avait été fauché par une voiture, mais on ne vous a pas laissé voir le corps. Tout ce que vous avez eu, c'est une urne pleine de cendres, qui a été enterrée le soir même.

Cela semblait plausible, pas brillant mais plausible, même si j'avais inventé le fait que la voiture avait atterri sur le côté gauche et omis de dire que le garçon avait eu la gorge tranchée.

Ils me dévisagèrent tous les deux. Le plus jeune tremblait tellement que j'eus peur qu'il s'écroule. Le plus vieux hocha lentement la tête.

– Nous ne voulons pas d'ennuis.

– Mon vieux, vous n'avez que ça, et vous en aurez de pires si vous répétez à quelqu'un, qui que ce soit, ce que je viens de vous dire. (Je laissai la menace faire son effet.) Et maintenant, aidez-moi à sortir ma voiture du fossé. (Ils ne bougèrent ni l'un ni l'autre.) Laissez-moi vous expliquer ça autrement. Je suis votre seul espoir de découvrir qui a tué ce garçon, croyez-moi. Ou pas. À votre place, je ne me croirais pas. À votre place, j'irais trouver un téléphone et j'appellerais Li Min Sung, l'agent de sécurité.

À l'air qu'avait pris le jeune homme je vis que j'avais fait forte impression. Les gens du coin aimaient bien Li ; ils lui faisaient confiance. Il était là depuis longtemps, se montrait toujours correct avec eux et ne leur faisait pas trop d'ennuis pour des infractions mineures. Si Li et moi étions amis, peut-être pouvaient-ils me faire confiance, à moi aussi.

– Dites-lui qu'il a le bonjour de l'inspecteur O.

Le plus âgé des deux cracha dans ses mains.

– Remettons cette voiture sur la route, dit-il.

11

– Où êtes-vous ?

Pak était énervé.

– J'appelle d'une cabine.

– Vous êtes censé être ici. On vous cherche.

– J'avais compris. Quelqu'un s'est garé sur ma place de parking, alors j'ai décidé d'aller faire un tour.

La voix de Pak prit le voile qu'elle portait lorsqu'il voulait que je l'écoute attentivement.

– Deux gars plutôt baraqués sont passés pour parler d'un certain Chong. Vous connaissez quelqu'un qui porte ce nom ?

– Une minute. Laissez-moi réfléchir. (Je laissai passer un intervalle suffisant.) Non. C'est étrange, non ? On peut passer toute une vie et ne jamais rencontrer de Chong. Ce ne serait pas un nom arabe, ça ?

Je jetai un coup d'œil à la rue pour voir si quelqu'un s'était arrêté pour me regarder. Personne.

– Qui parle d'Arabes ? Ils voulaient savoir où vous étiez la semaine dernière. Je leur ai dit que, comme vous étiez sur les nerfs, je vous avais donné quelques jours de repos. Vous vous sentiez reposé lorsque vous êtes revenu au bureau, n'est-ce pas ?

– Reposé n'est pas vraiment le mot.

– Autre chose. Ils m'ont dit que votre frère se joignait à l'enquête. Il arrive demain pour que vous le mettiez au courant.

– Pas question.

Il y eut un long silence.

– On ne nous a pas demandé notre avis, inspecteur. Nous n'avons pas notre mot à dire. Votre frère a été dépêché pour contrôler notre enquête. Me fais-je bien comprendre ?

– Je vous l'ai dit : il n'en est pas question. Et c'est sérieux. Je ne travaillerai pas avec lui. Il y a cinq ans, on s'est mis d'accord. Nous ne sommes plus frères. On ne se voit pas. On ne se parle pas. On vit sur deux planètes distinctes. Je m'en tiens aux termes de notre accord. S'il vient sur l'enquête, vous devrez m'en dessaisir.

– Les problèmes familiaux ne sauraient intervenir dans…

– Écoute, Pak, ce ne sont pas tes oignons, ni ceux du ministère, ni ceux du Parti. Tout cela est entre mon ex-frère et moi. Il salit le nom de mon grand-père. Je ne le tolérerai pas. Tu veux que je te le redise ? Je ne le tolérerai pas. Oublions ça, d'accord ?

Pak devait penser que j'étais fou pour dire des choses pareilles au téléphone. La plupart du temps, notre ligne n'était pas surveillée – trop de cibles par ailleurs et pas assez de personnel, mais nous savions tous les deux que cette affaire nous avait probablement placés sur la liste rouge de la Sécurité militaire, ce qui voulait dire que les lignes du bureau étaient chaque semaine une des priorités de quelque équipe volante. J'y comptais bien. Ce que j'avais dit arriverait aux oreilles de mon frère. Je voulais qu'il l'entende de ma bouche, même si ce n'était pas en face. Et je voulais que la transcription soit communiquée en des lieux où elle mettrait un point d'interrogation à côté de son nom. Pas un gros, mais que cela suscite un doute tenace. Rien qui puisse le détruire, mais de quoi l'envoyer un moment sur la touche. On oublierait de le rappeler ; les invitations se feraient plus rares. Ça l'énerverait et lui ferait peut-être perdre l'appétit quelques jours tandis qu'il essaierait de comprendre pourquoi on l'évitait. Il perdrait peut-être même le sommeil à se demander si son nom figurait sur la liste noire de ceux qui, par mégarde, ont dit quelque chose de mal, pris la mauvaise décision ou levé la tête quand celle-ci aurait dû être baissée.

Pak me parlait à nouveau, mais la connexion devint mauvaise et je ne saisis pas la première partie de ce qu'il avait dit.

– … alors ne nous laissons pas distraire par des querelles d'ordre privé.

– Ce n'est pas une querelle privée. C'est moral. C'est philosophique. Une question de nobles idéaux et de gens si pressés de servir la révolution qu'ils piétinent leurs amis, leur famille, même des petits enfants. (Je m'arrêtai sur cette idée, mais ne voulus pas la suivre jusqu'au bout.) Mon frère ne s'y connaît absolument pas en enquêtes criminelles, seulement en crimes, et il s'en fiche. Quelqu'un l'a transféré sur l'affaire pour m'atteindre. Mais devine un peu. Ça ne marchera pas.

Pak se racla la gorge.

– Contente-toi d'arriver ici. Nous prendrons une tasse de thé et nous verrons ce que nous disent les feuilles.

– J'ai une meilleure idée. Pourquoi tu ne viendrais pas me pousser sur la balançoire ?

Je n'eus pas le courage de lui dire ce que j'avais appris à la morgue, à savoir que le thé est toxique à hautes doses.

– Alors, il faudra que tu me pousses sur le toboggan.

Pak était assis sous le saule près de la balançoire quand j'arrivai.

– Personne alentour pour l'instant. Tu te rends compte que ces rencontres en dehors du bureau vont finir par agacer ceux qui nous écoutent. Ils ont horreur des temps morts.

– Bon, eh bien, je me rattraperai. Un après-midi, je leur lirai à voix haute des extraits d'un recueil de poésie. En attendant, nous avons un problème.

Pak rit aux éclats.

– Un problème !

Il se mit à rire de plus belle, d'un grand rire si tonitruant que je me joignis bientôt à lui. Nous deux, assis à côté d'une balançoire rouillée, pliés de rire. Quelques personnes passèrent devant nous, mais aucune ne s'arrêta.

– Bon, on se sent mieux tous les deux, maintenant, dis-je en souriant. Tu veux savoir quel est le problème ?

Pak chaussa ses lunettes noires.

– Pourquoi pas ? Des problèmes, je n'en ai pas assez. Il m'en faut encore un pour avoir les mains pleines.

– Le cadavre est finlandais. On l'a déplacé au septième étage du Koryo, mais il est mort autre part. Quelqu'un ne veut pas qu'il y ait d'autopsie. Qu'il soit finlandais a son importance pour le quelqu'un en question. C'est peut-être pour ça qu'on a changé toutes les étiquettes de ses vêtements. Et je suis prêt à parier n'importe quoi que tout ça est lié à ce gamin égorgé à côté de la Mercedes noire au détecteur de fréquences. Tu sais… celle qui a fini dans le fossé.

Je n'étais pas sûr que ce soit le moment de lui raconter ma conversation avec les deux paysans au bord de la route.

– C'est tout ? C'est tout ce que tu as ? (Il renifla.) Tu ne fais que me jeter des faits isolés à la figure. Que des perles et pas de fil.

– L'image est mauvaise. Ne pense pas à des perles. Pense à des arbres.

Il grogna.

– C'est reparti. Du bois, j'aurais dû m'en douter.

– Je ne te parle pas de bois, mais d'arbres. Tu as déjà vu les racines d'un arbre ? Elles partent dans tous les sens. Aucune cohérence. Quand on y pense, c'est la même chose pour les branches. Mais toutes travaillent de concert. Ton problème, Pak, c'est que tu regardes toujours les faits d'un point de vue mécanique. Chaque pièce doit correspondre à un endroit précis.

– Je fais ça, hein ? J'essaie de voir comment les faits correspondent entre eux. C'est comme ça qu'on résout des affaires. C'est la procédure standard. Testée, éprouvée, efficace. Ou alors, après toutes ces années, tu as une meilleure idée ?

– Les faits sont organiques. Ils n'ont pas besoin d'être bien rangés, seulement d'aller ensemble. Penses-y. Une voiture ne peut pas perdre le contrôle à grande vitesse, crever un pneu et terminer dans un fossé sans que la carrosserie en souffre un peu. Et ce fossé, je le connais. Je l'ai vu. (Je m'arrêtai pour voir s'il allait réagir. S'il le fit, ses lunettes noires le cachèrent plutôt bien.) Cette histoire d'accident est une mise en scène, tout comme le cadavre de l'hôtel. Que sais-tu du septième étage du Koryo ?

– C'est-à-dire ?

– Le concierge m'a dit qu'il était difficile de louer cet étage-là. Je dirais que c'est là que se trouvent une partie des armoires du système central d'écoute. C'est peut-être même un étage dont la Sécurité militaire a pris le contrôle. Il n'y aurait pas moyen de vérifier ?

– Peut-être. Peut-être pas. Mais pourquoi aurait-on déposé le corps à cet endroit précis ? Et d'ailleurs, le corps de qui ?

J'ignorai la deuxième question.

– Peut-être que ceux qui ont fait ça font partie d'une unité de province. Et si tout cela n'était pas un coup monté, mais une grossière erreur, le plantage de quelqu'un qui n'a pas cherché à savoir ce qu'il ne savait pas ? Les chambres du septième ne sont jamais louées à moins que l'hôtel soit plein. Ce qui n'est pas arrivé depuis des semaines. C'est mou. Le concierge craint que si le bruit court qu'il y a eu un cadavre dans son hôtel, cela ne ruine la réputation du Koryo et lui fasse perdre sa clientèle. C'est pour ça qu'il m'a parlé du septième étage. Il voulait me dire que le meurtre n'avait pas eu lieu dans son hôtel. Seulement, il ne pouvait pas me le dire directement.

– Nous avons donc besoin d'une autopsie, de quelque chose qui puisse prouver que la victime était morte avant qu'on la dépose dans la chambre.

– Kim va essayer de l'empêcher par tous les moyens ; là-dessus, la mercenaire de la morgue a été parfaitement claire. Mais elle m'a laissé inspecter les sacs d'effets, l'air de rien. Il y avait des aiguilles de pin dans l'ourlet du pantalon du Finlandais. J'en ai pris quelques-unes. Ça nous donne un point de départ.

– Parfait, toi, tu commences par les pins de la côte ouest, je prends ceux de la côte est et on avance vers le centre. (Sa tête effleura les branches basses du saule lorsqu'il se releva.) Tu en as fini avec cette approche organique de résolution des crimes ? J'ai de la paperasse jusqu'ici.

– Les aiguilles sont courtes, vertes, pas sèches. Ne me demande pas ce que ça veut dire. Je n'en sais rien. J'ai aussi repêché deux jeux de clés provenant de l'accident de la Mercedes. Pourquoi deux ? On a vidé le portefeuille du conducteur.

– Et où est le rapport ? Que nous apportent les deux jeux de clés ?

– Tu veux savoir comment s'ordonnent les faits ? Ou bien comment ils vont ensemble ?

– Je m'en fous complètement.

– Peut-être qu'ils nous apportent un élément nouveau sur les voitures impliquées dans cette histoire.

– Supposons. Mais les clés, ça se perd. Le conducteur avait peut-être besoin d'emporter un double. Tes « peut-être », garde-les pour toi. (Il poussa une des balançoires.) Je suis censé aller voir le ministre et lui dire : « Peut-être qu'on a résolu l'affaire. Il y avait deux jeux de clés. Je le sais parce qu'un de mes meilleurs hommes les a volés à la morgue. » Je veux des faits, nom d'un chien ! Et je ne veux plus entendre parler de racines.

– On sait que le type est finlandais.

– C'est tout ce que tu sais dire. Qu'y a-t-il, exactement, entre toi et les Finlandais ?

Pak n'était pas fâché contre moi ; il avait seulement du retard dans sa compréhension des événements. À ce stade de l'enquête, lorsque nous n'avions encore que des faits isolés et pas grand-chose d'autre, il avait tendance à s'énerver.

– Encore une chose… (Je lui devais bien de lui dire ce que je savais, ou croyais savoir.) J'ai dû discuter avec deux fermiers.

Pak ôta ses lunettes noires, très lentement, comme chaque fois qu'il sentait venir une mauvaise nouvelle.

– C'est-à-dire ?

– L'un d'eux était l'oncle du garçon qui a été tué. C'est une longue histoire. En tout cas, ils sont de notre côté. Je leur ai dit d'appeler Li Min Sung s'ils voulaient se renseigner sur mon compte. (Je souris, mais sans grande conviction.) Nous avons besoin de quelqu'un qui nous aide un peu.

Pak acquiesça.

– Magnifique, dit-il, à présent nous avons la fille d'étage du Koryo et deux paysans qui travaillent pour nous. Et de l'autre côté, Kim et sa bande de serpents. (Il marqua une pause.) Tu as envie de me parler de Chong ? (Avant même que j'aie pu ouvrir la bouche, il leva une main en l'air.) Laisse tomber. J'ai ma réponse et je n'ai pas envie d'en savoir plus. (Il m'agita un doigt sous le nez.) Je vais passer quelques coups de fil. Pourrais-tu, s'il te plaît, éviter les ennuis pendant trois ou quatre heures, le temps que je nous trouve une protection ? Le ministre t'aime bien, mais bon, lui n'a pas à supporter tes bouts de bois. Si j'arrive à le convaincre, il lèvera un bouclier devant nous, mais qui sait quel bien ça fera contre la Sécurité militaire ?

– Je peux commencer à faire le tour des pins de la ville, si tu veux. (Il ne réagit pas. Je voyais bien qu'il pensait à autre chose.) Non, oublie. Je ne travaille pas avec mon ex-frère. Je ne vais pas lui parler. Je te préviens que la seule raison qui l'amène sur cette affaire, c'est de nous mener au précipice.

CINQUIÈME PARTIE

J'ai rêvé d'une plaine, droite jusqu'à l'horizon
Comme si les montagnes étaient tombées
En poussière tout autour ; nous étions fous
De douleur, et hurlions à la Lune
De nous rendre les douces collines ondoyantes
Qui résonnaient jadis des échos de nos rires.
Pyon Kil Sun (1122-1145)

Mon frère avait perdu du poids depuis la dernière fois que je l'avais vu. Il n'avait pas l'air très en forme. Son visage était plat, vide. Même quand nous étions petits, en pleine guerre, alors que les autres gamins étaient maigres et chétifs, lui avait les joues rondes. Les miennes étaient ternes et gercées en hiver ; ses joues, elles, viraient au rouge sous l'effet du froid. Les gens le dévisageaient en se demandant où il trouvait sa nourriture. Mais il ne mangeait pas plus que les autres, parfois il me donnait même un peu de sa ration. Il semblait simplement plus plein que tout le monde. En vieillissant, il était devenu rond, surtout son visage. Au début, quand il grimpait dans la hiérarchie du Parti et était content de lui, cela se reflétait dans ses traits : ronds et lisses, nullement marqués par les gens qu'il avait piétinés dans son ascension. Plus tard, la rondeur s'était changée en lard, puis, avec l'âge, en un masque distendu et menaçant.

Les doigts serrés autour d'une bouteille de bière, il était assis à la brasserie du Koryo, à la table même où j'avais rencontré Kang. Il était contrarié parce que j'étais en retard, et il savait que je le faisais exprès. Ça l'agaçait que je fasse presque tout exprès. Puis il aperçut mon reflet dans la baie vitrée. Il avala une gorgée de bière et je vis son corps se raidir.

Je m'avançai jusqu'à la table et m'assis sans dire un mot. Nous nous dévisageâmes.

– Ce n'était pas mon idée, lâchai-je enfin. J'ai dit il y a cinq ans que je ne te parlerai plus jamais et, en ce qui me concerne, je ne suis pas en train de te parler.

Il fit rouler sa bouteille de bière entre ses mains. Je crus un instant qu'il allait la saisir par le goulot et me la pousser dans la figure, mais il retrouva bientôt son calme.

– Arrête donc, juste une minute, tu veux ? Il se trouve que nous sommes différents, voilà tout. Je crois en ce que je fais. Tu ne crois en rien. On m'a affecté à cette affaire en dépit de mes objections. Ça ne te plaît pas. Mais nous avons tous les deux des ordres.

– Non, tu te trompes. On ne bosse pas ensemble là-dessus. Ni sur rien d'autre, jamais, même pas en enfer.

Il me jeta un regard haineux et je le lui rendis. D'un geste ample, je sortis le morceau de bois de ma poche et me mis à le tourner et retourner entre mes doigts, d'abord dans une main, puis dans l'autre. Avant de venir, j'avais récupéré le morceau de kaki dans ma boîte de courrier en partance. Je voulais l'avoir avec moi pour notre rencontre. Mon frère n'aurait pas fait la différence entre du kaki et du balsa. Mais ce n'était pas pour lui. C'était pour moi.

Mon frère fait partie de ces gens que cela agace de me voir un bout de bois à la main. Pour lui, c'est un défaut de ma personnalité et il n'a aucune pitié pour les gens qui ont des défauts.

– Si tu fais ça pour me taper sur les nerfs, oublie.

Il m'observa tandis que je posais le morceau de bois sur la table, le mettant au défi de le balayer de la main.

– C'est du kaki, dis-je. Très dur. Tes copains du Comité central n'aimeraient pas. Il leur faut quelque chose de plus lisse, de plus malléable.

Avant qu'il ait le temps de dire quoi que ce soit, le piano mécanique se mit en marche : mon rouleau avec les Beatles dessus. Il grimaça.

– Cette musique est un vrai poison. Pourquoi passent-ils des saloperies pareilles ? Pas étonnant qu'on ne puisse plus faire confiance aux jeunes d'aujourd'hui.

– On ne peut pas leur faire confiance… (Je laissai ce mot flotter entre nous, suintant comme une plaie ouverte.) Vas-y, fais-moi le reste de ton sermon sur les renégats socialistes casseurs de révolution qui dévoient les grandes idées du Leader et font tourner les pendules à l'envers.

Il devint blanc comme un linge.

– Tu as beau être de mon sang (il sifflait comme un lézard coincé sous une pierre), tu ferais mieux de faire attention. Tu peux encore te retrouver devant les juges, avec tous les autres.

– Une purge ? Tu vas lancer une purge pour moi tout seul ?

– Ne force pas le destin. Il se passe des choses. Toutes ces immondices seront bientôt balayées du paysage, et avec elles tous ceux qui les ont répandues. C'est fini, le temps où je te protégeais.

Ses yeux étroits et méchants n'avaient jamais été son plus grand atout et ils devenaient plus laids encore lorsqu'il se mettait à parler de cette façon.

Je me penchai au-dessus de la table afin de planter mon regard dans ses vilains yeux.

– Fais modifier tes ordres. Je ne te préviendrai pas deux fois. Fais-les changer et ne te mets pas en travers de mon chemin sur cette affaire.

– Mon frère l'inspecteur de police qui me menace, moi, un vice-président de groupe au Comité central ? (Il ne bougea ni ne recula.) Le cœur battant de la Révolution ne pourra pas te sauver beaucoup plus longtemps, tu n'as pas compris, espèce d'imbécile ?

Un éclair de pure fureur avait dû traverser mon visage avant presque que je le sente moi-même parce que je le vis reculer. Ma voix était rauque ; je ne la reconnus pas lorsque j'ouvris la bouche.

– Dégage d'ici ! Si tu parles encore une fois de Grand-Père sur ce ton, je te tue. (Je me redressai et respirai un grand coup.) De mes propres mains, j'arracherai ce cœur puant de ta poitrine.

Il but une gorgée de bière avec une nonchalance feinte, mais le verre tremblait lorsqu'il le reposa. Puis il se glissa vers l'extrémité du banc, se leva avec raideur et prit la porte. Le portier commença à lever une main vers son chapeau, mais recula d'un pas en voyant l'expression sur le visage de mon frère. Au bar, la serveuse qui tentait de se rendre invisible se figea comme un cerf qui sent venir le danger. Elle avait tout entendu. Lorsqu'elle s'aperçut que je l'observais, elle se mit à essuyer son comptoir avec un chiffon, au même endroit, encore et encore.

2

Durant les deux jours suivants, le temps repartit vers l'été : chaud et humide, air étouffant sous un ciel lourd et gris. On aurait dit qu'un typhon approchait, mais il n'y eut aucune alerte à la radio pour inciter les paysans à se préparer. Tous les matins j'arrivais au bureau suivi de loin par des types qui se fichaient que je les remarque. Pak était en vadrouille les trois quarts du temps, en réunion au ministère ou ailleurs, il refusait de me le dire. Il ne faisait pas grand-chose de plus que marmonner un bonjour en arrivant, ne m'appelait pas dans son bureau, ne demandait à voir aucun dossier, préférait se tenir à l'écart. Je voyais bien qu'il ne dormait pas beaucoup, mais après tout, moi non plus.

Pendant la journée, je relisais mes notes sur l'affaire, appelais des gens qui me juraient ne rien savoir des tensions entre le bureau de Kang et la Sécurité militaire, et redessinai plusieurs fois les plans d'une bibliothèque que je ne fabriquerais jamais. Pak n'ayant toujours pas remplacé notre bouilloire, le matin du premier jour j'allai faire un tour en face, au bâtiment des Opérations, pour me trouver une tasse d'eau chaude. On m'envoya sur les roses ; leur plomberie était en panne pour toute la semaine, et ils n'avaient pas d'eau du tout. J'étais sur le point de suggérer qu'on mette nos ressources en commun, mon eau avec leur plaque électrique, lorsque l'un d'eux me dit que les réchauds ne poussaient pas sur les arbres et que si je voulais me servir du leur, pourquoi je ne participerais pas aux frais ? Qu'ils aillent au diable, pensai-je, avant de battre en retraite dans mon bureau. Un après-midi, je me rendis au Koryo, juste pour jeter un œil au septième étage et examiner les entrées de derrière. Je n'appris rien.

Chaque fois que je sortais, il était évident que j'étais surveillé. C'était toujours la même chose. Le matin, ils se laissaient voir. Le reste de la journée, si je sortais, ils se tenaient en arrière, jouaient à cache-cache, sans jamais essayer de disparaître complètement. Le soir, quand j'ouvrais la porte de mon appartement, je voyais qu'on l'avait visité. Rien de spectaculaire, quelques objets légèrement déplacés, juste pour que je sache qu'ils étaient passés. Ils ne cherchaient rien de précis, et mon petit doigt me disait qu'ils n'allaient pas y cacher des choses compromettantes.

Samedi, le troisième jour, Pak entra dans mon bureau le sourire aux lèvres.

– Nous allons avoir de la visite, dit-il. Un inspecteur expérimenté de l'Agence nationale de la police finlandaise. Il s'appelle Pikkusaari… quelque chose comme ça. (Il attendit ma réaction : il pensait que je dirais non.) Fantastique ! Enfin quelque chose qui te laisse sans voix. Je peux te dire que cette décision a provoqué pas mal de remous ces dernières quarante-huit heures. Le vice-ministre a failli avoir une attaque et s'est plaint que cela constituait une terrible insulte à la nation. C'était absolument la chose à ne pas dire. (Il sourit, radieux.) Il a enfin commis une grosse erreur. J'espère qu'elle lui sera fatale. Le commandement voulant montrer que nous n'avons rien à cacher dans cette affaire, quand les Finlandais nous ont transmis la traditionnelle demande d'information, quelqu'un au sommet a décidé de les inviter. (Il s'avança vers ma fenêtre et contempla la rue déserte.) Ce Pikkusaari est censé recevoir notre pleine et entière collaboration. Ce qui veut dire… (Pak se retourna et montra du doigt les dossiers sur mon bureau.)… que tu lui parleras des aiguilles de pin et peut-être des étiquettes neuves sur les vêtements, mais ni de la Mercedes ni du garçon mort.

– Le gosse ? Qu'a-t-il à voir avec l'affaire du Koryo ? Et qui a dit aux Finlandais que le cadavre était celui d'un des leurs alors qu'on ne peut pas en être absolument certains, en tout cas pas encore ? C'est ce que Kang prétend, rien de plus. Et qu'est-ce que je suis censé faire si ce Pikkusaari entend parler du gamin et de la Mercedes par ses propres moyens ? Personne ne va vouloir qu'un étranger flaire l'odeur de ce qui se trame entre la Sécurité militaire et les services de Kang. En fait, s'il l'apprend, quelqu'un par ici sera accusé d'aider l'ennemi, d'ébruiter des informations sensibles, quelque chose de terrifiant.

– Ne t'en fais pas, ce Pikkusaari ne fera aucune découverte qu'il ne serait pas censé faire. Et tu sais pourquoi ? Parce que tu seras avec lui à chaque seconde de son séjour. Il ne reste que trois jours, il arrive par le vol de mardi et repart samedi matin. Qui sait, peut-être qu'il nous aidera à identifier formellement le corps. Peut-être même pourra-t-il nous fournir un élément qui nous aidera à résoudre l'affaire, miracle des miracles ! L'essentiel est qu'il reçoive tout le concours dont il aura besoin. (Il s'éclaircit la voix à l'aide d'un de ses toussotements nerveux.) Je ne sais pas qui a dit aux Finlandais que c'était un des leurs. Ça pourrait bien être ceux-là mêmes qui l'ont tué.

Il me regarda, je levai les yeux vers la frise au plafond.

– Tu ne t'es jamais posé de questions sur ces moulures ? Je veux dire… qu'y a-t-il sous toute cette peinture ?

– Non, inspecteur, ça ne m'est jamais arrivé. Tu veux mon avis ?

– Pourquoi pas ?

– Quoi qu'il y ait sous cette peinture, ça n'a rien à voir avec la Finlande.

– D'accord, dis-je, ce type reçoit toute la coopération dont il a besoin et il n'a pas besoin de toute notre coopération. (Pak acquiesça. Je cherchai un bout de papier présentable dans mes poches et commençai à prendre des notes.) A-t-il la permission de sortir de Pyongyang ?

Pak n'avait jamais été très difficile à lire et je vis l'expression de son visage passer comme les vitesses d'un camion de l'inquiétude au soupçon, puis s'arrêter sur la résignation.

– Pourquoi ? Que prépares-tu déjà ?

– Rien. Mais s'il reconnaît le corps, ça pourrait nous conduire hors de la ville, peut-être même à l'endroit où on trouve ces pins.

– Qui se trouvent où ?

– Il s'agit d'une espèce de pin montagnard, des arbres bas, ça pousse sur des rochers à flanc de colline.

– Comment le sais-tu ?

Je voyais qu'il essayait d'imaginer quelles règles j'avais enfreintes pendant qu'il était occupé à repousser les assauts du vice-ministre.

– Il fallait que je m'occupe, ces deux derniers jours. Du coup, j'ai fait quelques recherches.

– Inspecteur O. (Pak ne m'appelait que rarement par mon nom ; quand il le faisait, cela voulait dire qu'une sorte de déclaration officielle allait suivre.) Nous allons résoudre cette affaire, malgré les mines que l'on sème sur notre chemin. Mais nous devons le faire en formation serrée. Et dans cette affaire, c'est moi qui décide du pas, du rythme et de la direction. Donc, pas d'idées lumineuses. Pas de recherches indépendantes. Puis-je être plus clair ?

– Et le garçon ?

– Ne me bassinez pas avec ce garçon, je vous préviens. On finira aussi par trouver qui a fait ça. Et un jour (il s'arrêta pour laisser ces mots me rentrer dans le crâne), un jour, nous ferons peut-être certaines choses à ta manière. Bon sang, nous finirons probablement par presque tout faire à ta manière. Un beau jour. Mais dans l'immédiat, il faut que tu suives ma méthode.

– Ça n'a rien à voir avec mon frère, si ?

– Non, il ne s'agit pas de ton foutu frère, et peut-être que tu n'es pas au courant, mais tu as failli nous faire envoyer tous les deux dans un camp, quelque part dans les montagnes, à cause de la manière stupide avec laquelle tu as réagi. La serveuse du Koryo a failli mouiller sa culotte tellement elle a eu peur en entendant ce que tu lui disais. Pour un adulte, tu te comportes vraiment comme un idiot, parfois, tu sais ?

Il termina en respirant par le nez pour tenter de reprendre le contrôle de ses nerfs. Quelque chose le rongeait ; il ne se mettait jamais à ce point en colère.

Il ne connaissait pas mon frère, pas aussi bien que moi. Mais il avait raison. Nous avions d'autres problèmes. Je m'occuperais de mon frère plus tard.

– Faites-moi confiance, chef, je vous laisse l'initiative avec le visiteur. (Il avait horreur que je l'appelle « chef ». Je le faisais pour le perturber.) J'ai droit à des notes de frais ? Il va falloir que je l'emmène dîner, ne serait-ce que par politesse. C'est lui, l'invité. Et moi l'hôte. Je ne peux pas lui demander de l'argent pour l'essence ou mes repas. Ce serait gênant. Nous sommes un peuple hospitalier. C'est ce qu'on entend tout le temps à la télé. Où va-t-il dormir ?

– Je voulais qu'il soit à la maison d'hôtes du ministère, mais le vice-ministre a fait des histoires, donc il sera au Koryo. Ça a des bons et des mauvais côtés. Il devrait en savoir assez pour tenir sa langue dans la chambre. Sinon, je compte sur toi pour le mettre en garde. Je ne sais toujours pas ce que Kim et ses gars viennent faire dans tout ça. Tu as peut-être raison : il pourrait y avoir un rapport entre la Sécurité militaire et le septième étage, mais tu ne m'en as apporté aucune preuve pour l'instant, et je n'ai pas réussi à trouver quoi que ce soit. Mes sources regardent dans le vide chaque fois que je soulève la question. En attendant, si on retrouve des crottes de Kim, je ne veux pas qu'il l'apprenne.

– Ces arbres poussent autour de Hyangsan. (J'étudiais une carte étalée sur mon bureau.) Les gens croient qu'ils sont rabougris parce qu'ils poussent sur des rochers à flanc de montagne, mais ce n'est pas le cas. C'est leur taille adulte. Ils sont petits, voilà tout. C'est pour ça que les aiguilles sont si courtes.

Il regarda la carte.

– Si le Finlandais était à Hyangsan, alors cette affaire n'est pas ce que je pensais. Ces arbres ne poussent-ils pas ailleurs ?

– Autrefois il y en avait à Chagang, un village au sommet d'une montagne, mais je crois qu'ils ont tous été abattus il y a vingt-cinq ans par des fermiers qui cherchaient à défricher des terres cultivables que personne d'autre ne voulait.

– Te voilà expert en villages de montagne, tout à coup ?

– Non, j'ai passé un coup de fil à l'Office des forêts de l'université. Rassure-toi, je ne leur ai pas dit qui j'étais. Ils croient que j'organise une excursion botanique. Ils m'ont dit qu'ils étaient en train de cultiver un certain nombre de ces arbres et qu'ils essaieraient d'en replanter un peu partout à partir de l'année prochaine, mais pour l'instant les derniers spécimens sauvages se trouvent autour de Hyangsan.

– Alors comment ont-elles atterri dans les ourlets de notre cadavre ?

– Peut-être qu'il avait une chambre à l'hôtel Hyangsan et faisait de la randonnée dans le coin. Peut-être que quelqu'un a caché son corps là-haut après qu'on l'a tué. Mais à un moment ou à un autre dans toute cette histoire, je parie qu'il s'est trouvé à Hyangsan. Ou au moins son pantalon.

– Les registres de l'hôtel ne peuvent pas nous apprendre son nom ?

Pak savait que si ç'avait été aussi simple je l'aurais déjà fait. Il pensait tout haut, rien de plus.

– Pas de registre. Celui des quatre dernières semaines a disparu. Le directeur de l'hôtel m'a dit que quelqu'un était venu et avait annoncé avoir besoin de l'emporter pour un audit. Il a cru que ça faisait partie des nouvelles directives économiques, jusqu'à ce que les gars de l'audit central débarquent et demandent à voir ses archives. Tu le crois si tu veux, mais maintenant ils stockent certaines de leurs fiches sur un ordinateur, et celui qui a embarqué les copies papier n'a pas pensé à chercher là. Cela dit, les données sur ordinateur sont seulement partielles parce que les machines plantent chaque fois qu'il y a une coupure de courant et ça efface toute la mémoire. Notre technicien m'a dit avoir lu dans un manuel qu'il y avait un moyen d'accéder aux données gardées en mémoire si on possède le matériel adéquat. (Je pris soudain conscience du ridicule de mon propos.) Ce qui veut dire que nous n'avons aucune chance d'y accéder un jour.

Pak était perdu dans ses pensées.

– Je suis trop vieux pour ça, dit-il. Autrefois, on travaillait uniquement sur papier, tu te rappelles ? Et les dossiers papier, c'était vraiment bien… (Sa voix faiblit.) Carrément bien.

Il hocha lentement la tête et se dirigea vers la sortie.

– Je vais déjeuner. Toi, tu réfléchis à ce que tu vas faire de ton nouveau coéquipier finlandais. Donne-moi un programme journalier, quelque chose de ce genre-là. J'aurai besoin de justifier les frais d'essence si vous allez à Hyangsan. Et il te faudra des chambres et des repas. Dis à ton nouvel ami Pikkusaari de se mettre au thé. Le café qu'ils servent là-haut n'est pas terrible.

3

– Que savez-vous des opérations de Kang en Finlande ?

L'Irlandais arrêta le dictaphone. Il avait demandé ça calmement, mais sans prétendre se désintéresser de la réponse. Je m'attendais à sa question.

– Rien. Il n'a jamais rien dit. Et je n'ai jamais demandé.

– Pak n'en a pas parlé ?

– Comment Pak aurait-il été au courant des opérations étrangères ?

– C'était un homme intelligent. Il connaissait plutôt bien Kang. Les gens se parlent, même dans votre pays.

– Comment sauriez-vous que les gens se parlent dans mon pays, Richie ? Rendez-nous service, il se fait tard. Tenez-vous-en à ce que vous savez.

– Vous n'avez pas la moindre idée de ce que je sais, inspecteur. Si ça se trouve, je suis déjà au courant de toute l'histoire et vous ne me servez qu'à confirmer quelques faits. Ou alors, je me fiche totalement de l'histoire et ne fais que me payer votre tête. Pour quelqu'un qui n'a rien dans les mains et qui est assis à ma table, vous êtes un virtuose des cartes.

– J'ai tout de même un atout dans mon jeu. La Finlande. C'est là-bas que vous avez commencé à vous intéresser à Kang, n'est-ce pas ? Il s'en servait sûrement comme d'une sorte de base. C'est un endroit calme, un peu à l'écart, et où les gens se mêlent de leurs affaires. Je parie qu'on peut y faire de longues promenades sans jamais croiser personne. Qu'a-t-il fait pour attirer votre attention ? Ou est-ce les Finlandais qui vous ont alerté ?

Il me fixa du regard.

– Vous posez des questions que vous feriez mieux de ne pas poser, inspecteur.

– Vous voulez dire que vous l'ignorez ?

– Parfait, ça fera l'affaire. Je n'en sais rien. Vous êtes satisfait ?

– Kang est mort. Votre dossier est bon pour la poubelle. Mais vous me demandez de vous donner plus de détails là-dessus et je n'ai pas l'habitude de faire ça à moins de savoir pourquoi.

– Je ne vous dirai rien. (Il arrêta le dictaphone.) Et du rien, en voici. Kang était ce que l'on considérait comme notre test de réalité. Fabuleux nom de code.

– Il avait un nom de code ?

– Juste pour nous, en interne, par commodité. On l'appelait Boucle d'or. (Il marqua une pause.) Vous me suivez ? (J'acquiesçai, il poursuivit.) Il y a toutes sortes d'informations délirantes qui circulent sur votre pays, mais ça, vous le savez déjà. Des histoires de fou. On y aurait vu des dinosaures. Bien sûr, c'est en partie grâce à nous… Nos gars lancent des rumeurs qui ricochent un peu partout avant d'arriver sous une forme légèrement différente aux oreilles des Italiens ou des Allemands. Ils les reconditionnent et finissent par nous les transmettre. Ensuite, il y a tout ce que vos gars font circuler pour nous faire courir après des fantômes, parfois c'est très bon, parfois c'est à mourir de rire. Pour le reste, en général, c'est juste quelqu'un qui essaie de se faire quelques à-côtés, et quelqu'un d'autre qui le dénonce pour l'honneur d'avoir livré plus de paperasse que les autres. Difficile à suivre, tout ça. Finalement, on s'est dit qu'il devait y avoir un truc pour nous aider à garder le sens des réalités. Une personne de confiance.

– Kang n'aurait jamais travaillé pour vous.

Il haussa les épaules.

– Vous ne travaillez pas pour moi, inspecteur. Mais vous êtes ici et j'ai un dictaphone qui tourne. (Il laissa l'idée flotter dans la pièce, puis continua.) Je ne l'ai jamais rencontré, mais d'après ce que j'ai entendu, votre M. Kang avait la tête bien faite et un sens aigu des réalités. Ni trop froid, ni trop chaud. Juste à point.

– Alors comment faites-vous maintenant qu'il n'est plus là ?

– Il ne peut pas avoir été le seul homme intelligent de votre pays.

Je souris.

Il attendit. Ferma les yeux et leva le menton à nouveau, comme un touriste faisant mine de ne pas remarquer que les nuages ont caché le soleil.

– Bon, reprit-il enfin. Nous pouvons oublier ça pour l'instant, inspecteur. Suivons votre conseil et tenons-nous-en à ce que nous savons. Pikkusaari, par exemple. Que pourrait-on en dire… Un type amical ? Austère ? Quelqu'un qui connaissait la musique ?

– J'aimerais pouvoir vous le dire, Richie, mais je ne peux pas. Je ne l'ai jamais rencontré.

4

Le mardi matin, j'étais à l'aéroport quand l'avion s'approcha du bâtiment des terminaux. Je regardai chacun des passagers descendre la rampe et m'arrêtai sur un petit monsieur aux cheveux châtains : la soixantaine, ce devait être mon policier finlandais. Il devait y avoir un interprète du ministère des Affaires étrangères, mais il n'était pas arrivé et j'en étais réduit à espérer que le Finlandais et moi connaîtrions à nous deux assez de russe pour échanger des salutations, attendre que les bagages aient passé la douane et discuter de la pluie et du beau temps sur la route de l'hôtel.

Le petit homme châtain s'avéra être un ingénieur agronome allemand. Il n'y avait pas de Finlandais dans l'avion. Alors que je me lançais à la recherche d'un téléphone, le chargé de liaison du ministère des Affaires étrangères arriva vers moi en courant, le visage en sueur bien qu'il ne fasse pas chaud à l'intérieur du bâtiment.

– Qu'est-il arrivé à notre Finlandais ?

Le chargé de liaison et moi avions travaillé ensemble par le passé. Ce n'était probablement pas sa faute, mais il avait quelque chose qui m'agaçait chaque fois que je le voyais. Peut-être son sourire. Il trônait sur son visage comme une mouche sur une pêche pourrie.

Ses yeux se posèrent sur mon revers et y cherchèrent le badge que, pour travailler avec moi depuis des années, il savait ne pas y être. Certaines personnes me dévisagent un moment en silence quand ils ne le trouvent pas, puis reprennent la conversation. Le chargé de relations n'était pas de ceux-là. Il détournait toujours les yeux furtivement, comme si c'était la première fois qu'il voyait une chose pareille, puis se mettait à bégayer légèrement avant de se reprendre.

– Le F-F-Finlandais a raté son a-a-avion. Un problème de visa.

– Vous voulez dire que le consulat de Pékin a merdé ? La tête de quelqu'un va tomber et ce ne sera pas la mienne.

Il s'essuya le visage avec un mouchoir de soie bleue, de ceux qu'on vend par cartons entiers à l'aéroport de Pékin.

– L'autorisation n'est jamais arrivée. On a appelé le c-c-consulat pour être sûrs qu'ils délivreraient le visa. Ils ont dit que ça ne poserait pas de problème, du moment qu'on leur envoie les f-f-formulaires. (Il marqua une pause de quelques secondes ; elle parut aider à le calmer.) Le cryptographe dit qu'il y a eu une transmission à l'heure prévue, mais que rien n'était passé, alors il a cru que c'était seulement les problèmes matériels habituels. Puis il a revérifié et s'est aperçu que le numéro d'émission était valide. Nous l'avons comparé avec nos registres pour être sûrs.

– On l'aurait bloqué ?

Il avala bruyamment sa salive et baissa la voix.

– Je n'ai p-p-pas dit ça.

– Non, vous ne l'avez pas dit. Bon, et le train ? Faites en sorte qu'il ait son visa demain et mettez-le dans le train à la gare de Pékin. Il débarquera ici avec quelques jours de retard, fourbu et grincheux, mais ce ne sera rien de plus que ce à quoi nous avons déjà fait face pour d'autres visiteurs officiels grâce à votre ministère. (Je voyais qu'il se forçait à ne pas regarder mon revers à nouveau.) Ne vous en faites pas. (Je me penchai vers lui et lui chuchotai à l'oreille.) Ils ne le mettent pas dans votre dossier si vous vous tenez près de moi.

– T-t-très drôle.

Il fit un pas en arrière et, comme à son habitude, commença à passer en revue des excuses visant à mettre un terme à notre conversation.

Je décidai de l'aider.

– On a fini ? lui demandai-je.

Il acquiesça et parut soulagé, mais ensuite il hésita.

– Quand le Finlandais a appris qu'il s'était déplacé jusqu'à Pékin et qu'aucun visa ne l'attendait au consulat, il a été assez vexé. Han, le gars du bureau des visas, m'a dit qu'il lui avait demandé de rester un jour de plus pendant qu'on mettait ça au clair, mais le Finlandais a ramassé son passeport, dit qu'il avait mieux à faire de son temps et il est parti en claquant la porte. On a appelé son hôtel pour lui offrir le train, des fois on est capables d'avoir des idées tout seuls, vous savez. Vous autres flics n'êtes pas les seuls à pouvoir réfléchir.

– Formidable. Vous pouvez réfléchir. Et après ?

– Il avait déjà réglé sa note. Il y a un vol Finnair qui part de Pékin pour Helsinki cet après-midi à deux heures. Il est probablement déjà à l'aéroport en ce moment même, en train d'attendre de pouvoir embarquer.

Un peu à l'écart de la foule, près de l'entrée du terminal, je repérai une silhouette familière.

– On reste en contact, dis-je au chargé de liaison au moment précis où il laissait tomber son mouchoir.

Lorsqu'il s'agenouilla pour le ramasser, le badge glissa de son revers.

– C'est pas votre jour, on dirait. Bienvenue au club.

Kang me fit signe de le suivre dehors. Au moment où j'arrivai sur le parking, il était en train de grimper dans une vieille guimbarde d'un bleu poussiéreux, la Nissan que j'avais entendue démarrer devant mon hôtel à Kanggye. Je montai à la place du mort. Kang jeta un coup d'œil dans le rétroviseur et le rajusta de manière à pouvoir surveiller ce qui se passait derrière nous sans être obligé de rendre ça trop flagrant.

– Les aéroports sont des endroits palpitants, vous ne trouvez pas, inspecteur ? On ne sait jamais qui on y verra. Ou qui nous y verra.

– Vous savez qui nous a joué ce tour de con pour le visa du policier finlandais ?

– Je ne saurais vous le dire avec certitude, mais nous avons toutes sortes d'activités à Pékin. Il y a quelque temps nous avons loué un appartement qui surplombe l'arrière du consulat. Nous n'avons rien dit de tout cela à Kim, d'ailleurs. De la fenêtre de l'appartement, on peut voir tous ceux qui entrent au consulat et en sortent. Une équipe au complet de trois hommes de la Sécurité militaire est passée l'autre soir, tard.

– Tard comment ?

– Deux heures du matin. L'éclairage n'est pas fantastique dans le coin à cette heure-là, et nous n'avons pas assez de jumelles à vision nocturne, mais on a vu que l'un d'eux portait un petit sac, sûrement des outils. Ils sont entrés sans attendre qu'on leur ouvre, ce qu'ils ne sont pas censés faire, et trente minutes plus tard ils sont ressortis. Ils ont dû triturer quelques fils dans le système de com.

– Pourquoi les gardes chinois ne les ont-ils pas arrêtés ?

– Ils avaient des sortes de papiers d'identité. Peut-être que le service chinois collabore avec eux. Les Chinois ne m'inspirent pas confiance, tous autant qu'ils sont. (Il démarra le moteur, c'était bien le toussotement qui m'avait réveillé à Kanggye.) Mieux vaut ne pas nous éterniser ici. Rentrons.

– Attendez, je suis venu en voiture.

Alors que je m'apprêtais à ouvrir la portière, Kang accéléra et, dépassant un minibus, s'engagea sur la route.

– Laissez-la, dit-il. Vous en trouverez une autre.

– Vous êtes fou ? Pak va me trucider si je laisse la voiture ici. Je ne suis même pas censé la conduire la moitié du temps.

Nous dépassions déjà et à vive allure la première ligne de grands ensembles de béton tristement quelconques qui s'élèvent au-delà de l'aéroport, et Kang n'avait manifestement pas l'intention de faire demi-tour.

– Ne vous en faites pas pour Pak. Je lui ai dit que vous aviez besoin d'une nouvelle voiture. L'autre est cabossée, de toute façon. Qu'avez-vous fait ? Vous l'avez plantée dans un fossé ?

Nous freinâmes brusquement, traversâmes le talus central et nous coulâmes sur une route secondaire en terre, devant un agent de circulation posté à un point de contrôle. Le fonctionnaire fixa Kang d'un air absent, puis tourna son visage vers la route principale. Kang poursuivit en direction d'un petit bosquet, s'arrêta derrière les arbres et coupa le moteur. En provenance de l'aéroport, deux Mercedes noires passèrent en trombe. La seconde ralentit légèrement au point de contrôle, mais quand l'agent de circulation lui indiqua la direction de la ville, elle accéléra de nouveau.

– J'imagine que vous n'aviez pas envie de voir l'inspecteur finlandais ici.

Je vis Kang s'avachir dans son siège et feindre la détente une fois que les deux berlines furent hors de vue.

Ses lèvres caressèrent l'idée d'un sourire, puis y renoncèrent.

– Pas plus que vous, j'imagine. (Il martela son volant du bout des doigts.) Ça m'aurait fait une personne de plus à protéger de ces serpents. Sans compter que vous auriez pu tomber par hasard sur des choses qui dépassent le cadre de votre enquête. Mais non, ce n'est pas moi qui l'ai empêché de venir. Et je ne trafique jamais les communications des Affaires étrangères.

J'ouvris la portière.

– On se verra plus tard. Je dois retourner à ma voiture et annoncer à Pak que je n'ai pas à faire la babysitter ces trois prochains jours.

– Parfois, vous ne faites pas très attention à ce qu'on vous dit, inspecteur. (Lorsqu'il se pencha pour refermer ma portière, je vis qu'il avait son étui à l'épaule, ce qui était une surprise. Le nombre de gens autorisés à porter une arme dans la capitale est limité, très, très limité.) Votre voiture n'est pas l'endroit où vous voudriez être en ce moment. Je ne pense pas que l'explosion aurait été spectaculaire lorsque vous auriez tourné la clé. Ils n'auraient pas voulu blesser trop de ressortissants étrangers. Mais vous auriez pu avoir besoin de raccourcir tous vos ourlets de pantalon de plusieurs centimètres, disons… peut-être au genou. Et votre passager en serait ressorti les sourcils roussis. (Il baissa sa vitre pour laisser entrer un peu d'air.) Maintenant ils doivent se demander ce qu'ils vont faire de votre voiture. J'espère que le réservoir n'était pas plein. De l'essence gâchée, tout ça. Je parie qu'ils vont la siphonner.

Il fallut une minute avant que j'aie envie de parler.

– Merci. J'ai une dette envers vous. Je croyais avoir compris que vous ne pouviez pas me venir en aide dans la capitale.

– Je ne peux pas vous aider pour votre affaire, mais la Finlande est essentielle à mes activités. Je ne peux pas me permettre d'avoir des Finlandais en colère qui décident de renforcer leur réglementation.

– Alors pourquoi ne vouliez-vous pas de l'inspecteur finlandais ? (Ses doigts martelaient à nouveau le volant.) Ne me dites pas qu'il travaille pour vous !

Cette fois, il sourit.

– D'accord, je ne vous le dirai pas. Changeons de sujet. Il faut qu'on parle.

– J'en doute. Si Pak a envie de travailler avec votre bureau, c'est son problème. Si vous et moi parvenons à passer un marché de notre côté, tant mieux. Comme je vous l'ai dit, j'ai une dette envers vous. (Je sentais grimper ma pression artérielle et, à en croire les coups d'œil que m'adressait Kang, ma voix devait suivre la même pente.) Mais je refuse catégoriquement de travailler avec mon ex-frère. Je vais nous faire gagner du temps. Ne vous fatiguez même pas à soulever la question.

– Croyez-moi, inspecteur, je ne l'adore pas non plus. Nous avons croisé le fer plus d'une fois. Ses camarades amis et lui sont souvent sur mon chemin. Quand ils ne sont qu'une gêne, je peux encore faire abstraction, mais de temps à autre ils mettent mes hommes en danger en compromettant une opération. C'est précisément ce que votre frère s'apprête à faire. Et, accessoirement, c'est toujours votre frère aîné.

Je voulus lui renvoyer un rire sarcastique, mais le son me resta coincé dans la gorge.

– Vous pensez que je vais recommencer à lui parler ? Lui faire une petite causette confraternelle ? Vous plaisantez, j'espère !

– Inspecteur, il y a plusieurs fils dans cette histoire. Selon moi, vous commencez tout juste à comprendre qu'ils convergent d'une manière bien étrange. Vous parviendrez peut-être à en tirer certaines conclusions avant qu'il ne soit trop tard. En attendant, votre frère est sur le point de me causer de sérieux ennuis. Si vous pensez qu'en l'écartant de votre enquête vous avez gagné quelque chose, vous avez tort. Mais c'est votre problème. Si vous le provoquez, il se mettra sur mon chemin. Et ça, c'est mon problème. Vous voyez ce que je veux dire ?

– Je lui ai foutu une trouille bleue.

– Bravo. Mais ça ne suffit pas. Il faut le neutraliser… Rassurez-vous, il ne risque rien sur le plan physique.

– Dommage.

– Hé ben ! (Il se redressa sur son siège.) Un vrai couple de scorpions ! Faites-moi plaisir, laissez tout ça de côté pour l'instant. Que vous vous détestiez ou non, et pourquoi, ne me regarde pas. Mais il faut que j'en sois débarrassé et j'ai besoin de vous pour m'aider à trouver ce qui le renverra se terrer dans son trou.

– De la mort-aux-rats.

Il resta immobile un moment, respira un grand coup, poussa un profond soupir et tourna la clé de contact. Le moteur toussa une fois et se mit en marche.

– Pak m'avait prévenu qu'on ne pouvait pas vous raisonner sur ce point, mais je lui ai dit que vous m'aideriez. J'ai dû me tromper.

Il ignora le salut de l'agent de la circulation, s'engagea sur la grand-route en faisant crisser les pneus usés de son tacot et conduisit avec une concentration lasse et silencieuse jusqu'au centre-ville.

Quand nous arrivâmes à hauteur du pont qui enjambe le fleuve au niveau de mon appartement, Kang se rangea sur le bas-côté, prit un petit paquet sur la banquette arrière et me dit seulement :

– Je crois que c'est pour votre pique-nique.

Puis il descendit de voiture et partit vers la berge.

Je n'étais pas certain de comprendre ce qu'il avait voulu dire. Le paquet était volumineux et emballé dans du papier marron. À l'intérieur, je trouvai un pull-over tricoté à la main. Il n'y avait pas de carte, mais ce n'était pas indispensable. Peut-être qu'un soupçon de son parfum l'imprégnait encore, ou peut-être l'ai-je seulement imaginé. Le pull avait l'air un peu trop grand pour moi. Mais il était bleu.

5

Le lendemain matin, il pleuvait et le vent s'était levé. J'allai au bureau à vélo. La fille de la circulation n'était pas arrivée à son poste, mais la satisfaction de pouvoir traverser le carrefour en surface fut de courte durée. Un camion militaire qui crachait une fumée noire souleva une gerbe d'eau sale en passant devant moi.

Pak leva le nez de son bureau quand je me plantai dans l'embrasure de sa porte.

– Tu dégoulines sur mon plancher. Va te sécher et trouve-toi du thé chaud. Ils en ont peut-être encore à la Circulation. (Lorsque je me tournai pour regagner le couloir, il m'arrêta.) Où vas-tu ?

– Tu m'as dit d'aller chercher du thé !

– Oublie ton thé.

– Alors tu es au courant pour la voiture.

– Elle a été rayée de nos registres. Il n'en reste pas grand-chose, de toute façon. Les dégâts que tu as causés à l'aile droite en la mettant dans le fossé ont disparu. Tout comme l'autre aile, avec une bonne partie du côté gauche de la voiture. J'espère que le réservoir n'était pas plein.

– Tu veux dire qu'elle a explosé ? Qui a mis le contact ?

– Personne, autant que je sache. Sûrement un signal radio qui passait par là. Pas très soigné, tout ça.

Il reporta son attention sur son bureau et je me crus autorisé à prendre congé, mais il leva de nouveau les yeux. Et fit une moue, ce qui ne lui arrivait que lorsqu'il réfléchissait à la manière de formuler une annonce délicate.

– Kang est un allié. Nous en avons très peu. Il nous a aidés. S'il a besoin d'aide, nous la lui apportons, quoi qu'il en coûte, et sans renâcler.

J'acquiesçai. Aucun intérêt à reprendre cette dispute, surtout lorsqu'une réponse évasive pouvait suffire.

– Dis à Kang que je vais y réfléchir.

Pak ferma les yeux et se massa les tempes.

– Tu comptes toujours partir à Hyangsan pour tes aiguilles de pin ?

– Les aiguilles de pin ne sont pas la clé de l'affaire, mais si elles correspondent à celles des ourlets, on pourra écarter pas mal de pistes. En y montant aujourd'hui, malgré la pluie, je pourrai passer la nuit à l'hôtel et me faire des amis parmi les employés. Les archives ont beau avoir disparu, la mémoire des employés ne craint pas les coupures de courant.

– Sauf si on leur a ordonné de se taire, comme avec les gens du Koryo.

– Je t'avais bien dit qu'on ne devait pas se lancer dans cette affaire. Ne t'ai-je pas prévenu que personne ne pouvait la résoudre ?

– J'ai toute confiance, inspecteur. Vous y parviendrez. Et vous savez pourquoi ? Un meurtre, c'est déjà regrettable, mais un étranger assassiné dans la capitale, c'est pire, et le pire de tout serait de ne pas retrouver l'assassin. Si l'affaire n'est pas résolue en vitesse, il y aura des pressions du ministère des Affaires étrangères. Ils vont brailler des jours et des jours sur la détérioration de nos relations avec la Finlande et, pour avoir la paix, le Centre va peser de tout son poids sur notre ministre, et le ministre fera de même avec moi. Et vous savez sur qui je compte peser, inspecteur ?

– Je ne peux pas faire de miracles.

Il sourit.

– Du moment que nous nous comprenons…

– Vous oubliez quelqu'un dans cette histoire. Kim. Lui se fiche des cris d'orfraie, personne ne peut faire pression sur lui, ni sur la Sécurité militaire.

– Vous pensez donc qu'il vous a devancé auprès du personnel de Hyangsan ?

– Non, je ne crois pas. Quand la Sécurité militaire atterrit quelque part, ce n'est jamais en douceur, mais autant que je sache ils ne sont pas souvent les premiers sur le coup.

– N'en soyez pas si sûr, inspecteur. Ils cultivent une réputation de lourdauds pour pouvoir apparaître là où on les attend le moins.

– Et c'est ce que je vais faire. Apparaître là où ils ne nous attendent pas. Bien sûr, dès qu'il saura où je suis, Kim bâillonnera le staff, mais pour l'instant il croit que nous tâtonnons encore autour du Koryo. D'ailleurs, pourquoi tu n'irais pas là-bas aujourd'hui même, pour y arpenter les couloirs d'un pas lourd ? Donne-leur l'impression qu'on est sur le point de coffrer un suspect.

– Pas d'autres requêtes, inspecteur ?

Je perçus une pointe d'agacement dans cette réponse, mais Pak attrapait déjà sa veste.

Je réfléchis un instant.

– Trouve-nous une nouvelle bouilloire, tu veux ? Je me fiche de la couleur, du moment qu'elle fonctionne. En fait, prends-en une bien moche. Peut-être qu'on ne nous la volera pas.

Pak se figea et commença à fouiller dans ses poches.

– Tu n'aurais pas vu mon calepin ? Je l'avais sur moi hier soir. Je ne l'aurais pas oublié dans ton bureau, au moins ? (Il fronçait les sourcils tandis que nous traversions le couloir jusqu'à mon bureau.) Il était presque vierge ! Merde, j'ai horreur de perdre des carnets neufs ! (Il fit une deuxième grimace.) Il y avait deux pages sur ma rencontre avec le ministre, et des petites choses sur ce que tu as découvert à la morgue.

Mon ventre fut pris d'une drôle de sensation.

– Rien sur les aiguilles de pin dans les ourlets du pantalon, j'espère. Ni sur les deux jeux de clés…

– Non, le plus important était ce que t'a dit le médecin : nationalité ne vaut pas identité. Cette phrase a quelque chose d'étrange, alors je l'ai notée.

– Ton calepin est peut-être dans la même boîte à courrier que les registres de l'hôtel d'Hyangsan.

Il hocha la tête.

– Peut-être. Dorénavant, ces lambeaux de papier que tu appelles des notes restent en permanence sur ta personne, même s'il faut pour cela que tu prennes ton bain tout habillé. (Il sourit distraitement en direction de ma fenêtre.) Mes notes sur la réunion au ministère vont leur faire dresser les cheveux sur la tête. Le vice-ministre s'était lancé dans un discours sans fin et je n'arrive jamais à rester éveillé quand il fait ça. Alors mes notes lui faisaient dire des choses un peu plus provocantes.

– Tu veux que je prenne le train pour Hyangsan, ou bien on peut avoir une autre voiture tout de suite ? Et doit-on faire confiance à l'officier du cru ?

– Prends ma voiture, mais évite les fossés cette fois. Notre homme sur place s'appelle Song. Sa famille vient du Japon, en fait. Il parle un peu la langue. C'est pour ça qu'il est à Hyangsan, pour s'occuper des touristes. Ma confiance en lui va de là à là (il leva les mains à une distance raisonnable l'une de l'autre), mais pas plus loin. Ses intentions sont bonnes, et il pourrait t'être plutôt utile. Sers-toi de ta tête.

Il me jeta un trousseau de clés et ajouta d'un ton neutre :

– Ne te retourne pas, mais il y a une Mercedes noire dans la rue qui n'était pas là il y a cinq minutes. Pas très discret. (Il attrapa mon parapluie, qui était posé à la verticale contre le mur.) Ça ne fuit pas trop, ce machin ?

– Je ne sais pas. Je l'ai trouvé l'autre jour.

Il fit un signe de tête vers la fenêtre.

– Ils doivent être affreusement inquiets pour nous la jouer comme ça. Je les baladerai un peu en ville avant d'aller au Koryo. Tu attends quelques minutes, histoire d'être sûr qu'ils n'ont pas fait demi-tour, et tu files. Ils n'auront laissé personne attendre dehors par ce temps. Reste en contact.

Je gagnai mon classeur et en sortis au hasard une pleine brassée de dossiers. Mon bureau est assez proche de la fenêtre pour qu'on puisse me voir de la rue, si tant est qu'on le veuille. Je laissai tomber les dossiers sur mon bureau, m'installai sur ma chaise et m'allumai une cigarette. À part quand je voyage, je fume rarement, mais je me disais que, depuis la rue, on croirait que je me préparais à passer cette matinée pluvieuse à l'intérieur. Avec un peu de chance, ils seraient partis avant que j'aie à tirer plus de quelques bouffées.

Dans la cour en bas, Pak fit semblant d'essayer en vain de démarrer sa voiture, en descendit et décrocha le téléphone du poste de contrôle pour appeler le chauffeur de permanence. Il ne fallut pas longtemps pour qu'un vieux 4×4 s'arrête à sa hauteur ; Pak y grimpa et ils s'éloignèrent. Du coin de l'œil, je vis que la Mercedes ne bougeait pas. Le moteur n'était même pas en marche. Ils savaient que ma voiture était en pièces et celle de Pak était apparemment hors service. Alors pourquoi étaient-ils encore là ? Le conducteur et son équipier se disputaient probablement pour savoir quoi faire, filer la voiture de Pak ou rester pour me surveiller. À moins que l'un des deux soit plus gradé que l'autre, ils pouvaient passer toute la matinée à se chamailler. Au moment même où je me résignais à rester prisonnier de mon bureau, la vitre du côté conducteur s'abaissa et une cigarette, à peine entamée, fut jetée sur le trottoir. Les pneus commencèrent à tourner, puis adhérèrent à la chaussée détrempée, et la grosse berline s'arracha au caniveau. Nos gardes tendirent le cou un moment pour la regarder, puis retournèrent se serrer sous une petite avancée du toit dans l'espoir futile d'échapper au déluge qui venait de commencer.

6

Je décidai de remettre mon départ à la prochaine éclaircie, mais, la pluie continuant de s'abattre et le vent se levant, je finis par relire mes notes et passer quelques coups de fil à droite à gauche pour voir ce qu'on pourrait me dire sur les opérations de la Sécurité militaire. Ils semblaient n'avoir de véritable rythme dans rien de ce qu'ils faisaient, mais je me dis qu'ils devaient quand même avoir une sorte de procédure ordinaire. Toutes les organisations ont une procédure ordinaire, même celles des ânes et des voyous. Je voulais me faire une idée des signes révélateurs au cas où ils décideraient de se lancer sérieusement à mes trousses. Personne ne voulut me parler. Dès qu'on m'entendait évoquer la Sécurité militaire, les voix devenaient monocordes et tout à coup on devait se rendre à une réunion ou une autre. Le téléphone sonna juste avant le dîner tandis que, debout à ma fenêtre, je regardais la pluie éclabousser le trottoir. C'était mon frère.

– Il faut qu'on se voie, dit-il.

Je n'avais pas l'habitude d'entendre sa voix au téléphone. Elle était lourde et rauque, comme si on l'avait trempée dans du gravier.

– C'est déjà fait. (Je résistai à l'envie de raccrocher violemment le combiné.) Une fois par an, c'est bien assez.

– Une demi-heure. Au Koryo.

– Je suis occupé.

Comme d'habitude, je parlais tout seul. Il avait déjà raccroché.

Quand j'entrai dans le hall de l'hôtel, il était à la brasserie, affalé à la même table, en train de jouer avec une pochette d'allumettes. Je m'avançai vers lui d'un pas détendu, mais restai debout.

– Je suis là. Qu'est-ce que tu veux ?

Il ne leva pas la tête.

– Assieds-toi, s'il te plaît, c'est sérieux.

– Depuis quand as-tu des choses sérieuses à dire ?

– Rends-nous service à tous les deux et arrête un peu avec tes conneries d'inspecteur. Assieds-toi, juste cinq minutes. Écoute ce que j'ai à dire.

J'enlevai mon manteau, le pliai avec soin et le posai sur le banc.

– Ne me fais pas perdre mon temps.

Je m'assis.

– Il se passe des choses.

Je commençai à me relever.

– On a déjà eu cette conversation.

– Assieds-toi. Boucle-la et pour une fois, écoute. Il se passe des choses, mais tu ne sais pas quoi.

– Et toi, si ?

– J'en ai une idée assez précise, bien meilleure que la tienne. Tout va bouger, les boussoles vont tourner, des étoiles proches vont être arrachées aux cieux. Réagencement. Réévaluation.

– Ce ne sera pas la première fois. On survivra.

Il arracha une allumette et en écrasa la tête entre ses ongles.

– Non, cette fois c'est différent.

Il balaya la poudre du plat de la main.

– D'accord, cette fois c'est différent. Mais c'est la vie.

– Non, ce n'est pas la vie.

La serveuse s'approcha et commença à prendre notre commande. C'était la jeune femme qui nous avait entendus la dernière fois. Lorsqu'elle reconnut mon frère, elle ferma la bouche et battit en retraite.

– Tu es mon frère cadet. Nous sommes tout ce qui reste de la famille. Je me suis occupé de toi pendant la guerre, ou l'as-tu oublié ?

– La guerre est une page blanche, une chambre vide, ni écho, ni ombres, ni lumière, ni absence de lumière. Je ne m'en souviens pas, je n'en rêve pas, je ne m'attarde pas là-dessus.

– Tu me fais de la peine, tu sais ? Il y a des gens qui souffrent encore de la guerre, mais toi, tu fais comme si de rien n'était.

– Viens-en aux faits.

– Le fait, c'est que tu vas devoir me faire confiance pendant les deux ou trois mois qui viennent.

– C'est-à-dire ?

– Ne te mets pas sur ma route. Oublie cette affaire, laisse tomber, casse-toi une jambe. Mieux encore, envoie ta démission au ministère. Je peux faire disparaître ton dossier, de sorte qu'il n'y soit pas lorsqu'on fera une enquête. Je le garderai en lieu sûr jusqu'à ce que les choses se tassent.

– C'est marrant, Pak aussi voulait que je démissionne.

– Quand te l'a-t-il dit ?

La voix de mon frère était devenue doucereuse et pleine de soupçons.

– Ça t'a fait lever l'oreille, à ce que je vois. Laisse tomber.

– Alors, tu comptes le faire ?

– Et après ?

– Difficile de prédire ce genre de choses.

– Qu'est-ce qui te fait croire que je suis sur ta route ?

– Tu l'es.

– Et si je reste où je suis et que je continue mon enquête ?

– Je ne pourrai pas t'aider quand le couperet tombera.

– Dis plutôt que tu refuseras de m'aider.

– Non, vraiment, je ne pourrai pas. Je serai en train de lutter pour ma propre survie. J'aurai d'autres choses à protéger, des projets, des gens. (Il marqua une pause.) Des idées.

– Des idées ?

– Je t'ai prévenu. Je te l'ai demandé gentiment. Fais-moi confiance, rien qu'un temps, rien que cette fois.

– Tu as parlé d'idées. Tu veux parler de pureté de classe ? de perfection humaine ? de volonté collective ?

Il y eut un silence. Mon frère se tenait aussi droit et immobile qu'une statue gardant l'entrée de la tombe d'un ancien roi et seule la tristesse passait encore entre nous.

– Pour la première fois depuis des années, dis-je, tu m'intéresses.

– Feras-tu ce que je te demande, oui ou non ?

– Tu connais la réponse.

Il ferma un instant les yeux et porta une main à son front. C'est un geste qu'il faisait jadis, pendant la guerre, pour contenir le désespoir qui déferlait sur nous au cours des longues nuits froides.

– Alors au moins, fais traîner l'enquête. C'est tout. Mets-la dans un dossier en attente. Ordonne la crémation du corps, égare deux ou trois preuves, fais nommer la femme de chambre ailleurs.

– Comment sais-tu, pour la femme de chambre ?

– Je te l'ai dit, cette affaire dépasse tout ce que tu imagines.

– Ne la touche pas.

Il se leva brusquement.

– Ce n'est pas une question de choix. Je ne m'intéresse absolument pas à l'affaire, seulement à l'endroit où elle mène. Si tu ne laisses pas tomber, ça va chauffer pour toi. Ils disperseront tes cendres à l'aube au-dessus du fleuve.

– Si je brûle, toi aussi.

– Peut-être pas. Peut-être. Mais je ne peux pas prendre le risque.

– Ah, voilà où tu voulais en venir. Je devrais sauver ta peau.

Il me jeta un regard interrogateur, puis se rassit.

– Je te croyais plus intelligent que ça. Tu n'as toujours pas compris. (Du bout du doigt, il esquissa un caractère chinois sur la surface polie de la table. C'était celui de la famille.) Si tu les serres de trop près dans cette affaire, tu leur donneras ce qu'ils attendent.

– Qui ça ?

Il baissa les yeux.

– Tu m'as compris.

Je me levai sans un mot, traversai le hall de l'hôtel, passai la porte d'entrée et longeai l'allée jusqu'à la rue déserte. Je marchais vite, mais c'était déjà le soir et la pénombre me rattrapa.

7

– Vous n'aviez pas de frère, maintenant vous en avez un. Alors ?

– Vous êtes dur d'oreille, ou quoi ? Je n'ai pas de frère.

– Quel drôle de pays. Vous avez un parent, un frère, disons, et soudain il ne fait plus partie de la famille. Y a-t-il d'autres parents que vous n'avez pas et qui tentent de vous aider ?

– Attention, Richie. Vous avancez en terrain miné. N'allez pas plus loin.

– Votre grand-père était un héros. Je respecte.

– Et la vôtre, de famille ?

– Grande : trois frères et trois sœurs. Mon père avait quatre frères. Ma mère a une sœur. Ils ont tous leur propre famille, et un tas de gosses. Quand on se retrouve tous ensemble, l'été, on ne s'entend plus penser. (Il étudia attentivement mon visage.) J'ai des enfants, deux filles.

Il faillit dire autre chose, puis se ravisa.

– Mon grand-père disait que mon frère et moi étions très proches quand nous étions enfants, qu'il me protégeait. Je ne m'en souviens pas. Un jour, il est revenu de l'école des pupilles de la nation, au bout d'un an ou deux. Il parlait d'une voix forte, clamait son amour pour la mère patrie. Grand-Père a dit qu'il se réjouissait de voir tant de loyauté chez un si jeune garçon, mais plus tard je l'ai entendu confier à un voisin que c'était franchement déplaisant de se faire sermonner par un gamin, surtout par son petit-fils.

– Vous n'avez jamais pensé à vous marier ? À fonder une famille ?

– Kang, M. Molloy. Kang est votre grand A, votre grand B, et votre grand Z.

– Vous me dites qu'il est mort.

– Certes, mais même les morts ont beaucoup à dire. Peut-être que c'est la raison du culte qu'on leur voue. La sagesse de l'au-delà.

– Le voyant « sarcasme » vient de s'allumer sur mon dictaphone.

– C'est bien, au moins il fonctionne. Où en étions-nous ?

– Sur la route des montagnes. À Hyangsan.

SIXIÈME PARTIE

La route d'Hyangsan menait jusqu'aux nuages,
Et pourtant j'y grimpai, au son des cascades,
Humant l'odeur
Des pins sacrés.

Kim Po Pyong (1154-1198)

Quand j'allai me coucher à l'hôtel d'Hyangsan, la nuit était pluvieuse, collante, une vraie nuit d'été. Quand je me réveillai, c'était l'automne. Pas seulement la promesse d'un changement de saison, le changement lui-même, quoi qu'en dît le calendrier. L'air était frais et sec, et la lumière si pure que les montagnes au loin se découpaient nettement sur le ciel. Le ventre des nuages, à l'est, brûlait de reflets d'or, mais le soleil était encore bas, et les flancs des collines rocailleuses alignées le long du torrent véloce qui descend des monts Myohyang étaient pour la plupart encore à l'ombre. De petits nuages se blottissaient autour des rochers affleurant au sommet des collines, blancs bébés de vapeur qui semblaient avoir eu besoin d'un objet solide sur lequel s'appuyer pour la nuit. Ils s'étaient réveillés trop tard et on les avait abandonnés. Alors que je les regardais, ils devinrent plus transparents à mesure que les rayons du soleil les atteignaient.

Ni lutte ni cris de désespoir. Ils disparurent sans un bruit.

Je passai sur le balcon pour écouter les oiseaux qui se massaient sur la pelouse devant l'hôtel. Sur les collines à ma gauche, que la lumière du soleil n'avait pas encore atteintes, d'autres nuages duveteux attendaient muettement leur destin. Ils s'étaient installés si près du sol qu'ils paraissaient arrimés aux branches noueuses des pins perchés sur les rochers. Ces collines-là sont raides. Il ne semble pas possible d'y grimper, mais c'est justement ce qu'il y a de drôle avec les collines coréennes. Elles sont toujours soit plus difficiles, soit plus faciles qu'il n'y paraît.

J'avais quitté Pyongyang juste après le rendez-vous avec mon frère. Il avait alors arrêté de pleuvoir, mais ça s'était remis à tomber dès que je m'étais engagé sur la nationale. Il n'y avait pas beaucoup de voitures et je ne vis pas la queue d'un train. Aux abords de Kujang, la route traverse le fleuve qui passe entre deux collines escarpées. Puis, après le coude suivant, le fleuve s'élargit en arrivant dans une plaine, comme si celui qui en avait tracé le cours avait soudain changé d'avis.

Quelques pylônes de soutènement inclinés sont tout ce qui reste de l'étroite passerelle qui jadis enjambait le fleuve. C'est sur ce vieux pont que mes parents ont été tués. Un F-86 solitaire avait fendu le ciel matinal et effectué un unique passage, mitraillant un petit convoi de camions en train de traverser. Le convoi aurait dû rouler de nuit et se mettre à l'abri dans les collines avant le point du jour, mais quelque chose les avait retardés, et ils se dépêchaient encore de traverser le fleuve aux premières lueurs de l'aube. Les avions de combat n'étaient pas censés sortir si tôt. Je ne me suis jamais mis en colère en y repensant. Ce n'était pas un meurtre. C'était la mort par un coup du sort, une absurde conjonction des vents du hasard.

Mon père était l'unique fils et mon grand-père ne s'en remit jamais vraiment. Il se sentit responsable jusqu'au jour de sa mort, bien qu'il ait alors été à des lieues de là, sans aucun moyen de contacter les troupes sur zone. Ma mère, infirmière, s'était portée volontaire pour travailler au front. La plupart du temps, mon père et elle étaient séparés sur le champ de bataille, mais ce matin-là ils étaient ensemble.

J'avais envisagé de m'arrêter après avoir parcouru la travée qui porte aujourd'hui la route jusqu'à l'autre rive, pour contempler un moment les ruines du vieux pont et réfléchir à certaines choses. À ce moment-là, la pluie avait de nouveau cessé, mais l'air était humide et ma chemise me collait au dos. Les nuages étaient descendus au ras du sol, ou peut-être était-ce que la route entamait son ascension au milieu des collines. La brume s'était épaissie. L'instant d'après, il n'y avait plus d'endroit où me ranger, ou plus probablement je ne cherchais pas très bien. La nationale contournant une dernière colline, le fleuve fut soudain hors de vue.

On frappa à ma porte et, avant que j'aie pu dire quoi que ce soit, une femme de chambre entra, suivie de près par un petit technicien trapu.

– Le loquet de la fenêtre de votre balcon est cassé et il pourrait y avoir de l'orage cet après-midi, dit la femme de chambre en me montrant du doigt le haut de la porte-fenêtre qui donnait sur le balcon. Si le vent l'ouvre, on aura un dégât des eaux et ça coûte des sous.

– Vous faites toujours vos réparations de si bon matin ?

Je quittai le balcon pour l'intérieur de la chambre et m'assis sur le lit pour regarder. Le technicien n'avait apporté qu'un seul outil, un tournevis court au manche en plastique noir fendu, mais il avait l'air de savoir ce qu'il faisait. En un rien de temps, il dévissa le loquet, marmonna quelques mots à l'adresse de la femme de chambre, se débarrassa de ses chaussures et grimpa sur la petite table à côté de la porte-fenêtre. Il tapa sur quelque chose avec le manche du tournevis pour le replacer dans l'alignement. Ça expliquait les fissures sur la poignée. Il fit claquer ses lèvres en signe de satisfaction, descendit de la table, resserra les vis du loquet, me fit un signe de tête et sortit. Je n'avais jamais rien vu d'aussi efficace. La femme de chambre rayonnait.

– On aurait fait ça hier si on avait su que vous alliez venir. D'ordinaire, on réserve cette vue aux clients importants. (Elle m'adressa un sourire tordu, amical mais laissant planer le doute quant à savoir si elle me trouvait à la hauteur du privilège.) D'ici, on peut voir les montagnes des deux côtés de la route et regarder le torrent qui dégringole par-dessus les rochers. Son lit est presque plein maintenant, après la pluie. S'il fait encore de l'orage ce soir, on va avoir une vraie rivière. Le bruit pourrait vous tenir éveillé toute la nuit. Pour certains, c'est un bruit violent, mais moi je ne trouve pas. De notre dortoir, plus haut sur la route, on croirait entendre un train. Mais la plupart du temps la rivière est comme qui dirait endormie. Comme tout le reste par ici.

Elle s'inclina et se tourna pour partir. Puis elle se ravisa.

– Pendant que j'y pense… vous devriez aller vous promener autour du temple. C'est une belle balade par une matinée comme celle-ci. Ça devrait être quasiment parfait. Restez sur le bas-côté, de temps en temps les freins d'un camion lâchent dans la descente. Quand vous serez au temple, on vous laissera tranquille si vous le voulez. Dites aux guides que vous pouvez vous débrouiller tout seul. Mais parfois elles se sentent seules et aiment bien bavarder avec les gens. (Elle marqua une pause.) Elles en voient beaucoup. Et elles prennent des notes. (Elle marqua une nouvelle pause.) Sur papier.

Je lui fis un signe de tête pour montrer que j'avais compris, mais ne profitai pas davantage de l'ouverture. Personne n'est aussi loquace sans raison et, ne connaissant pas la sienne, je décidai de laisser les choses en l'état jusque après le déjeuner. En attendant, je pouvais aller faire un tour.

– Jusqu'à quelle heure le restaurant est-il ouvert pour le petit déjeuner ?

– Vous avez appelé pour prévenir ?

Elle avait changé de ton, et pas très subtilement.

– Pourquoi ?

– Nouvelles règles. On ne fait à manger que pour les clients qui s'inscrivent en avance. Faut bien faire des bénéfices.

Elle était presque austère. Dans sa bouche, les bénéfices semblaient être une mauvaise idée.

– Tout ce que je veux, c'est du thé. Et peut-être un fruit.

Elle hocha la tête.

– Je vais voir, mais ils n'ont commencé que le mois dernier et le directeur vient d'arriver. (Son expression suggérait qu'elle n'avait pas encore d'opinion arrêtée à son sujet.) Il est strict. Admettons qu'on fasse une exception pour quelqu'un, il faudra qu'on l'étende à tout le monde et après, où ira-t-on ? (Elle se tourna de nouveau pour partir, s'avança à moitié dans le couloir, puis s'arrêta et revint dans la chambre.) Les guides du temple ont toujours une bouilloire allumée. (Son attitude était à nouveau serviable, réclamant presque que je commence à lui poser des questions.) Elles passent le plus clair de leur temps à discuter et à boire du thé. Ce sont de gentilles filles, mais elles ne travaillent pas des masses, si vous voulez mon avis.

Voyant que je ne répondais pas, elle s'inclina fortement pour cacher sa déception, puis disparut dans le couloir.

La route du temple longeait le torrent qui bondissait, lourd et rapide, au-dessus de gros rochers que des ingénieurs de l'armée avaient jetés là pour ralentir le courant et l'empêcher d'emporter la berge. Il n'y avait pas grand risque que cela arrive de l'autre côté, où la base de roche saine de la montagne s'élevait en pente forte, presque à la verticale des flots. Les derniers poupons de nuages s'étaient évanouis à la lumière du jour et les affleurements rocailleux étaient bien visibles depuis la route. Poussant dessus, leurs troncs luttant pour rester droits malgré la pente, se dressaient de petits groupes de ces pins nains qu'il me fallait atteindre. Certaines montagnes sont peut-être plus faciles qu'il n'y paraît. Pas celle-là.

Je haletais en arrivant au temple. Il me sembla que les ingénieurs du génie civil auraient pu faire avec un peu moins de pente s'ils y avaient réfléchi un moment. Il y avait une petite guérite pour la vente de tickets au fond du parking désert, à côté d'un plan en couleurs de l'ensemble de temples et des montagnes environnantes. Le volet de bois sur le devant de la guérite étant relevé, je vis deux guides assises à l'intérieur – elles buvaient du thé en étudiant le paysage. L'une d'elles se présenta à la porte sur le côté pour me demander ce que je voulais. Elle était très grande et comme elle marchait d'un pas mesuré, la jupe de son costume flottait au-dessus de l'allée pavée. Ses cheveux étaient maintenus en l'air au moyen de deux peignes. Ça lui faisait un cou très long et attirait sur sa mâchoire plus d'attention qu'il n'en fallait. Mais elle avait un sourire qui semblait sincère, et ses yeux pétillaient même dans les taches d'ombre.

– Bonjour. Les visites ne démarrent qu'à midi, dit-elle. Le domaine ouvre à onze heures. (Elle vit que j'avais encore le souffle court après mon ascension.) Le personnel de l'hôtel sait qu'on n'est pas censé nous envoyer des gens aussi tôt. Pourquoi n'iriez-vous pas vous asseoir sur ce banc sous les arbres, le temps de reprendre votre souffle ?

Sa voix était suave, sans les intonations cassantes des guides de la capitale. Elle semblait épouser la douceur des arbres, du gazon et des fleurs. C'était ça, ou j'étais étourdi par mon ascension.

Je pensais qu'elle s'en retournerait vers la guérite pour finir son thé, mais au lieu de ça elle resta plantée là, à me regarder comme si elle m'avait posé une question à laquelle je n'avais toujours pas répondu. Je commençais à dire quelque chose sur la météo quand une rafale de vent referma d'un coup le volet de l'accueil. Il se rabattit dans un grand fracas, il y eut un cri étouffé à l'intérieur de la guérite et l'autre guide en sortit en trombe. Moins grande que la première ; cheveux longs, et un visage qui rappelait trait pour trait ceux de l'art populaire d'antan. Mignonne, comme un chiot ou un chaton, avec de grands yeux noirs très écartés. « Tu t'en lasserais probablement après quelque temps », entendis-je Pak me dire.

La deuxième guide releva le volet et s'avança vers nous. Le devant de sa jupe était trempé.

– J'étais en train de remplir ma tasse et j'ai renversé toute la bouilloire quand le volet est tombé. J'aurais pu m'ébouillanter comme un poulet, dit-elle, très agitée.

Son amie étouffa un petit rire, puis se reprit et détourna les yeux. C'était à moi de dire quelque chose de poli si j'avais la moindre envie de revoir le chaton un jour. Mais tout ce à quoi je pus penser était que cela portait tous les signes d'une nouvelle matinée sans thé.

Elle baissa les yeux vers sa jupe qui lui collait aux jambes.

– Elle est trempée de part en part ! Je ne peux pas assurer les visites dans cet état, aucun des hommes ne m'écoutera. Il faut que je retourne au dortoir pour me changer. Si j'en trouve, je ramènerai du thé. Ce qui nous restait est répandu par terre.

Fantastique, pensai-je, et d'un coup de pied j'envoyai une pomme de pin valser au milieu du parking. Une pauvre tasse de thé ne pouvait pas me faire de mal. J'allai voir de plus près les petites fleurs orange qui bordaient les deux côtés de l'allée menant au domaine des temples. La première des deux guides flotta à côté de moi.

– Il va pleuvoir plus tard dans la matinée de toute façon, dit-elle. Du coup il n'y aura pas de visites guidées. (Elle effleura mon bras.) Mais puisque vous avez grimpé jusqu'ici, autant que vous fassiez un tour dans le parc. Quand il commencera à pleuvoir, on pourra s'abriter dans une de ces vieilles bâtisses. Les toits fuient un peu, mais vous ne m'avez pas l'air trop fragile.

Le ciel avait perdu sa fraîcheur matinale et virait au bleu solide. La lumière sur l'herbe et les fleurs était vive, mais s'arrêtait brusquement au bord de la grande allée, qui plongeait dans l'ombre épaisse d'une douzaine de grands ormes chinois plantés en rang. Leurs troncs se courbaient délicatement juste au-dessus du sol, comme si, un jour, ils avaient vu des courtisanes en train de rassembler leurs robes et aspiraient à faire de même.

Avec le soleil qui se hissait au-dessus des pics, le versant proche des collines d'en face n'était plus à l'ombre. Les pins nains semblaient plus éloignés et plus petits qu'avant, tandis que les rochers sur lesquels ils poussaient devenaient plus grands et plus menaçants à la lumière. La guide leva les yeux vers la montagne.

– Il y a une légende sur ces arbres, dit-elle. Ils auraient été plantés par des moines contraints de fuir les combats pour s'installer ici il y a plusieurs siècles. L'histoire veut qu'ils les aient plantés à dessein dans les endroits les plus inaccessibles, pour rappeler éternellement à nos envahisseurs que rien ne peut entamer notre courage.

– C'est une belle histoire. Cependant, il me semble qu'ils ne vivent que cinquante ans, au mieux, et puis ils ressèment. Mais qu'un arbre puisse ressemer sur ces rochers, ça me dépasse.

La guide me fit signe de m'approcher d'un gros rocher posé derrière une petite clôture en bois. Sa face avant avait été aplanie et l'on y avait gravé un poème en caractères chinois, mais ces derniers ayant été usés par le temps, il était difficile d'en lire plus d'un ou deux à chaque ligne.

– Et si je prétends que ce rocher est là depuis plus de mille ans, me direz-vous qu'il n'en est rien ?

Sa voix avait conservé une douceur toute professionnelle ; rien dans ses inflexions ne suggérait une quelconque irritation. C'était une simple question. Mais sa démarche avait changé : elle ne flottait plus et sa jupe effleurait les pavés.

– Rien n'est impossible, lui répondis-je. Tout ce que vous me dites en cette belle matinée, je le crois.

Elle partit devant moi sans rien dire de plus jusqu'à ce que nous arrivions près d'un petit banc au centre d'un demi-cercle de hauts platanes. Tous penchaient légèrement dans la même direction. C'était une façon pour eux de mieux capter la lumière, mais ça leur donnait l'air d'un groupe d'inconnus tentant tous d'écouter la même conversation. La guide s'assit sans un regard pour les arbres indiscrets, le dos tourné à la montagne qui s'élevait au-dessus de la rivière. Devant nous, à un jet de pierre, il y avait une petite bâtisse de bois ceinte d'une haie de rosiers.

– C'est mon édifice préféré, dit-elle. Quoi qu'il arrive, il dégage une impression de tranquillité.

Elle parlait d'une voix douce qui s'élevait à peine au-dessus des chants des oiseaux et de la rivière. Presque comme si ça venait de lui revenir, elle ajouta :

– On a eu beaucoup de visiteurs ces derniers temps.

Elle joignit les mains calmement sur ses cuisses et leva la tête vers le ciel. Ses yeux étaient fermés, mais elle ne se reposait pas.

Je crus qu'elle attendait que je lui dise quelque chose, que je rebondisse sur sa remarque. Puis je m'aperçus qu'elle était en train de mettre ses idées en ordre.

– Et ça m'intéresse ?

– Je sais qui vous êtes, inspecteur. N'est-ce pas ce que nous faisons le mieux ? Nous souvenir des gens qui passent ? Vous ne serez sûrement pas étonné que quelqu'un ait appelé pour nous dire que vous arriviez.

– Non, je crois que non.

Elle referma les yeux. Je ne savais pas trop si elle essayait de se rappeler une histoire qu'on lui avait dit de me raconter, ou si elle cherchait dans ses souvenirs des faits qui seraient tombés dans un recoin sombre où ils attendaient sagement qu'elle les retrouve. Les souvenirs font ça parfois, surtout les moins agréables. Je mets un point d'honneur à laisser aux gens le bénéfice du doute quand ils me disent ne se souvenir de rien, même quand je ne suis pas certain de pouvoir me permettre de les croire.

– Plus animé qu'à l'ordinaire ?

Ça l'aiderait peut-être de reprendre là où elle s'était arrêtée. S'il y avait une histoire à réciter, elle la régurgiterait quoi que j'en dise.

Elle ouvrit les yeux et se tourna vers moi.

– Je n'ai pas dit « animé ». J'ai dit qu'on avait eu beaucoup de visiteurs.

Bien, elle était attentive, ce qui voulait dire qu'elle ne récitait pas. Mais elle semblait incertaine, en plein effort pour garder l'équilibre.

– Vous avez raison, c'est ce que vous avez dit… beaucoup de visiteurs. Les groupes de touristes habituels ?

Elle se leva et sortit lentement de sous les arbres pour entrer dans une tache de lumière. Je restai sur le banc. Ce n'est jamais une bonne idée d'interroger quelqu'un tant qu'il ou elle se déplace – ça casse la concentration –, mais comme elle ne revenait pas s'asseoir je me hissai sur mes deux pieds et la dépassai pour m'arrêter devant un lit de chrysanthèmes jaunes qui commençaient à fleurir. La poursuivre n'aurait pas marché. Ça n'aurait fait qu'inverser les rôles. Si elle avait quelque chose d'important à me dire, une révélation qui la rendait nerveuse, elle allait devoir venir à moi.

– Une chose intéressante avec les fleurs, dis-je, c'est qu'on peut les planter quand on veut : elles fleurissent toujours à temps. Une fois de temps en temps, il arrive qu'un buisson ou un arbre traîne un peu, ou s'impatiente. Les fleurs, elles, ne font pas ça.

Quand je levai les yeux, elle était à côté de moi. Elle s'était remise à flotter. Admirable.

– Il y a quinze jours, cinq agents de la Sécurité militaire sont passés ici. Ils ont escaladé cette colline. (Elle ne se retourna pas pour la montrer du doigt, mais elle parlait de la colline derrière nous, celle avec les pins nains.) Des clients de l'hôtel y grimpent parfois, mais d'habitude ils ont besoin d'une autorisation. Normalement, je n'y ferais pas vraiment attention. C'est le type de la sécurité du coin qui s'inquiète parce que s'il y a un accident, c'est lui qui est responsable.

– Vous connaissez l'agent de sécurité ?

Elle se pencha pour arracher plusieurs fleurs flétries dont la tige avait été pliée.

– Vous êtes trop malin pour me poser une question pareille. Comment pourrais-je ne pas le connaître ? Il est ici depuis longtemps. Et il a une assez belle voix, alors des fois on le fait venir au bar de l'hôtel. En général, je peux savoir si un groupe va me faire des histoires, au bar. Je lui passe un coup de fil et il chante du karaoké pendant quelques heures. Les touristes aiment bien. S'il y en a qui ont trop bu, il les aide à descendre se coucher. Sinon, ils se rapprochent un peu trop des serveuses. Rien d'extraordinaire la plupart du temps, juste agaçant. Mais une fois de temps en temps, il y a un vrai problème.

– Depuis combien de temps êtes-vous guide ici, au temple ?

– Vous voulez dire… est-ce que j'ai été serveuse au bar avant d'avoir ce boulot ? Je chante un peu et je sers les amuse-gueules aux clients. Mais je ne suis pas une prostituée, si c'est ce que vous pensez.

Elle s'éloigna sur le chemin sans toucher terre, comme pour bien montrer qu'elle pouvait rompre la conversation quand elle le voulait. Je me retournai et levai les yeux vers la colline jusqu'aux pins. Elle m'avait dit tout ce que j'avais besoin de savoir pour l'instant. Elle pourrait m'en dire plus sur l'hôtel, les clients et l'équipe de la Sécurité militaire plus tard.

Un détail m'inquiétait. Une équipe de cinq hommes, c'était inhabituel. J'essayai de me rappeler si j'avais déjà entendu une chose pareille. Normalement, ils travaillent à trois, comme les trois types du 4×4 à Manpo, ou les trois autres qui traînaient en ville par la suite. Mais cinq, cela voulait dire soit que deux équipes avaient été associées sur une opération exceptionnelle, soit qu'elles avaient été envoyées là sans aucune coordination, sur deux ordres distincts. Et même dans ce cas, de toute façon, ils auraient dû être six. Le haut commandement de la Sécurité militaire n'était pas à l'abri des erreurs, et je n'avais encore qu'une vague idée de ses opérations, mais là-dessus au moins, ils ne transigeaient jamais. Trois hommes par équipe, le triangle de fer.

Il me fallait une photo du colonel Kim, et peut-être une autre de son agent disparu, Chong, à montrer au personnel. Il n'y avait aucune raison de croire que l'un ou l'autre était venu ici, mais je voulais savoir s'il y avait un lien entre l'opération des gars de la Sécurité militaire là-haut et leur désir de s'en prendre à Kang. Certains d'entre eux devaient avoir des responsabilités au niveau local, mais d'autres étaient probablement affectés à un dossier bien précis et il fallait bien que je commence le mien quelque part. Peut-être qu'une des guides, ou la femme de chambre, les reconnaîtrait. Il n'aurait pas envie de le faire, mais Kang pouvait m'obtenir les clichés. Ses services tenaient des dossiers ; à l'entendre, ils avaient pris des photos des trois hommes qui s'étaient introduits dans le consulat de Pékin. D'ailleurs, Kang savait peut-être quelque chose sur la raison qui avait amené la Sécurité militaire là-haut.

Avant de reprendre la route de l'hôtel, il ne me restait plus qu'une chose à demander à la guide.

– Et parmi tous ces visiteurs, tous les continents étaient représentés ?

Elle réfléchit un moment.

– Drôle de façon de poser la question. Nous n'avons pas l'habitude de diviser les groupes comme ça, mais… non. Aucun de l'Antarctique.

2

Song Chon Kun, l'agent de sécurité du lieu, devait avoir la cinquantaine ; grand, très svelte, la poignée de main ferme et le sourire enjôleur. Il ne me plut pas. Ça n'arrangeait pas son cas que j'aie entendu parler de ses talents de chanteur. Sa voix quand il parlait était profonde et mélodieuse et il en usait d'une manière théâtrale. Encore un mauvais point.

– Content de vous voir par ici, inspecteur, dit-il, la tête légèrement de côté comme s'il s'attendait à ce que je me lance dans une aria en guise de réponse.

– Ce sont les affaires qui m'amènent, pas le plaisir, lui renvoyai-je. Une affaire officielle, section d'investigation de Pyongyang.

Je m'étais dit qu'en exagérant un peu mon grade, j'arriverais peut-être à balayer ce sourire de son visage. Il n'en rayonna que de plus belle.

– Alors, c'est un vrai plaisir, un vrai plaisir, dit-il.

Ses cheveux étaient teints, un ton trop sombre. Beaucoup de jeunes filles n'avaient pas des cheveux noirs aussi brillants, encore moins des agents de sécurité vieillissants d'hôtels de zone touristique, aussi facile que puisse être ce travail.

– Si je peux faire quelque chose pour vous, reprit-il, n'hésitez pas. Mes humbles ressources sont à votre disposition.

Ça devait être son éducation japonaise. Ses ressources étaient à ma disposition, mais peut-être pas. Qu'elles soient humbles n'y changerait foutrement rien.

– Je vais avoir besoin de votre discrétion, de votre connaissance approfondie des environs et de tous vos souvenirs concernant des faits inhabituels survenus ces deux ou trois dernières semaines. Cela concerne une enquête criminelle en cours dans la capitale.

Les yeux de Song se rétrécirent une fraction de seconde. Il comprit que je ne lui dirais pas grand-chose et n'avait pas l'habitude qu'on le presse comme un citron. Hyangsan ayant été décrétée zone spéciale, Song jouissait de conditions privilégiées. Il pressentait la menace que je faisais peser sur son existence confortable. Sa voix perdit son lustre de façade pendant un bref instant, puis le retrouva aussi vite.

– Éloignons-nous de l'hôtel et allons vers la rivière où nous pourrons discuter.

Nous fîmes tout le chemin en silence. Quelques mots sur la météo ne nous auraient rien coûté, mais je me dis qu'il devait m'en vouloir. Je n'allais pas m'en plaindre ; ça voulait dire qu'il était nerveux, et probablement en train de se demander à quel point je pouvais lui nuire s'il ne répondait pas à mes questions. Quand nous fûmes à la rivière, il se mit face au courant, dos à l'hôtel. L'eau martelant les rochers était plus bruyante encore qu'à l'aube et projetait des nuages de gouttelettes.

– Je m'excuse d'avoir semblé impoli, inspecteur, dit-il, mais je ne voulais pas vous parler avant d'être ici. C'est plus difficile pour eux de calibrer les micros sur le balcon, là-haut.

Bon, d'accord, je l'avais mal jugé ; sa voix n'enlevait pas à ses facultés décisives autant que je l'avais pensé.

– Comme on ne raffole pas vraiment des gadgets au ministère, j'imagine que ces micros ne sont pas à nous, lançai-je.

Par une chaude journée de juillet, les projections de la rivière nous auraient sûrement rafraîchis. Là, il n'y faisait qu'humide.

Song sortit son mouchoir et s'essuya le visage.

– Faites un geste vers la rivière ou l'une des collines, voulez-vous ? Sinon ils vont commencer à avoir des soupçons.

J'indiquai le sommet d'une colline d'un doigt insistant. Song s'esclaffa ; un rire chaud, de baryton.

– Pas besoin d'être trop théâtral, inspecteur. Bien, vous aviez des questions à me poser ? Nos pins n'auraient pas de secrets pour vous, à ce qu'on dit.

D'accord, je l'avais doublement mal jugé. Il avait déjà parlé à la plus grande des guides.

– J'imagine que ces micros ne sont pas là en permanence. Il se passe quelque chose de spécial ?

La main de Song pointa un instant vers le plus gros rocher au milieu du courant, puis se déplaça langoureusement, dans un mouvement fluide, vers un oiseau perché dans les arbres.

– Vous voyez ce rocher ? (Je vis qu'on en avait récemment entaillé le sommet.) Ces demeurés voulaient poser un micro sans fil dessus et le camoufler avec des feuilles ou autre chose. Je leur ai dit que c'était de la folie, qu'à la première averse leur équipement serait emporté par la crue. Deux d'entre eux ont quand même tenté le coup. L'un d'eux est tombé à l'eau et s'est cassé l'épaule. Il est reparti sur une civière. Les cinq autres ont décidé de suivre mon conseil.

Ça expliquait pourquoi la guide n'avait vu que cinq, et non six gorilles de la Sécurité militaire en train d'escalader la colline. À l'origine, il y avait bien deux équipes au complet.

– Que font-ils là-haut, en ce moment ? Ils ne surveillent quand même pas les touristes ou le personnel avec des micros-espions, si ? (Song ne répondit pas.) Alors, qui est leur cible ? Et si vous vous payez ma tête, je le saurai.

Il ramassa un caillou sur la berge et le lança dans l'eau.

– Depuis le temps que je suis ici, ce genre de choses ne s'est produit qu'une fois. Il y a deux ans… Non, trois. Vous vous rappelez le neveu d'un membre du Politburo qui occupait je ne sais plus quelle fonction dans la Ligue de la jeunesse ? Il venait très souvent passer quelques jours ici, pour se reposer, à l'entendre, mais il ne se reposait jamais. Il rencontrait toujours des gens, des hommes d'affaires chinois en chemise à carreaux et des Coréens du Japon aux cheveux ultra gominés. Des autos arrivaient de Pyongyang avec des filles, mais toujours discrètement, pas plus d'une par voiture. (Il commença à remonter la berge à petits pas, en gardant l'hôtel dans son dos.) Environ trois ou quatre mois après sa première visite, un capitaine de la Sécurité militaire s'est pointé ici. Un vrai fils de pute, et teigneux avec ça !

Il avait la voix trop mélodieuse pour ce genre de vocabulaire ; elle faisait sonner ses insultes comme des compliments.

– Il s'appelle Kim. Une vipère au cheveu ras et aux yeux aiguisés comme des petits couteaux de cuisine.

– C'est bien lui.

Il se tourna vers moi et m'indiqua un point en aval.

– J'en déduis que vous vous connaissez.

J'étais trempé par la brume ; le ciel se couvrait à vue d'œil et le vent se renforçait.

– Il n'y aurait pas un autre endroit que cette berge où on pourrait parler ?

Il fit courir un doigt vers le sommet de la colline.

– Nous pourrions monter là-haut, si l'escalade ne vous dérange pas. C'est là que les cinq types de la…

– Finissez d'abord ce que vous étiez en train de me dire sur Kim. (Je préférais ne pas aborder le sujet des pins pour l'instant.) Et allez droit au but.

Il soupira.

– C'est votre session. Comme vous voudrez. (Il réfléchit un instant.) Kim a fait le tour des lieux. Parfois, il coinçait un membre du personnel entre deux portes. Ils étaient tous terrorisés par la manière qu'il avait de les regarder. Je me suis tenu à l'écart, mais j'ai récolté quelques bribes d'information sur ce qu'il était en train de déterrer. Le neveu était impliqué dans une affaire de contrebande. Des voitures surtout, de grosses berlines japonaises d'occasion qu'on faisait passer en Chine où elles rapportaient le double, voire le triple du prix de départ, et net d'impôts. À l'époque, la rumeur courait que toute l'opération était financée par les services secrets sud-coréens, alors Kim s'est dit qu'il pourrait tendre un piège au neveu, faire tomber un membre du Politburo et reprendre le trafic à son compte.

Mes chaussures étaient mouillées et elles avaient toujours du mal à sécher complètement. J'allais crapahuter dans les collines avec les pieds moites pendant des jours.

– Et après ? demandai-je.

– Rien.

– Non, pas rien. Les voitures ont continué d'arriver, pas vrai ?

– Peut-être.

– Un jeudi sur deux, dans l'après-midi, il en venait une autre.

– Qui vous l'a dit ?

– Je fais mon boulot, faites le vôtre, si vous en avez encore un quand j'en aurai fini avec vous. Quand je vous pose une question, ne me dites pas « rien ».

Song prit un drôle d'air – la peur, un soupçon de dégoût, puis l'écœurante prise de conscience que son destin se trouvait entre les mains d'un autre. À ceci près que je n'avais aucune envie d'avoir son destin sur les bras.

– Quand les voitures ont-elles cessé de venir ?

– La dernière semaine de juin, rien n'est arrivé. Et rien du tout en juillet. C'est là que les équipes de la Sécurité militaire ont débarqué. Je me suis dit que quelque chose ne tournait pas rond.

– Kim vous paie pour fermer les yeux, je me trompe ? (Il se détourna.) Je vous ai posé une question.

– Je ne travaille pas pour lui.

– Mais vous prenez son argent.

– Vous croyez que tout est facile par ici, inspecteur ?

– Vous avez gardé tout ça pour vous jusqu'à aujourd'hui, vous n'avez même pas mis le ministère sur la piste, ni envoyé de rapport anonyme ni demandé à quelqu'un de monter prendre une bière. Rien du tout.

(Si je ne sautais pas rapidement dans un bain chaud, puis dans des vêtements secs, j'allais attraper un rhume qui me durerait jusqu'en avril. Je m'approchai de Song, lui passai un bras autour de la nuque en ce qui aurait l'air d'un geste amical pour tout observateur encore intéressé par notre conversation et serrai jusqu'à ce qu'il grimace de douleur.) Je retourne dans ma chambre. Si vous avez encore des choses à me dire, des choses que vous auriez accidentellement oubliées exprès, vous feriez mieux de vous mettre à table avant que je reparte d'ici, ou votre voix de velours et vous irez chanter avec les canaris au fond d'une mine noire et profonde, en compagnie d'autres flics locaux un peu trop gourmands. Ils ont un endroit tout spécialement prévu pour ceux qui occupaient des postes aussi peinards que le vôtre.

Je desserrai mon étreinte, me tournai vers le balcon, fis un léger signe de tête, puis remontai le sentier en direction de l'hôtel. Le temps que j'arrive au pied des marches de l'entrée, il pleuvait dru. Lorsque je me retournai vers la rivière, Song y était toujours et levait de temps en temps un bras vers la montagne devant lui. Autant que je sache, il ne chantait pas.

3

Il n'y aurait pas d'eau chaude avant un moment, m'annonça la femme de chambre. Elle était dans l'ascenseur quand je remontai.

– C'était bien, le temple ? (Elle montra mes chaussures du doigt.) Elles sont fichues, dit-elle. Pas moyen de les sécher. Et vous allez devoir trouver un moyen de vous réchauffer. Il n'y a pas de chauffage à cette époque de l'année. (Elle aurait pu avoir l'air un peu plus désolée, me dis-je.) La chaudière est encore tombée en rade ce matin. Ils pensaient que c'était réparé, mais c'est ce qu'ils disent à chaque fois. Pièces de rechange ceci, pièces de rechange cela. Les clients ne vont pas être contents. C'est mauvais pour nos bénéfices.

– C'est vrai, ça, tenez, je suis un client. Eh bien je ne suis pas content. Vous n'auriez pas une serviette en trop, une où je ne peux pas voir à travers quand je la lève à la lumière ? Vous savez… un truc qui puisse réellement absorber l'eau ?

– Je peux vous en trouver une, mais en attendant essayez de ne pas goutter sur le mobilier, d'accord ? Dès que vous faites un geste, vous dégoulinez. On va être obligés d'enlever le tapis de l'ascenseur pour le faire sécher…

Quelqu'un de l'hôtel avait dû aller à l'étranger dans un de ces endroits où l'on met un tapis armorié du jour de la semaine dans l'ascenseur. En théorie, le tapis est changé tous les jours. Si un client a perdu la notion du temps, il lui suffit alors de regarder à ses pieds, pour peu qu'il comprenne l'anglais.

Quand j'entrai dans ma chambre, la porte-fenêtre du balcon était grande ouverte et laissait entrer des torrents de pluie. Un lac miniature s'était formé sur la moquette. La lampe de bureau était tombée par terre et l'abat-jour buvait l'eau comme une éponge. Le loquet n'avait pas pu se casser à nouveau ; j'avais observé le technicien pendant la réparation. Quand je m'avançai pour refermer la porte du balcon, je vis que le loquet avait été abaissé. Il était solidement fermé lorsque j'étais parti pour le temple.

La femme de chambre entra avec une serviette. Elle vit la fenêtre, puis elle promena son regard à travers la pièce.

– Vous allez rester là à dégouliner partout par terre comme je vous ai demandé de ne pas faire ? me lança-t-elle.

– C'est drôle comme ma fenêtre s'est déverrouillée toute seule après mon départ, non ? (Honnêtement, je me fichais pas mal de son plancher.) Dans la plupart des hôtels, une fois fermées, les portes restent fermées. Les lois de la physique ne s'appliquent pas ici, j'imagine.

Elle posa la serviette sur le lit.

– Vous savez, moi, les lois de la physique… Je ne contrôle pas les allées et venues. (Son visage était serein, comme si elle avait pris une décision importante et ne la regrettait pas.) La guide du temple a beaucoup aimé discuter avec vous. Mais apparemment vous n'avez pas eu le temps de finir votre visite.

Je décidai de passer sur ce qui aurait dû faire l'objet de deux séances de questions pour aller droit au but.

– Qui fait les chambres du quatorzième ? (Ça me rapporta un regard hermétique mais pas de réponse, donc je répétai ma question, cette fois avec plus d'insistance.) L'hôtel ne risque pas de voir des bénéfices si je le fais fermer, et c'est ce qui vous attend si vous refusez de coopérer. Je peux ordonner une fermeture administrative si c'est nécessaire.

C'était une invention de ma part, mais elle n'en saurait rien.

– Absolument pas. Nous sommes dans une zone spéciale d'intérêt touristique, et vous autres ne pouvez pas nous toucher sans autorisation.

Elle avait inventé ça de toutes pièces, sans réfléchir, et j'étais battu. Le « vous autres » était étonnant, mais je me dis que ce serait utile. Elle ne se laisserait pas plus intimider par la Sécurité militaire qu'elle n'avait peur de moi, et avec un peu de chance elle les trouverait encore plus casse-pieds.

– Permettez-moi de reformuler ma question. Les clients du quatorzième abîment-ils le mobilier avec leur équipement ?

– Ah ça, et comment ! Avec leurs machines et leurs caisses et tous ces fils partout ! Normalement, je ne fais pas le quatorzième, mais la dame qui s'en occupe d'habitude dit qu'elle ne supporte pas de les voir chez nous. Une fois elle a ouvert la porte de leur chambre par erreur et ils ont failli la massacrer. Elle m'a dit qu'elle n'avait jamais vu autant d'armes depuis son service militaire.

Je levai les yeux au plafond, puis les fis courir le long de la plinthe. La femme de chambre hocha la tête.

– Il n'y a pas de micros dans les chambres, même si personne n'y croit. La Sécurité militaire ne peut rien y mettre sans autorisation spéciale. Il faut qu'on soit au courant. Sinon, on pourrait arracher leurs fils par erreur. Ils ont essayé une fois et le directeur a failli en avoir une attaque. La plinthe était tellement mal recollée que le client suivant, un Iranien, est allé se plaindre à l'accueil. La seule chose qu'on leur permette, ce sont ces micros fusils qu'ils installent sur leur balcon. Leurs chambres sont nettoyées une fois par semaine.

– Parce qu'ils en ont plusieurs ?

– Oui, deux. Le quatorzième étage a la plus belle vue et le directeur a appelé Pyongyang plus d'une fois pour demander si on ne pouvait pas les mettre à un autre étage.

– Et le reste du quatorzième ?

– Qu'est-ce que vous croyez ? (Elle se carra les mains sur les hanches dans une posture de défi.) On le loue. Ils se sont plaints parce qu'on peut voir d'un balcon à l'autre, mais on leur a dit que si ça ne leur plaisait pas, ils n'avaient qu'à se payer tout l'étage. Ça en fait, des chambres ! Et il faudrait aussi qu'ils bloquent le bouton de l'ascenseur. Vous vous imaginez combien on a de clients qui boivent trop au bar du dernier étage, sortent en titubant de l'ascenseur au mauvais endroit et finissent par se débattre avec la poignée de la mauvaise chambre ? La nuit, il fait noir dans ces couloirs ; on ne pourrait pas lire les numéros sur les portes même si notre vie en dépendait. Il faut économiser l'électricité, vous comprenez ?

– Ah, oui, les bénéfices. Enfin, merci pour la serviette. Si l'eau chaude revient, vous pourriez peut-être demander qu'on me prévienne.

À voir sa grimace, je ne devais pas m'attendre à avoir de l'eau chaude dans un avenir proche.

Il n'y eut pas un bruit lorsqu'elle referma la porte derrière elle. Il me vint à l'esprit que si elle était capable de refermer une porte aussi silencieusement, elle pouvait sûrement l'ouvrir de même. Pas comme au Koryo, où les portes produisaient toujours un cliquètement. Je ramassai la lampe, la replaçai sur le bureau et la débranchai. J'aurais probablement dû faire l'inverse. Le risque d'électrocution était mince, mais dernièrement tout avait une certaine tendance à jouer contre moi. Je m'assis sur le lit et tentai de me rappeler ce que j'avais appris. Song était effrayé comme il faut ; je ne lui faisais pas du tout confiance, mais une bonne partie de ses déclarations concordait avec ce que le vieux fermier m'avait raconté sur les voitures de l'autoroute. Kim avait mis la main sur un trafic de berlines. Ç'avait été régulier, deux fois par mois. Puis quelque chose était venu briser la routine. Il y avait eu davantage de voitures que prévu et à des moments où elles n'étaient pas censées arriver. L'un des conducteurs au moins n'appartenait pas à la Sécurité militaire. Aucun des gars qui travaillaient là-bas ne pouvait passer pour « maigrichon ». Musclé, sans doute. Baraqué, affreux, patibulaire. Mais pas maigrichon. Ces gens-là ne manquent jamais de nourriture, ni d'exercice. Tout cela commençait à pointer dans une même direction. Kang. Cette Mercedes que j'étais censé photographier, la raison qui avait poussé Kim à s'arranger pour que je sois sur cette fameuse colline à l'aube… Kang. La raison qui m'avait conduite à Manpo… Kang.

Je m'allongeai. Au bout de quelques minutes, en sombrant dans le sommeil, j'entendis la rivière tonner contre les rochers, arrachant ses berges, s'échappant vers la liberté de l'océan, loin à l'ouest.

4

Pak entra dans mon bureau et s'assit sur la seule chaise qui n'était pas couverte de papiers.

– Je t'ai dégotté un classeur à dossiers. Pourquoi ne pas t'en servir ?

C'était toujours sa première réplique et il n'espérait plus de réponse. Il savait que le premier tiroir contenait mon vase, celui avec les grues en vol, et le deuxième ma collection de papier de verre. Dans le troisième se trouvaient les pièces d'une bibliothèque toute simple que j'avais encore l'espoir de fabriquer un jour.

– On approche d'une impasse dans cette affaire. L'hôpital me dit qu'on ne peut pas justifier la réfrigération et qu'il va par conséquent falloir se débarrasser du corps. Le ministre dit qu'il est temps de classer le dossier avec les affaires non résolues et de passer à autre chose. (Pak jeta un coup d'œil au classeur à dossiers.) Où ranges-tu tes affaires non résolues ? Dans le tiroir avec les plans de ta bibliothèque ? (Il posa les pieds sur mon bureau et les retira aussitôt.) Désolé, c'était un peu méchant. J'essayais de réfléchir.

Lorsqu'il était entré, j'étais en train de faire un énième dessin d'une bibliothèque au dos d'un énième mémo du ministère. Nous savions l'un comme l'autre que je n'aurais peut-être jamais le temps ni les matériaux pour construire quoi que ce soit. Je mis mon croquis de côté et retrouvai mon calepin.

– Nous savons tous les deux que le ministre veut nous voir résoudre cette affaire, dis-je. Que le vice-ministre ne nous en croie pas capables fait que c'est doublement important aux yeux du vieux. (Pak poussa un grognement évasif.) Et nous savons tous les deux qui a ordonné au ministre de clore le dossier. Mon frère. Mon ex-frère.

Pak regarda fixement dans le vide. Il ne clignait pas des yeux et pendant un instant je crus qu'il ne respirait plus.

– Nous ne pouvons pas y faire grand-chose, inspecteur, finit-il par lâcher. Nous passons notre temps à brasser tout un tas de faits qui ne concordent pas et je ne peux pas justifier votre présence sur cette affaire beaucoup plus longtemps.

Je n'eus pas à répondre : mon téléphone sonna. C'était Li, l'agent de sécurité chargé du secteur rural au sud de Pyongyang. Un des paysans avait trouvé quelque chose, disait-il, et il voulait que j'y jette un œil avant de rédiger un rapport officiel. Je le remerciai, l'informai que j'arrivais tout de suite et raccrochai.

Pak n'avait entendu que la moitié de la conversation, mais ne posa pas de question.

– Reprends ma voiture. Sois revenu avant midi, quand même. Je déjeune avec Kang. Des nouilles. C'est lui qui invite. Il était temps, bon sang.

5

Li m'attendait au bord de la route, à deux pas de l'endroit où je m'étais posté avec l'appareil photo. Il me fit signe d'approcher et m'indiqua une petite route sur la gauche. Ce n'était qu'un chemin de terre un peu large qui traversait le champ de maïs pour grimper dans les collines et l'on n'aurait pas pu y repérer une voiture depuis l'autoroute.

– Mets-toi en marche arrière, dit-il. Tu pourrais avoir envie de revenir sur l'autoroute et de repartir en ville à toute vitesse. (Il jeta un œil à l'intérieur de ma voiture et fit claquer sa langue.) Tu es armé ? Faut croire que non. On a quelques vieux pistolets automatiques au poste de sécurité, mais c'est le lieutenant qui a les clés du casier. Nous sommes plutôt en bons termes, lui et moi. (Il marqua une pause, pour réfléchir à ce qu'il venait de dire.) Mais pas à ce point, je suppose, pas encore.

– Pourquoi aurais-je besoin d'être armé ? C'est quoi, cette histoire ?

– Sors ta voiture de la route d'abord.

Il y avait dans sa voix une urgence qui me prit par surprise. Ça ne lui ressemblait pas. Même à l'armée, que nous avions faite ensemble, il ne montrait jamais d'émotion. Plus âgé que tous les autres, il ne chantait, ne dansait et ne buvait jamais. Parfois, il restait assis à l'écart, à contempler l'horizon. Quand nous partions en patrouille, il était sérieux et ne nous laissait jamais nous amuser de rien. S'il m'est arrivé de l'entendre rire, je ne m'en souviens pas, mais je ne crois pas non plus l'avoir une seule fois entendu se plaindre. À la fin de notre service, on s'était perdus de vue, mais un jour que je feuilletais des rapports des forces de sécurité en province j'avais aperçu son nom, et après nous nous étions revus de temps en temps. Chaque fois qu'il venait à Pyongyang, ce qui n'était pas souvent, il passait me voir au bureau.

Il surveilla la chaussée pendant que je reculais la voiture dans le champ. Puis il me fit prendre un deuxième chemin plus étroit qui grimpait dans une colline, jusqu'à ce que nous soyons au-dessus de l'endroit où je m'étais assis le matin où j'avais vu une berline noire s'éloigner à toute vitesse.

– Tu comptes m'expliquer pourquoi il faudrait que je sois armé ? Ou pourquoi tu m'as parlé de ton casier à pistolets ?

Il ne répondit pas. S'il avait fixé l'horizon comme il le faisait autrefois à l'armée, j'aurais compris qu'il était absorbé par ses pensées. À l'époque, ça lui arrivait : l'un de nous lui disait quelque chose et il n'y avait pas de réponse, au bout d'un moment, nous finissions par le laisser tranquille. Là, par contre, il regardait par terre. Il oscilla légèrement la tête, mais je savais que ce n'était pas en réponse à mes questions. Il était en pleine conversation avec lui-même. Il m'avait appelé pour me demander de venir et maintenant il ne savait plus quoi dire. Finalement, il soupira, et cela m'inquiéta plus que tout ce qu'il aurait pu dire ou faire à cet instant.

– Il faut que tu saches, dit-il. Sinon je ne t'aurais pas fait venir. (Il leva la tête, mais dans l'instant la détourna légèrement de sorte que ses yeux ne rencontrèrent jamais les miens.) Tout le temps que tu observais, quelqu'un t'observait, toi. (Il montra du doigt des restes de nourriture, quelques mégots de cigarettes et un petit tas de cailloux.) Ça a servi de support à une mini-parabole avec un système de relais satellite intégré. Il y avait quelqu'un qui te surveillait ici et qui relayait ses informations à quelqu'un d'autre. Et ce quelqu'un d'autre devait être à une distance assez considérable d'ici. Sinon, il aurait pu utiliser un émetteur radio ordinaire.

Je me rappelai la pierre qui dévalait la colline et l'oiseau.

– Comment sais-tu qu'il y avait quelqu'un ici au moment où j'étais en dessous ?

Je savais déjà qu'il était dans le coup – c'est comme ça qu'il avait eu assez d'argent pour acheter le silence des paysans –, mais je n'arrivais pas à croire qu'il bossait pour la Sécurité militaire.

– J'ai trop de territoire à couvrir, même avec les deux stagiaires qu'on m'a collés l'année dernière quand la route a commencé à voir passer plus de monde. J'ai décidé de faire des patrouilles régulières, mais à des heures irrégulières. J'avais lu ça un jour dans un vieux bouquin de tactique de guérilla. On note l'heure et le trajet emprunté, de manière, théoriquement, à couvrir chaque endroit au moins une fois par semaine. Tout l'intérêt de la chose est qu'on ne fait pas de rondes régulières, ce qui veut dire qu'on refait parfois le même chemin deux jours de suite. Ce qu'on perd en territoire, on le compense par la chance. Et l'autre jour, on en a eu. On a fait deux fois la route qui passe derrière cette petite colline.

Je posai un pied sur les cailloux et les enfonçai dans la terre sèche.

– Je croyais que nous étions amis. On se connaît depuis longtemps. Mais peut-être que l'amitié ne veut plus rien dire. (Plus bas, un convoi de camions-bennes chargés de paysans s'avançait vers la section suivante de champs à moissonner. Ils tournèrent dans une petite route et furent bientôt hors de vue.) Tu me crois vraiment bête à ce point ? Tu ne patrouilles pas régulièrement par ici et même si c'était le cas, tu ne trouverais jamais rien au milieu de tout ce maïs. Deux rangs plus loin, on pourrait aussi bien être à mille kilomètres d'ici. Alors c'est quoi, cette histoire ? (Je lui montrai la colline légèrement au-dessus et derrière celle où nous nous trouvions.) On y va.

Quand nous fûmes arrivés au sommet, Li s'assit sur ses talons, à la paysanne, et alluma une cigarette. Il en tira quelques bouffées, déchira le bout et se coinça ce qu'il en restait derrière l'oreille.

– Tu as raison. Quelqu'un m'avait dit de venir. D'ici, on surveillait le type qui te surveillait. Il n'était pas de ce côté-ci de la zone démilitarisée… trop de gadgets. Je suis censé ne rien dire, mais j'y ai beaucoup repensé. Tu ne me crois peut-être pas, mais c'est vrai.

– Même moi, je ne savais pas où j'allais m'installer ce matin-là. Comment quelqu'un d'autre aurait pu savoir où j'étais ?

– Nous n'en savions rien, et l'autre type non plus, à ce que j'en ai vu. Peut-être qu'ils ont simplement deviné que tu ne t'éloignerais pas trop de Pyongyang. Cette colline-ci et la suivante sont les meilleurs points d'observation à des kilomètres à la ronde. Toutes les autres sont soit trop basses, soit trop à nu, et il n'y a pas des masses d'endroits où cacher sa voiture.

– « Ils » ? Ils ont deviné ? De qui parlons-nous ?

Il jeta un coup d'œil à sa montre.

– Ne me demande rien d'autre. Encore quelques minutes. Contente-toi de garder les yeux sur la route.

– Qu'est-ce que je dois voir ?

Je connaissais la réponse.

– Une voiture.

– Et si je te dis que j'en ai marre de surveiller des routes ?

Il se releva et s'avança sur le sentier en descente.

– L'enfant, inspecteur. C'était le fils de ma sœur. (Il marqua une pause, puis leva les yeux sur moi.) Je sais ce qui s'est passé. Je crois que tu le sais aussi.

Le bruit de deux bolides émergeant du tunnel à grande vitesse nous fit tous les deux tourner la tête vers la route. La première voiture, elle était à environ cinq cents mètres et filait vers nous comme une flèche, était d'un bleu profond et plus petite que celle que j'avais vue le premier jour, mais tout aussi propre. La seconde était plus imposante, noire et juste derrière la première, si proche même qu'elle semblait à sa remorque. Je n'avais jamais vu deux voitures se suivre d'aussi près à une telle vitesse. Le conducteur de la berline noire avait dû lever le pied. La voiture bleue gagna rapidement des longueurs sur sa poursuivante et là, au moment où elle arrivait à notre hauteur, il y eut une explosion sourde, la chaussée se souleva et la voiture fut projetée de l'autre côté de la route. La seconde freina brutalement et s'arrêta juste au bord du cratère laissé par l'explosion. La portière du côté passager s'ouvrit ; un homme en descendit et courut vers le côté conducteur de la voiture bleue. Il regarda à travers la vitre, sortit un petit pistolet automatique de sous sa veste et tira à l'intérieur.

Il regarda à nouveau et tira une deuxième fois. Puis il revint en courant vers la voiture noire et s'arrêta pour étudier les collines. Il avait les cheveux taillés en brosse. Je ne pouvais pas voir ses yeux, mais savais qu'ils étaient comme des poignards.

La berline noire roula quelques mètres sur le bas-côté en écrasant les fleurs sauvages. Dès qu'elle remonta sur l'autoroute, le conducteur accéléra si vivement qu'il chassa de l'arrière, puis il reprit le contrôle et repartit vers le nord. Juste au moment où la voiture disparaissait derrière un sommet de côte, j'entendis son klaxon. Li tremblait ; je n'arrivais pas à savoir si c'était de peur ou de colère.

– Il voulait que tu voies. Et il voulait que je le voie, moi aussi. C'est un avertissement : si on essaie de lui barrer la route, on est morts.

6

– Vous n'avez pas encore faim, inspecteur ?

– Cette parabole, c'était forcément la vôtre. Vos collègues surveillaient la route. Ou quelqu'un qui travaillait pour vous. Le détecteur de fréquences dans la voiture noire le premier jour, c'était aussi à vous ?

– Je vous l'ai dit, je me contente de prendre des notes. Ça vous ennuie si je me fais un sandwich ? (Il entra dans la cuisine et alluma la lumière.) Je peux vous faire un thé… du thé irlandais, si ça vous convient.

– J'ai déjà pris du café. (J'entendis un grognement dépité.) Bon, d'accord, va pour un thé.

– Je pensais que vous aimiez ça.

– Je ne dois plus y avoir vraiment goût.

– Du lait ?

– Du lait ! C'est une blague ? Et pourquoi pas du whisky ? Il paraît que c'est comme ça qu'on boit le thé chez vous.

J'allai le rejoindre dans la cuisine.

– Certains. Pas moi. Lait et sucre. (Il se retourna pour m'observer un instant, juste assez longtemps pour s'assurer que je m'étais arrêté au seuil de la cuisine.) Ce n'est qu'une vieille habitude, de boire le thé comme ça, mais ça me rappelle le pays. Vous ne vous sentez jamais seul, vous, quand vous êtes en mission ?

– Je suis sûr que vous aimeriez bien le savoir. Si c'était le cas, il faudrait que ma solitude soit immense pour que je veuille mettre du lait et du sucre dans mon thé.

Je lui pris la tasse des mains et en examinai le rebord.

– Pas de grues, désolé.

– Dites-moi, Richie, pourquoi vos hommes surveillaient-ils l'autoroute ? C'est là que vous avez découvert mon existence ? Vous vous attendiez à trouver Kang ?

L'Irlandais nettoya le plan de travail, lava sa tasse et essuya les robinets, puis les poignées de tiroir.

– Voilà trois questions auxquelles, vous en êtes bien conscient, vous n'aurez aucune réponse. Mais vous savez ce que Kang faisait ce matin-là dans le bureau de Pak, n'est-ce pas ? Il voulait voir ce que Kim savait sur lui. Et, pour peu qu'il ait agi dans les règles, il était aussi venu voir à quoi vous ressembliez. Il avait lu votre dossier et vous l'a dit. Mais Kang ne croyait ni les papiers, ni les rapports des autres. Il voulait vous voir de ses yeux.

Je fis mine de me mettre au garde-à-vous.

– Je suis impressionné. Vous êtes visiblement un homme minutieux, une qualité qu'on néglige trop souvent. Vous suivez Kang depuis longtemps, j'imagine.

– Pas assez longtemps. Nous n'avions jamais entendu parler de Kim, mais nous savions que Kang était inquiet. Il s'agitait de tous côtés, dispersait ses troupes et collectait ses bénéfices, liquidait ses réseaux. On n'y comprenait rien jusqu'à ce qu'on ait vent de cette histoire avec le Japon. Quelqu'un m'a dit que Kang semblait effrayé. Ça m'avait paru bizarre.

– Kang n'était pas du genre à paniquer. Il lui manquait ce gène-là. À Manpo, il m'avait confié que les accords avec le Japon allaient nous causer des problèmes en interne. Vous savez ce qu'il entendait par là ? Vous étiez déjà au courant de ce qu'il faisait à la frontière ?

– Disons seulement que nous savions que l'idée d'une réconciliation entre votre pays et le Japon après toutes ces années apparaît pour beaucoup comme malvenue.

– Ils ne devraient pas s'inquiéter.

– Ah ?

– Vous savez, si l'on compare avec les relations entre mon pays et le Japon, les Irlandais vivent une véritable histoire d'amour avec l'Angleterre. Sud-Coréens, Chinois, Indonésiens… personne n'aime les Japonais et personne ne les aimera jamais. Je ne sais pas pourquoi. Pak et moi en discutions parfois. Il disait que c'était irrationnel.

– Qu'est-il arrivé à Pak ? Vous dites qu'il est mort. Comment ?

– Demandez-le à Kim.

– Non, sérieusement. (Son téléphone sonna, il répondit brièvement.) Je crois. (Il raccrocha.) Vous voulez

continuer ? (Il regarda son carnet et fronça les sourcils en voyant le dictaphone. Il avait oublié de l'arrêter.) Vous veniez de voir passer deux voitures.

7

– La Sécurité militaire a miné l'autoroute ! (J'avais grimpé l'escalier en courant et j'étais à bout de souffle, debout dans l'embrasure de porte du bureau de Pak.) Ils ont fait sauter une voiture et Kim a abattu le conducteur de sang-froid. Il avait dû dire à Li de me faire venir pour que je voie ça. Un vrai sadique, ce mec ! (Pak m'étudiait avec curiosité de derrière son bureau. Je ne monte jamais l'escalier en courant.) C'est les affaires de Kang, pas les nôtres. Rappelle-toi, je t'ai dit que ce n'était pas mon boulot, je te l'ai dit quand tout ça a commencé. Ça a un rapport avec la Mercedes noire que j'étais censé photographier. Cette fois, elle était bleue. Il faut que tu appelles Kang.

– Allons dans votre bureau, inspecteur. (Il jeta un coup d'œil par sa fenêtre à l'immeuble des Opérations.) La vue y est meilleure.

Quand nous fûmes dans mon bureau, il m'indiqua ma chaise du doigt.

– Inspecteur, posez-vous, fermez-la et réfléchissez à ce que vous dites. Appeler Kang ? Vous voulez que j'utilise mon téléphone avec ce qui se passe en ce moment ?

Il saisit le mien et l'arracha de sa prise murale. Si nos téléphones étaient sur écoute, les mouchards émettraient même si le combiné était raccroché. On les débranchait de leurs supports muraux dans les rares occasions où l'on ne voulait pas courir le risque d'être entendus. Arracher l'appareil de sa prise n'était pas la méthode la plus indiquée, mais c'était efficace.

– C'est beaucoup mieux.

– Qu'est-ce qu'il a, ton bureau ?

– Je crois que quelqu'un a un œil sur nous, et peut-être une oreille, dans l'immeuble des Opérations. Je ne m'en suis aperçu qu'hier. Les rideaux bougent bizarrement.

– Ils m'observent depuis un moment, moi aussi.

– Je déjeune avec Kang aujourd'hui, tu te rappelles ? Tu peux te joindre à nous. Plus on est de fous à manger des nouilles… On rira beaucoup. Après, on pourra monter aux monuments près du fleuve pour discuter. Trois employés de bureau imbibés qui vont cuver gentiment sur la pelouse. Ils ne pourront pas nous approcher de trop près, à moins qu'ils aient décidé de nous mettre le grappin dessus.

– Ce n'est pas le moment de faire un pique-nique. Quelque chose se prépare et, autant que je sache, ça pourrait bien se passer aujourd'hui. Tu sais déjà de quoi je parle, n'est-ce pas ? Tu le savais avant même de m'envoyer à Manpo.

– J'ignore ce que j'ignore, inspecteur. (Il regarda fixement par ma fenêtre.) Tu crois que Li comprend réellement ce qui se passe ?

La réponse ne semblait pas vraiment l'intéresser ; son attention était encore focalisée sur la rue.

– Il devait savoir. Il surveillait sa montre ; il connaissait le planning. Je crois qu'il sait depuis longtemps que quelque chose se prépare. Ils ont été obligés de mettre l'agent de sécurité du coin au courant, au moins assez pour s'assurer que la voie serait libre chaque fois qu'une de ces voitures emprunterait la route. Mais le mois dernier, il s'est passé quelque chose. Trop de voitures et pas les bons jours. Li parle peu, mais il est malin. Il a dû percuter. Peut-être qu'il a dit quelque chose à Kim. Peut-être qu'il lui a dit de se trouver une autre route, que c'était trop dangereux pour les gens du coin. Et eux, pour le faire taire, ils ont tué le fils de sa sœur.

Pak fit volte-face.

– Le gamin qui s'est fait égorger ? (Il ferma les yeux et plaqua une main au mur pour garder l'équilibre.) Assez, fit-il d'une voix éteinte, puis il se retourna vers la fenêtre. Assez.

– Je ne pense pas que Li ait su exactement ce qui allait se passer quand il m'a dit de le rejoindre. Il avait l'air nerveux, ce qui ne lui ressemble pas, mais ça pouvait très bien être parce qu'il s'apprêtait à me révéler des choses qu'on lui avait dit de garder secrètes. Et il sait ce qui se passe quand on gêne la Sécurité militaire. Sauf que là, ils sont allés trop loin s'ils pensaient pouvoir le faire taire en tuant le gamin. (J'attendis que Pak dise quelque chose, mais en vain.) Ça va ?

– Ça va, inspecteur. Continuez.

– Après avoir vu ce que Kim a fait, et qu'il s'arrêtait pour lever les yeux vers la colline, Li m'a dit que Kim cherchait à nous prévenir de ne pas se mettre en travers de sa route ou il nous tuerait.

Pak ne quitta pas la fenêtre des yeux.

– Il n'a pas dit : « il me tuera ». Il a dit : « nous ». Pourquoi t'inclure ? Et pourquoi Kim te croit-il en travers de sa route ?

Je haussai les épaules.

– Quelle importance ?

– Bon. (Il finit par se convaincre qu'il ne se passait rien dehors.) La voie est libre pour l'instant, dit-il. (Il s'écarta lentement de la fenêtre et s'appuya sur mon bureau.) Tu as raison. Il ne nous reste sans doute plus beaucoup de temps avant qu'ils arrivent. Nous devons récapituler ce que nous avons appris et voir ce qu'on peut en tirer. Tant pis si tout ne colle pas parfaitement, nous devons seulement pouvoir les déstabiliser encore quelques heures. S'ils pensent que nous avons produit un rapport qui les met en cause, ils retourneront dans leur grotte le temps de décider le coup d'après. Ce qui, moi, me laissera le temps d'avertir le ministre.

– Pourquoi ne pas l'appeler tout de suite ?

– Pour lui dire quoi ? Qu'on a la trouille ? J'ai besoin d'éléments concrets si on veut qu'il ordonne à son ministère de faire écran à la Sécurité militaire.

– Tu veux qu'on commence par la Mercedes noire dont je n'ai pas réussi à prendre une photo ?

– Non, pour les voitures, tes explications m'ont convaincu. Mais que vient faire le cadavre du Koryo dans cette histoire ?

– À ce stade, le seul lien qu'on ait, c'est Hyangsan.

– Comment ça ? Et je ne veux pas entendre parler de mini-pommes de pin.

– J'ai joué au jeu des continents avec la guide du temple d'Hyangsan. Elle m'a dit qu'aucun n'avait manqué. J'ai pu obtenir une reconstitution à peu près correcte des registres de l'hôtel. Trois Américains et un groupe de touristes chinois au deuxième étage, quatre Brésiliens, des ingénieurs en je-ne-sais-quoi au cinquième. Deux ou trois hommes d'affaires australiens et une troupe folklorique africaine au sixième. Ils ont causé une petite émeute au bar du dernier étage autour d'une des hôtesses. Le lendemain matin, tout le monde s'est réconcilié et ils sont allés visiter le temple.

– Aucun Européen ?

– Un seul. Un homme. Une partie de sa fiche était dans l'ordinateur. Les copies papier avec les signatures et les numéros de passeport se sont envolées, mais j'ai trouvé un signalement fait par la femme de chambre. Septième étage. Le type avait la chambre au fond du couloir, un soir il est rentré très tard avec deux ou trois autres personnes. Complètement saoul, à peine capable de marcher. J'ai montré une photo du cadavre à la guide du temple. Elle l'a reconnu.

Pak abattit un poing sur mon bureau.

– Il doit y avoir d'autres fiches ! Quelqu'un a réservé pour lui à l'hôtel, il est passé à l'accueil en arrivant ou en repartant, il a pris un avion ou un train pour venir ici et il est passé à la douane. Pourquoi n'y a-t-il aucune trace de cet individu ?

Je ressortis mes notes d'Hyangsan.

– L'agent du cru, j'oublie son nom, l'homme à la voix d'or…

– Song.

– Song m'a dit que des filles arrivaient les jours où un neveu du Politburo était là. Ses mots exacts : « Toujours discrètement, pas plus d'une par voiture. »

– Une affaire de prostitution ? Mais alors, pourquoi faire exploser des voitures sur l'autoroute ?

– Ce n'était pas les filles. (Je levai les yeux vers les moulures du plafond et me demandai si j'allais pouvoir m'y attaquer un jour au train où allaient les choses.) Pas les filles. Les voitures. Ils font passer des berlines en douce depuis le Sud, en remontant par Hyangsan, puis par Manpo, et après ils les font entrer en Chine. Ils les revendent en prenant leur marge, une marge confortable parce qu'ils échappent aux taxes chinoises à l'importation. Une voiture à elle seule ne vaut peut-être pas tant que ça, mais si on recommence plusieurs fois par mois, sur une période d'un an ou deux, ça doit quand même faire une somme.

Je sortis un morceau de bois de mon tiroir du haut. Je le lissai entre mes doigts ; c'était du chêne. Du beau bois, chaleureux, massif et intègre. Pak hocha la tête.

– Si nous étions au Sahara, tu serais inutile, totalement inutile. Même pas fichu de mettre un badge, mais toujours un bout de bois à portée de main. (Il soupira.) Continue. C'est donc les voitures. Pas les filles.

– Les voitures, mais pas seulement elles. Song m'a affirmé que la Sécurité militaire était impliquée dans le trafic. Sur le coup, je ne l'ai pas cru. Maintenant, si. Tu te rappelles le jour où j'ai retrouvé Kang au Koryo pour boire une bière ? Il voulait me faire croire que la Sécurité militaire essayait de lui tendre un piège le matin où j'avais raté ma photo de la Mercedes noire. Sauf que je ne pense pas qu'ils essayaient de lui tendre un piège. Je crois que Kang lui aussi trafique de son côté. Kim et lui font tous les deux passer des voitures en Chine, mais pour des raisons différentes, et ils se gênent mutuellement.

– Kim n'aime sûrement pas qu'on vienne tailler dans ses profits, surtout si ça vient de la Direction du renseignement. Mais ça ne peut pas être qu'une histoire d'argent.

– Kim doit déjà en avoir un paquet s'il a commencé il y a quelques années. Et malgré toutes les conneries qu'on nous sert sur la politique aux séances d'étude du samedi, ils ont au moins raison sur un point : quand on a de l'argent, on en veut toujours plus. C'est quand même absurde de se faire tuer pour de l'argent. Ils pourraient tout simplement se partager le marché, s'arranger pour travailler par semaines alternées ou autre chose.

– Impossible. Kim déteste Kang. Et si Kang fait du trafic de voitures, comme tu le prétends, ce n'est pas pour l'argent, pas pour lui, en tout cas.

– Song m'a aussi affirmé que c'est l'argent des services secrets sud-coréens qui fait tourner la machine.

– Peut-être, mais si c'est le cas, seul Kim en profite. Kang ne ferait pas une chose pareille. Crois-moi, je sais qu'il s'y refuserait.

– D'accord, disons donc qu'il ne m'a pas fait venir à la frontière pour protéger un trafic de voitures. (Le visage de Pak ne m'apprit rien ; il avait fermé les yeux.) Le Finlandais était peut-être un intermédiaire. (Je réfléchissais tout haut.) Il était sans doute payé par Kang. C'est pour ça qu'il n'y a aucune trace de lui. Peut-être que la Sécurité militaire s'en est rendu compte et l'a tué. Tu penses que je déraille ? Mais il y a un lien. Kang manigance quelque chose en Finlande. Il me l'a dit lui-même. Si tu veux mon avis, il cherche à se servir de nous. Il essaie de nous mettre entre lui et la Sécurité militaire, de les obliger à s'arrêter sur de la chair fraîche et, pendant ce temps-là, il prend une longueur d'avance sur eux. Tu lui fais confiance, très bien. Pas moi. Je ne le connais pas et je ne lui fais pas confiance. N'oublie pas que j'étais sur la colline à côté de Li quand la voiture a sauté sur une mine. J'étais là aussi quand Kim a levé la tête pour s'assurer que j'avais vu toute la scène.

– Kang a des opérations un peu partout, c'est son boulot. Ne t'angoisse pas sur ses motivations. C'est quelqu'un de bien. (Il rouvrit les yeux.) Je parierais ma vie là-dessus. (Il se retourna vers la fenêtre.) Une voiture dehors. Deux voitures, en fait. On fait quoi, maintenant ?

J'allai vers mon classeur à dossiers, y pris une cheville d'assemblage en pin et la lançai à Pak.

– Commence à polir.

8

Pak ne prêtait pas vraiment attention à ce qu'il faisait. Bien que ses mains fissent glisser le papier de verre sur le bois, toute son énergie était consacrée à guetter les pas de deux hommes, peut-être trois, dans l'escalier. Au bout d'un moment, il reposa le bout de bois.

– Achète-toi une bibliothèque, dit-il. Ça te fera gagner pas mal de temps. (En bas, une portière claqua, le bruit résonna dans la cour. Nous échangeâmes un regard. Il avait un peu pâli.) Encore une minute et ils frapperont à la porte. Ils frappent toujours. Si polis tout à coup, comme quand on baisse la voix pendant un interrogatoire : Allons, nous sommes entre gens bien élevés, suivez-nous bien gentiment, sans protester, on descend les escaliers, et hop, en voiture, vous voulez un bandeau sur les yeux ? un verre d'eau ? On peut aller vous chercher quelque chose ?

Je hochai la tête. Ça ne lui ressemblait pas de se mettre dans des états pareils.

– Une seule portière a claqué. Personne ne monte nous voir. Peut-être que le type a eu une crampe dans la jambe à force de rester assis toute la journée. Tu n'as jamais de crampes quand tu es en planque, toi ? (Je recommençai à polir.) Calme-toi, tu vas finir par affoler le bois.

Le coup à la porte fut comme un claquement de fusil. Le bruit se répercuta jusqu'au fond du couloir ; puis je n'entendis plus rien, à part le souffle de Pak. Celui-ci se leva lentement et me fit un signe de tête en gagnant le couloir. Pendant un moment je crus qu'il retournait dans son bureau pour se tirer une balle dans la tête. Puis j'entendis la porte s'ouvrir.

– Alors, on va se les manger, ces nouilles, oui ou non ?

La voix tonitruante de Kang emplit la pièce comme un rayon de soleil après la pluie. Je reposai mon bout de bois avec précaution, puis repliai le petit morceau de papier de verre en me disant que si je faisais quelque chose avec mes mains elles arrêteraient de trembler. Je tentai maladroitement de reprendre mon morceau de chêne sur le bureau, mais il me glissa entre les doigts.

Kang passa la tête dans mon bureau.

– Désolé pour le retard. Un embouteillage devant votre immeuble. (J'entendis un moteur démarrer, puis un deuxième. Lorsque je regardai par la fenêtre, deux berlines noires s'éloignaient lentement dans la rue en direction du fleuve. Debout, les bras croisés, Kang m'observait.) Il fait beau. Les collines de la côte Est sont très jolies à cette époque de l'année. (Il m'indiqua de la tête un endroit par terre à côté de ma chaise.) Vous avez perdu quelque chose.

– Je reste ici, je ne quitte pas la ville. Ils ne me font pas peur. (Je baissai les yeux pour m'assurer que mes mains étaient immobiles.) Allons déjeuner. Pak pense qu'on devrait grimper vers les monuments après le repas et nous prendre une bonne cuite.

Pak avait enfilé une veste d'été. Je savais que c'était pour cacher son étui à revolver. Si on l'attrapait avec une arme, ils auraient une excuse pour lui tirer dessus, mais d'abord il s'en paierait un parce qu'ils ne s'y attendraient pas. Pak ne jouait pas toujours le jeu avec eux, mais personne n'avait jamais douté de sa loyauté.

Kang fourra une main sous sa ceinture, en sortit un pistolet. Et le fit glisser de l'autre côté du bureau.

– Vous pourriez en avoir besoin, dit-il. Il suffira d'un coup.

Je fixai l'arme un moment, puis la rangeai dans ma poche arrière.

– Rappelez-moi que je l'ai, ou je risque de la sortir au lieu de mon portefeuille pendant le déjeuner.

*

Le restaurant de nouilles n'était qu'à moitié plein, mais il était encore tôt. La plupart des clients n'arriveraient pas avant une heure et passeraient le reste de l'après-midi à discuter en profitant de la vue et en suivant des yeux le bateau plein de touristes qui va et vient sur le fleuve par beau temps. Nous mangeâmes tous les trois en silence. La serveuse tenta de nous remonter le moral avec quelques plaisanteries, mais, Kang lui décochant un regard maussade, elle s'éloigna en traînant les pieds. Après, nous sortîmes sur le balcon qui surplombait le fleuve, face à la tour sur la rive opposée.

– J'ai toujours eu envie de prendre ce bateau, dit Pak. Je vais peut-être m'écrire une liste de choses que je voulais faire.

Kang fit claquer sa langue.

– Il est trop tôt pour se décourager. Personne ne passera à l'attaque pour l'instant.

C'était peut-être à cause du ton de sa voix, mais je ressentis un soudain accès de colère.

– Vous avez l'air de prendre tout ça avec calme, lui lançai-je. Vous avez été méchamment serein pendant tout ce temps, même à Manpo après avoir tué Chong.

La main droite de Pak bougea légèrement. Je crus presque qu'il était sur le point de dégainer.

– Chong ? demanda-t-il. Le type sur lequel on m'a questionné ?

Kang ne changea pas d'expression.

– L'inspecteur ne vous a pas raconté notre petite aventure ? (Il s'esclaffa.) Il vous a parlé de sa petite amie finlandaise ?

La main de Pak resta où elle était.

– Il doit pleuvoir des Finlandais. On est submergés. D'ailleurs, maintenant que j'y pense, je n'ai jamais eu votre rapport, inspecteur.

– Pas le temps.

Kang adressa un signe de tête aux trois hommes qui venaient de passer la porte du restaurant. L'un d'eux était le colonel Kim. Il était en civil ; les deux autres en uniforme ajusté de la Sécurité militaire, avec les beaux boutons et tout le reste. Kim nous jeta un regard à travers la baie vitrée. Il croisa le mien et le soutint, puis se détourna et suivit le directeur du restaurant dans un salon privé sur le côté de la salle. Le directeur, un homme longiligne au visage triste, suait à grosses gouttes. Il n'avait pas l'air très heureux de le voir.

Kang, lui, avait déjà commencé à descendre, deux à deux, les marches conduisant au parking.

– Je vous retrouve aux monuments, dit-il en nous gratifiant de son éternel sourire, celui avec les dents. On devrait avoir une vue idéale.

Pak démarra sa voiture, puis coupa le moteur.

– C'est quoi, cette histoire ? Pourquoi ne m'as-tu jamais parlé de Chong ?

– Chong ? Le sang-mêlé ? J'ai essayé, mais tu m'as dit que tu ne voulais pas savoir.

Il me jeta un regard cinglant.

– Je n'avais pas besoin de savoir si vous vous connaissiez ou non. Mais c'est quand même autre chose d'apprendre qu'un de mes inspecteurs était présent lorsque Kang a tiré sur un agent de la Sécurité militaire ! As-tu au moins envoyé un signalement à quelqu'un ?

– Ha ! Il ne lui a pas tiré dessus. C'était une pierre. (Pak regarda fixement à travers le pare-brise.) Kang m'a demandé de ne pas le signaler. Il avait une sorte d'opération en cours dans une zone militaire au milieu des collines, juste en dessous de l'endroit où c'est arrivé, et il ne voulait pas d'agitation.

– Quelle zone militaire ?

– Je n'en sais rien. Il a dit que c'était une base de la Sécurité militaire, et il voulait que j'y entre, mais après tu as découvert le Finlandais et j'ai dû rentrer à la maison.

– Est-ce que ç'a eu l'air de remuer Kang que je te rappelle ?

– Kang ? Tu veux rire ! Alors même que ces trois types étaient en train de griller dans le 4×4…

– Quel 4×4 ?

Je marquai une pause.

– Permets-moi de te raconter tout ça pendant que nous roulons.

Lorsque j'eus terminé, Pak s'engagea dans une étroite ruelle, où un vendeur de glaces s'était installé à l'ombre de trois énormes mûriers. Quelques-uns de ses clients levèrent le nez quand notre voiture s'arrêta le long du trottoir, mais, par un après-midi ensoleillé, un cornet de glace est nettement plus passionnant qu'une voiture à l'arrêt. Au bout d'une minute, plus personne ne semblait s'intéresser à nous.

– Tu repars au bureau.

Il se passa une main dans les cheveux.

– Prends le bus, s'il fonctionne aujourd'hui. Personne ne te cherchera dans les transports en commun.

J'ai vu la grimace que Kim a faite en te voyant au restaurant. S'ils ne nous filent pas en ce moment même, ils ne mettront pas longtemps à localiser nos véhicules.

– C'est de ça que tu parlais, n'est-ce pas, quand tu me disais que l'enfer allait se déchaîner ? Ils vont bientôt mettre la main sur Kang et tu penses être sur la liste, toi aussi. Tu travailles pour lui ? La Sécurité militaire n'a aucune raison de t'emmener. Tu n'étais pas là quand Chong s'est fait descendre. (Il garda le silence.) Ça remonte à plus loin, Kang et toi ?

– Ce que vous ignorez, inspecteur, ne saurait vous nuire.

– Ce n'est pas ce que j'ignore qui m'inquiète. Je m'inquiète pour toi. Pourquoi ne rentres-tu pas au bureau, toi ? Ou, mieux, va au ministère. Le ministre ne laissera pas la Sécurité militaire entrer dans le bâtiment. Je peux aller à pied aux monuments. Je ne devrais pas avoir de problème là-bas. Je crois qu'ils attendent encore quelque chose. Ce regard que Kim m'a lancé n'était pas celui d'un serpent qui s'apprête à mordre. Plutôt une invitation à jouer encore un peu. Allez, petite souris, essaie de m'échapper. De toute façon, j'ai des choses à voir avec Kang.

Pak tendit le bras pour ouvrir ma portière.

– Pas question. Tu es mis en minorité, camarade. Le comité populaire de l'unité 826 du ministère vient de se prononcer et te recommande de rentrer au bureau. Point final.

– Il va falloir que tu m'expliques ce qui se passe un jour ou l'autre. Tu ne peux pas me laisser mariner dans le doute. Kang m'a dit que vous vous connaissiez depuis des lustres.

Je descendis et claquai la portière.

Pak fit démarrer le moteur.

– Retourne au commissariat, mets un peu d'ordre dans tout ça. Va voir mon bureau. Il a servi à l'armée japonaise, probablement dans la sécurité. Il n'est pas comme ces saloperies qu'on a maintenant. Deuxième tiroir, il y a un compartiment secret. À l'intérieur, une enveloppe. Sors-la en cas de besoin. Tu sauras quoi faire le moment venu. S'ils démontent mon bureau, ils la trouveront. Sinon, elle y passera encore quelques années, et alors il sera trop tard. Dans mon classeur à dossiers, tu verras qu'il y a tous les papiers pour ta mutation, une carte de résidence et un coupon-repas temporaire.

– Pour où ?

– Pas Kanggye. (Il sourit. Puis le sourire disparut.) Fais profil bas. Polis ton bois si ça peut t'empêcher de péter les plombs. L'unité où tu vas ne posera pas de questions. N'en suscite pas. Et ne sors pas sans ce foutu badge, c'est clair ?

Je voulus dire quelque chose, mais la voiture s'éloigna. Les gens assis sur le trottoir d'en face se concentrèrent sur leur glace et firent semblant de n'avoir rien entendu.

9

Le téléphone de Pak était en train de sonner quand j'arrivai enfin, une heure plus tard. Dès que je décrochai, la ligne fut coupée. On avait fouillé mon bureau. Le papier de verre que j'avais laissé sur la table avait été ouvert, puis replié dans le mauvais sens. Pourquoi avaient-ils filé juste après l'arrivée de Kang ? Comment avaient-ils pu débarquer dans le même restaurant juste au moment où nous partions ?

La seule chose dont j'étais sûr, c'est qu'à cet instant précis Pak devait être en train d'engueuler Kang, d'exiger de savoir pourquoi la Direction du renseignement avait mis en danger un de ses inspecteurs sans lui en parler, de prévenir qu'il allait mettre un terme à leur coopération une fois pour toutes.

Le téléphone de Pak sonna encore. Je laissai passer plusieurs sonneries avant de décrocher. C'était le vice-ministre.

– Inspecteur, il semble que votre ligne soit déconnectée. (Sa voix était dangereusement normale, comme l'étiquette d'une fiole de poison.) Venez immédiatement au ministère. Le ministre veut vous voir. Il y a eu un accident.

Avant que j'aie pu lui demander ce qu'il entendait par là, il raccrocha.

Le ministère était à cinq minutes en voiture. Avec mon vélo, ça prendrait plus longtemps. Il était appuyé contre l'arbre où je l'avais laissé. Le pneu arrière semblait encore avoir perdu de l'air, mais je ne pouvais pas y faire grand-chose. Au premier carrefour, la fille de la circulation joua du sifflet pour que je m'arrête et que j'emprunte le souterrain. Je l'ignorai. Elle pouvait bien souffler dans son machin jusqu'à ce que ses joues virent au rouge ! Je savais qu'elle n'avait pas de radio et que le temps qu'une voiture de patrouille arrive pour lui demander ce qui n'allait pas, je serais déjà au ministère. Je lui fis un petit coucou en passant.

Les gardes du ministère me laissèrent passer sans me demander ma carte d'identité. Le vice-ministre m'attendait dans l'antichambre du bureau de son patron, assis sur un canapé avec un assistant, le nez plongé dans ses papiers. Il fit comme si je n'étais pas là. Finalement, il se leva et m'adressa un signe de tête.

– Le ministre est au téléphone. Dès qu'il raccroche, on y va. Vous allez rester debout et écouter ce qu'il vous dit. Ne lui posez pas de questions et ne faites aucun commentaire. Quand il aura terminé, revenez ici et attendez-moi.

– Qu'est-ce qui s'est passé ? Vous m'avez parlé d'un accident ?

Je m'aperçus que j'avais encore le pistolet de Kang dans ma poche arrière. Raison de plus pour laisser le vice-ministre passer devant moi.

– Rendez-nous service à tous les deux, inspecteur. Ne dites rien. (Ses lèvres tremblèrent de la rage qui avait depuis si longtemps consumé toutes ses autres émotions.) Vous vous croyez au-dessus des autres. Vous pensez pouvoir ignorer les règles, contourner la politique, oublier de vous présenter aux séances d'étude pendant des mois d'affilée. Tout ça pour polir vos bouts de bois comme un vulgaire charpentier de province. Vous ne prenez même pas la peine de lire les éditoriaux dans le journal. Ne croyez pas que ça ne s'est pas remarqué. Vous pensiez pouvoir vous en tirer éternellement à si bon compte ?

L'assistant du vice-ministre me lança un regard d'avertissement. Il ne voulait jamais d'ennuis et s'arrangeait pour que tout reste calme jusqu'à ce qu'il arrive à quitter la pièce.

La double porte du ministre s'ouvrit. Le vice-ministre passa le premier, je suivis et l'assistant me dépassa pour gagner le couloir, mais pas avant d'avoir murmuré un mot : « Pak. »

Le ministre leva lentement la tête quand nous entrâmes. Il avait les traits hagards, ses yeux lui rentraient dans la tête et ses joues étaient creusées. Il posa un instant son regard sur le vice-ministre comme s'il voulait lui dire quelque chose, puis il se ravisa et se tourna vers moi.

– Inspecteur, prenez place, dit-il en m'indiquant un fauteuil devant son bureau.

Le siège semblait presque aussi fatigué que lui, mais ç'avait dû être un bel objet autrefois. Les accoudoirs sculptés avaient une forme peu commune, qui déclinait en pente douce puis s'élargissait au bout, de sorte que ceux qui s'y asseyaient n'étaient pas obligés de s'y agripper, mais pouvaient s'y détendre.

– C'est votre grand-père qui l'a fabriqué pour moi, reprit-il, et du coin de l'œil je vis le vice-ministre se raidir, tandis qu'au fur et à mesure l'ombre d'un sourire venait éclairer le visage du ministre.

Je m'assis, privilégiant un côté. Je n'avais aucune envie de faire un trou dans le fauteuil de mon grand-père, ou dans ma jambe.

– Tout ce qu'il entreprenait, enchaîna-t-il, tout ce qu'il a fabriqué, était parfaitement planifié et exécuté. Non qu'il aurait été parfait lui-même. Mais il demeure un exemple de mérite immuable. (Il marqua une pause afin de réfléchir à ce qu'il allait dire ensuite.) Je suis sûr que vous avez hérité de ces mêmes traits, de ces mêmes valeurs. Je vous surveille depuis des années, inspecteur.

Il jeta un coup d'œil à ma chemise. L'absence de mon badge fut relevée par un toussotement.

Le vice-ministre passa derrière le bureau et déposa une note sous les yeux du vieil homme. Le ministre la lut rapidement et ses épaules s'affaissèrent.

– Sur la route qui mène à la colline des monuments, plusieurs armes ont été déchargées.

C'était tout à fait son style. Il ne disait jamais « des coups de feu ont été tirés », mais « des armes ont été déchargées ». Il ramena les yeux sur la note.

– Votre inspecteur chef a été touché à plusieurs reprises, reprit-il. Il est décédé à l'hôpital il y a quelques instants. Il avait un pistolet à la main, un pistolet de l'armée israélienne. Celui-ci avait été déchargé deux fois. (Il marqua une pause.) On vous a vus ensemble à l'heure du déjeuner, en compagnie d'un officier de la Direction du renseignement. Pouvez-vous me dire quoi que ce soit là-dessus ?

Le vice-ministre me jeta un regard hostile pour m'inciter à me taire. Il n'avait pas à s'en faire. J'étais abasourdi, je me sentais mal. Pak avait insisté pour que je rentre au bureau. Et maintenant il était mort.

Le ministre regarda brièvement dans le vide, perdu dans ses pensées.

– L'inspecteur chef Pak restera à jamais irremplaçable, reprit-il. C'était véritablement une des clés de voûte du ministère. Je ne sais pas ce que nous allons faire sans lui. (Il se leva et contourna son bureau pour venir à côté de moi.) Il y aura une enquête féroce, vraiment impitoyable, j'entends, sur ce qui est arrivé cet après-midi. D'ailleurs, si vous n'êtes pas en garde à vue en ce moment même, c'est uniquement parce que je suis intervenu personnellement en plus haut lieu. (Il se tourna vers son vice-ministre.) Auriez-vous l'obligeance de nous laisser un moment ?

Le vice-ministre leva la main en signe de protestation.

– Monsieur, je ne crois vraiment pas que ce soit convenable…

Le ministre l'interrompit.

– Laissez-moi en être juge. Je vous demande de quitter mon bureau pour pouvoir m'entretenir en privé avec l'inspecteur. Allez-vous m'obéir ou va-t-il falloir que je vous fasse jeter dehors ?

Le visage figé soudain en un masque inexpressif, le vice-ministre s'inclina avec raideur et traversa le tapis pour gagner la porte.

– Je serai dans mon bureau, dit-il à mon intention.

Après quoi il referma la porte d'un geste plein d'une sinistre délicatesse.

Le ministre s'appuya sur son bureau, plus pâle et plus fatigué encore qu'à notre arrivée.

– Pour moi, c'est la fin, dit-il. Mais ça n'a pas d'importance. Il se passe des choses. Vous pouvez nager dans le sens du courant, inspecteur, je ne vous en voudrai pas. Ou vous pouvez agir. Mais il va falloir vous décider rapidement.

Je promenai mon regard à travers la pièce. Le ministre hocha la tête.

– N'ayez crainte. Il n'y a pas de micros dans cette pièce. Ils essaient de temps en temps, mais dès que nous trouvons leurs œuvres, je fais un tel scandale qu'ils sont obligés de tout enlever. Et après, ils doivent tout recommencer. Je m'étonne que les murs tiennent encore debout avec tous les trous qu'ils y ont percés pour leurs micros. C'est presque devenu une blague récurrente dans nos soirées.

– Qu'est-il arrivé à Pak ?

Il fallait que je sache s'il avait été surpris, ou si c'était lui qui les avait surpris.

– Pak et Kang marchaient ensemble vers le sommet de la colline. Six agents de la Sécurité militaire ont surgi et leur ont ordonné de se mettre à terre. Pak a dégainé son arme et tiré. Il a tué un des agents avant d'être abattu. Kang a roulé derrière des rochers et s'est enfui. Ils sont à sa recherche en ce moment même. Mes sources affirment que vous avez passé du temps avec Kang à la frontière la semaine dernière. Cela n'a pas échappé à la Sécurité militaire, croyez-moi. Cette affaire de Finlandais sur laquelle vous avez travaillé est aussi liée à la Sécurité militaire.

– J'en suis conscient.

– Ce dont vous n'êtes pas conscient, c'est que des choses bougent au sommet. (Il consulta sa montre.) Dans deux heures environ, les dirigeants se réunissent pour mettre au point les ultimes détails d'une opération destinée à faire disparaître des erreurs passées. Il s'agit d'erreurs terribles, d'erreurs abominables, inspecteur. Ils vont claquer des doigts et un responsable sera désigné. C'est tout ce que je sais et maintenant vous le savez aussi. Le vice-ministre n'a été mis au courant de rien, pas par moi, en tout cas. Pourtant il trépigne. Il se doute probablement de quelque chose. Regardez sa langue. Elle surgit et se retire comme celle d'un serpent. Peut-être arrive-t-il à sentir la peur dans le vent. (Il enfila une veste sombre bien taillée et rajusta sa cravate.) Je dois aller à une réunion. Je ne reviendrai peut-être pas. (Il haussa les épaules.) Quelqu'un pourrait avoir envie que mon poste se libère. Le vice-ministre est persuadé qu'on va le lui offrir. (Il rit et un peu d'austérité abandonna son visage.) Il risque d'être surpris. Si je suis remplacé cet après-midi, vous devrez vous débrouiller seul.

Je me levai et nous nous serrâmes la main. Il sortit rapidement par une porte dérobée, sans un regard en arrière.

10

Il y avait un flot constant de véhicules militaires dans les rues, des 4×4 bringuebalants et de lourds camions roulant par groupes de deux ou trois, si vite que leurs moteurs hurlaient. J'avais décidé qu'il n'y avait aucune raison d'aller voir le vice-ministre. Il ne m'aurait accordé aucune faveur. Pak et lui avaient été ennemis ; à présent, c'était aussi le mien. Il chercherait sûrement à se débarrasser de moi dès qu'il le pourrait, mais, à en croire le ministre, Yun aurait déjà assez de mal à assurer ses arrières. Sans Pak ni ministre, je n'étais pas particulièrement à l'abri non plus, mais si je gardais profil bas au cœur du typhon politique, personne ne me remarquerait, à part la Sécurité militaire. Kim me tenait en joue, mais il voulait Kang d'abord.

Il fallait que je me débarrasse de mon pistolet. Il fallait que j'arrive au bureau de Pak avant tout le monde pour pouvoir examiner ses dossiers. Prendre ma bicyclette me parut une mauvaise idée – trop de véhicules de l'armée aux freins incertains fonçaient à travers la ville. Il y en aurait pour vingt minutes à pied, mais je pouvais faire une bonne partie du chemin sur le sentier qui longe la rive. La promenade était rarement envahie et je savais qu'on n'y croisait pas de patrouilles, sauf la nuit, où elles sortent en quête d'ivrognes endormis sur les bancs.

La marche me donna le temps de réfléchir. Lorsque j'arrivai en vue du bureau, je savais que je devais oublier le Finlandais. Il n'était pas important, son identité n'avait aucun intérêt – et, dans une certaine mesure, celle de son assassin non plus. Ce qui comptait à mes yeux, c'était Pak. Pourquoi était-il mort ? Ce n'était pas un accident. C'était presque comme s'il avait lui-même planifié sa mort dans un scénario écrit depuis longtemps, mais qu'il n'avait jamais pu mettre en œuvre jusqu'à maintenant. Il avait fait confiance à Kang, il l'avait aidé et Kang l'avait laissé crever. Il devait y avoir un lien très fort entre eux. Peut-être y avait-il quelque chose dans les papiers que Pak m'avait dit de récupérer dans son bureau. Je m'arrêtai et contemplai le fleuve. Pak n'était plus là. Le lien qui l'unissait à Kang était mort avec lui. Kang était doucereux. Kang était malin. Kang se servait des gens, mais il n'allait pas se servir de moi plus longtemps. J'avais besoin de le voir en tête à tête, seulement quelques minutes. Quand il m'aurait donné des réponses, je m'occuperais de son cas.

On avait changé les gardes à l'entrée de la cour, mais personne n'essaya de m'arrêter. Aucune voiture n'était garée devant l'immeuble. La rue était déserte, à l'exception d'une vieille femme et d'un petit garçon qui faisait rebondir une balle rouge contre le mur d'enceinte.

Les tiroirs du bureau de Pak étaient verrouillés, mais je savais qu'il conservait une clé dans le tiroir du haut de son classeur. Il y avait aussi une pile de dossiers à l'intérieur. En les feuilletant, je m'aperçus qu'ils concernaient tous des affaires de Coréens du Japon qui au fil des ans avaient trouvé la mort dans des circonstances mystérieuses. Je ne reconnus qu'un seul de ces cas – un couple tué sur le coup lorsque leur voiture avait heurté de plein fouet un camion de l'armée qui avait franchi la ligne blanche sur la route de Hyangsan. Deux paysans avaient assisté à la collision. Pour eux, le camion n'avait même pas essayé de freiner. L'incident s'était produit juste à la limite de notre ressort et Pak avait insisté pour que l'on ouvre une enquête, même si nous n'étions pas équipés pour nous pencher sur les accidents de la circulation. Le lendemain du jour où j'avais passé quelques coups de fil pour avoir des informations sur l'unité à laquelle appartenait le camion, la Sécurité militaire était intervenue, avait repris les rênes de l'affaire et nous avait dessaisi du dossier. Ils ne nous avaient jamais fait part de leurs progrès, mais Pak apprit plus tard par ses propres canaux que le conducteur n'avait pas été inquiété et que, six mois plus tard, il avait même reçu une promotion.

Nous avions classé l'affaire et je l'avais oubliée. Pak, lui, n'en avait rien fait. Il avait gardé les dossiers ouverts, y ajoutant ici et là quelques informations provenant pour la plupart de sources dont je n'avais jamais entendu parler. Je lâchai les dossiers et me mis en quête de la clé. Elle se cachait dans un coin, sous un tas de brochures d'agences de voyages japonaises. Pliée en deux avec elles, je trouvai la une d'un numéro du journal du Parti de l'année précédente. S'y affichait un communiqué gouvernemental concernant l'amélioration de nos relations avec le Japon. Pak avait souligné certaines phrases au crayon et, au bas du communiqué, il avait noté : « Jugement dernier ». Il y avait un deuxième article tiré d'un journal japonais. Je n'y compris rien, mais on y voyait la photo d'un jeune garçon avec un chat dans les bras.

Après toutes ces années passées à travailler avec Pak, parfois sept jours par semaine pendant des mois d'affilée, j'avais été assez bête pour croire que nous nous connaissions sur le bout des ongles. Pourtant il y avait là, dans ce tiroir, la preuve que je ne savais finalement pas grand-chose de lui. Il ne m'en avait jamais parlé, mais, toutes ces années, il s'était concentré sur le Japon. Pourquoi ? « L'enfer va bientôt se déchaîner », voilà ce qu'il m'avait annoncé au téléphone. Il n'avait pas évoqué le Japon, mais Kang, si. Résoudre quelques « vieilles querelles » en échange du prix du sang encore impayé. Pak était mort. Le Japon avait quelque chose à voir dans sa mort.

Lorsque je l'eus déverrouillé, le deuxième tiroir du bureau s'ouvrit sans à-coup et sans bruit. Je fis courir ma main sur le fond, puis m'attaquai au dessous. Rien. Pas de double fond. Puis je l'aperçus, collé au panneau à l'arrière – ce n'était pas un compartiment, en fait, tout juste une fente à peine assez large pour une mince feuille de papier. Je cherchai un objet long et plat capable de s'y glisser et d'en retirer ce que Pak y avait caché. Ce n'était pas une feuille solitaire, mais une enveloppe faite d'une sorte de papier fin et luxueux que je n'avais jamais vu.

Un 4×4 freina brutalement ; des portières claquèrent. Il y eut un échange de cris avec les gardes qui barraient le passage. Une deuxième voiture arriva et j'entendis la barrière s'ouvrir dans un bruit de ferraille. Je me dépêchai de remettre le tiroir en place et de le fermer à clé. J'ouvris le classeur à dossiers, jetai la clé au fond et pris la première chose que je vis, un petit carnet. Les premières pages contenaient quelques notes prises à la hâte sur le Finlandais du Koryo, mais sinon il était vierge. Aucun intérêt. C'est pour ça qu'il l'avait mis sur le dessus : ça ne tromperait personne, mais ça pouvait peut-être les ralentir. Tout au fond du tiroir à dossiers, il y avait un petit sac de toile bleue. Je l'ouvris. Il contenait deux liasses de billets de cent dollars. Que pouvait-il faire d'une telle quantité de devises ? Nous en avions tous un peu, pour le marché noir ou le magasin diplomatique, mais pas dans ces proportions. Je fourrai les deux liasses dans ma poche, en remis une dans le tiroir, le refermai et regagnai mon bureau dans un état second. Juste au moment où je m'asseyais, deux hommes firent irruption dans la pièce. Un instant plus tard, le colonel Kim entrait d'un pas nonchalant.

– Il semble que nous nous croisons souvent ces jours-ci, inspecteur, dit-il. Au restaurant. À la campagne. (Il promena autour de mon bureau un regard indifférent, comme s'il y était déjà venu.) Restez assis, s'il vous plaît. Nous allons prélever les dossiers de votre inspecteur chef. Il n'en aura plus besoin. (Il s'arrêta pour m'observer. Je sentis le sang me monter au visage et eus une envie folle de le tuer là, tout de suite, mais au lieu de ça je restai assis sans rien dire et tentai de contrôler mon rythme cardiaque.) La procédure voudrait que vous nous suiviez pour un interrogatoire. (Il sourit à ce mot.) Mais pour une raison qui m'échappe, vous jouissez d'un statut étrange… vous êtes protégé. Ça ne durera pas, je vous assure. En attendant… (Je sentis qu'il mesurait chaque détail de ma posture, de mes battements de cils, de ma respiration.)… vous êtes libre d'aller et venir entre votre appartement et ce bureau. Je suis sûr que vous comprenez.

Je décidai que si je ne répondais pas il croirait que j'avais peur, alors je lâchai :

– Vous n'avez aucun contrôle sur moi, Kim. À moins que le ministre n'en décide autrement, vous n'avez pas d'ordres à me donner. Et j'ai du travail. Maintenant, si vous voulez bien m'excuser…

Je saisis la feuille de papier de verre posée sur mon bureau et commençai à polir une pièce de bois destinée à la bibliothèque dont Pak avait dit que je ne la monterais jamais. Kim tourna les talons, mais juste avant je vis les poignards qu'il avait dans ses yeux s'aiguiser de colère. En tout cas, je devais espérer que c'était bien ça. La rage le pousserait à l'erreur, et plus il en commettrait, plus il se mettrait en colère. Il finirait par en perdre sa concentration ; j'avais déjà vu ce genre de choses se produire chez des gens comme lui. C'était seulement quand il faisait preuve de froideur et de retenue que Kim était redoutable.

– N'oubliez pas de verrouiller le classeur de Pak quand vous aurez fini, criai-je lorsqu'il fut sorti. Et ne mettez pas trop le foutoir dans les notes sur le Finlandais. On vient tout juste d'y ajouter des éléments.

J'entendis Kim aboyer des ordres ; des meubles s'écrasèrent par terre, il y eut des bruits de pas, puis la porte du couloir claqua si violemment qu'elle fit trembler les vitres. Après le départ du 4×4, il y eut un silence, puis des pas prudents dans le couloir. Kim s'arrêta en arrivant devant ma porte.

– Très bien, inspecteur. (Il entra dans la pièce.) Restez assis. Cela nous facilitera le travail. La plupart des gens détalent comme des lapins ou crèvent de peur à leur bureau.

– Vous avez ce qu'il vous fallait, non ?

– Oui, j'ai ce pour quoi je suis venu.

– Vous m'en voyez ravi. (Je fis glisser l'enveloppe sur le bureau.) N'oubliez pas ça.

– Et c'est quoi ?

Il n'était pas curieux, mais en colère. Il montrait mon bureau du doigt comme si quelque chose d'insultant était posé dessus.

Je n'avais pas la moindre idée de ce qu'il y avait dans l'enveloppe et si Kim s'en doutait même une seconde, j'étais mort. Il m'aurait abattu dans l'instant. Je posai une main sur le papier et le touchai comme s'il m'était parfaitement familier. Je ne pouvais pas laisser un seul de mes muscles dévier ; il l'aurait senti. Chacun de mes gestes devait lui dire que c'était lui, pas moi, qui était en danger, que c'était moi, pas lui, qui menais la barque et que… et que c'était de ce qu'il y avait dans cette enveloppe que dépendait son sort.

– Nous savons tous les deux qu'il se passe des choses importantes, colonel. Si elles tournent à votre avantage, vous pourrez toujours vous occuper de moi plus tard. Mais si la situation tourne au mien et qu'entre-temps il m'arrive quelque chose, quelque chose qui porte vos empreintes, vous êtes fini. Et ils s'assureront que ça fasse mal.

Je ne m'attendais pas à ce qu'il ait l'air inquiet, ni même préoccupé. Je voulais seulement continuer à parler, continuer à toucher l'enveloppe pour établir la connexion avec ses yeux et ses oreilles. Cette enveloppe était son destin. Pas le mien, le sien. Je la reposai et reculai la main comme si je l'avais déjà fait avant, comme si ce n'était pas la première fois que je l'avais sur mon bureau.

– Curieux, ce papier. Je ne pensais pas que votre ministère avait des choses de ce genre. Une dotation spéciale ?

– Ça ne vous regarde pas. Tout ce que vous avez à faire, c'est de la mettre à l'abri. Je suis sûr que vous en êtes capable, colonel. Je ne me soucie pas beaucoup des autres dossiers, mais elle, vous devrez la rendre intacte. Elle est scellée. Elle le reste. Jusqu'à livraison.

– Je pourrais simplement la prendre et vous n'y verriez que du feu. Je pourrais l'apporter au labo et demander à mes hommes de l'ouvrir, puis de la resceller.

– Vous pourriez aussi vous tirer une balle entre les deux yeux. Ce serait plus rapide.

– Je pourrais vous tuer sur-le-champ, vous savez, et dire que vous tentiez de fuir.

Il ne semblait pas vraiment inquiet.

– Pas maintenant, colonel. Plus tard, si vous y tenez.

Il tira un étui en or brossé de la poche intérieure de sa veste, un étui remarquablement fin et qui tenait parfaitement au creux de sa paume. Il en sortit une cigarette, l'examina pensivement, puis craqua une allumette sur le côté de mon bureau. Celle-ci s'embrasa ; le bruit parut enfler au-delà de la flamme, puis se tut brusquement lorsqu'il la laissa tomber sur le plateau du bureau, près de l'enveloppe. Nous regardâmes tous les deux l'allumette se consumer.

Je voyais que Kim n'était pas sûr du prochain coup à jouer. L'enveloppe n'était pas quelque chose à quoi il s'était préparé. Il promena son regard à travers la pièce, puis il leva les yeux au plafond.

– Dommage, dit-il.

– Quoi ?

Je crus qu'il parlait de l'enveloppe qui n'avait pas brûlé.

Il craqua une autre allumette, alluma sa cigarette et inspira lentement afin que le tabac rougeoie longtemps au bout.

– Vous ne saurez jamais ce que ces moulures sont censées représenter, dit-il.

Il toussa, laissa tomber sa cigarette et l'écrasa par terre sous le talon de sa botte.

Je soulevai l'enveloppe et l'agitai paresseusement pour chasser la fumée au-dessus de mon bureau.

– Prenez-la, Kim. Remettez-la à une personne et à elle seulement.

– Vous me donnez des ordres, inspecteur ? Je ne crois pas, non.

Mais il n'y avait pas d'émotion dans sa voix.

– Simple question de procédure. De moi à vous. Et de vous… (Je marquai une pause et entendis ce que je savais devoir dire depuis le début)… à mon frère.

Les lèvres de Kim se retroussèrent dans une demi-grimace de haine.

– Je ne travaille pas pour vous, me renvoya-t-il. Et pour votre frère non plus.

Je laissai tomber l'enveloppe sur le bureau. Il resta figé sur place, tout raide, son esprit trébuchant tandis qu'il tentait de retrouver l'équilibre. Il saisit l'enveloppe d'un geste rapide.

– Qu'y a-t-il à l'intérieur ?

– Des noms, des dates.

– En clair, vous n'en savez rien.

– Si j'étais vous, Kim, je ne commencerais pas à prendre des risques si tard dans ma carrière.

Kim attendait. Il attendait que j'avale un peu trop bruyamment ma salive, que j'inspire trop profondément ou cligne des yeux trop rapidement – tout ce qui aurait pu lui montrer que j'étais nerveux, que je mentais, que j'étais un homme mort.

Je repensai à mon grand-père. Je repensai aux arbres qui bordaient la route à l'approche de notre village. Je repensai à la manière dont, la première fois que le vieil homme m'avait emmené à Pyongyang, j'avais regardé le soleil couchant avancer en même temps que le train. Il avait rougi en effleurant l'horizon, puis embrasé si fort les rizières qu'elles s'étaient mises à étinceler comme un collier de pierres précieuses tendu vers les collines. Ça me détendit. Je pouvais me permettre de cligner des yeux. Kim se tourna vers la fenêtre, peut-être pour s'accorder un moment de réflexion. C'était la chose à ne pas faire et il le sut aussitôt. Dans la demi-seconde qu'il lui avait fallu pour se retourner vers moi, c'était trop tard. Le rythme avait changé. Je n'étais pas près de le laisser changer de nouveau. La seule chose à faire était de le pousser, de changer discrètement de sujet, de le forcer à réagir.

– Vous avez fait une erreur, colonel. Vous pensiez arriver à me faire peur, sur la colline.

– Je ne sais pas de quoi vous parlez.

– Vous avez tué un des hommes de Kang, achevé un homme blessé à l'arme automatique. Mais d'abord, vous aviez fait sauter l'Autoroute de la Réunification.

– Inspecteur, vous me surprenez. J'agis sur ordre. La voiture bleue était dans l'illégalité. Elle venait du Sud. Ç'aurait pu être un agent ennemi, pour ce que j'en savais. Peut-être même un assassin. Nous avons protégé les dirigeants. Vous en avez été témoin.

– Non, j'ai vu autre chose.

– Vraiment ? Vous et qui d'autre ?

– Vous savez qui. L'agent de sécurité, Li.

– Li, bien sûr. La scène a dû lui faire un choc. Il est mort peu de temps après. Apparemment, c'était une crise cardiaque. Vous le connaissiez ? Toutes mes condoléances. Quant à vous, inspecteur, vous avez travaillé pour un homme qui a été tué dans une fusillade l'opposant à une unité des forces spéciales qui faisait son devoir en arrêtant un ennemi de l'État. Deux ennemis, en réalité.

– Comme ça, vous avez enfin refermé le piège sur Kang. (Je marquai une pause. Le moment était venu de faire monter les enchères… et j'avais intérêt à me montrer convaincant.) Ce n'était peut-être pas assez tôt. Un rapport sur votre trafic de voitures attend d'être communiqué à la hiérarchie, ainsi que des preuves montrant qu'il se faisait avec l'aide des services secrets sud-coréens. Kang se fera un plaisir de confirmer. Si j'apprends de mon frère que vous lui avez remis l'enveloppe, je dirai à mon contact de le retirer. Si je ne donne pas mon feu vert, le rapport sera rendu public dans douze heures. Et une fois ce rapport rendu public, le sens du vent n'aura plus d'importance. Vous serez mort de toute façon. Des questions ?

Il tourna les talons, ses bottes résonnèrent dans l'escalier, la porte claqua et le calme revint. De ma fenêtre, je le vis appuyé sur le capot de sa voiture, en train de reprendre son souffle en repoussant sa colère dans un coin où elle ne l'embêterait pas. Il monta en voiture, referma sa portière avec précaution, démarra enfin et s'éloigna si lentement qu'il peina à passer la seconde. Le gros moteur ronfla avec un bruit sourd, menaçant. Kim voulait que j'entende ça… la retenue.

Je restai assis encore une minute, puis je passai dans le bureau de Pak. Le classeur à dossiers avait été ouvert et tous les tiroirs jetés par terre ; un vrai foutoir. Sur le dessus se trouvaient les dossiers des Coréens du Japon, leurs papiers éparpillés un peu partout. Le sac bleu était éventré et l'argent avait disparu. On n'avait pas touché au carnet sur le Finlandais. Kim était furieux. Je n'avais aucune preuve qu'il recevait de l'argent du Sud, mais il ne le savait pas. J'avais gagné douze heures pour trouver Kang et lui faire payer la mort de Pak. Après, je me fichais bien que la Sécurité militaire me retrouve.

SEPTIÈME PARTIE

À la fin de l'été les roses fleurissent
Le matin parfumé se lève sur les collines
Et la route, où j'attends
D'entendre encore le chant d'une voix disparue.
Yang Hyng Jin (1715-1756)

Je décidai de prendre la voiture de Pak. Il y avait assez de confusion dans les rues pour que je sois sûr de pouvoir quitter la ville. Une fois sur la route, je serais à la merci d'un agent de la circulation ou d'une sentinelle qui verrait mes plaques et les signalerait, mais ce n'était pas pour tout de suite. J'eus un choc en découvrant que l'emplacement de la voiture de Pak était vide. Et un plus grand choc encore lorsque je me rappelai qu'il l'avait prise pour aller à son rendez-vous avec Kang. Elle était probablement encore sur la colline, près du monument aux morts chinois. Je n'avais pas le temps d'y aller. Même si je l'avais eu, les hommes de Kim auraient posté des gardes pour voir si quelqu'un s'approcherait de la voiture. Ou alors, Kang avait décidé de la prendre et d'abandonner son antique Nissan.

Les deux sentinelles postées à l'entrée ne me lâchèrent pas des yeux tant que je restai planté au milieu du parking. Ni l'une ni l'autre n'étaient du ministère. Les sentinelles, chez nous, étaient dépêchées par l'armée, relevées à intervalles irréguliers et provenaient toujours d'unités différentes. C'était une idée brillante. Avec cette rotation constante, nous n'avions jamais le temps d'apprendre à les connaître, et eux d'avoir la moindre loyauté à notre égard. Celui qui avait imaginé ce système était à l'évidence un génie. C'est le genre d'initiatives qui rapporte une prime. Cela dit, comme toutes les bonnes idées récompensées par une prime, elle avait ses petits défauts.

Je m'approchai en flânant, un sourire aux lèvres, et sortis un des billets de cent dollars de Pak. Les gardes relevèrent brusquement la tête, soudain fascinés par la cime des arbres de l'autre côté de la rue. Je laissai tomber le billet tout près du garde à ma droite, qui des deux me semblait le plus alerte. Il déplaça son pied de manière à ce que sa chaussure de toile recouvre le billet, mais continua de m'interdire l'accès à ce dont j'avais besoin, à savoir le téléphone pour appeler notre chauffeur de permanence. Un instant plus tard, celui-ci sonna. Le garde tendit le bras sans se retourner, décrocha le combiné et me le présenta.

– Qui est à l'appareil ? (Le chauffeur de permanence s'exprimait avec précaution.) Je viens de recevoir un ordre du ministère disant qu'aucune voiture ne doit quitter l'enceinte.

– Parfait, répondis-je assez fort pour que les gardes m'entendent sans problème. Donc la voiture de fonction aussi. Amenez-la ici, que je l'immobilise.

– C'est vous, inspecteur ?

– Ce n'est que moi.

Il y eut un blanc, puis j'entendis une chaise grincer sur le sol.

– Vous allez bien ?

L'idée primée avait un autre défaut. Elle réglait la question des gardes, mais oubliait les chauffeurs.

– Ça va. Amenez la voiture.

La ligne cliqueta. La main du garde reparut et j'y déposai le combiné. Il regardait toujours les arbres et dit sans parler à personne de précis :

– Mon ventre fait encore des siennes. C'est sûrement à cause du riz importé, ils disent qu'on l'a empoisonné. J'y vais sans arrêt. Je pourrais avoir besoin d'aller me soulager.

Il adressa un sifflement discret à l'autre sentinelle, qui acquiesça. Au même moment, un bruit de moteur se fit entendre au coin de la rue. Je sortis le pistolet que Kang m'avait donné de ma poche. Si la voiture était une Mercedes noire, je n'allais pas leur faire le plaisir de me laisser prendre.

C'était une Volvo, un vieux tacot bordeaux qui se traînait vers nous, ses pneus usés couinant sur l'asphalte. Je remis mon arme à sa place. Pak avait insisté pour qu'on prenne une Volvo comme deuxième voiture de patrouille. « Je ne veux rien qui ressemble de près ou de loin à une Mercedes », avait-il dit.

La voiture s'arrêta devant le portail et attendit. Les sentinelles se mirent au garde-à-vous. Rien ne laissait penser qu'ils aient vu ou entendu quoi que ce soit. On ne peut pas oublier ce qu'on n'a jamais vu et il y a beaucoup de choses qu'on peut ne jamais avoir vues lorsqu'on a un billet de cent dollars sous sa chaussure gauche.

Je montai, la voiture repartit. Nous attendîmes de nous être engagés sur l'avenue pour prendre de la vitesse. Il y avait encore des camions qui roulaient par deux. De loin en loin, on en voyait un arrêté, le capot relevé et le moteur fumant ; appuyé à la cabine et la casquette en arrière, un mécanicien contemplait le ciel en tirant sur une cigarette d'un air pensif.

Le chauffeur ne lâcha pas un mot. J'avais l'impression qu'il était inquiet à l'idée qu'à chaque minute qui passait son destin était plus fermement scellé. Je n'avais pas besoin de lui, et lui n'avait pas besoin de moi.

– Arrêtez-vous, dis-je si brusquement qu'il sursauta. Descendez. Dites-leur que je vous ai mis un pistolet sur la tempe. (Je sortis l'arme de ma poche.) Celui-ci.

Le chauffeur tourna dans une petite rue qui débouchait sur un terrain vague envahi d'herbes folles et s'arrêta. Il poussa sa portière, mais ne bougea pas. Il me vint soudain à l'esprit qu'on m'avait tendu un piège. Je me tournai pour regarder par la lunette arrière. Il hocha la tête.

– Détendez-vous, dit-il, nous sommes seuls. (Il tapota le cadran de la jauge.) Il n'y a qu'un demi-plein, mais j'ai un bidon de secours dans le coffre. Pak me disait que ça allait à l'encontre du règlement, mais il ne m'a jamais dénoncé. Le pneu arrière gauche est presque lisse et les pleins phares ne marchent pas, sauf par temps de brouillard. (Je l'avais cru inquiet, mais sa voix était posée.) Je sais ce que vous croyez qu'il s'est passé. Oubliez tout ça. Kang vous demande de venir le voir à Hyangsan. Si ça ne marche pas, votre position de repli est Manpo. J'ai été heureux de vous connaître, inspecteur.

Il descendit de voiture, fourra les mains dans ses poches et reprit le chemin de l'avenue.

Pendant le premier kilomètre, je dus éviter des véhicules de l'armée – aucun ne se souciait du code de la route, tous préférant visiblement jouer du klaxon plutôt que des freins, mais ils se firent plus rares lorsque je dépassai le dernier grand carrefour à la sortie de la ville. Tous les camions, à quelques exceptions près, partaient sur la droite, vers la route qui mène en dehors de la ville jusqu'à un complexe de bunkers du commandement militaire. Les filles de la circulation avaient disparu, remplacées par des soldats aux casques luisants munis de fusils automatiques neufs. Je pris une vieille route à gauche, passai au-dessus de voies de chemin de fer et tentai un virage serré pour grimper sur le talus qui formait l'accotement de la nationale. Mon pneu arrière gauche tiendrait le coup… ou pas. Je repensai à ce que m'avait dit le chauffeur. Depuis quand faisait-il passer des messages pour Kang ? Qui l'avait incrusté dans notre opération ? Kim et Kang travaillaient peut-être ensemble, après tout, et c'est pour ça que Kang avait pu s'enfuir. Ils avaient tué Pak. Que me voulaient-ils ? Si Kang m'attendait à Hyangsan, il faudrait qu'on en finisse.

Au premier point de contrôle des environs de la ville, un jeune agent de la circulation au visage allongé s'avança sur la chaussée et me fit signe de m'arrêter.

– On va quelque part ? dit-il. Vous êtes presque à la limite de votre secteur.

Il était très grand et se mouvait comme une cigogne dans une rizière, lentement, avec une majesté étrange, calculée. Uniforme blanc impeccable ; képi immaculé parfaitement ajusté à sa tête. Je me demandai où ils avaient pu trouver un tel spécimen et pourquoi on l'avait assigné à un point de contrôle aussi secondaire. Les grands obtiennent généralement de meilleures affectations.

– L'officier de sécurité de Pyonsang m'a appelé pour une urgence. Il dit avoir des informations sur une affaire.

C'est ce que j'avais pu trouver de mieux dans l'instant.

– Il a sûrement eu de la chance pour réussir à vous joindre. Les lignes de téléphone sont coupées. Il y a un avis de recherche sur vous, inspecteur. (Il se pencha pour que son visage soit au même niveau que le mien.) Vous ne me connaissez pas, mais moi, je vous connais. Vous êtes le petit-fils d'O Chang-yun. La Sécurité militaire ne veut pas que vous sortiez des limites de la ville.

– Bon, et maintenant ? demandai-je.

Il était courtois, mais j'avais le sentiment qu'il allait me poser problème.

– Si je vous demandais de faire demi-tour, vous seriez contraint de vous exécuter.

Je commençai à tourner mon volant, mais il posa sa main gantée de blanc dessus.

– C'est ce que vous seriez contraint de faire si je vous en donnais l'ordre. Mais, comme je l'ai dit, les lignes de téléphone sont coupées et ma radio ne fonctionne pas toujours. Ça tient souvent du miracle quand elle marche. (Il recula la tête, puis se redressa.) La voie est libre d'ici à la bretelle d'accès de Sinuiju. Vous connaissez Sinuiju ? C'est très joli. De là-bas on peut passer en Chine très facilement.

– Non. Je n'aime pas les villes frontières. Vous ne venez pas de l'une d'elles, j'espère ?

– Conduisez prudemment, inspecteur.

Je voulus le remercier, mais il était déjà en train de s'éloigner le long de la route. Dans mon rétroviseur, je le vis se pencher pour récupérer quelque chose derrière un arbre. C'était une vieille Thermos avec une tasse de plastique noir. Lorsque je démarrai, il était en train de se verser du thé.

*

La bretelle d'accès de Sinuiju comptait d'ordinaire deux ou trois sentinelles désœuvrées. Parfois elles arrêtaient quelques voitures pour tromper l'ennui, mais elles ne se remuaient pas beaucoup tant qu'une équipe d'inspection ne rôdait pas dans les parages. Elles ne levèrent même pas le nez quand je leur passai devant. Je ne fus pas surpris. Si Kim suivait ma progression – et je n'étais pas sûr de pouvoir faire confiance à un agent de la circulation qui possédait une Thermos –, une Mercedes noire surgirait de nulle part. Parfois, elles semblaient sortir de terre par magie, comme crachées par les enfers.

Après Kaechon, il y eut des convois de gros camions bruns chargés d'ouvriers agricoles qui se tenaient debout à l'arrière. Quelle que soit l'alerte donnée à Pyongyang, elle n'avait pas encore atteint les provinces, ou bien personne n'avait voulu perturber la récolte. Des femmes étaient assises au bord de la route et se reposaient de la moisson. Quelques-unes avaient ôté leurs grands chapeaux et les avaient posés par terre, d'où ils menaçaient de s'envoler chaque fois qu'un camion passait.

Puis les champs firent place à un désert de collines et, au sortir d'un virage, je dépassai une jeune fille qui marchait seule au bord de la route. Elle tenait une ombrelle blanche distinguée au-dessus de sa tête et portait un petit sac de toile blanche en bandoulière. Ce qui attira vraiment mon regard fut son chemisier. Neuf et sans un pli, mais surtout rouge. D'un rouge éclatant, audacieux. Elle regardait droit devant elle, son bras libre se balançant à son côté. Je l'observai dans mon rétroviseur aussi longtemps que je le pus. Où courait-elle ainsi toute seule, vêtue d'un chemisier rouge au milieu de nulle part ? Je faillis m'arrêter pour lui proposer de l'emmener, mais à la réflexion je décidai qu'elle était comme les grues sur le vase de céladon. Elles s'envolaient, mais vers nulle part.

Je traversais les voies en m'engageant sur la dernière portion de route qui longe la rivière jusqu'à l'hôtel lorsque la lune se leva, pâle et rongée par la tristesse de la nuit tombante. Voir l'hôtel ne fit rien pour me remonter le moral. La dernière fois que j'étais venu, je ne l'avais aperçu que de jour. À la lumière du soleil, même quand on n'est pas fana d'immeubles qui ressemblent à des pièces montées, on voyait que des efforts avaient été faits pour intégrer le bâtiment dans le paysage. Au crépuscule, on aurait dit un vaisseau spatial ayant dévié de sa route, ou un gros insecte blanc niché au pied des collines.

Le hall était presque obscur et semblait désert. En y entrant, je repérai deux personnes assises sur un canapé près du mur du fond. Dès qu'elle me vit, Lena alluma une cigarette et regarda ailleurs. Song, la voix de velours en uniforme vert, sursauta, marmonna quelque chose, puis disparut par une porte réservée au personnel. La réception semblant abandonnée, je m'avançai vers le sofa.

– Vous n'êtes pas étonnée de me voir ?

– Sûrement pas autant que vous de me trouver ici. (Elle souffla sa fumée sur le côté.) Il n'y a pas de chambres non-fumeur ici, mais le onzième étage jouit d'une belle vue.

Elle avait bu, assez pour que sa diction s'en ressente par moments.

– Le quatorzième aussi, m'a-t-on dit. (Je m'assis à côté d'elle.) Vous êtes un peu loin de votre secteur, non ?

– Mes papiers sont en règle, si c'est ça qui vous inquiète.

– Je n'en doute pas.

– Contente de vous revoir. (Elle me tapota la main.) Non, vraiment. (Pour une raison ou une autre, elle passa au chinois ; peut-être parce que le tricot lui rappelait sa mère.) J'espère que le pull était à votre taille.

Je me rendis compte que je ne l'avais même pas encore essayé, mais j'en savais assez pour ne pas le lui dire.

– Vous avez dîné ?

– Vous êtes toujours aussi doué pour changer de sujet, à ce que je vois. Oui, j'ai dîné. Ils servent tôt ici. Le restaurant est fermé. (Elle jeta un coup d'œil à sa montre.) Et je dois monter au bar dans une minute, avant l'ouverture. (Elle écrasa lentement sa cigarette, puis se tourna vers moi.) On promet du beau temps pour demain.

Peut-être était-ce la fatigue du voyage, ou alors son parfum, mais il me fallut une demi-seconde de trop pour comprendre ce qu'elle voulait dire par là. Entretemps, elle était déjà arrivée devant l'ascenseur. Un rire s'éleva d'une chaise cachée dans la pénombre derrière une plante verte. Le réceptionniste apparut et alla se poster derrière son comptoir. Quand Lena entra dans l'ascenseur et que les portes se refermèrent derrière elle, il s'esclaffa encore.

– Vous devriez revoir votre temps de réaction, mon vieux, ou vous risquez d'être un inspecteur bien solitaire. Le règlement prévoit que vous devez, j'insiste sur le « devez », avoir réservé pour obtenir une chambre, mais ce que je viens de voir était si pitoyable que je suis prêt à faire une exception. Heureusement pour vous, il nous en reste une ou deux. Le petit déjeuner démarre à sept heures. Dites-moi maintenant ou vous n'en aurez pas.

Il me tendit une clé : la 1404.

Je la lui agitai sous le nez.

– Et un autre étage, c'est possible ?

– Non, l'hôtel est plein à craquer et vous n'avez pas, j'insiste sur le « pas », de réservation. Quand nous sommes pleins, nous ouvrons le quatorzième. La vue est fantastique. (Il me lança un regard espiègle.) Ne vous en faites pas, la fenêtre ne s'ouvrira pas toute seule dans cette chambre-là. Ces salopards les ont soudées aux cadres.

Le tapis de l'ascenseur disait qu'on était mercredi. Soit ils avaient deux jours de retard, soit ils cherchaient à prendre de l'avance sur la semaine suivante. Le couloir du quatorzième était plongé dans le noir le plus complet. La seule manière de trouver ma chambre était de compter les poignées. J'effleurais celle de ce qui devait être la 1402, lorsque j'entendis le déclic d'un cran de sûreté. Je ne pris pas la peine de m'excuser. À la quatrième poignée, j'ouvris la porte en m'attendant à moitié à trouver Kim assis sur le lit. Ou Kang. Mais la pièce était vide. Peut-être ne savaient-ils pas où j'étais. L'un d'eux serait au courant avant le lendemain. En rôdant sur le parking, quelqu'un verrait mes plaques et les transmettrait par téléphone. J'envisageai de marcher jusqu'au temple au clair de lune, mais repensai à la montée et m'endormis à la place.

Le coup donné à la porte à quatre heures du matin me réveilla. Cette heure-là a quelque chose qui semble attirer les arpenteurs de couloirs. Je savais que ce ne serait pas Kim. Il n'aurait pas frappé, pas après ce qui s'était passé lors de notre dernière rencontre. C'était Song, l'homme du cru. Il eut l'air mal à l'aise en ouvrant la porte, puis lorsqu'il entra et alluma la lumière.

– J'ai un passe, dit-il.

Il le leva à la lumière pour que je le voie.

– Bonjour.

– J'ai mis des nouvelles plaques sur votre voiture, des plaques de Hamhung. Elle fait maintenant partie du groupe de Hamhung venu voir l'exposition de l'Amitié, mais ce modèle de Volvo se fait rare. Ça détonne un peu. Je ne sais pas vraiment s'il y en a une à Hamhung, mais personne ne va aller vérifier dans l'immédiat. Trop de travail. (Il se massa l'épaule.) Ne me remerciez pas. C'est mon boulot.

– Vous aviez autre chose à me dire ?

– Kang est passé, mais il est reparti subitement. Il m'a dit que vous sauriez quoi faire.

– C'est tout ?

– Oui. Si j'étais vous, je ne traînerais pas trop longtemps ici, inspecteur. L'équipe de la Sécurité militaire au bout du couloir ne tient plus en place. Ils remballent leurs outils. Quelqu'un arrive de Pyongyang demain soir pour les prendre.

– Et Kim ?

– Je ne sais pas. Je serai bien content de les voir partir. Et vous avec.

– Pas d'autres voitures avec des filles à bord ?

– Je ne sais pas de quoi vous voulez parler. Vos anciennes plaques sont dans le coffre. Avec le bidon d'essence.

– Combien en avez-vous pris ?

Je sortis du lit, il recula vers la porte.

– Ne vous en faites pas, dit-il, il vous en reste assez.

– Autre chose ?

– Oui, je ferais réparer ce pneu arrière. Voilà ce que je ferais.

2

Dans la matinée, je descendis à la réception et demandai au concierge de porter un message à Lena.

– Elle est à la 614. Portez-le vous-même, si vous voulez.

– Je ne veux pas. Je veux que ce soit vous qui le lui donniez.

Je lui tendis une feuille de papier à lettres que j'avais trouvée dans ma chambre. Comme il n'y avait pas d'enveloppe, je l'avais pliée en trois et en avais rabattu les bords. Je n'avais rien écrit. Je me disais que le bouton bleu que j'avais trouvé par terre dans le placard du Koryo suffirait.

3

Les aiguilles de pin formaient un tapis moelleux sur les flancs de la colline en face du temple. Personne ne pouvait voir d'en bas ; l'endroit était abrité des regards par des azalées sauvages et un bosquet de jeunes pins. Lena avait fait le tour et s'était approchée dans mon dos. J'entendis ses pas, mais attendis que son parfum m'arrive avant de me retourner pour la regarder.

Elle portait la même jupe longue et le même chemisier blanc que la nuit où je l'avais vue pour la première fois. Les boutons bleus brillaient encore plus au soleil, mais c'étaient surtout ses yeux qui ravissaient la lumière.

– Nous avons dû renoncer à notre pique-nique la dernière fois, lui dis-je. Je pensais que nous pourrions réessayer ici.

– Si j'avais su, j'aurais apporté quelque chose.

Elle parlait chinois et je n'ai jamais bien su discerner les émotions qui passent dans les tons de cette langue.

– J'ai le pain noir et la confiture de myrtilles. (Elle n'avait pas l'air amusée et je commençai à me demander si tout cela n'était pas une erreur.) Une petite blague… Désolé. Mais j'ai apporté des gâteaux de riz de l'hôtel et quelques pommes. Elles sont un peu sures en cette saison.

– Je vois que vous avez aussi une bouteille de bière, dit-elle. Vous n'auriez pas des verres, par hasard ?

– Non. Il va falloir que nous buvions au goulot. Pas très élégant, j'imagine. La prochaine fois, j'apporterai des gobelets que j'ai fabriqués il y a quelques années dans du bois de kaki. Le goût s'en diffuse dans les alcools. Dans le thé aussi. Vous aimez le plaqueminier ? (Je fouillai dans ma poche, puis me rappelai que je n'avais qu'un morceau de chêne.) C'est un joli bois. Avec un bel éclat. Mais il se cache. Certains bois annoncent ce à quoi ils se destinent dès qu'on les touche. Pas le kaki. Lui est magnifique en surface et presque insaisissable en dessous. C'est pour ça que les meubles en plaqueminier ont souvent un aspect étrange. Les gens essaient d'en faire des choses qui ne lui ressemblent pas.

– C'est donc le plus grand drame que vous puissiez imaginer, inspecteur ? Qu'on fasse de vous quelque chose qui ne vous ressemble pas ?

– C'est tragique, vous ne trouvez pas ?

– Vous n'êtes pas marié, n'est-ce pas, inspecteur ? J'ai entendu dire que vous viviez seul. Vous n'avez jamais eu envie d'être avec quelqu'un ?

Ce n'était pas la question à laquelle je m'attendais.

– Je m'en passe. D'ailleurs, je ne manque pas de compagnie. Je suis avec vous en ce moment.

– Ce n'est pas ce que je voulais dire.

Elle se tut et j'attendis. Le silence dura, mais il n'avait rien d'inconfortable.

– Dans la maison où j'ai grandi, dis-je au bout d'un moment, nous n'étions que deux, mon grand-père et moi. Mon père et ma mère sont morts pendant la guerre. Mon frère aîné est parti étudier dans une école pour les enfants des héros de guerre, mais moi, j'étais trop jeune. Grand-Père disait toujours qu'il me fallait honorer mes parents plus encore que tous les autres dont les parents étaient en vie, et que je devais respecter leur souvenir de tout mon cœur. Si j'avais été un arbre, disait-il, il aurait fallu que je sois le plus droit de la forêt.

– Les arbres de la forêt ne sont pas seuls. Mon père avait coutume de nous dire que quand on voit un arbre solitaire, c'est le signe que quelque chose de triste va arriver.

– Peut-être que mon père aurait dit la même chose, lui aussi. Je ne sais pas ce qu'il m'aurait dit. Ça ne fait pas partie des questions que je me pose.

Le silence retomba entre nous. Je regardai son visage et, à mon grand étonnement, je vis qu'elle pleurait sans bruit. Je lui tendis un mouchoir.

– Il paraît que lorsqu'un homme et une femme se séparent, l'homme doit donner un mouchoir à la femme. (Je marquai une pause.) J'espère que vous ne comptez pas le garder.

Elle se mit à rire, du rire incertain qui parfois monte d'une femme qui vient de pleurer.

– C'est très gentil à vous, inspecteur. C'est le genre de geste que je vous imaginais avoir. Peut-être est-ce pour cela que j'ai si souvent repensé à vous depuis notre rencontre. (Elle s'essuya les yeux.) Que voulez-vous ?

– Cette rencontre n'était pas votre idée ?

Nous nous assîmes sur le tapis d'aiguilles. Elle était près de moi, mais à une distance suffisante pour laisser planer le doute sur ses intentions.

– Ça me semble déjà si loin, dit-elle. Une semaine, une décennie. Le temps s'écoule d'une drôle de manière dans ce pays. J'aurais suggéré un pique-nique ? Je devais être grisée à l'idée de passer un après-midi au calme. Je pensais peut-être que ce serait comme chez moi, au bord du lac. Je pensais peut-être que vous et moi aurions des choses à nous dire. C'est le cas ? Excusez-moi de vous le demander encore, mais que voulez-vous ? La question n'est pas absurde, vu les circonstances. Vous n'êtes pas venu à Hyangsan pour me voir. Vous ne saviez même pas que j'y serais.

– Vous avez raison. J'ai été surpris de vous voir. Mais je me demandais… comment se fait-il que vous soyez si loin de l'endroit où vous êtes normalement ?

– Nous sommes en zone touristique, ça ne vous aura pas échappé. Il y a des touristes par ici, des touristes avec des dollars. (Elle laissa l'idée faire son chemin.) Pas très joli, j'en conviens. Vous voulez toujours pique-niquer ?

– Parlez-moi de la Finlande.

– Vous voulez dire… pourquoi une Finlandaise viendrait-elle dans ce pays ?

– Vous connaissez un certain Pikkusaari ?

Elle détourna vivement la tête. Je n'avais même pas réfléchi à la question. Elle était sortie d'un coup, comme avec le lac Keitele.

– Pas très bien. Autrefois, il travaillait pour la police nationale finlandaise. Mon père et lui se voyaient souvent pour affaires, mais il était très jeune à l'époque.

Cette fois, c'est moi qui vacillai. Peut-être avait-elle inventé cette histoire. Elle en inventait probablement beaucoup d'autres, mais je décidai de ne pas trop creuser dans cette direction.

– Votre père faisait des affaires avec la police ?

– Non, inspecteur, mon père était espion. Je n'ai jamais su précisément pour qui il travaillait. Ses affaires le conduisaient aux quatre coins du monde. Il était toujours absent pendant l'hiver et le printemps, mais tous les ans, le 21 juin, sans faute, il revenait à la maison. Mes sœurs et moi allions l'attendre à la gare. L'été, Pikkusaari lui rendait visite environ deux fois par mois. Ils allaient faire de longues promenades autour du lac en marchant lentement, les mains dans le dos. Parfois, ils s'absentaient pendant des heures. Quand ils revenaient par le sentier, ils avaient l'air exactement pareils ; ils marchaient lentement, les mains derrière le dos, comme s'ils n'avaient pas échangé un seul mot pendant tout ce temps. Pour autant que je sache, c'était peut-être le cas.

« Lorsqu'ils rentraient, Pikkusaari disait toujours : "Tu as de la chance, Ollie. Tu as une belle femme et des gosses géniaux. Il ne te manque qu'un fils. J'aimerais pouvoir en dire autant." Puis ils buvaient une bouteille de vodka, assis sur les fauteuils d'osier que nous avions mis sous les bouleaux derrière la maison, et écoutaient de vieux disques. Mon père avait une grande collection de musique classique, mais il insistait pour qu'on la garde pour l'hiver, quand tout était sombre et triste. L'été, pour lui, c'était la saison du jazz. Avec le tourne-disque posé en équilibre sur le rebord de la fenêtre ouverte, le volume à fond, il aimait s'asseoir face au lac et taper du pied en cadence. Pikkusaari aimait le jazz, lui aussi, mais disait qu'il ne pouvait pas en écouter chez lui. Sa mère ne supportait pas ce qu'elle appelait "ce bruit".

« C'est ainsi qu'ils s'asseyaient, Pikkusaari et mon père, pour boire et écouter du jazz. Ils ne parlaient pas, sauf pour dire des trucs en anglais, *"Oh yeah !"*, ou *"That's the stuff"*. Après quelques verres de vodka, Pikkusaari se levait et se mettait à danser tout seul ; il transpirait, la tête levée vers le ciel et, les yeux fermés, il agitait les mains en l'air en tournant en petits cercles serrés. L'endroit où nous vivions était calme, pas d'autres maisons dans les environs, et le son des vieux disques de jazz rayés, une trompette, puis l'envolée sauvage d'un piano, se frayait un chemin jusqu'à la rive où mes sœurs et moi étions allongées sur le ponton à regarder les nuages. Vers neuf ou dix heures du soir – le soleil était encore haut dans le ciel et les vaguelettes du lac venaient lécher les piles de bois du ponton –, Pikkusaari regagnait sa voiture en titubant. Mon père lui criait toujours : "Tu es saoul, imbécile, roule lentement !"

– Votre père est-il déjà venu par ici ?

– Dans ce trou pau… ce pays isolé ? Il disait qu'il avait mieux à faire de son temps.

– Des Asiatiques passaient-ils parfois vous voir au lac ?

– Ma mère était chinoise, inspecteur. C'était déjà assez rare au milieu de toutes ces blondes. Nous avions sans cesse de la visite. (Elle éludait la question et je ne voyais pas pourquoi. Ou peut-être que si, mais je n'allais pas gâcher notre pique-nique.) Si vous voulez tout savoir, Pikkusaari venait plus souvent que les autres. Ma mère disait que ce n'était pas vraiment pour voir mon père, mais pour me voir, moi.

– D'accord. Assez de questions. Profitons un peu de la vue.

Je me rapprochai d'elle et ma main effleura la sienne. Je voyais le pouls de sa gorge et la façon dont la brise soulevait des mèches de ses longs cheveux par-dessus ses épaules.

Puis tout cela disparut. Elle se leva et délogea les aiguilles de pin accrochées à sa jupe.

– Je crois que nous jouons de malchance, inspecteur. Je dois être rentrée à l'hôtel avant le dîner, pour me changer et me maquiller. De toute façon (elle leva les yeux vers le ciel), il va pleuvoir.

Elle pointa un doigt de l'autre côté de la vallée, où un énorme front de nuages s'amoncelait, écrasant les collines et remplaçant à toute vitesse le bleu profond du ciel d'automne par une lourde pénombre qui chassait toute lumière de ce qui aurait pu être un après-midi radieux.

4

– Les gens croient que je suis distrait, que j'oublie des choses. Peut-être. À mon avis, c'est plus compliqué que ça. Je sais quelque chose, mais je choisis de ne pas m'en souvenir. Je peux faire les deux en même temps.

L'Irlandais avait l'air fatigué, mais je savais qu'il était parfaitement réveillé. Il éteignit le dictaphone et se passa une main sur les yeux.

– Ce n'est pas l'idéal pour un enquêteur, si ? Les enquêteurs sont censés tout voir, tout retenir.

– C'est ce que vous croyez. Mais à trop en savoir, on ne peut que s'attirer des ennuis. On sait ce qu'on a besoin de savoir. Je ne parle pas d'instinct. Non, mon instinct est très sûr. Parfois, il fait un pas de côté, comme un buffle qui trébuche en traversant un champ boueux, mais je le laisse toujours avancer comme il veut. Les gens pensent que l'instinct doit être aiguisé, qu'il doit filer comme une flèche. Je ne le crois pas. Je pense que l'instinct doit pouvoir vagabonder, serpenter comme un torrent qui descend de la montagne. La flèche peut rater sa cible. Le torrent sait toujours où il va finir.

– Peut-être. Mais à force d'oublier des choses, on commet des erreurs.

– Et pourquoi pas ? Les erreurs, c'est utile. Plus on en fait, mieux on se porte. Les gens qui font des erreurs obtiennent des promotions. On peut leur faire confiance. Pourquoi ? Parce qu'ils ne sont pas dangereux. Ils ne peuvent pas se prendre trop au sérieux. Les gens qui ne font pas d'erreurs finissent par mettre un pied dans le vide, ce qui est fâcheux, parce qu'un corps en chute libre sera toujours vu comme un danger potentiel. On risque de se le prendre sur la tête. (Je me levai pour m'étirer un peu.) Écoutez, Richie, dans mon pays, on ne résout pas d'affaires. Qu'est-ce qu'une solution dans une réalité qui ne se réduit jamais à rien de définissable ? Pour vous, la vie est faite d'espoirs, les possibilités sont infinies, mais vous pensez que les parties sont limitées et indépendantes. C'est pour ça que vous faites des listes. Vous pensez qu'il est possible de tirer un trait sur ce qui est fait. Moi, je ne fais jamais de liste. Et si quelqu'un la voyait ? Il y manquerait sûrement quelque chose d'essentiel et l'on pourrait

s'en servir contre moi. Pas tout de suite, peut-être, mais un jour. Pour la même raison, je ne dessine jamais de tableaux. Je ne relie pas les points entre eux. C'est inutile, parce que je sais que rien n'est en ligne droite. Tout est cercles, imbriqués, et qui s'épanchent les uns dans les autres.

– Des cercles qui s'épanchent ?

– Pour résoudre une affaire, il faut mettre le vent en bouteille. Pour moi, la vie consiste en un ensemble très limité de possibilités, mais je sais que les parties sont constamment en mutation, toujours changeantes et à jamais insaisissables. Personne ne pose le pied deux fois au même endroit. Un jour, j'ai entendu un Occidental dire : « What you see is what you get[1]. *» On en a ri pendant des jours entiers au bureau. Rien n'est jamais comme ça. Personne n'est comme ça. Mais c'est pourtant ce que vous persistez à croire. Les choses seraient donc linéaires, limpides, comment dites-vous, déjà ?*

– Transparentes.

– Ah, Richie, vous essayez de lire dans mes pensées. Vous ne devriez pas. Non, pas transparentes. Ça n'a pas d'importance. Je ne dis pas que votre façon de faire est mauvaise. Mais elle n'existe pas, pas pour moi.

– Du coup, rien n'est jamais résolu. C'est l'excuse la plus grandiose que j'aie jamais entendue.

– Une excuse ? Vous pourriez vivre avec cette incertitude, vous ? Au milieu de formes et d'ombres mouvantes, matin, midi et soir ? Les montagnes sont la seule chose dans ma vie dont je sois encore certain. Quand elles disparaîtront, je mourrai.

1. Littéralement : « On a ce qu'on voit. » *(NdT.)*

– Superbes paroles, inspecteur. Mettez tout ça en musique et vous tiendrez une bonne chanson à boire bien triste. Mais nous ne sommes pas ici pour chanter, si ? Vous êtes censé parler, et moi vous écouter. (Il nota quelque chose dans son carnet et ralluma le dictaphone, mais pour l'éteindre presque aussitôt.) Le drame, inspecteur, est que vous avez l'âme pleine de poésie, mais que mes oreilles ne sont entraînées qu'à entendre des faits.

– Ne vous en faites pas pour ça, Richie. La suite est nettement plus prosaïque.

5

Cette nuit-là, je n'arrivai pas à dormir. J'étais en train de lire quand Song entra dans la chambre, le teint pâle et l'air apeuré. Il avait du sang sur sa chemise, beaucoup de sang.

– Venez, vite, au temple.

Je ne posai pas de question et le suivis en silence sur la route escarpée ; il marchait si vite que j'avais du mal à tenir le rythme. La pluie avait cessé, mais il restait assez de nuages pour cacher la lune. La route était noire, et le bruit de la rivière gonflée par l'orage de la veille se répercutait entre les collines. Devant le portail du domaine, Song m'attendit.

– Là-dedans. (Il me montra l'endroit du doigt.) La maison basse. (Il avait la voix éraillée comme s'il avait crié.) Je reste ici. (Il baissa les yeux sur sa chemise.) Pour rien au monde je ne retournerais là-dedans.

*

Avant l'aube, j'étais en route pour Kanggye, au nord, et conduisais à toute allure. À cette heure matinale, je ne m'attendais pas à croiser grand monde. Je restais au milieu de la route, parce que si je venais à rencontrer un nid-de-poule à la vitesse où j'allais, ma voiture se disloquerait sûrement. Quand la jauge indiqua que mon réservoir était vide, je m'arrêtai. Le bidon d'essence dans le coffre n'était qu'à moitié plein ; cela m'emmènerait peut-être jusqu'à Kanggye, mais pas plus loin. Song me devait beaucoup, pour l'essence, pour tout. Il en était conscient, et savait qu'un jour ou l'autre je viendrais lui demander des comptes.

6

L'auberge du Dragon rouge de Kanggye était en ruine. Le téléviseur était couché sur le côté, en miettes. Je marchai sur les pages d'un livre de poche éparpillées par terre. Un gémissement s'échappa de l'arrière-salle. Le réceptionniste était couché sur un lit, face au mur. Il se retourna en m'entendant à la porte. On lui avait refait le portrait à coups de crosse.

– Bienvenue, inspecteur, dit-il. Nous sommes complets.

J'avais du mal à le comprendre tant son visage était tuméfié.

– Qui ?

Il toussa et son corps se raidit de douleur. Peut-être qu'une de ses côtes était cassée.

– Qu'est-ce que ça change ? J'ai arrêté de compter les points. Ils ont demandé où vous étiez.

– Et… ?

– Je leur ai dit que je n'avais aucune fiche correspondant à votre signalement.

– Ils vous ont cru ?

– C'est là qu'ils m'ont cassé les côtes. Qu'est-ce que vous croyez ?

Je tournai les talons.

– Je reviendrai. Mais d'abord, il faut que j'aille à Manpo.

Il hocha la tête.

– Trop tard. Vous n'y arriverez jamais.

– J'ai besoin d'essence.

Il essuya le sang qui suintait de sa bouche.

– Grand-mère Pak a peut-être quelques bons… (Il gémit et se tourna de nouveau face au mur.) Si elle est encore en vie.

*

Le coin que la vieille Pak occupait d'habitude était vide. La couverture était encore là, par terre, avec ses lunettes. La monture était tordue et l'un des verres cassé. Au moins, ce n'était pas un trou. J'examinai le bas du mur dans l'espoir d'y trouver une planche mal fixée ou autre chose, n'importe quoi, où l'on aurait pu cacher des papiers. Dans un coin, je tombai sur un numéro du journal du Parti différent des autres, plus ancien. 15 avril 1962. L'éditorial causait de loyauté en lettres épaisses. Sous le journal, il y avait un petit étui en bois. La loyauté couvre bien des péchés, dit-on souvent. C'est peut-être aussi ce qu'elle s'était dit.

La boîte était patinée et douce au toucher, les coins arrondis par ceux qui l'avaient tenue entre les mains. On l'avait faite sans un clou, dans du noyer de Sibérie. Le bord supérieur était entaillé pour que le couvercle s'insère parfaitement ; le grain de chaque face correspondait avec précision tout autour. Je n'eus pas besoin d'y regarder à deux fois pour reconnaître la main qui l'avait fabriquée. Mon grand-père avait travaillé pendant quatre mois, matin et soir, sur cette boîte. Le plus gros du travail de précision se trouvait à l'intérieur : la représentation en relief d'un tigre assis sur un rocher, avec une forêt de pins qui s'étirait en contrebas. On distinguait même les pommes de pin. Je l'ouvris. Elle contenait de vieux horaires de train et une photo en noir et blanc d'une jeune femme qui fixait l'objectif avec de grands yeux noirs et la bouche figée. En dessous, je trouvai trois bons d'essence, le modèle de luxe, avec des scènes d'ouvriers au travail frappées au recto et des paysans dans une rizière au dos. Ils n'étaient plus valables depuis vingt ans. J'en fourrai deux dans ma poche, puis replaçai la boîte dans le coin, sous le journal. Peut-être Grand-Mère Pak reviendrait-elle un jour. Dans ce cas, je voulais que la boîte soit là.

7

La station-service à la sortie de la ville semblait déserte ; le portail d'entrée était solidement cadenassé. Un planton me fit signe de dégager quand je m'y arrêtai. Un vieil homme coiffé d'une casquette en toile m'observa à travers les barreaux du portail.

– Tout est fermé, dit-il. Vous ne pouvez rien avoir ici.

Je lui donnai les tickets. Il les étudia de près, puis dit quelque chose à la sentinelle. Le portail était tellement tordu qu'ils durent s'y mettre à deux pour l'ouvrir.

Le vieil homme tendit la main.

– Donnez-moi les clés. Vous ne pouvez pas entrer sans un laissez-passer militaire. Vous pouvez vous asseoir là-bas si vous voulez. (Il m'indiqua un banc en béton posé dans un carré de terre sèche non loin d'une clôture basse. Puis il monta dans la voiture et la fit démarrer.) Une Volvo. Il n'en reste plus beaucoup, des comme ça. Aucune à Hamhung, autant que je sache. Et seulement quelques-unes à Pyongyang.

Je suivis la voiture des yeux jusqu'à ce qu'elle arrive à hauteur de la pompe, à l'extrémité du terrain. Le planton referma le portail en le faisant traîner par terre et le verrouilla.

Un rosier poussait le long de la clôture derrière le banc ; il se hissait depuis l'affreux béton taché d'huile pour former un mur épais. Les fleurs étaient rouges, un ton plus clair que le chemisier de la fille. L'arbuste était entretenu, taillé, nourri et abreuvé. Chaque feuille était d'un vert brillant, exempte de parasites et de maladies. La nuit, lorsque l'air était immobile et qu'aucun camion ne crachait ses gaz d'échappement sur la route, cet endroit devait être un havre de silence parfumé.

Le vieux se tenait à côté de moi.

– Même au milieu de toute cette tristesse, de cette affreuse époque, les roses ont envie de fleurir, dit-il à voix basse. Tenez, vos clés. Vous devriez garder ces bons d'essence. Ou peut-être les remettre là où vous les avez trouvés.

Il porta un doigt à la visière de sa casquette en guise de salut et me regarda depuis le bord de la route tandis que je m'éloignais par la grand-rue, dépassant l'auberge Arc-en-ciel à moitié en ruine et un parc où une femme et une jeune fille malingre poussaient des feuilles imaginaires hors de l'allée de gravier avec un balai.

À l'autre bout de la ville, la rue faisait un coude serré et laissait place à une route à deux voies en terre défoncée. Je ne pouvais pas rouler vite, mais avec le plein d'essence j'arrivai jusqu'aux portes de Manpo en ne m'arrêtant qu'une fois. Un pont s'était effondré et deux soldats dirigeaient le trafic à travers champs jusqu'à un endroit où l'on traversait à gué. Ils ne contrôlaient pas les papiers, mais quand je m'arrêtai sur la berge pour attendre mon tour, l'un d'eux examina mes plaques, puis passa la tête par ma vitre.

– Vous venez vraiment de Hamhung ?

– Nan. J'y suis jamais allé. (À son accent, je savais qu'il ne venait pas de cette région du pays.) Les gens du Hamyong sont un peu bouchés. J'ai gagné cette voiture en jouant aux cartes contre deux d'entre eux.

Il gloussa et me fit signe d'avancer, oubliant qu'il avait eu l'intention de me taper une cigarette.

8

Les quatre tables étaient retournées, leurs pieds arrachés et réduits en miettes. Tous les vases étaient fracassés et leurs fleurs éparpillées dans toute la pièce. Sur le comptoir du fond, une mare de sang imbibait les pages d'un livre ouvert.

Kang était assis par terre, adossé au mur.

– Je vous attendais, inspecteur, dit-il en articulant chaque mot nettement. Pourquoi avez-vous mis tout ce temps ?

Il me vit serrer la crosse du pistolet dans la poche de mon manteau et ajouta :

– N'ayez crainte, je ne suis pas armé.

– Bizarrement, je ne vous crois pas, Kang. Je n'aurais jamais dû vous croire.

Il promena son regard sur ce qui restait de la salle.

– Inspecteur, si ça ne vous dérange pas, je ne suis pas d'humeur à ce que vous me fassiez la morale. Vous savez, j'espérais que vous arriveriez avant eux. Mais vous avez une longueur de retard à chaque étape, pas vrai ? (Il tapota sa montre et la porta à son oreille.) La pile est morte. (Il sourit faiblement.) Ça vous rappelle quelque chose ?

Je sortis le pistolet de ma poche et le laissai pendre à mon côté.

– Que s'est-il passé ici ?

– Nous n'avons plus beaucoup de temps. Vous n'avez droit qu'à un seul essai, inspecteur. (Son sourire s'effaça.) Ils me cherchaient. Et maintenant, ils sont prêts à tout. Ils savent qu'il faut en finir.

Ses yeux revinrent sur le comptoir, comme s'il n'arrivait pas encore à comprendre ce qui était arrivé, mais, à voir le port de ses épaules tombantes, je vis qu'il savait.

– Vous savez où ils l'ont emmenée ?

– Quelque part où ses cris seront étouffés. (Il leva la tête vers le plafond, mais ses yeux étaient à moitié fermés ; il devait rejouer quelque chose d'affreux dans son esprit car il grimaça.) Rendez-nous service, inspecteur. Achevez-moi. Vous me détestez et vous serez un héros. Ils vous donneront une médaille.

– C'est vous qui avez tué Pak. Si vous n'avez pas appuyé sur la détente, c'est quand même votre faute. Votre réseau tout entier a été démantelé, des gens ont été jetés un peu partout comme des ordures. Alors je vais vous tuer, Kang. Mais si je le fais maintenant, votre âme a encore une chance de se libérer. Et je veux d'abord m'assurer qu'elle sera écrasée par le remords et se traînera dans la boue puante jusqu'à la fin des temps. Je ne veux pas lever les yeux et me dire que vous êtes auprès des étoiles.

– Ça, c'est votre problème, inspecteur, pas le mien. C'est étrange, ce désir que vous avez de me juger. Essayez donc, nous savons tous les deux que vous ne le pouvez pas. Pak était mon ami. C'est lui qui m'a demandé de le laisser et de m'enfuir. Ce n'était pas la première fois.

Le pistolet bondit dans ma main et je tirai un coup dans le mur près de sa tête presque avant de savoir ce que j'avais fait.

– La ferme ! lui criai-je.

Je pouvais sentir le goût de la colère ; j'eus le plus grand mal à me retenir de viser et tirer à nouveau. Je ne l'aurais pas manqué une deuxième fois.

Il ne flancha pas.

– Très bien, vous ne croyez pas un mot de ce que je dis. Dans ce cas, je ne vois pas ce que je pourrais ajouter.

– J'ai presque tout tiré au clair. Restent deux ou trois petites choses que je ne comprends pas. (J'attendis, mais Kang garda le silence.) Pour commencer, vous m'avez tendu un piège.

– Faux, s'exclama-t-il, mais il se retint d'en dire plus.

– La Sécurité militaire vous courait après parce que vous empiétiez sur leur territoire avec votre trafic de voitures. Vous avez tenté de faire diversion en me faisant parader devant eux. Vous m'avez fait venir à Manpo pour que je rencontre Lena, vous m'avez jeté dans ses draps et, comme ça ne donnait rien, vous l'avez traînée jusqu'à Hyangsan pour qu'elle essaie encore. Ça n'a pas marché, alors vous l'avez tuée.

Il régnait un tel silence dans la pièce que je me serais cru tout seul. Kang ne bougeait pas ; sa respiration était devenue rapide et superficielle.

– Qu'est-ce que vous racontez ?

– Je suis tombé sur Lena à Hyangsan. (J'attendis, mais encore une fois il garda le silence.) Elle m'a dit qu'elle était là pour les touristes, mais pourquoi aurait-elle subitement décidé de descendre là-bas ? Bizarrement, vous y étiez aussi juste avant que j'arrive. Vous n'auriez donc pas tout organisé pour que je la revoie ?

Il ignora ma question ; il ne semblait même plus m'écouter.

– Nous nous sommes assis sur une colline et nous avons parlé quelques minutes. De son père. Et de Pikkusaari. Un gars intéressant, notre ami Pikkusaari. Le soir même, j'ai reçu une visite affolée de l'agent de sécurité du coin. Il y avait des bruits qui venaient d'une des chambres du temple. Il est rentré pour voir. Puis il a paniqué et est venu me trouver. Je suis monté là-haut. Lena était à l'intérieur, étendue dans la boue. On l'avait passée à tabac. (Je marquai une pause parce que j'arrivais à peine à parler avec cette image dans mon esprit.) Elle était encore en vie, mais on ne reconnaissait plus son visage. Elle n'en avait plus. Elle a mis quelques minutes à mourir. (Je respirai un grand coup.) C'était comme de regarder un animal.

Le corps de Kang s'affaissa. Sa voix s'était brisée, éteinte.

– Vous ne pouvez pas me croire capable d'une chose pareille ! Lena était censée quitter Hyangsan quelques heures après mon départ. Nous allions fuir à l'étranger. Je l'aimais. Je ne l'aurais pas tuée.

– Elle ne comptait aller nulle part avec vous. (La colère montait dans ma gorge, mais je savais que Kang pouvait entendre le doute me gagner. Je l'entendais, moi aussi.) Vous n'êtes jamais allé avec elle au Koryo ?

– Allez au diable, inspecteur.

– Êtes-vous déjà entré dans la chambre du septième étage avec elle ?

– En quoi ça vous regarde ?

– Le bouton bleu dans le placard de la chambre où le corps a été retrouvé. C'était le sien, n'est-ce pas ?

– Félicitations, inspecteur. (Il applaudit doucement.) Cela vous aide-t-il à éclairer quelques-unes des zones d'ombre de votre enquête ? (Il cessa d'applaudir et s'enfouit le visage dans les mains. Quand il releva la tête, il était maître de lui-même, mais je pouvais lire dans ses yeux.) Elle aimait bien le Koryo. Elle disait que cette chambre lui rappelait un vieux film. J'avais toujours un bouquet de fleurs pour elle là-bas. (Il se tut pour contempler les débris piétinés des fleurs violettes par terre.) Nous n'allons pas tarder à avoir de la visite, inspecteur. Ils vont repasser par ici dans pas longtemps ; ils repassent toujours. Avez-vous la moindre idée de ce qui est en train de se tramer ?

– Vous voulez parler des camions militaires à Pyongyang ?

Le rire de Kang fut court et amer.

– Donc, la réponse est non, vous ne savez pas. Vous avez essayé de courir après le cadavre du Finlandais tout du long. (Il donna un coup de botte dans un pied de table qui se trouvait devant lui.) Voilà ce qui va se passer. Les meubles vont être remplacés. Tous. Le balai de fer de l'histoire. Les prisons vidées, les vieilles injustices réparées, les opérations secrètes qui ont mal tourné tirées de force dans la douce lumière de la rédemption. (Il rit de nouveau, avec moins d'amertume.) La lumière du soleil est notre nouvelle divinité, inspecteur. Vous n'adorez pas le soleil, vous ? Tout ce qui est mal se produit dans le noir, seul le bien peut venir de la lumière. (Péniblement, il se retourna pour regarder à nouveau le comptoir. Je vis qu'il s'efforçait de graver la scène dans sa mémoire.) Tout ça, c'est arrivé en plein jour, inspecteur. Ça, ici, le tout au nom de la victoire contre le mal. Tout ça, c'est le bien incarné !

Il embrassa la pièce d'un geste et ses mains tremblèrent comme un oiseau avec une aile blessée qui se demande comment il va se poser.

– Pourquoi veulent-ils tant vous avoir ? Ça ne peut pas être qu'une histoire de voitures. J'ai vu Kim abattre un de vos hommes avant-hier. Il m'a servi une histoire d'agents ennemis, mais ce qu'il voulait dire, c'est qu'il avait la permission d'éliminer vos hommes. C'est quelque chose qui est arrivé il y a longtemps, une chose à laquelle Pak et vous aviez pris part. Vous savez ce que Pak avait dans son bureau ? Des dossiers sur des Japonais. C'est de ça qu'il s'agit, n'est-ce pas ? La grande décision concernant le Japon, celle qui déchaîne les enfers.

– Presque, inspecteur. Vous y êtes presque. Mais vous vous trompez sur un point. Votre grand-père l'aurait compris tout de suite, lui. (Il fit mine de se lever. Je portai une main à mon pistolet, il se rassit, mais pas parce qu'il avait peur.) Ils pourraient faire tomber qui ils veulent, en réalité. N'importe qui ferait l'affaire. Mais, d'une certaine manière, ça ne leur semblerait pas juste. Ils pensent vraiment pouvoir se purger des mauvais esprits, et qu'ils peuvent encore être bons et purs une fois le mal pourchassé et détruit. C'est le jour du jugement dernier. Les dirigeants cherchent la clé magique qui leur ouvrira un avenir radieux. Ils pensent avoir une chance d'enjamber le fleuve et de voir un million de méfaits du passé emportés vers un océan profond et magnanime. Mais ces fichus esprits malfaisants s'agrippent au bas de leurs pantalons, rappels fangeux de décisions ratées, gens qui connaissent l'histoire et ne peuvent pas oublier, dossiers qu'on ne pourra jamais brûler parce qu'ils ne sont pas sur papier. Ils sont ici.

Kang se toucha la poitrine.

– Et vous, vous êtes l'esprit malfaisant ?

– Pas seulement moi. Tout le service, et d'autres encore. Même vous, peut-être. Vous ressemblez trop à votre grand-père à leur goût.

– Ils vont s'attaquer à toute votre direction ?

– Nous en savons trop, trop de papier, trop d'ordres signés, datés et tamponnés, pour trop d'enlèvements.

– Mais ce n'est pas ce qui motive Kim.

– Non, lui, c'est autre chose. Il aime le goût du sang. Il déteste mes hommes et veut les voir saigner. La Sécurité militaire essaie de planter ses crocs dans notre chair depuis des années. Nous opérions en dehors de leur univers, au sein d'une réalité qu'ils méprisent et ça les rendait fous de nous savoir hors de portée. Nous étions conscients que dès qu'ils auraient trouvé l'ouverture, ils l'exploiteraient jusqu'au bout pour nous trancher la gorge.

Il marqua une pause.

– Le type en uniforme de colonel, dans l'épave au bord de l'autoroute ? Ça a dû se produire après mon retour en ville.

– Vous avez failli en être témoin. La première voiture, la Mercedes noire que vous n'avez pas prise en photo, appartenait à Kim. La nôtre n'était pas loin derrière. Quelques-uns de mes gars ont réussi à s'enfuir dès qu'on a compris ce qui se préparait, mais je n'ai pas pu mettre tout le monde en sécurité en une seule fois. C'est pour ça que nous avons commencé cette opération de trafic de voitures, il nous fallait des fonds pour l'évacuation. Il n'y avait pas le temps d'organiser grand-chose, alors on a improvisé. On ne savait pas encore que Kim utilisait lui aussi l'autoroute pour son propre réseau de contrebande. Il était furieux. Vous avez vu le résultat. Ça lui a donné une motivation supplémentaire pour s'en prendre à mes hommes quand la Sécurité militaire a reçu l'ordre de liquider la Direction du renseignement. Quelques-uns de mes gars sont en fuite. Je devrais être parti depuis des jours.

– Mais vous êtes encore là. (Je le vis s'affaisser un peu plus contre le mur. Il avait failli lâcher ; c'était terminé et ça n'avait plus d'importance.) Vous attendiez que Lena vous rejoigne. (Rien, il ne remua pas un muscle, mais, à son immobilité, je compris que j'avais raison.) Vous alliez partir pour le lac Keitele. (Je m'étais entendu le dire avant que l'idée prenne forme dans mon esprit parce que tout était soudain absolument clair.) Et votre fille, c'est la vraie raison qui l'avait amenée ici, tout près de la frontière. Parce que vous saviez que ce jour viendrait. Ça fait des années que vous vous y préparez. En ce moment même, on vous attend de l'autre côté du fleuve. Dans une belle Mercedes noire bien luisante. C'est Pikkusaari, n'est-ce pas ? Et l'autre Finlandais, le cadavre du Koryo, faisait partie de votre opération, lui aussi. C'est pour ça qu'ils l'ont déposé dans cette chambre-là. Ils savaient que vous y montiez de temps en temps. C'est la façon que

Kim avait trouvée de jouer avec vous, de vous dire qu'il approchait du but.

Kang hocha la tête.

– Non, pas de l'autre côté du fleuve. À Harbin.

J'entendis le cliquetis de la pièce qui tombe en place. Pas organique, mécanique, exactement comme Pak me l'avait dit.

– Hyesan-Musan-Najin-Harbin. Les horaires de train, ceux que vous m'avez repris dans le camion. C'était votre plan de sortie, hein ? Où comptiez-vous retrouver Lena ? À Najin ?

– C'est à moi que le réceptionniste de l'auberge était censé donner ces horaires. Pourquoi il a changé d'avis, je ne le saurai jamais.

– C'est pour ça qu'ils l'ont tué. Ils vous cherchaient. Comment pouvez-vous vivre avec le sang de tant d'innocents sur vos bottes ?

Il changea de position. Je n'avais pas espéré une réponse aussi limpide.

– Qu'est-ce qui vous faisait croire que vous pouviez nous sacrifier, Pak et moi ? Parce que vous l'avez bel et bien sacrifié. Il avait un pistolet israélien à la main quand il est mort, sauf que ce n'était pas le sien. Le sien était tchèque et c'est celui qui se trouve dans votre étui en ce moment même.

L'espace d'un instant, je crus qu'il ne m'écoutait pas. Sa tête était légèrement penchée, comme celle d'un chien qui écoute un bruit porté par le vent, un bruit lointain. Il regarda la porte d'entrée, puis se tourna vers moi.

– Il semble que vous ayez tort sur bien des points, inspecteur. Pak était mon ami.

– Je vous avais entendu la première fois.

– Et ça vous a tellement énervé que vous n'arriviez plus à tirer droit. Alors je vais vous le répéter, si vous voulez me mettre une balle en plein cœur, allez-y. (Il ouvrit sa veste. Je vis qu'il n'avait pas défait l'attache au-dessus du pistolet de Pak.) Mon cœur est à l'endroit habituel. (Il marqua une pause.) Pak et moi avons servi ensemble. Il y a vingt-cinq ans, une autre époque. Nous étions dans une brigade commandée depuis un petit port de pêche, à Sinpo. Vous vous rappelez, à Manpo, quand je vous ai parlé de ces rumeurs que mes hommes avaient entendues concernant des projets de règlement politique – et financier en liquide – si ces vieilles affaires d'enlèvements de Japonais étaient résolues ?

– Vous vous égarez.

– Tu veux entendre ce que j'ai à te dire, ou tu préfères continuer à te croire en salle d'interrogatoire ? Pak et moi avions été détachés sur une mission de routine au Japon. On le faisait tout le temps, presque les yeux fermés. On entre, on infiltre un agent, on ressort. Sauf que cette fois-là, ça ne s'est pas fini comme d'habitude. Ça a mal tourné. Une nuit, la plage où nous devions accoster était censée être déserte, mais ne l'était pas. Quelqu'un a paniqué, un petit garçon a été blessé. On voyait des lumières au loin, des voitures de police qui approchaient. Pak a essayé de me convaincre de le laisser sur place pour couvrir notre fuite. Je lui ai dit que je ne laisserais personne, même pas le garçon. « Il doit voir un docteur ! » Il répétait ça sans arrêt. Je l'entends encore. « Laisse-le ». Mais nous étions cinq dans l'équipe. On s'entraînait ensemble depuis des années. J'étais à la tête de l'opération, alors c'est moi qui ai pris la décision. Quand nous sommes rentrés au pays, Pak a démissionné. Il ne m'en a jamais voulu. Je lui ai sauvé la vie, contre son gré. Il disait toujours que c'était de sa faute parce qu'il m'avait laissé le choix. Il a élevé le garçon, son fils unique. Sur la liste des affaires que les Japonais veulent voir résolues, la sienne est en première place. Ils ne savent pas qu'il est mort. Pour eux, c'est encore un enfant.

– Et quand ils écrivent un article sur lui, les journaux japonais mettent la photo d'un gamin de cinq ans avec un chat dans les bras.

Un 4×4 s'arrêta devant le salon de thé. Les portières claquèrent avant même que les pneus cessent de crisser. Kang s'approcha de moi.

– Tue-moi, vite, ou ils diront que tu m'aidais.

Je me retournai et tirai dans la porte.

– Par-derrière. Sors de là, vite !

Il n'eut pas une hésitation. Il enjamba les chaises cassées, caressa la reliure du livre ensanglanté et disparut dans la pénombre. Il y eut deux coups de feu très rapprochés. Puis le 4×4 démarra et s'éloigna.

9

– Doux Jésus ! (L'Irlandais referma son calepin.) Ils ne vont pas être contents de l'apprendre. Kang abattu par la Sécurité militaire ! Quel bordel ! (Il éteignit le dictaphone et le fourra dans la poche de son manteau.) Nom de Dieu de bordel de merde !

– Eh oui. Personne n'est content de nos jours. (Je reculai ma chaise.) Je m'en vais demain si j'arrive à réserver une place dans le train. À moins que demain, on y soit déjà.

– Je croyais que vous en aviez assez, des trains.

– On se reverra un de ces jours, Richie.

– C'est une proposition ?

– Pas vraiment. Je ne suis pas du genre à faire défection. Et vous savez que je ne travaillerai pas pour vous. Je n'ai même pas voulu travailler pour Kang. Pourquoi voudrais-je me mettre au service de la reine ? (Je sortis une enveloppe de ma poche arrière et la jetai sur la table.) Tenez, un cadeau.

– Ce n'est pas un peu gênant, inspecteur ? C'est moi qui devrais vous payer.

– Ce n'est pas de l'argent. C'est une copie du passeport de Kim. Il voyage sous le nom de Yun. Et il a été promu. (L'Irlandais ne bougea pas d'un pouce ; il était du genre à attendre que je sois parti pour ramasser l'enveloppe.) Je vous en prie, jetez-y un œil. C'est une bonne photo, il n'a pas les yeux fermés. On le repère facilement dans la foule.

– À sa coiffure pourrie ?

Il me regarda un moment d'un air pensif.

– Il est à vous, Richie. Vos gars peuvent essayer de le débaucher. Il sera obligé de faire un rapport. S'il ne le fait pas et que sa hiérarchie s'en aperçoit, il est mort.

– Et s'ils ne s'en aperçoivent pas ?

– Aucune crainte, ça ne leur échappera pas.

– Et s'il leur fait un rapport ?

– Personne ne croira qu'il a refusé votre offre. Ils le tailleront en pièces pour en être bien sûrs.

L'Irlandais se leva.

– Eh bien, merci, inspecteur. (Il s'avança vers le lampadaire, l'éteignit, puis se tourna vers moi.) Il gèle dehors, je parie. Regardez où vous mettez les pieds.

*

Mon hôtel n'était pas très loin, mais je me trompai plusieurs fois de chemin, d'une part pour voir si j'étais suivi, de l'autre simplement pour marcher dans l'air nocturne. Je me disais que l'Irlandais resterait assis dans le noir, à boire son thé à petites gorgées en se demandant ce que je ne lui avais pas dit. Être à l'affût de ce que les gens ne disaient pas, c'était son boulot. Il avait dû recevoir cinq sur cinq le mot que je n'avais jamais prononcé : vengeance. Ils se mettraient sûrement à la recherche de Kim ; peut-être qu'ils le trouveraient, peut-être pas. Essayer de le débusquer les occuperait suffisamment pour qu'ils passent à côté de ce que j'avais tu. C'est-à-dire pas grand-chose.

*

Le calme régna jusqu'à l'aube, pas la paix, mais le lourd silence qui pèse tant sur les heures qu'on veut entendre autre chose que son propre souffle, le bruit des criquets, ou simplement le vent, quelque chose qui montre que la nuit se déroule sans à-coups et qu'elle aura une fin. Quand le soleil atteignit enfin la fenêtre de derrière, je regardai dehors. Le chemin de terre qui partait de la porte du fond descendait en pente douce jusqu'à un bouleau élancé et solitaire. Un homme y était adossé, les jambes en travers du chemin et les pieds, sans bottes, posés dans l'herbe au-delà. Il contemplait le brouillard qui montait des collines, mais ses yeux ne clignaient pas. Une brise se leva, agitant les plus hautes branches de l'arbre et faisant danser ses feuilles avec une vigueur soudaine, fébrile, qui éparpilla la lumière sur le sol. Je dus l'observer un long moment, mais pas parce que j'en avais besoin pour être sûr. Dès l'instant où le soleil était apparu à la fenêtre, je sus que ce n'était pas Kang.

Le livre de la fille, je le laissai où il était, et les fleurs aussi. Au moment où je refermais la porte d'entrée derrière moi et me tournais vers la gare, je crus apercevoir un vol d'oies sauvages en route vers le sud. Elles filaient droit comme des flèches, haut dans un ciel d'automne plus bleu que tout ce que j'avais vu jusque-là.

Prague, janvier 2003

Retrouvez
l'inspecteur O
de la police de Pyongyang
dans sa nouvelle enquête
aux éditions du Seuil

QUAND LA LUNE DISPARAÎT

PAR

James Church

TITRE ORIGINAL
Hidden moon
ÉDITEUR ORIGINAL
Thomas Dunne Books, an imprint of St. Martin's Press, New York

ISBN original : 978-0-3112-35209-7

ISBN 978-2-02-096200-1

1

L'après-midi suffoquait dans un clair-obscur de poussière chinoise. Une lumière brune, des ombres brunes s'enroulaient lentement au-dessus du lit d'une rivière asséchée. À un kilomètre de là environ – difficile d'évaluer les distances sur cet horizon morne et bourbeux –, un chemin de terre grimpait difficilement le flanc d'une colline, entraînant avec lui un village récalcitrant de maisons décrépies aux toits bruns. Un remblai vétuste se glissa dans le paysage. La tête d'un homme apparut. Son regard absent scruta les fenêtres qui défilaient, puis s'en détourna ; son visage crasseux, ses poumons, sa bouche, ses dents, ses pensées, tout partit en poussière brune.

Soudain, des rires éclatèrent dans le wagon ; quelques passagers changèrent de place pour mieux voir. D'une voix trop forte, l'une des femmes s'écria :

– Là !

Venu de nulle part, un éclat de couleur se mua en une paire de bottes rouge vif aux pieds d'une petite fille qui, les cheveux au vent et les bras pompant l'air, bondissait, hors d'haleine, filait à travers un champ récemment labouré aux sillons noirs. Elle nous faisait signe, les deux bras en l'air ; les passagers applaudirent et frappèrent aux fenêtres. Le sifflet retentit. L'espace d'un instant, il déchira le voile, puis, brusquement, s'évanouit. Chacun s'en retourna à sa lecture, sa sieste, son thé, tout ce qui pouvait faire passer le temps. Le train s'engagea dans une courbe en grinçant ; les bottes rouges furent bientôt hors de vue. Un ou deux passagers guettaient d'autres signes annonciateurs du printemps, un bouton de forsythia ou le duvet vert pâle d'un saule au loin. Mais il n'y avait rien à voir, hormis le vent qui traversait à son gré les champs jonchés de chaumes bruns en décomposition. C'était trop tôt. Même fin mars, c'était trop tôt. Et il y avait encore beaucoup trop de cette fichue poussière dans l'air.

En me détournant de la fenêtre, je m'aperçus qu'un homme se tenait dans l'allée, tout à fait immobile, et me dévisageait. Il sourit d'un air absent lorsqu'il croisa mon regard et m'adressa un signe de tête, comme à une connaissance. Pendant un instant, je crus qu'il allait s'asseoir et entamer la conversation, mais il passa devant moi et disparut sans un mot dans la voiture suivante. Difficile de dire s'il boitait ou si c'était seulement le train qui tanguait. Je retrouvai ma position pour essayer de dormir, mais l'image du lit de la rivière me guettait à la lisière de la conscience. Des ruisseaux de pierres alimentaient des mares de galets ; de grands fleuves minéraux se déversaient dans un océan de rochers qui ne connaissait jamais la lune. Un homme marche le long de la berge caillouteuse. En passant il me jette un regard, et son visage blafard se change en un ciel laiteux ; l'image était troublante et, pire, ne voulait pas me quitter. Je me redressai sur mon siège et regardai autour de moi, mais l'homme qui m'avait dévisagé n'était nulle part. Il portait une casquette de tissu brun, une casquette de travailleur dont il n'avait pourtant pas l'allure. Quelque chose en lui respirait l'assurance ; son sourire n'avait même pas failli quand nos regards s'étaient croisés. Je m'étais senti un instant pris de court, mais lui n'avait pas fléchi ; c'était comme s'il attendait que je me retourne pour pouvoir jauger ma réaction au fait d'être épié.

Plus j'y pensais, plus le sourire paresseux de ce type me rappelait un ami d'enfance qui faisait une mimique similaire lorsqu'il écoutait le vent dans la rangée d'arbres délimitant notre village. Souvent je l'avais observé de loin en me demandant pourquoi il souriait. Puis, un jour, j'avais compris que ce n'était pas de bonheur mais de désespoir qu'il souriait, que son sourire ne se rattachait à rien et ne menait nulle part.

Mon ami, appelons-le Chung, avait un an de plus que moi et me dépassait d'une tête, ses longues jambes donnant à sa marche un rythme que je n'égalais qu'en effectuant un petit bond tous les deux ou trois pas. Il courait plus vite, sautait plus haut que quiconque au village. Nous étions voisins, sa maison était proche de celle de mon grand-père. Son père avait été tué à la guerre, quelque part dans les montagnes de la côte est pendant le terrible hiver de 1950. Sa mère ne s'était jamais remariée. Menue et peut-être un peu folle, c'était une femme réservée qui parlait rarement aux autres, sauf pour s'inquiéter tout haut de la santé de son fils. Elle n'aurait pas dû s'en faire : il n'était jamais malade.

L'été qui avait précédé notre décision de nous engager ensemble dans l'armée, on nous avait envoyés tous les deux dans une grande ferme coopérative à une centaine de kilomètres de chez nous, pour aider aux champs. Deux fois par mois, lorsque les équipes de propagande passaient nous voir, nous avions le droit de nous asseoir sur des bancs inconfortables après le dîner, pour regarder danser les ombres d'un film muet sur le mur lézardé d'un appentis blanchi à la chaux. Les grillons chantaient, mais faisaient peu à peu silence pour écouter le *clic clic clic* des griffes arrachées, l'une après l'autre, par l'antique projecteur. C'était comme ça que Chung clignait des yeux lorsqu'il regardait quelqu'un, comme un film abîmé projeté par une chaude nuit d'été.

Je me retournai vers la fenêtre pour regarder dehors. Non, décidai-je, l'homme dans l'allée était un inconnu, nous ne nous connaissions pas. Son sourire ne voulait rien dire. Enfin je m'assoupis, jusqu'à ce que, dans un grincement et un sifflement de freins, les voitures se heurtent les unes aux autres en signe de protestation avant de s'immobiliser. Une fois descendu sur le quai, je chargeai mon sac sur mon dos et me frayai un chemin vers la place devant la gare en me demandant où aller pour échapper au vent sinistre qui balayait la ville. Je partis en direction d'un petit restaurant à quelques rues de là, près de l'hôtel Koryo, où l'on servait une nourriture simple, modeste et bon marché, un bol de soupe et, quand il y en avait, un peu de poisson. J'avais besoin de quelque chose pour nettoyer ma gorge de toute cette poussière. J'avais besoin de m'asseoir là où l'on dîne en silence, dans un endroit où, à la différence de Pékin, on ne bavarde pas bruyamment et sans objet. La rue était déserte ; aucun néon ne venait agresser l'obscurité. Deux voitures passèrent lentement, phares éteints. C'était bon d'être à la maison.

Min se tenait à l'entrée de mon bureau et me regardait polir un morceau de chêne. Celui-ci provenait du côté d'un grand coffre que nous avions trouvé dans un appartement abandonné par un réseau de contrebandiers. Peut-être des Ukrainiens, mais nous n'en avions jamais eu la certitude. L'endroit était désert depuis des semaines. Les trafiquants savaient que nous étions sur leurs traces presque avant même que nous découvrions leur existence. Ça ne m'avait pas beaucoup contrarié de laisser filer une bande de malfrats étrangers, mais le ministère n'avait pas apprécié. Tous ceux qui avaient travaillé sur cette affaire s'étaient retrouvés avec un commentaire peu flatteur dans leur dossier. La bande avait passé le coffre à la hache, et avec lui les quelques autres meubles de l'appartement. Leur manière à eux de nous inciter à garder nos distances. Le coffre méritait un meilleur sort. J'en avais sauvé ce que je pouvais ; il aurait été absurde de laisser perdre du bon chêne.

Je voyais bien, à sa manière de se trémousser, que Min avait quelque chose à me dire. Il attendait que je remarque sa présence. Après une minute ou deux, il toussota, signalant qu'il capitulait.

– Veuillez m'excuser, inspecteur. (Il usait parfois d'un ton légèrement sarcastique pour couvrir sa retraite.) Si nous ne sommes pas trop occupés, si nous avons pu reprendre nos marques depuis notre retour de vacances, peut-être pourrions-nous parler affaires de police. (Il marqua une pause pour créer un effet théâtral, ultime effort pour reprendre l'offensive.) On a braqué une banque.

Un instant encore, le bruit du papier de verre égratigna le silence de l'après-midi.

– « Nous » n'étions pas en vacances, lâchai-je enfin. « Nous » étions en délégation. (Je retournai deux ou trois fois le morceau de chêne dans la paume de ma main pour en trouver les zones rugueuses, puis levai les yeux pour reconnaître qu'il marquait un point.) Une banque, dites-vous ?

– Le fichier central doit encore vous avoir comme officier de liaison. Sinon pourquoi envoyer un inspecteur de police pour une délégation de ce genre ?

– Je vais juste où on me dit, Min.

– Bien sûr. Rappelez-moi de vérifier la prochaine fois que je serai du côté des archives. (Il me jeta un regard entendu.) Êtes-vous allé dans l'un de ces bars ? Il paraît qu'il y a des endroits fort sympathiques à Pékin.

Je hochai la tête.

– Il paraît. Faites-vous donc admettre dans une délégation un de ces jours.

Il haussa les épaules.

– Je ne vais jamais plus loin que Nampo et c'est pour m'occuper de marins ivres. Je vous ai déjà parlé du type débarqué par son capitaine d'un de ces bateaux venus de l'étranger ?

– Une ou deux fois.

– Par curiosité, que faites-vous exactement pendant ces voyages ? Vos rapports n'en disent pas un mot.

– Je reste souvent assis. Je donne des conseils.

– Vous ?

– Les gens veulent toujours savoir où d'autres gens se trouvent. Parfois, ils ne demandent même pas. Ils entrent dans la pièce et je les leur montre.

– C'est tout ?

– Non. À l'occasion, ça peut devenir palpitant. Quelqu'un a besoin d'un truc. Alors je vais le chercher.

– Très bien. (Il s'approcha de ma fenêtre, qui donne sur le portail d'entrée et la rue.) Ne me dites pas ce que vous faites. (Il se tourna pour regarder dehors.) Jolie vue, dit-il. (Il rassemblait ses esprits et je n'étais pas censé ouvrir la bouche. Finalement, il se retourna vers moi.) Quelqu'un a dévalisé la banque, reprit-il. Je crois qu'on appelle cela un « hold-up ». (Il avait utilisé un mot anglais, chose qu'il ne faisait que rarement, et se mit à masser son large front en se demandant si c'était correct.) Ou peut-être un « gold-up ». Vous ne regardez jamais de films ? Je croyais qu'il en passait sur toutes ces fichues télés des hôtels chic de Pékin.

– J'étais très peu dans ma chambre. La délégation était toujours en réunion.

– C'est ce que dit votre rapport.

Je ne relevai pas.

– À vrai dire, je ne sais pas de quoi vous me parlez. Avons-nous déjà eu des braquages de banque par ici ? Aucun dont je me souvienne, en tout cas pas depuis mon entrée au ministère.

– Ça fait bien longtemps.

– Trop longtemps.

Je soufflai sur la poussière de bois et levai le bout de chêne à la lumière. Le chêne met un moment à devenir lisse, surtout les pièces qu'on a réduites en éclats à coups de hache. Même dans les meilleures conditions, il faut être détendu pour s'attaquer à du chêne. S'il faut en outre rendre au bois sa dignité perdue, la tâche demande encore plus de concentration. « Si tu ne te sens pas très patient, disait mon grand-père, laisse le chêne tranquille. » Je levai de nouveau les yeux vers Min. Il n'avait pas l'air patient.

– Il n'y a rien dans le manuel de formation sur les braquages de banque. (Je montrai du doigt l'ouvrage à la couverture verte qui traînait par terre derrière moi. Il était déjà là à mon arrivée dans ce bureau des années plus tôt et je n'avais jamais trouvé de raison pour l'en déranger.) Ce qui veut dire aucune procédure standard, aucun programme officiel d'intervention. Je ne saurais par où commencer. (Je retournai le morceau de bois encore deux ou trois fois dans la paume de ma main, puis je le jetai dans la corbeille de courrier en partance.) en vérité (je souris car c'était presque vrai), je ne suis même pas sûr de savoir où se trouve la banque.

D'aucuns auraient froncé les sourcils. L'expression de Min ne changea pas. Au lieu de ça, il joignit les mains dans son dos et entama un rituel familier : faire les cent pas devant mon bureau. Depuis qu'il était passé inspecteur chef deux ans plus tôt, le rythme n'avait jamais varié, été comme hiver, qu'il pleuve ou qu'il vente. Quatre pas dans un sens, un lent demi-tour, un coup d'œil par la porte dans le couloir désert, puis quatre pas dans l'autre sens. Deux révolutions, jamais trois, puis il prenait la parole.

– Ne jouez pas les idiots, inspecteur. La banque est dans votre secteur. Vous passez devant tous les jours en voiture, et vous le savez. Le ministère dit que l'affaire doit être résolue rapidement, sous peine d'effrayer les investisseurs étrangers. Notre travail consiste à assurer leur sécurité et leur bien-être. Si nous venions à être connus comme un pays où les braquages de banque restent impunis, l'investissement se tarirait, le flux de bonnes choses en direction de ceux qui en ont besoin ralentirait, et le ministère de la Sécurité populaire serait tenu pour responsable. (Il s'arrêta et me lança un regard éloquent.) De toute évidence, la tête du ministre est sur le billot.

– Ah, enfin, l'essentiel !

– Non, inspecteur. Ce n'est pas l'essentiel. (Il se remit en marche, mais plus lentement, à pas mesurés. S'il reprenait ses déambulations, cela voulait dire le plus souvent que la conversation allait se poursuivre.) L'essentiel ici, c'est que…

– Vous ne voulez pas vous asseoir, Min ? lui demandai-je en lui montrant une chaise.

Cette fois il fronça les sourcils, légèrement. Il n'aimait pas s'asseoir dans mon bureau ; pour lui, cela brisait l'ordre hiérarchique, aussi minime fût-il. Sourcils froncés ou pas, au moins était-il immobile.

– L'essentiel, reprit-il, c'est que je veux voir ce crime élucidé. C'est vrai, j'ai été appelé à l'extérieur pour d'autres choses toute cette semaine, mais je n'ai pas chômé. J'ai assisté à des réunions. (Le silence se fit pesant. Je le laissai s'installer, content d'attendre que Min fasse demi-tour, jette un œil par la porte et achève sa pensée.) Des réunions importantes.

– Les braquages de banque, avançai-je, sont rarement élucidés. Et certainement pas lors de réunions, si importantes soient-elles.

Ma formulation était prudente car il n'aurait servi à rien de contrarier Min sur cette question. Il pensait que les réunions étaient une des clés de la bonne marche du service. Pour moi, c'était du temps perdu. Nous mettions cela sur le compte d'une différence de style, mais je soupçonnais autre chose – un problème de caractère de son côté.

– Et voilà ! Vous êtes expert en braquages de banque ! Je pensais que vous ne saviez pas de quoi je parlais. Pas de films, disiez-vous.

– Pas de films, mais la télévision, que je vais regarder au ministère des affaires étrangères pour me tenir au courant des nouvelles du monde. On est obligé d'aller là-bas puisque, permettez-moi de vous le rappeler, tout ce que nous avons dans ce bureau, c'est une radio. Une radio dont la réception est exécrable, sans parler du choix des programmes. (Je vis la doléance passer la porte, sans même que Min la salue d'un hochement de tête.) De ce que j'ai vu, tous les pays civilisés ont des braquages de banque. Cela favorise la circulation des richesses, selon certaines théories. Vous n'avez jamais entendu parler de robin des Bois ? Ou de John Dillinger[1] ?

– Pourquoi allez-vous traîner aux affaires étrangères ? Vous n'avez rien à y faire en ce moment. (Il huma l'air, apparemment soupçonneux.) Ou alors si ?

– La liaison.

1. Légendaire braqueur de Chicago, il organisa des dizaines de hold-ups de banque entre juillet 1933 et juin 1934. *(NdT)*

C'était la bonne réponse. L'inspecteur chef aime à entendre que nous sommes modernes, que nous entretenons des contacts avec les autres ministères, que nous étudions les dernières techniques de police internationales et apprenons le jargon. Il grogna ; je poursuivis donc.

– L'officier de liaison a une télé dans son bureau. En effet, certains ministères fournissent à leurs hommes l'équipement adéquat. (Je promenai mon regard dans la pièce pour indiquer l'endroit où aurait pu se tenir un téléviseur.) Je ne sais pas ce qu'il regarde la plupart du temps, mais on l'entend changer de chaîne pour mettre les informations chaque fois qu'il croit que quelqu'un approche dans le couloir.

Min me regarda, baissa les yeux vers ma corbeille à courrier, puis, sans un mot, il tourna les talons et regagna son bureau. Je fermai les paupières. C'était une magnifique journée de printemps ; le premier vendredi d'un mois d'avril calme et paisible ; l'air était frais, les arbres bourgeonnaient, et je n'avais rien à faire. Mon téléphone sonna. C'était Min.

– Réveillez-vous et rappliquez. Il faut qu'on parle. (Il baissa la voix.) C'est qui, ce Di Lin Jer ?

Min était calé au fond de son fauteuil, les doigts croisés derrière sa tête ronde, les yeux mi-clos. Chez n'importe qui d'autre, cette posture aurait pu être une démonstration de supériorité, une touche d'ennui visant à afficher un désintérêt suprême pour la discussion que nous étions sur le point d'avoir, quelle qu'elle fût. Mais ce n'était pas son style. Depuis que nous travaillions ensemble, il ne s'était jamais montré hautain. Vingt ans auparavant, lorsqu'on l'avait promu au rang d'officier, il avait fait comme si de rien n'était et avait veillé à ce que ses vieux amis ne puissent jamais croire qu'il les prenait de haut. Lorsque, à la faveur d'une réorganisation de mon ministère, on lui avait offert le poste d'inspecteur chef de ma brigade, il s'y était coltiné avec précaution. Pendant des mois, il n'avait pas touché aux cadres accrochés aux murs de son bureau ; il avait même conservé le calendrier bien après le nouvel an, simplement pour insister sur le fait qu'il n'essayait pas de faire le ménage. Il n'était pas homme à se laisser impressionner par sa propre autorité. C'est pour ça que je l'aimais bien, malgré toutes nos différences. Il avait bon fond, et ça comptait.

Bien qu'il ne l'ait jamais dit, je savais que Min ne s'attendait pas à grimper si haut dans la hiérarchie. Il n'y serait jamais parvenu sans la mort de mon ancien chef, Pak Su In, abattu de quatre balles au cours d'une brève mais meurtrière bataille contre un escadron de la Sécurité militaire qui ignorait qu'il était armé et avait subi quelques pertes en retour. L'incident, qui officiellement n'a jamais eu lieu, avait conduit à la révocation du vieux ministre de la Sécurité populaire. Son remplaçant, un homme beaucoup plus jeune qui n'avait jamais offensé personne, avait reçu l'ordre de pourvoir au poste de Pak désormais vacant en s'assurant – on voulait en être très, très sûr – que cette personne n'aurait aucun talent caché. Min était réaliste. Il savait pourquoi on l'avait choisi et n'avait jamais prétendu le contraire.

Sur une chose, pourtant, il lui arrivait d'insister modestement : les prérogatives de son titre, et je ne l'en blâmais pas. La déférence au titre est importante, disait-il, parce que si nous, aux postes avancés du ministère, ne respections pas une hiérarchie claire et un certain sens de l'ordre, comment diable pouvait-on espérer que le peuple s'y plie ? Le rituel, aimait-il à répéter, est le fondement de la civilisation ; un système de croyance, voilà ce qui sépare l'homme des autres animaux. L'expression « autres animaux » était prononcée avec une sorte de satisfaction sans joie.

L'une des croyances fondamentales de Min – d'où elle sortait, lui-même ne le savait probablement pas – est qu'il était nécessaire et requis au « pouvoir » d'être fermement assis. Il ne faisait jamais les cent pas dans son bureau. Quoi qu'on puisse penser de lui à titre personnel, me rappelait-il souvent, il était inspecteur chef, et le derrière d'un inspecteur chef se devait d'être bien calé dans un fauteuil lorsque les fonctions de son propriétaire l'amenaient à s'adresser à un subordonné. Min était un homme avisé ; il était prudent et préférait s'asseoir.

Je connus un instant de sérénité tandis que j'attendais sur le seuil de son bureau. Il était agréable de m'appuyer au cadre de la porte et de regarder au-delà de Min, par la fenêtre donnant sur la cour qui séparait nos bureaux du bâtiment des Opérations. Les deux grands ginkgos plantés dans un coin n'avaient pas encore de feuilles, mais leurs branches ployaient sous les promesses. Pak adorait ces arbres. À chaque hiver maussade, il attendait avec impatience de les voir revivre au printemps. En octobre, il fixait la fenêtre pendant de longues minutes de silence. Douces tristesses, disait-il, que ces feuilles se changeant en or sous le soleil mourant. Un été, le ministère avait envoyé deux ouvriers pour les abattre. Pak avait demandé à voir leur ordre de mission : celui-ci évoquait la manière dont les branches frottaient contre les murs de l'édifice et dont les racines auraient compliqué l'installation de canalisations entre les bâtiments – comme si cela devait jamais arriver. Pak donna à chaque ouvrier cinq dollars américains, signa l'ordre de mission face à la mention « achevé conformément aux instructions », et leur demanda de ne pas revenir. Min, lui, ne s'intéressait pas aux arbres de la cour ; il disait avoir vu suffisamment de bois pendant ses années à l'armée pour s'en passer toute une vie.

Quand il s'aperçut que j'étais à sa porte, il se redressa dans son fauteuil et me jeta un regard inquiet, comme s'il était étonné de me voir.

– Ah, inspecteur, dit-il enfin, merci d'être venu.

Peu importait que nous nous soyions vus à peine deux minutes plus tôt, ou qu'il m'ait tout juste demandé de venir dans son bureau. Il aimait entamer ces séances ainsi, avec un formalisme étudié. Je hochai la tête. Ça ne coûtait rien de me plier à ces rituels, parce que en vérité Min n'avait aucune prise sur moi. Sur le papier, même sur celui, fripé, de l'organigramme obsolète accroché au mur à côté de son poste de travail, il était mon supérieur. Mais nous savions tous les deux que, pour ce qui comptait vraiment, j'avais l'avantage. J'avais plus d'ancienneté que lui au ministère et comprenais sur ses couloirs défraîchis des choses qui lui échappaient. Il avait besoin de moi ; pas moi de lui. Pour dire cela en des termes simples et abrupts, si j'avais pris ma retraite, on lui aurait collé un inspecteur de la nouvelle génération : totalement au fait des nouveaux règlements, avide de promotions, peu d'expérience et zéro sens commun. Et ça, l'inspecteur chef Min n'en voulait pas.

– Je ne plaisantais pas en parlant du braquage. (Il ouvrit un dossier et fit semblant de lire.) Ça s'est passé mercredi, il y a quinze jours, vers midi. Pourquoi l'officier de permanence n'a pas pris la peine de jeter un coup d'œil à la main courante pour vous alerter, je ne le saurai jamais.

À sa façon de plisser les yeux, il était clair que Min omettait certains détails qu'il préférait taire. Clair aussi qu'il ne me disait pas la vérité. Il n'y avait pas eu de main courante sur un quelconque braquage. Mais il savait que je savais qu'il mentait, alors cela ne me dérangeait pas. Il essayait d'aller à l'essentiel et il se trouvait que le meilleur chemin pour y arriver passait par une légère distorsion des faits.

RÉALISATION : NORD COMPO À VILLENEUVE-D'ASCQ
IMPRESSION : CPI BRODARD ET TAUPIN À LA FLÈCHE
DÉPÔT LÉGAL : AVRIL 2010. N° 102197 (56567)
Imprimé en france